Nagib Machfus

Spiegelbilder

Zu diesem Buch

In diesem Werk geht Machfus einen ganz neuen Weg, das Beziehungsgeflecht seines Lebens und seiner Epoche aufzuzeichnen. Er erzählt von Begegnungen aus der Kindheit, den Studententagen und aus seiner Karriere als Beamter, von Freunden und Feinden. Er führt uns von den Salons der Intellektuellen zu den Bordellen und Nachtclubs und zu den Gassen seiner Kindheit. Vierundfünfzig funkelnde, scharfsinnige, heitere, melancholische Menschenbilder fügen sich zu einem Kaleidoskop mit immer wieder neuen Mustern.

Der bekannte, mit Machfus befreundete ägyptische Maler Saif Wanli hat zu jedem der Porträts ein ebenso treffendes Bild geschaffen.

»Wie Puzzleteile fügen sich die einzelnen Beschreibungen der Menschen zu einem großen Bild über das Ägypten des 20. Jahrhunderts zusammen.«
RezenSöhnchen, Bamberg

Der Autor

Nagib Machfus (1911–2006) gehört zu den bedeutendsten Autoren der Gegenwart und gilt als der eigentliche »Vater des ägyptischen Romans«. 1988 erhielt er als bisher einziger arabischer Autor den Nobelpreis für Literatur.

Die Übersetzerin

Doris Kilias (1942–2008) arbeitete als Redakteurin beim arabischen Programm des Rundfunks Berlin (DDR). Nach der Promotion war sie als freie Übersetzerin tätig.

Der Maler

Saif Wanli (1906–1979) bildete sich autodidaktisch als Maler aus und lehrte an der Kunstakademie in Alexandria. Saif Wanlis Werke wurden international ausgestellt.

Mehr über den Autor und sein Werk auf *www.unionsverlag.com*

Nagib Machfus

Spiegelbilder

Mit 50 Illustrationen von Saif Wanli
Aus dem Arabischen von Doris Kilias

Unionsverlag

Die Originalausgabe erschien 1972 in Kairo.

Im Internet
Aktuelle Informationen, Dokumente und Materialien
zu Nagib Machfus und diesem Buch
www.unionsverlag.com

Unionsverlag Taschenbuch 767
Die vorliegende Ausgabe erscheint mit freundlicher Genehmigung
der American University in Cairo Press.

Originaltitel: Al-Maraya (1972)

Neptunstrasse 20, CH-8032 Zürich
Telefon +41 44 283 20 00
mail@unionsverlag.ch

Die erste Ausgabe dieses Werks im Unionsverlag
erschien am 10. September 2002
Reihengestaltung: Heinz Unternährer
Umschlagbild: Saif Wanli, *Sajid Schuair*
Umschlaggestaltung: Heike Ossenkop
Druck und Bindung: CPI – Clausen & Bosse, Leck
ISBN 978-3-293-20767-7

Der Unionsverlag wird vom Bundesamt für Kultur mit einem
Verlagsförderungs-Strukturbeitrag für die Jahre 2016–2020 unterstützt.

Ibrahim Akl

Zum ersten Mal begegnete mir der Name von Doktor Ibrahim Akl in einem Artikel von Salim Gabr. Ich habe keine Ahnung mehr, worum es in dem Artikel ging, aber ich erinnere mich daran, dass Ibrahim Akl als ein ganz außergewöhnlicher Denker dargestellt wurde, der unser geistiges Leben revolutioniert hätte, wäre da nicht eine niederträchtige Verleumdung gewesen, die ihn, noch ehe er den ihm angemessenen Platz eingenommen hatte, zu Fall brachte.

Ein nichtswürdiger Mensch hatte in einer hitzig geführten, zügellosen Pressekampagne behauptet, dass Doktor Akl in seiner Dissertation, die er bei der Sorbonne eingereicht hatte, den Islam verunglimpft hätte. Man warf ihm Ketzerei vor und dass er sich, nur um den Doktortitel zu bekommen, auf Kosten seiner Religion und seines Volks Meinungen christlich missionierender Orientalisten zu eigen gemacht hätte. Es wurde gefordert, ihn aus der Universität zu entfernen.

Doktor Akl war angesichts dieser Anschuldigungen zutiefst erschüttert, aber da er einerseits keine Kämpfernatur war und sich außerstande sah, der öffentlichen Meinung die Stirn zu bieten, andererseits aber besorgt war, seine Stellung zu verlieren, die er fürs Leben unbedingt brauchte, wies er, unter Beteuerung seines Festhaltens am Glauben, alle Anschuldigungen weit von sich. Er bat seine Freunde, allen voran seinen Kollegen Doktor Mahir Abd al-Karim, ihm zu helfen, die Wogen der Erregung zu besänftigen und sich mit den Verursachern des Aufruhrs zu versöhnen.

Als ich 1930 mit dem Studium begann, war Ibrahim Akl als Assistenzprofessor tätig. Das Leid, das ihm einst angetan worden war, hatte ihn gelehrt, sich auf seinen Unterricht zu konzentrieren und außerhalb der Fakultät am geistigen Leben nicht mehr teilzunehmen. Er machte einen müden, gelangweilten Eindruck. Seine Vorlesungen gingen nicht über Allgemeinheiten hinaus und waren längst nicht so inhaltsreich wie die seiner Kollegen. Dabei stand er mit seinen gut vierzig Jahren im besten Mannesalter, wie er sich denn auch bei bester Gesundheit befand. Nicht lange, und er wurde im Kreis meiner Kommilitonen zum Lieblingsziel aller Spöttereien und Witzeleien.

Einmal fragte ich ihn während einer Lehrveranstaltung, warum er kein einziges Buch veröffentlicht habe. Er sah mich von oben herab an, bevor er mit dröhnender Stimme antwortete: »Meinen Sie, dass die Welt noch mehr Bücher braucht?« Er schüttelte unwillig den großen Kopf, dann sagte er verächtlich: »Würden wir alle Bücher, die es gibt, auf der Erdoberfläche auslegen, müssten wir sie in zwei Schichten stapeln. Aber wählten wir nur die aus, die wirklich etwas Neues zu sagen haben, reichten sie nicht einmal für eine Gasse aus.«

Ich begegnete ihm des Öfteren im Salon von Mahir Abd al-Karim, den dieser in seiner Villa in al-Munira abhielt. Wie vielen Persönlichkeiten aus dem geistigen Leben bin ich dort begegnet, und wann immer ich mich an die Treffen erinnere, sehe ich alles ganz deutlich vor mir. Noch heute nehme ich an der Runde teil, auch wenn Ort und Zeit sich geändert haben. Ibrahim Akl fügte sich von allen Gästen mit seiner stattlichen Figur, natürlichen Würde und dem klugen Blick aus blauen Augen am besten in das Gesamtbild dieses prächtigen, klassisch eingerichteten Salons ein.

Einmal ergab sich gegen alle Gewohnheiten ein Gespräch über Politik. Normalerweise vermieden wir das, und zwar aus Respekt vor unserem Gastgeber, der lautstarke Diskussionen und heftige Erregung verabscheute. Er gehörte der Nationalpartei an, was angesichts seines familiären Hintergrunds und seiner Erziehung nicht verwunderlich war; seine Studenten hingegen waren alle Wafdisten. An jenem denkwürdigen Tag war es kaum jemandem möglich, seine Gedanken und Gefühle zu beherrschen, denn ein solch bedeutendes Ereignis wie den Umsturzversuch Ismail Sidkis konnte man nicht einfach übergehen. Die Studenten redeten hitzig aufeinander ein, da erklärte Ibrahim Akl plötzlich: »Unsere Verfassung ist ein Gewinn, aber gleichzeitig ist sie auch eine Falle.«

Schon machten sich die Studenten bereit, über ihn herzufallen, aber Ibrahim Akl fuhr einfach fort: »Der nationale Kampf hat mit seinem ursprünglichen Ziel nichts mehr zu tun, wir ertrinken im Meer des Parteienstreits. Jeder Umsturz zeitigt verheerende Folgen für den Umgang miteinander und für die Moral. Tag für Tag wird der stolze Bau, den uns die Revolution von 1919 vererbt hat, morscher.«

Einer von uns jungen Leuten rief: »Ein Bau, den das Volk errichtet hat, bricht nicht zusammen!«

Mahir Abd al-Karim lächelte nachdenklich, bevor er mit seiner weichen, kaum hörbaren Stimme sagte: »Unser Volk ist wie jenes Fabeltier, das in volkstümlichen Sagen vorkommt – für ein paar Tage wird es wach, um gleich darauf wieder für Jahrhunderte einzuschlafen.«

»Halten wir an unseren Idealen fest, dann werden wir keinen Schaden nehmen«, warf Ibrahim Akl ein und sah einen nach dem anderen mit seinen blauen Augen an. »Unsere schönsten, hehrsten Ideale«, wiederholte er eindringlich.

In seinen Vorlesungen sprach er so oft über Moral und hohe Ideale, dass mein Kommilitone Aglan Sabit ihn immer »Ideale-Doktor« nannte.

»Ihr solltet die hohen Ideale nicht als Produkt eines religiösen Glaubens betrachten, sondern bestenfalls als eine Quelle, aus der der Glauben sich ergießt.« Wahrscheinlich hatte er sich gerade an die Welle der Abkehr vom Glauben erinnert, die zu jener Zeit durch die Fakultät ging.

»Jeden Tag bringt die Politik neues Unheil über uns«, seufzte ein Azhar-Scheich, an dessen Namen ich mich nicht mehr erinnere.

»Die hohen Ideale … wenn wenigstens die uns bleiben«, warf Ibrahim Akl unbeirrt ein.

Salim Gabr, der für seinen massigen Körper einen gemütlichen, weichen Sessel gefunden hatte, übertönte das Stimmengewirr. »Mein lieber Herr Doktor, Ideale und Moral hängen einzig und allein von den sozialen Verhältnissen ab, also müssen wir die Gesellschaft verändern.«

»Hast du Bergsons Buch über den Ursprung von Moral und Religion gelesen?«

»Sicher, aber Bergson lese ich wie ein romantisches Gedicht«, erwiderte Salim Gabr verächtlich.

Mahir Abd al-Karim mischte sich ein. »Sie träumen wohl von einer Revolution wie der in Russland, nur zeigen sich dort täglich neue, schwer wiegende Mängel.«

»Unsinn, was wir über Russland wissen, stammt doch alles aus westlichen Zeitungen und Büchern.«

Für einen Moment wurde es still, und wir nutzten die Pause,

um Zimttee zu trinken, der mit geriebenen Haselnüssen, Mandeln und Walnüssen gewürzt war.

»Das einzig Richtige wäre, die vielen kleinen Parteien, die an die Macht wollen, aufzulösen«, erklärte inmitten des Schweigens ein Student.

»Was eine schwache Umschreibung für Klassenkampf ist«, lautete Gabrs Kommentar.

»Der Ministerpräsident behauptet, die Unabhängigkeit erreichen zu wollen, lassen wirs ihn doch versuchen«, überlegte Ibrahim Akl laut.

»Auch wenn uns das einen Vertrag wie die Erklärung vom 28. Februar aufzwingt?«

»Zu den hohen Idealen gehört für mich nicht nur wahre Unabhängigkeit, sondern auch die Gründung der Misr-Bank«, entgegnete Ibrahim Akl scharf.

Ich habe es immer als geradezu quälend empfunden, wie unterschiedlich die Masse des Volks und die Intellektuellen mit Politik umgehen. Die eine Seite ist von flammender Erregung beherrscht, was im Handumdrehen zu Blutvergießen führen kann, und die andere Seite ergießt sich in philosophierenden Diskussionen, was die Aktivitäten oftmals lähmt und alle Hoffnungen durchkreuzt. Diese und ähnliche Gedanken gingen mir durch den Kopf, als wir auf dem Heimweg waren. Noch immer wurde heiß diskutiert, eine Meinung folgte der anderen.

»Eine Revolution muss her!«

»Könnte ein Streik reichen, damit eine Revolution ausbricht?«

»Die von 1919 soll genau so gekommen sein, jedenfalls sagt man das.«

»Wie denn?«

»Was weiß ich, ist zwar noch nicht lange her, aber andererseits liegts eine Ewigkeit zurück.«

In jenem Sommer fuhr ich nach Alexandria. Morgens ging ich immer erst schwimmen, und dann setzte ich mich ins Kasino Anfuschi, um einen Kaffee zu trinken und Zeitung zu lesen. Auf der Bühne wurde bereits für die Vorstellung am Abend geprobt, und wenn ich auch eine instinktive Abneigung gegenüber europäischem Gesang habe, hörte ich doch hin und wieder zu. Eines Tages kam Ibrahim Akl herein, und zwar in Begleitung der Ehefrau und seiner zwei Söhne. Er stellte mich seiner Frau vor; wenn ich mich recht erinnere, arbeitete sie als Inspektor im Bildungsministerium. Überrascht beobachtete ich, wie liebevoll er mit den beiden Jungen umging. Er kümmerte sich geradezu rührend um sie, was seine Frau sogar zu der Äußerung hinriss, er würde sie verzärteln. Dieser väterliche Stolz nahm mich völlig für ihn ein, denn hatte ich bisher auch sein Aussehen, seine geistreiche Art und seinen philosophischen Sarkasmus bewundert, fehlte es mir doch ihm gegenüber, wegen seiner ablehnenden Haltung hinsichtlich des Schreibens und seinem Desinteresse an der Arbeit, am notwendigen Respekt.

»Gehen Sie immer in Anfuschi schwimmen?«

»Ja, weil der Wellengang hier nicht so stark ist wie in Schatbi.«

»Wenn die Corniche erst einmal zu Ende gebaut ist, wird sich Alexandria sehr verändern.« Da ich nur nickte, fügte er lächelnd hinzu: »Aber ihr jungen Leute hasst ja Ismail Sidki.«

Allein schon der Name verursachte mir Unbehagen. Aber ich unterdrückte allen Ärger und beschränkte mich auf die Bemerkung, dass von der Corniche keiner leben könne.

Er lachte. »Nichts verdirbt den menschlichen Geist so sehr wie die Politik.« Für einen Moment hielt er inne, dann wies er auf seine Frau und sagte: »Ihre Mutter, also meine Schwiegermutter, ist Mitglied im Wafd-Komitee für Frauen.«

Ich bedachte sie mit einem ehrerbietigen Blick, um ihr meinen Respekt für ihre Mutter auszudrücken.

Zu Beginn des neuen Semesters erhielt Doktor Akl einen hohen Posten in der Universität. Allerdings war damit verbunden, dass er alle seine Ideale opfern musste. Es war genau jene Zeit, da die hasserfüllten Rufe gegen den Palast landauf landab erschollen. Die *Times* berichtete, dass in Assuan Demonstranten Mustafa an-Nahhas zum Präsidenten der Republik ausgerufen hätten. Das Land war in zwei unterschiedlich starke Lager geteilt. Eine Minderheit hielt zwar dem König die Treue, doch die Mehrheit war dem Palast feindlich gesonnen und brachte ihre Meinung mehr oder weniger deutlich zum Ausdruck. Und siehe da, plötzlich erschien in der *Ahram* ein Artikel von Doktor Ibrahim Akl, in dem er zur Treue gegenüber dem Thron aufrief und die Anstrengungen der Königsfamilie pries, dank derer das Land einen Aufschwung genommen hätte. Die Lage war kritisch, die Wertvorstellungen der Menschen lösten sich auf und Ehre und Würde galten vielen Männern nichts mehr. Die keine Schuld auf sich geladen hatten, schauten der Posse mit vor Empörung geröteten Augen zu, aber selbst in ihren Reihen hatte sich die Verderbnis bereits eingeschlichen. Es war die Zeit, da die Erde bebte, die Vulkane spien, die Träume zerbarsten und die Dämonen des Opportunismus und Verbrechens ihr übles Spiel aufführten. Es war aber auch die Ära der Märtyrer, die aus allen Klassen und Schichten kamen.

Ibrahim Akl stolzierte herum, kehrte demonstrativ Standhaftigkeit und Mut heraus. Er trat uns mit herausforderndem Blick gegenüber, und doch schien es mir, als ob sich in der Tiefe seiner Seele das Gefühl von Schuld, ja, die Schmach einer erlittenen Niederlage verbarg. Wir behandelten ihn mit dem Respekt, der ihm dank seiner Stellung gebührte, aber im Grunde verachteten wir ihn und machten uns über ihn lustig. Verachtung und Spott – gewiss, aber Hass und der Wunsch zu töten, wie wir es gegenüber vielen Politikern empfanden – nein. Er war kein Mensch, der Hass erregte, eher kam er uns mit seiner gespielten Lustigkeit und seinen fast schon akrobatischen Kapriolen wie ein Spaßmacher oder Scharlatan vor. So ein Typ tat nichts wirklich Böses, so einer vergoss kein Blut, das war kein Feind des Volks.

Es war der letzte Tag des Studiums; vor uns lag eine kurze Ferienzeit, bevor die Abschlussexamen begannen. Doktor Akl rief uns in seinem Büro zusammen, denn neben seinem anderen gehobenen Posten war er noch als Institutsleiter für uns, die zehn Diplomanden, zuständig. Er bat uns, vor seinem Schreibtisch Platz zu nehmen. Als wir endlich alle saßen, blickte er schweigend und nachdenklich von einem zum anderen. Schließlich schüttelte er den Kopf, lächelte spöttisch und sagte: »Nicht lange, und wir müssen uns trennen. Da ist ein Wort des Abschieds angebracht.« Wieder sah er sich lange jedes Gesicht an. »Ich kann mir vorstellen, wie es in eurem Innern aussieht, aber vielleicht täuscht ihr euch in einigen entscheidenden Dingen.«

Ah, endlich, nach endlosem Schweigen kam er auf das eigentliche Thema zu sprechen. Nur leider waren wir in der misslichen Lage, höflich bleiben und vor allem vorsichtig sein zu müssen. Vor uns lagen die schriftlichen und mündlichen Prüfungen, und da war es gut, daran zu denken, dass der Institutsrat die Ergebnisse, unabhängig von Prüfungsnoten, ändern konnte, falls die Herren Professoren die generellen Leistungen des Prüflings anders einschätzten. Wir waren also von seinem Wohlwollen abhängig, konnten auf keinerlei Hilfe oder Beistand hoffen.

»Ich habe im Laufe der Jahre herausgefunden, dass es Leute gibt, die Reden schwingen, und solche, die arbeiten. Ich habe mich für Letzteres entschieden, aber wie auch immer, schließlich sind wir alle Ägypter.«

Wir schwiegen. Nur einer hatte den Mut, den Mund aufzumachen. »Wer in seinen Reden die Unabhängigkeit und eine Verfassung fordert, ist immer noch besser als der, der die Corniche in Alexandria baut und ansonsten Blut vergießt«, erklärte Ishak Buktur.

Er war der Einzige von uns, der aus einer reichen Familie kam. Nach dem Examen würde er auf seiner Plantage vor den Toren der Stadt Blumen züchten.

Ibrahim Akl ließ sich nicht aus der Fassung bringen. Lächelnd und mit leichtem Bedauern in der Stimme sagte er: »Nichts verdirbt den Geist so sehr wie die Politik.« Fast flehentlich fuhr er fort: »Die Wahrheit, das ist es! Erweist der Wahrheit alle Ehre, denn nichts im Leben ist kostbarer und erhabener als die Wahrheit. Verehrt sie, betet sie an und duldet nicht, dass sie von Lüge zersetzt wird.«

Wir schwiegen noch immer, der Gedanke an die Prüfungen und den Institutsrat war allgegenwärtig.

»Ich werde mich mit Buktur auf keine Diskussion einlassen, ich rede nicht über Politik. Ich habe euch eingeladen, um gemeinsam nach vorn, auf die Zukunft zu schauen.«

Erleichtert atmeten wir auf. Die gefährliche Klippe der Politik hatten wir umschifft, nun ging es nur noch um die Zukunft, der wir allerdings mit düsterer Niedergeschlagenheit entgegensahen, seit das Kabinett auf unbestimmte Zeit hinaus einen Einstellungs- und Beförderungsstopp verhängt hatte. Was nützten die Versprechen der Herren Professoren, worauf sollten wir noch hoffen?

»O ja, wir leben in einer schwierigen Zeit, aber die ganze Welt wird von einer Krise aufgerieben und nicht nur Ägypten, wie einige meinen. Was werdet ihr also tun?« Er hielt kurz inne, dann fuhr er fort: »So schnell, wie ihr es euch erhofft habt, werdet ihr keine Stellung finden, und eine Familie werdet ihr so bald auch nicht gründen können. Einige werden mehr Glück haben, andere weniger.«

Als er sah, dass unsere Mienen immer missmutiger wurden, lächelte er. »Nun ja, selbst von den wenigen Möglichkeiten, die sich vielleicht noch den Ärzten, Ingenieuren, Juristen auf dem freien Markt bieten, werdet ihr kaum profitieren. Dennoch bleibt euch immer noch eine ungeheuer wichtige Sache, ein richtiger Schatz, der noch von niemandem wirklich gehoben wurde.«

Neugierig geworden, schauten wir auf.

»Macht euch auf, vor euch liegt der Pfad der Wahrheit und der Werte!«

Jeder von uns musste auf Anhieb an seine Familie, seine Freundin, die erhoffte Stellung denken, aber er tönte unverdrossen weiter: »Hütet euch vor dem übermäßigen Streben nach irdischen Dingen, gebt euch zufrieden mit dem, was die Welt euch zu bieten hat. Einzig dem Verlangen nach Wahrheit dürft ihr nie eine Grenze setzen!«

Hat der Kerl uns hergerufen, um sich über uns lustig zu machen? Will er uns quälen?

»An einem schönen Sommertag unter einem Baum zu ruhen, ist besser, als ein Landgut zu besitzen.«

Das sagst ausgerechnet du, einer, der sich und all seine Werte verkauft hat.

»Weisheit ist das kostbarste Gut, das wir in der begrenzten Zeit, die wir auf Erden verbringen dürfen, erringen können.«

Kaum waren wir entlassen, rannten wir hinaus ins Freie und brachen, hin und her gerissen zwischen Verzweiflung und Empörung, in schallendes Gelächter aus. Wir belegten ihn mit allen nur möglichen Schmähworten – Schurke, Clown, Scharlatan.

Nach der Universität habe ich Ibrahim Akl lange Zeit nicht

mehr gesehen, und ich dachte auch nur selten an ihn. Seit seiner Beförderung in der Universität nahm er nicht mehr an den Treffen in Mahir Abd al-Karims Salon teil; offenbar scheute er davor zurück, mit irgendwelchen extremistischen Meinungen konfrontiert zu werden. Seinen alten Freund Abd al-Karim besuchte er, wenn der allein war.

Dreizehn Jahre sollten vergehen, bis ich Ibrahim Akl wieder sah. Es war eine ungewöhnliche, ja tragische Begegnung, und zwar auf dem Friedhof: Die Choleraepidemie von 1947 hatte ihm beide Söhne genommen. Ich war schockiert, als ich es erfuhr, und auf der Stelle sah ich das Bild vor mir, wie er sich im Kasino Anfuschi um die beiden Jungen gekümmert hatte. Was für eine schöne Erinnerung, und was für ein schreckliches Ende. Ich fuhr nach Giza, um an der Beerdigung teilzunehmen. Es war eine aufwühlende, herzzerreißende Feier. Als Ibrahim Akl hinter den zwei Särgen herschritt, bot er das Bild stummer Verzweiflung. Ich glaube nicht, dass er mich erkannt hat, als ich ihm mein Beileid aussprach. Er wendete sich niemandem zu, nahm nicht wahr, was um ihn herum geschah. Doch dann trat Mahir Abd al-Karim auf ihn zu, und da schloss er die Augen, weil trotz allem Bemühen, Haltung zu bewahren, ihm plötzlich Tränen übers Gesicht liefen. Gegen Mitternacht bot mir Mahir Abd al-Karim an, in seinem Auto mitzufahren.

»Gott steh ihm bei, solch ein Unglück ist nur schwer zu ertragen«, murmelte er. Bewegt, wie ich war, nickte ich nur als Zeichen der Zustimmung. »Er hat seltsame Dinge geredet«, fuhr er fort, »und das beunruhigt mich sehr.«

»Was denn?«

»Er hat mit bebender Stimme gesagt, dass der Tod etwas sehr Schönes sei, auch wenn er ungerecht vorgehe. Und dass das Leben ohne den Tod keinen Wert habe.« Er schwieg kurz, dann seufzte er: »Gott steh ihm bei.«

Auch ohne Ibrahim Akl wieder zu sehen, blieb mir die Trauerfeier lange im Gedächtnis. In Abd al-Karims Salon erfuhr ich, was aus ihm geworden war. Zuerst hatten ihn viele in der Hussain-Moschee gesehen, stunden-lang würde er vor dem Grabmal hocken. Dann hieß es, er sei ein Derwisch geworden und habe sich dem Glauben bedingungslos unterworfen. Dieser Sinneswandel löste eine hitzige Diskussion aus, über den Glauben im Allgemeinen, in der Jugend, im Greisenalter, aus Überzeugung, nach einem schrecklichen Unglück, auf Grund von philosophischen Erwägungen. Mahir Abd al-Karim verwahrte sich gegen jeden noch so vagen Versuch, das Verhalten seines alten Freunds deuten zu wollen.

1950 verließ Ibrahim Akl die Universität und ging in Pension. Von da an lebte er ganz und gar als Derwisch. Drei Jahre später begegnete ich ihm zufällig am Bab al-Achdar im Hussain-Viertel; ob er auf dem Weg zur Moschee war oder gerade zurückkehrte, war mir nicht bekannt. Seine würdevolle, von weißem Haar gekrönte Erscheinung zog mich in ihren Bann. Ich ging auf ihn zu, reichte ihm die Hand, aber obwohl er sie schüttelte, merkte ich, dass er nicht wusste, wer vor ihm stand. Kaum hatte ich mich ihm in Erinnerung gebracht, rief er mit immer noch voller Stimme: »O ja, natürlich! Wie geht es Ihnen? Was machen Sie?«

Ich erzählte ihm von mir und meinen Büchern. Es tue ihm leid, sagte er, aber er würde nichts mehr lesen. Wir gingen zu seinem Auto, das auf dem Azhar-Platz stand.

»Was gibts Neues in der Welt?«, fragte er.

Ich zählte ein paar Ereignisse auf, die mir wichtig erschienen, allen voran natürlich die Revolution.

»Sturz und Aufstieg, Tod und Auferstehung, Zivilisten und Militärs. Soll die Welt ihren Lauf nehmen, ich bereite mich auf eine andere Reise vor.«

Danach verlor ich wieder seine Spur, bis ich eines Tages eine Todesanzeige las: Ibrahim Akl war gestorben. Wenn ich mich recht erinnere, war das 1957. Wenig später hörte ich, dass sein Neffe auf ein Manuskript gestoßen sei, eine Übersetzung von Baudelaires *Blumen des Bösen*. Wann genau er diese Arbeit gemacht hatte, ging aus dem Manuskript nicht hervor. Als einziger Erbe, Ibrahim Akls Ehefrau war ein Jahr vor ihm gestorben, gab der Neffe das Manuskript zur Veröffentlichung frei. Von da an war Ibrahim Akls Name im arabischen Literaturleben mit Baudelaires *Blumen des Bösen* verbunden.

Für seine ehemaligen Studenten hingegen war und blieb er ausnahmslos der Clown, auch wenn ein so bedeutender Denker wie Salim Gabr ihn als Opfer einer korrupten Gesellschaft sah, dem er allerdings seinen Defätismus nicht verzeihen konnte.

Ich kann mich noch gut an ein Gespräch mit meinem verehrten Lehrer Mahir Abd al-Karim erinnern. Er warf uns, den ehemaligen Studenten von Ibrahim Akl, vor, dass wir ihn ungerecht beurteilt hätten. Aus Respekt vor seinen Gefühlen gegenüber seinem langjährigen, verstorbenen Freund, hielt ich mich mit meiner Meinung zurück, was ihn aber nur veranlasste, weiter auf uns einzureden. »Er verfügte über einen einzigartigen Intellekt. An der Sorbonne hat die Schärfe seines Verstands alle überwältigt.«

»Aber davon hat hier niemand profitiert«, warf ich ein.

Er überhörte meine Bemerkung. »Er war der Einzige in Ägypten, der über ein philosophisches Denkvermögen verfügte und in geradezu erstaunlicher Weise Zusammenhänge erkannte. Er war kein Schriftsteller, dafür aber ein höchst begabter Rhetoriker, ein bisschen wie Sokrates, der ja auch seine engen Freunde mit der Quintessenz seiner Gedanken bedachte, und zwar auf äußerst vergnügliche Weise.«

»Vielleicht braucht es einen neuen Platon, um Ibrahim Akl zu neuen Ehren zu verhelfen«, erwiderte ich.

Aber dazu kam es nicht, und so ist von ihm nichts geblieben als die Erinnerung an tragische Lebensumstände und die Übersetzung der *Blumen des Bösen*.

Achmed Kadri

Mit diesem Namen verbinden sich für mich nicht nur leckerer Honig, fettiges Blätterteiggebäck und Kino, sondern auch ein besonderer Vorfall. Achmed Kadri war ein Verwandter von mir, ein Einzelkind, und lebte auf dem Land. Gelegentlich kam er zu Festtagen nach Kairo. Ich war damals neun oder zehn Jahre, er war fünf Jahre älter. Wir verbrachten eine schöne Zeit, spielten in den ruhigen Straßen von Abbasija, die von Gärten und Feldern gesäumt waren. Er war ein Teufel in des Wortes vollster Bedeutung. Einmal wollte er einen Ausflug machen, und um die Unschuld seines Vorhabens zu demonstrieren, bat er meinen Vater, dass ich ihn begleiten dürfe. Ich zog den Anzug mit den kurzen Hosen an, und dann marschierten wir zur Straßenbahnhaltestelle. Unterwegs sagte Achmed: »Ich kauf dir Kekse, aber nur unter einer Bedingung.«

Als ich ihn fragte, was er dafür verlange, erklärte er: »Dass du dir einen bestimmten Satz, den ich dir gleich sage, genau merkst. Nämlich dass wir ins Kino Olympia gegangen sind und einen Charlie-Chaplin-Film gesehen haben.«

Ich gab ihm mein Versprechen und bekam die Kekse. Wir stiegen in einer Straße aus, die ich nie zuvor gesehen hatte. Er bog in eine Gasse ein, dann in die nächste, und staunend tauchte ich in diese für mich völlig neue und aufregende Welt ein. Schließlich zog er mich in den Eingang eines sehr merkwürdig aussehenden Hauses. Im Vestibül saßen drei Frauen, deren Anblick mich benommen machte. Sie hatten ihre Gesichter angemalt, und es störte sie nicht im Geringsten, dass ihre Kleider den Körper oberhalb der Knie und unterhalb des Halses nicht ganz bedeckten. Eine der Frauen stand auf, und genau auf deren Platz setzte er mich hin. »Du rührst dich nicht vom Fleck und wartest, bis ich wiederkomme.«

Bevor er mit der Frau wegging, bat er die beiden anderen, auf mich aufzupassen. Ich starrte angestrengt auf die Bodenfliesen, um ja nicht zufällig auf eine der beiden Frauen zu schauen. Insgeheim ließ mich das Gefühl nicht los, dass ganz in meiner Nähe ein schreckliches Verbrechen verübt wurde. Die eine Frau fing zu singen an: »Der Tag, an dem das Unglück mich traf …«

Plötzlich beugte sich die andere Frau zu mir herunter und fragte: »Hast du vielleicht zufällig einen halben Rijal?«

Ich schüttelte den Kopf.

»Wie viel Geld hast du?«

»Einen Shilling«, erklärte ich höflich, aber verängstigt.

»Prima. Möchtest du gern etwas Hübsches sehen, das du noch nie gesehen hast?«

»Ich darf doch nicht weggehen, hat er gesagt.«

»Wir gehen nur ganz kurz in das Zimmer gleich gegenüber.«

»Nein!«

»Musst keine Angst haben, es ist nichts Schlimmes.«

Sie packte meine Hand, zog mich in das Zimmer, und kaum hatte sie die Tür abgeschlossen, sagte sie: »Gib mir den Shilling.«

Ohne langes Zögern gab ich ihn ihr.

Sie sah mich zärtlich an. »Zieh deinen Anzug aus.«

»Nein!«, rief ich entsetzt.

Plötzlich fing sie an, sich auszuziehen, und auf einmal stand sie nackt da. Zum ersten Mal in meinem Leben sah ich eine nackte Frau. Die unbekümmerte, freche Art, mit der sie dastand, dazu noch diese eigenartigen Blicke, versetzten mich in panischen Schrecken. Zitternd wich ich zurück, öffnete die Tür und rannte aus dem Zimmer. Das weiche, glucksende Lachen der Frau verfolgte mich wie eine Schlange, und die andere Frau empfing mich mit schallendem Gelächter. Sie zeigte auf den Stuhl, aber ich blieb stehen. Weder wollte ich etwas berühren, noch von irgendetwas berührt werden. Die Männer, die draußen vor der Tür herumlungerten, sahen mich verblüfft an, und gleich darauf rissen sie schmutzige Witze. Ich litt still vor mich hin, erlebte grässliche Qualen, bis endlich Achmed kam.

»Wieso stehst du da wie ein Wachposten herum?«, fragte er.

Ich klammerte mich wie ein Ertrinkender an seinen Arm, als er mit mir hinausging. Der Rückweg war längst nicht so einfach wie der Hinweg, weil wir nämlich in eine riesige Demonstration gerieten. Achmed wich in die verschiedensten Seitenstraßen aus, trotzdem konnten wir das Krachen von Schüssen hören. Als wir endlich in der Straßenbahn saßen, fragte er mich mit strengem Blick: »Na los, du Held, wo sind wir also gewesen?«

»Im Kino Olympia«, erwiderte ich mit trockener Kehle.

»Und was haben wir gesehen?«

»Charlie Chaplin.«

»Großartig. Und warum machst du dann so 'n Gesicht?«

»Mach ich nicht.«

»Haben die beiden Frauen dich geärgert?«

»Aber nein, überhaupt nicht.«

Er sah mich beunruhigt an. »Was ist los mit dir?«

Mir wurde so traurig zumute, dass ich fast losgeweint hätte.

»Du hast doch was, also los, erzähls mir.«

»Das geht nur mich was an, weil nämlich Dora nicht so schön ist, wie ich mir vorgestellt habe.«

»Dora? Was für eine Dora?«

»Na, die Freundin von Dan!«

»Was für ein Dan?«

»Na, der Held in den Abenteuergeschichten. Liest du denn nicht das *Magazin für Jungen*?«

»*Magazin für Jungen*? Was faselst du da herum? Hör zu, eh du dich nicht wieder im Griff hast und aussiehst wie immer, gehen wir nicht nach Hause.«

Er wusste nicht, mit welcher Leidenschaft ich Dora liebte; er konnte nicht ahnen, dass ich mir ihren Körper rein wie einen Diamanten vorgestellt hatte.

Abgesehen von dieser Geschichte verlebte ich mit ihm, wenn er in Kairo war, meine glücklichste Zeit. Er brachte mir Fußball, Boxen und Gewichtheben bei und brachte mich mit seinen komischen Geschichten zum Lachen. Zum Beispiel machte er Chaplin nach, oder er sang berühmte Moritaten, oder er führte mir vor, wie gewichtig der Dorfvorsteher und der Chef der Wächter bei ihm zu Hause herumstolzierten.

Dann zogen Achmeds Eltern nach Kairo um und ließen sich im Stadtteil Abdin nieder. Trotzdem bekam ich ihn nur selten zu sehen. Weil er in der Oberschule Schwierigkeiten hatte, wechselte er zur Polizeischule. Nach dem Abschluss erhielt er dank seiner guten Leistungen einen Posten in Kairo. Von da an hatte er mit sich und seinem neuen Leben zu tun, und deshalb besuchte er uns auch nicht mehr. Wir waren uns fremd geworden. Einmal wollte es der Zufall, dass ich sah, wie er, wahrscheinlich nach einem zärtlichen Stelldichein, aus Isam Beys

Villa geschlichen kam. Nach dem Tod seiner Eltern geriet er für mich fast ganz in Vergessenheit, was sich erst während und nach dem Zweiten Weltkrieg ändern sollte. Er war nämlich für den Dienst in der Politischen Polizei auserwählt worden und machte von sich reden. Das war nicht mehr der Achmed Kadri, den ich kannte, sondern ein gefürchteter Mann, über den die schrecklichsten Gerüchte im Umlauf waren. Er schwang für die Tyrannen die Folterpeitsche, drosch auf Nation und Nationalisten ein. Staunend hörte ich, mit wie viel Furcht man von ihm sprach. Wie konnte es sein, dass aus dem pfiffigen Witzbold ein teuflischer Folterer geworden war? Wie konnte er an jungen Patrioten solch grausame Exempel statuieren, sie auspeitschen, brennende Zigaretten auf ihren Augenlidern ausdrücken, die Fingernägel herausziehen?

Es kam des Öfteren vor, dass im Kreis meiner Freunde laut, also gut hörbar für mich, über ihn diskutiert wurde. Sie waren Intellektuelle und Patrioten, so wie Rida Hamada und Salim Gabr. Wenn es schon keine Revolution gäbe, hieß es, müssten wenigstens geheime Organisationen geschaffen werden, die mit der Ermordung solcher Schlächter das wehrlose Volk beschützten. Tatsächlich wurde auf Achmed Kadri ein Attentat verübt, und zwar genau vor dem Eingang zum Mohammed-Ali-Klub. Aber wie durch ein Wunder überlebte er und entkam den Händen der flüchtigen »Verbrecher«.

Nach der Juli-Revolution wurde ein Untersuchungsverfahren gegen ihn eingeleitet, dem er aber durch die vorzeitige Pensionierung entging. Ich dachte nicht mehr an ihn, und ich hätte nie geglaubt, dass ich ihn je wieder sehen würde. Aber im Herbst 1967 erreichte mich ein Anruf, dass ich ins Anglo-Amerikanische Krankenhaus kommen solle. Da lag er, still und friedlich, nachdem er einen Herzanfall erlitten hatte. Er hatte die sechzig überschritten, und wenn ich ihn auf den ersten

Blick auch nicht erkannte, erinnerte mich doch sein Gesicht mehr und mehr an seinen Vater in seinen letzten Tagen.

»Tut mir leid, wenn ich dir Unannehmlichkeiten mache«, sagte er leise, »aber außer dir habe ich niemanden mehr.« Fast schon flüsternd fügte er hinzu: »Du sollst mich beerdigen, wenn es vorbei ist.«

Ich sprach ihm Mut zu, dann suchte ich den behandelnden Arzt auf. Herr Kadri habe das Schlimmste überstanden, der Zustand sei nicht mehr gefährlich. Ob er genese oder nicht, hänge jetzt ganz allein von ihm ab. Ich ging zu ihm zurück und überbrachte ihm die gute Nachricht.

»Es ist nicht nur das Herz, ich habe noch andere Krankheiten«, entgegnete er barsch.

Mir fielen auf Anhieb Alkohol, Frauen und das Glücksspiel ein, also sagte ich, dass er jede Aufregung vermeiden müsse, um keinen zweiten Herzanfall zu bekommen.

Er verzog verächtlich den Mund. »Der kommt eh.«

Ich starrte ihn an, forschte in seinem Gesicht nach Spuren des jugendlichen Clowns oder der Bestie, die Furcht und Schrecken verbreitet hatte. Weder das eine noch das andere war zu entdecken. Außer dem Gefühl, einer Pflicht nachzukommen, verband mich nichts mit ihm. Er erzählte mir, dass er in einer kleinen Wohnung in Zamalik lebe und – natürlich – nie geheiratet habe. Außer ein paar alten Griechen, die verrückt nach Pferderennen seien, besitze er keine Freunde. Er schüttelte den Kopf und murmelte: »Wie es scheint, bin ich genauso erledigt wie die.«

Ich begriff, wen er meinte. Die bittere Niederlage des Juni-Kriegs war allen in frischer Erinnerung, aber für ihn dauerte der Hass, den er wegen seiner Pensionierung hegte, schon Jahre an. Der Gedanke, über seine bösartige Schadenfreude eine Diskussion zu beginnen, war mir zuwider; sie hätte bei mir nur alte

Wunden aufgerissen. Wie auch immer, seine düstere Prophezeiung über das gemeinsame Los seines Lebens und des Schicksals der Revolution hat sich jedenfalls nicht erfüllt.

Drei Wochen später wurde er aus dem Krankenhaus entlassen, und nicht lange, und er besuchte mich, um mir zu danken. Gesundheitlich schien es ihm gut zu gehen, und seine Laune war bestens. Heiter gestimmt überließ er sich seinen Erinnerungen an die Jugendzeit. Ich verspürte den unwiderstehlichen Drang, das düstere Kapitel seiner Vergangenheit aufzuschlagen. Als er eine Pause machte, sah ich meine Gelegenheit gekommen. Ohne langes Herumreden sagte ich: »Weißt du eigentlich, dass ich nicht fassen konnte, was man sich damals über dich erzählte?«

Er reagierte nicht, tat, als habe er meine Bemerkung nicht gehört. Fast war ich bereit, mir einzugestehen, dass ich einen Fehler gemacht hatte, aber da sagte er, und zwar in einem völlig sachlichen Ton, als gebe er nur einen Tatbestand wieder: »Bisweilen kommt es vor, dass ein Auto einen Passanten anfährt und er tot liegen bleibt.«

Er steckte sich eine Zigarette an, trotz aller ärztlichen Warnungen. »Es ist ein Fehler, wenn wir das Auto dafür verantwortlich machen. Der Fehler liegt entweder beim Fahrer oder an der Straße oder an der Werkstatt oder beim Opfer selbst. Das Auto hat keine Schuld.« Er hielt kurz inne, dann sagte er: »Warum wurde denn in der Wafd-Zeit niemand gefoltert? Das Problem ist doch, dass es zwei Arten von Regierungen gibt. Die eine Regierung wird vom Volk getragen, also gewährt sie dem Einzelnen sein Recht auf Menschenwürde, selbst wenn es zulasten des Staats geht. Die andere Regierung wird vom Staat und seinem Apparat getragen, und in dem Fall ist der Staat heilig, was zulasten des Einzelnen geht.« Wieder legte er eine Pause ein, bevor er weitersprach: »Wir haben niemanden aus Spaß gefoltert, wie du vielleicht denkst, sondern die Folter als Maßnahme eingesetzt, so wie du ein Formular ausfüllst oder einen Bericht für den Minister schreibst. Es ist eine Arbeit, die beherrscht sein will und zu den allgemeinen Pflichten gehört. Wenn es da welche gab, die bei ihrer Arbeit übermäßigen Eifer zeigten oder sie mit heimlicher oder offensichtlicher Lust betrieben, so ist das nichts anderes, als wenn einer von deinen Leuten sich besonders beflissen zeigt, mag er nun damit über seine Unfähigkeit oder ein persönliches Missgeschick hinwegtäuschen wollen.«

Während er sprach, starrte er die ganze Zeit über auf ein Foto, das auf einem Tischchen stand. »Ist der eine, der da, nicht Doktor Ibrahim Akl?«, fragte er plötzlich.

»Stimmt, und die anderen sind ehemalige Kommilitonen und Professoren. Wieso? Hast du Ibrahim Akl gekannt?«

»Das nicht, aber bestimmte Umstände haben es von mir verlangt, alles, was über ihn veröffentlicht wurde, auch Fotos, im Blick zu behalten.«

»Was für Umstände?«

Er schwieg eine ganze Weile nachdenklich vor sich hin, dann fragte er: »Erinnerst du dich noch an den Tod seiner zwei Söhne?«

»Gewiss, sie gehörten zu den Opfern der Cholera-Epidemie.«

Er lachte. »Nun ja, in dem Fall, aber das weiß nur Gott, scheint die Cholera nicht schuld gewesen zu sein.«

»Wie? Was hast du da gerade gesagt?«, rief ich bestürzt.

»Mein Chef, Gott sei ihm gnädig, hat mir einmal, als wir allein waren, anvertraut, dass die Jungen ermordet worden sind.«

»Ermordet?«

»Reiß dich zusammen, das ist alles vorbei und vergessen.«

»Aber wieso ermordet? Wer sollte das getan haben?«

»Es gibt keine gesicherten Erkenntnisse, das musst du glauben. Selbst mein Chef wusste nichts Genaues. Es wurde ihm lediglich eine Information zugetragen, in der es um eine Affäre einer wichtigen Frau mit einem Mann aus dem Palast und einen Mord in einem einsam gelegenen Haus an der Wüstenstraße ging.«

»Und weiter?«

»Nichts weiter, mehr weiß ich nicht. Und wie gesagt, nichts ist bewiesen.«

Mehr war aus ihm nicht herauszubekommen, aber ich sah auch keinen Grund, warum er die ganze Geschichte erfunden haben sollte. Ich redete mit meinem alten Professor Mahir Abd al-Karim darüber, und er, der immer so ruhig und ausgeglichen war, rang sichtlich um Fassung.

»Ich kann mir nicht vorstellen«, sagte er schließlich, »dass Ibrahim Akl vor mir ein Geheimnis hatte.«

»Vielleicht durfte er darüber nicht sprechen, weil es mit dem Palast zu tun hatte.«

Verwirrt und zweifelnd schüttelte er den Kopf.

Ich beschloss, die Sache gänzlich zu vergessen. Mit Achmed Kadri hatte ich keinen Kontakt mehr. Manchmal entdeckte ich ihn zufällig in einer Runde älterer Männer, die alle europäisch aussahen, im Café Phoenix. 1970 sah ich ihn dann auf dem Talat-Harb-Platz, und obwohl ich mich abseits hielt, konnte ich an den schlaff herunterhängenden Kinnbacken erkennen, dass er sich alle Zähne hatte ziehen lassen. Ansonsten sah er gesünder aus, als ich es vermutet hatte.

Amani Mohammed

Wir lernten uns am Telefon kennen. Sie rief an, und nach den üblichen Höflichkeitsfloskeln fragte sie mich nach meiner Meinung über einige Diskussionen im Fernsehen. Sie interessiere sich vor allem für Kunst. Ob ich ihr ein paar Quellen nennen könnte, die ihr helfen würden, ihr Wissen zu erweitern, und natürlich wäre sie begeistert, wenn sie mich einmal treffen dürfte. Ich bot ihr an, in mein Büro zu kommen, aber das lehnte sie ab. Sie hasse die Atmosphäre in Büros und würde es vorziehen, mich irgendwo anders zu treffen. Wir verabredeten uns im »Rasthaus« bei den Pyramiden.

Es war das Jahr 1965, der Frühling neigte sich dem Ende zu. Ich erwartete eine Studentin oder eine frisch gebackene Absolventin. Aber es kam eine reife Frau in den vierziger Jahren, mit üppigen Formen und geschminkten Augen, die selbstbewusst einherschritt und sich auf der Grenze zwischen der Freiheit der modernen Frau und dem Glitzerschein einer Prostituierten bewegte. Unruhe überfiel mich, denn ich ahnte, dass es nicht nur um Kunst gehen würde. Aber da ich auf diese Frau weder unbeschwert zugehen noch sie einfach übersehen konnte, ließ ich den Dingen ihren Lauf. Wir setzten uns draußen im Garten hin und taten, als würden wir die Sicht auf die Stadt genießen. Aber hier und da trafen sich unsere Blicke, die gleichermaßen verlegen wie neugierig waren.

»Entschuldigen Sie meine Kühnheit, aber ich musste Sie treffen.« Mir fiel auf, dass sie das R nicht als Zungenlaut, sondern als Kehllaut sprach. Nach einer kurzen Beteuerung, wie sehr mich diese Begegnung freue, fuhr sie fort: »Das Einzige, was mein Leben ausfüllt, ist die Kunst. Zum Glück habe ich auch ein Gespür dafür.«

»Sie sind Beamtin?«

»O nein, und ich habe auch kein Abitur, nur die mittlere Reife. Aber ich bin eine ausgezeichnete Leserin und habe auch schon mehrere Hörspiele geschrieben.«

»Oh, leider hat es mir das Glück versagt, sie im Radio zu hören.«

»Das ist normal.« Sie überschüttete mich mit Komplimenten, für die ich dankte, dann sagte sie: »Ich brauche einige historische Quellen, um weiterschreiben zu können.«

»Da kann ich Ihnen bestimmt helfen.«

»Ich will ein Buch schreiben, und zwar über berühmte Frauen im Nahen Osten, die mit ihren Liebesbeziehungen in die Geschichte eingegangen sind.«

»Ein spannendes Thema.«

Sie lächelte. »Es würde mich freuen, wenn Sie mit mir zusammenarbeiten würden.«

Ohne auch nur im Geringsten zu zögern, erwiderte ich: »Tut mir leid, aber ich bin zurzeit völlig ausgelastet.«

»Sie helfen mir mit der wissenschaftlichen Literatur, und wenn Sie wollen, suchen Sie sich das eine oder andere Porträt aus und schreiben darüber.«

»Was Sie für die Arbeit brauchen, bekommen Sie.«

Sie hielt den Blick starr auf die Baumwipfel gerichtet, auf die wir hinunterschauen konnten. »Wir könnten in einem Park arbeiten oder …«, sie hielt kurz inne, »bei mir zu Hause, falls Sie bereit sind, mir diese Ehre zu erweisen.«

Der neue Überfall bewirkte, dass die Neugier über meine Zurückhaltung siegte. »Bei Ihnen zu Hause?«

»Nun ja, vielleicht sollte ich Ihnen erst einmal erzählen, wie ich lebe. Ich bin geschieden, und außer meiner alten Tante ist niemand mehr da. Mein Sohn und meine Tochter leben bei ihrem Vater.«

»Und die Tante?«

»Es geht doch um Arbeit, daran ist nichts Verwerfliches.« Sie schaute in die Ferne. »Eine sachliche Atmosphäre, wie man sie zum Arbeiten braucht, ist leicht herzustellen.«

»Aber …«

»Aber was?«

»Um ganz offen zu sprechen, finde ich es traurig, wenn eine Frau wie Sie die Freuden des ehelichen Lebens entbehren muss.«

Unwillig winkte sie ab. »Das war kein Leben, dem man nachtrauern muss. Kein einziger Tag machte mich glücklich.«

»Kaum zu glauben.«

»Das Einzige, was mir mein Mann beigebracht hat, war, ihn zu hassen. Vorher habe ich ihn bloß nicht geliebt.«

»Aber warum haben Sie dann der Ehe zugestimmt?«

»Ich wurde mit sechzehn mit ihm verheiratet, und abgesehen davon, dass ich ziemlich unreif war, legte man auf meine Meinung keinen Wert.«

»Aber es gibt viele glückliche Ehen, die auf diese Weise ihren Anfang nahmen.«

»Er ist egoistisch, gemein und brutal.«

Da sie offenbar nicht bereit war, über Einzelheiten zu sprechen, ließ mein Interesse nach. Für sie gehörte diese Geschichte der Vergangenheit an und war ein für alle Mal vorbei. Völlig unerwartet schob sie ihre Hand auf meine Hand.

»Ich brauche jemanden, dem ich vertrauen kann.«

Obwohl ich vermutete, dass sie stark übertrieb und mir sogar Lügen auftischte, empfand ich Mitleid mit ihr. Trotzdem hatte ich Lust, sie ein wenig zu frotzeln. »Ach, und deshalb sind Sie an der Kunst interessiert?«

Sie lachte. »An der Kunst und am Leben!«

Aber Kunst und Vergangenheit waren vergessen, als wir an den Pyramiden über den Wüstensand spazierten. Mich kümmerte nur noch das Heute, vor allem die Wohnung, und ganz speziell die Tante. Sie sei alt, schlafe tief und fest und höre und sehe nicht mehr so gut. »Aber wenn du willst, können wir uns auch woanders treffen.«

Berauscht von der verschwörerischen Atmosphäre, geriet mein Blut in Wallung. »Lass es uns gleich heute machen!«

»Gib mir ein wenig Zeit, um alles vorzubereiten«, erwiderte sie fröhlich.

Allein in einem Zimmer. Gedämpftes, rötliches Licht, Schwaden von Parfüm, Duftessenzen und Alkohol. Ich fühlte mich in eine frühere Zeit versetzt, von der ich nicht mehr geglaubt hätte, sie noch einmal erleben zu dürfen. Ja, so war es gewesen – mit Seide gefesselt, in trunkener Gier, immer auf dem Sprung. Es machte nichts, dass es nicht die wahre Liebe war. Und Amani? Sie gab sich mit Leib und Seele hin, war selig nach langer Irrfahrt und in dunkler Nacht den Hafen erreicht zu haben, war erfüllt von einem schier grenzenlosen Verlangen nach Liebe und Zärtlichkeit, angefeuert von einem Herzen, das Liebe, Mütterlichkeit und Vertrautheit nicht hatte erfahren dürfen.

Nach und nach vertraute sie mir alle ihre großen und kleinen Sorgen an. Sie sprach darüber, dass sie finanziell abgesichert sei; sie bat den Herrgott um Gnade für ihren Vater, der an ihrem unglücklichen Leben schuld gewesen sei; sie flehte Gott um Schutz für ihre Tochter an, weil man heutzutage den jungen Männern nicht mehr trauen könne.

Je länger wir zusammen waren, desto stärker wuchs mein Gefühl, für sie verantwortlich zu sein, und wann immer ich mir bewusst machte, dass unsere Beziehung keine gemeinsame Basis hatte und sie nicht ewig fortbestehen würde, erfasste mich geradezu Panik. Aber Zuneigung und Sex genügen nicht, um eine innige Zweisamkeit auf sicheren Boden zu stellen.

So gegen Ende des Sommers, oder Anfang Herbst, besuchte mich Abduh al-Basjuni in meinem Büro. Obwohl er sich sehr verändert hatte, erkannte ich ihn auf Anhieb wieder. Ich begrüßte ihn wie einen alten Freund, auch wenn wir uns vor mindestens fünfundzwanzig Jahren zum letzten Mal gesehen hatten. Es wunderte mich, dass er, der nur wenige Jahre älter als ich war, dermaßen gealtert aussah. »Was treibst du jetzt so?«

Er ging nicht darauf ein, stattdessen fragte er: »Wahrscheinlich wunderst du dich, warum ich dich nach einem Vierteljahrhundert sprechen will?«

»Ich hoffe, dass du gute Nachrichten hast, alter Freund.«

Er schaute mich ruhig und fest an. »Ich bin als Ehemann von Amani Mohammed gekommen.«

Im ersten Moment war mir nicht klar, was er da gerade gesagt hatte, aber dann schlug die Nachricht wie eine Bombe in meinem Kopf ein. Ich war wie ohnmächtig, verlor jegliches Gefühl für Zeit und Ort. Das Einzige, was ich erkennen konnte, war das runde, braune Gesicht von Abduh al-Basjuni, das mir, weil ich es niemandem zuordnen konnte, Teil einer überflüssigen Büste auf meinem Schreibtisch zu sein schien. Ich sagte kein Wort, hatte keine Ahnung, was sich auf meinem Gesicht abspielte.

Er nickte bedächtig, bevor er mit freundlicher Stimme erklärte: »Es gibt keinen Grund, sich aufzuregen.« Ein vages Lächeln. »Du kannst nicht wissen, worum es geht.« Mit Nachdruck in der Stimme fügte er hinzu: »Ich bin nicht gekommen, um Rache zu nehmen.«

Ich kehrte in die Wirklichkeit zurück, sah mich auf meinem Stuhl, in meinem Zimmer sitzen. Aber das Gefühl, dass sich meine Welt gleich im Nichts auflösen würde, ließ mich nicht los. Mich meinem Schicksal überlassend, murmelte ich: »Vielleicht meinst du eine ganz andere Frau?«

»Ich meine die Frau, bei der du gestern gewesen bist.«

»Aber sie ist geschieden!«

»Sie steht unter meinem Schutz, ich bin ihr Mann.«

»Was für ein Unglück!«, stöhnte ich.

»Ich bin nicht aus Zorn oder Rachegelüsten gekommen.«

»Aber ich sterbe vor lauter Schuldgefühl, es tut mir so leid.«

»Dich trifft keine Schuld«, seine Stimme schwoll vor Ärger an, »du bist lediglich ihr neustes Opfer.«

»Was?!«

»Einmal und noch einmal und noch einmal, und jedes Mal muss ich sie aus der Geschichte herausholen, um sie vor dem völligen Absturz zu bewahren und die Zukunft meiner Kinder zu retten.«

»Himmel, was für ein Leben! Aber …«, ich zögerte kurz, »… aber warum erträgst du das alles?«

»Auf keinen Fall lass ich mich scheiden, auch wenn sie mich mehrmals darum gebeten hat.«

»Warum?«

»Sie ist die Mutter meiner Tochter und meines Sohns, und beide sind noch nicht erwachsen. Abgesehen davon würde meine Frau nach der Scheidung völlig verkommen, vielleicht sogar auf den Strich gehen.«

»Oder nochmal heiraten.«

»Dazu ist sie nicht mehr fähig.«

»Eine schwierige und bedrückende Situation.«

»Deshalb bin ich entschlossen, sie nach Hause zurückzuholen und zu retten, was zu retten ist. Das einzig Gute ist, dass die Zeit in Paris nicht umsonst war.«

»Ist das Leben einmal verdorben, kann man es nur noch hassen.«

»So ist es. Wahrscheinlich hat sie mit dir über mich geredet, dazu wäre bestimmt einiges zu sagen.«

»Nie im Leben hätte ich gedacht, dass ich mich dir gegenüber in solch einer üblen Situation befinde.«

Dieses Mal nahm er mein Bedauern nicht zur Kenntnis, stattdessen steckte er sich eine Zigarette an und starrte nachdenklich vor sich hin. Nach einer Weile schaute er auf und fragte: »Kannst du dich noch erinnern, wie ich früher war?«

Natürlich konnte ich. Er hatte mit mir zusammen studiert und war nach dem Examen auf eigene Kosten nach Paris gegangen. Nach zwei oder drei Jahren kehrte er ohne einen weiteren Abschluss zurück. Er wurde ins Abgeordnetenhaus gewählt und genoss das Ansehen, das ihm die Familie, die Partei und der Sitz im Parlament einbrachten.

»Ich hatte keine Probleme mit der Juli-Revolution, für mich als Liberaler gab es da keinen Widerspruch.«

»Logisch.«

»Ich habe ihr treu gedient, aber trotzdem wurde ich, zusammen mit anderen hohen Parteimitgliedern, verdächtigt, eine Verschwörung geplant zu haben. Ich wurde verhaftet, kam für eine Weile ins Gefängnis, und mein Vermögen wurde konfisziert.«

Ich schwieg niedergeschlagen, wusste nicht, was ich sagen sollte.

»Tja, und dann fand ich mich auf der Straße als Bettler wieder.«

»Aber deine Frau hatte doch Geld?«

»Ach was, sie war noch ärmer als die Armut selbst. Sie hat eine reiche Tante, aber da gibts schon einen Erben. Wahrscheinlich hat sie dich in dem Punkt auch angelogen.«

Für einen Moment verfielen wir beide in Schweigen. »War es das, was eure Ehe zerstört hat?«

»Keineswegs, denn ich habe vom ersten Tag an unermüdlich gearbeitet, um wieder Geld zu verdienen. Ich saß von früh bis abends an Übersetzungen und Adaptationen, und ein paar frühere Kameraden von der Presse haben mir geholfen, die Sachen zu veröffentlichen. Das Schlimme war, dass sich mein Wesen unter dem Druck der Ereignisse veränderte. Es gab ständig Streit zwischen uns.«

»Aber so etwas kann man doch in Griff kriegen?«

»Dafür war es zu spät.«

»Schrecklich.«

»Wären da nicht die Kinder, hätte ich ihr schon längst den Laufpass gegeben.« Er schwieg kurz. »Einmal habe ich sie geschlagen, ich schäumte vor Wut, war wie wahnsinnig. Das hat sie mir nie verziehen.«

»Es tut mir leid, wie das Schicksal dir mitgespielt hat.«

Als hätte er sich einen Ruck gegeben, sagte er in einem völlig anderen, nämlich entschiedenen Tonfall: »Ich fordere dich auf, die Beziehung sofort abzubrechen.«

Ah, es nahte die Rettung! Ich konnte es kaum glauben. »Selbstverständlich.«

»Und du musst sie überzeugen, dass sie wieder nach Hause kommt.«

»Ich werde alles tun, was in meiner Kraft steht.«

Er winkte ab. »Genug davon, lassen wir dieses unerquickliche Thema.« Ein tiefes Atemholen, und er kam wieder auf die alten Zeiten zu sprechen, unter anderen auch auf Ibrahim Akl und Mahir Abd al-Karim. »Zu seinem Salon bin ich seit meiner Reise nach Paris nicht mehr gegangen, aber ich habe ihn gelegentlich aufgesucht. Ich überlege, ob ich nicht doch mal am Salon teilnehmen sollte.« Er wiegte bedächtig den Kopf. »Den Grundbesitz seiner Familie hat er ja bei der Bodenreform verloren. Danach hat er die Villa in al-Munira verkauft und sich ein etwas kleineres Haus in Heliopolis zugelegt. Da findet auch sein Salon statt.«

»Ich weiß, ich verkehre dort seit 1930 regelmäßig.«

Er begann, meine Energie und meinen Erfolg zu loben, bevor er seufzend meinte, dass er seinerseits ja ständig nur darum kämpfe, sich seine Würde und sein Ansehen zu bewahren. Worauf ich ihm natürlich versicherte, dass er sich geradezu vorbildlich verhalte.

»Nun ja, auf meinem Tisch liegt eine Menge Übersetzungsarbeit – Romane, Theaterstücke, Drehbücher …«

»Finde ich großartig.«

»Aber was mir fehlt, sind Verträge mit Kulturinstitutionen.«

»Dann zeig ihnen doch deine Arbeiten.«

»Man hat mir gesagt, dass das allein sinnlos sei.«

Ich stellte mich dumm. »Wieso?«

»Es heißt, dass man, wenn man etwas erreichen will, Geld rüberschieben muss, aber ich habe kein Geld.«

»Du darfst nicht alles glauben, was erzählt wird.«

»Ein andere Möglichkeit wäre, dass ich lobende Artikel über die Chefs schreibe …«

»Du solltest wirklich nicht alles glauben.«

»Ich bin ja bereit, selbst dem größten Esel in diesen Häusern zu bestätigen, dass er bedeutender als Achmed Schauki ist, aber die Konkurrenz unter den lobhudelnden Schreiberlingen ist groß, und da hat einer wie ich, der sich als Kritiker noch keinen Namen gemacht hat, keine Chance. Wenn ich wenigstens beim Rundfunk oder beim Fernsehen wäre, da könnte ich ihnen versprechen, sie in einer Sendung unterzubringen. Also bleibt mir nur der normale Weg, und der ist eben, wie du weißt, nicht normal.«

Zum ersten Mal lachte er, und das ließ mich hoffen, wirklich gerettet zu sein. Vielleicht war es gut gewesen, dass ich ihm Mut zugesprochen hatte. Als er aufstand und mich an seine Forderung erinnerte, versprach ich, alles nur Menschenmögliche zu tun.

Ich hielt mein Versprechen und kam gleich beim nächsten Treffen auf das Thema zu sprechen. Aber kaum begonnen, stoppte ein jäher Schrei meinen Redefluss.

»Was? Diese Bestie ist zu dir gekommen?« Ihre Augen sprühten vor Wut.

Ich erinnerte sie an ihre Mutterpflichten, aber da schrie sie, dass ich ihn nicht kennen würde.

»O doch, ich kenne ihn sogar schon sehr lange«, erwiderte ich, »und er ist keineswegs so schlecht, wie du dir das einbildest. Er ist sogar besser als viele andere Männer.«

»So ein Quatsch, du kennst ihn eben nicht.«

Ich bestand auf meiner Meinung, redete auf sie ein.

»Jetzt reichts!«, rief sie. »Ich lass mich nicht von dir fertig machen.«

»Aber eins möchte ich noch erklärt haben. Warum hast du mir nicht erzählt, dass du verheiratet bist und dein Mann dich zu Hause haben will?«

»Warum sollte ich? Er ist nicht eifersüchtig.«

»Er liebt seinen Sohn und seine Tochter.«

»Er liebt nur einen, nämlich sich selbst.«

»Das Problem ist …«

Sie schnitt mir das Wort ab, zischte: »Das Problem ist, dass du mich nicht liebst.« Sie wischte sich eine Träne ab. »In dieser Welt ist die Liebe schon seit Langem gestorben. Du hast mir kein einziges Mal gesagt, dass du mich liebst, aber das mache ich dir nicht zum Vorwurf.«

»Du verdienst es, geliebt zu werden«, stotterte ich, »nur ich bin dafür nicht geschaffen.«

»Worte, nichts als Worte.«

»Geh wieder nach Hause, da findest du, was wichtiger ist.« Ich brach auf. In meinem Innern tobte das Gefühl, erlöst und befreit zu sein, gegen heftige Gewissensbisse an. Mir war traurig zumute, und außerdem empfand ich Mitleid, nicht nur mit meinem alten Bekannten Abduh al-Basjuni, sondern auch mit Amani. Vielleicht würde er noch einmal anrufen, aber nein, er tat es nicht. Ich hätte wiederum gern Amani angerufen, um mich zu vergewissern, dass sie wohlauf war, aber dazu fand sich keine Möglichkeit.

Später traf ich Abduh al-Basjuni dann gelegentlich, und wie mir schien, beschritt er energisch den von ihm festgelegten Weg.

Einmal, das muss 1968 oder 1969 gewesen sein, sah ich, als ich gerade in der Ramses-Straße am Telefongebäude vorbeiging, Amani auf mich zukommen. Spontan streckte ich die Hand aus, die sie verwirrt drückte. Auf Anhieb war mir klar, dass ich einen Fehler gemacht hatte. Ich fragte verlegen, ob es ihr gut gehe.

»Danke, ja«, flüsterte sie verschämt und ging weiter.

Sie hatte kräftig zugenommen, aber ihre Behäbigkeit und Verwirrung erweckten den Eindruck, dass sie eine ordentliche Hausfrau geworden war. Einem »fremden« Mann die Hand geben zu müssen, hatte sie in allerhöchste Verlegenheit gebracht.

Anwar al-Halawani

Sein Name beschwört eine ganze Welt herauf: Der Bait-al-Kadi-Platz, gelegen zwischen al-Gamalija, Chan Gafar und an-Nahhasin, gesäumt von hohen Eichen, in denen die Spatzen nisten, in der Mitte ein Trog, aus dem Maultiere und Esel tranken, die kleine Bude, wo sich die Leute das Trinkwasser holten, die alte Polizeistation – hier verbrachte ich meine Kindheit und Jugend.

Anwar al-Halawani war der Sohn unserer Nachbarn, und wann immer er aus dem Haus ging oder heimkehrte, beobachtete ich ihn neugierig. Er war etwas Besonderes, gehörte er doch zu den ersten Jugendlichen im Viertel, die eine höhere Bildung besaßen. Er studierte Jura. Ich bewunderte seinen ungewöhnlich hohen Fez, den dicken, gezwirbelten Schnurrbart und den eleganten Anzug. Er schritt mit einer Gesetztheit einher, die seinem Alter überhaupt nicht entsprach. Wenn mich niemand beobachtete, versuchte ich, wie er zu gehen. Ich kann mich noch gut an die Limonade erinnern, die mir seine Mutter bei der Feier anlässlich seines bestandenen Abiturs gereicht hatte. Sie kam vom Land, und es machte mir Spaß, ihren Dialekt nachzuahmen.

Im Verborgenen geschah offenbar eine Menge Dinge, von denen ich, als ich noch unter den Eichen spielte, nichts wusste. Eines Morgens riss mich ein gellender Schrei aus dem Schlaf; er kam aus der Nachbarswohnung. Das ganze Haus geriet in Aufruhr. Ich mischte mich unter die aufgeregten Bewohner und versuchte herauszubekommen, worum es ging. Der junge Mann von nebenan, Anwar al-Halawani, war getötet worden! Erschossen bei einer Demonstration, von einem englischen Soldaten. Es war das erste Mal, dass das Wort »Tod«, das ich nur aus Sagen und Märchen kannte, in mein eigenes Leben trat. Ich hörte das Wort »Kugel«, was bedeutete, dass ich zum ersten Mal, wenn auch nur akustisch, mit einer Errungenschaft der Zivilisation Bekanntschaft machte. Dann war da noch das Wort »Demonstration«, das, um es zu verstehen, zahlreiche Erklärungen brauchte. Aber zum ersten Mal hörte ich auch von einer neuen Art der Gattung Mensch, von einem »Engländer«.

Überall, im Haus und auf dem Platz, redeten die Leute über das schreckliche Ereignis. Zu den bereits gehörten Wörtern gesellten sich andere hinzu: »Revolution«, »Volk«, »Saad Zaghlul«. Ein Schwall von Wörtern ergoss sich über mich, und um darin nicht zu ertrinken, stellte ich unerbittlich eine Frage nach der anderen. Töten – was bedeutet das? Wohin ist Anwar gegangen? Was war das für eine Welt, in der er verkehrte? Was ist ein Engländer, und warum hat er Anwar getötet? Was ist Revolution? Wer ist Saad Zaghlul? Und was ist das und das und das?

Nicht lange, und der rasende Wahnsinn fiel auch über unseren Platz her. Ich hockte am Fenster und starrte mit weit aufgerissenen Augen auf die wogende Masse von Menschen. Männer in Anzügen, Gubbas, Kaftanen und Gallabijas schritten einträchtig nebeneinanderher. Selbst Frauen waren dabei, sie saßen auf Karren oder in kleinen Kutschen, trugen Fahnen und riefen irgendetwas. Plötzlich hörte ich etwas pfeifen. Tatsächlich, das waren Kugeln, zum ersten Mal vernahm ich dieses Geräusch. Es kam von den Männern, die auf Lastkraftwagen und Pferden saßen. Nun sah ich also mit eigenen Augen Engländer. Mit ihren Helmen und borstigen Schnurrbärten sahen sie fremd aus. Ich sah dutzende von Toten auf dem Platz liegen, und viele Menschen bluteten; Kleidung und Erde färbten sich rot. Wie aus einer Kehle riefen die Menschen: »Es lebe die Nation!«, und: »Wir sterben, aber Saad lebt!«

Badr az-Zijadi

Badr ging mit mir zur Oberschule. Er war ziemlich dick, aß und spielte gerne und war hinter den Mädchen her. Alles in allem fand ich ihn sehr sympathisch. Sein Vater war an unserer Schule der diensthabende Offizier, aber dann, am Ende des zweiten Schuljahrs, wurde ihm plötzlich vorgeworfen, das Königshaus beleidigt zu haben. Er kam vor ein Gericht, das ihn für schuldig befand und zu sechs Monaten Haft auf Bewährung verurteilte. Das hatte zur Folge, dass er seine Stellung verlor. Badr war stolz, dass er einen solch mutigen und patriotisch gesinnten Vater hatte. Wir, seine Mitschüler, sahen das genauso. Wir waren uns einig, dass Majestätsbeleidigung kein schlechtes Mittel im nationalen Kampf war, weil man, einmal verurteilt, zu den wahren Kämpfern zählte.

Im Unterricht gehörte Badr zu den mittelmäßigen Schülern, was hauptsächlich auf seine Trägheit zurückzuführen war. Seine wahren Talente entfaltete er auf dem Schulhof. Wie ein Magnet zog er die Schüler an. Stand er im Mittelpunkt, kam seine Begabung zur vollen Entfaltung – er rezitierte patriotische Gedichte, erzählte komische Begebenheiten oder provozierte uns mit seltsamen Geschichten. Einmal fragte er uns, wo sich nach unserer Meinung am ehesten die Gelegenheit biete, mit einer Frau schlafen zu können. Jeder sagte, was ihm gerade so in den Sinn kam. Bei jeder Antwort schüttelte er nur spöttisch den Kopf, und als uns nichts mehr einfiel, holte er Luft und sagte: »Auf dem Friedhof.«

Verdutzt schauten wir ihn an, dann lachten wir, weil wir glaubten, er habe einen Witz gemacht.

»Aber sicher«, erklärte er, »weil nämlich die Leute an Festtagen bei den Gräbern übernachten, und zwar Männer wie Frauen. Nur dass da meistens viel mehr Frauen als Männer sind. Und wenn es dunkel ist, bieten sich ungeahnte Möglichkeiten.«

»Aber an einem Festtag kann man doch nicht an Sex denken«, warf einer ein.

»An Sex kann man immer denken, der schert sich nicht um passende oder unpassende Gelegenheiten«, erklärte er verächtlich und erzählte gleich noch die Geschichte von dem Dienstmädchen. Er hatte sich an das junge Ding herangemacht, als der Leichnam seines Onkels zu Hause aufgebahrt war und alle anderen Frauen im Hof hockten, um seinen Tod laut zu beklagen.

Auf diesem Gebiet war sein Vorrat an Geschichten unerschöpflich, was uns natürlich gefiel. Aber wo er sich tatsächlich Ruhm erwarb, das war beim Fußball. Er war der beste Stürmer der Schulmannschaft, denn trotz seiner Leibesfülle war er ungeheuer schnell und behände. Beim Dribbeln und Haken schlagen war er geradezu genial, und er beherrschte den Ball, als wäre der von seiner Fußspitze magnetisch angezogen. Er führte seine Angriffe so geschickt aus, dass die Spieler der gegnerischen Mannschaft oftmals ins Straucheln gerieten und hinfielen. Einmal im Besitz des Balls, schoss er mit unglaublicher Kraft. Später wollte er unbedingt in einem Klub spielen, und er träumte davon, an einer Olympiade teilzunehmen. Bei Mr. Simpson, der als Cheftrainer im Auftrag des Erziehungsministeriums für alle Schulmannschaften verantwortlich war, stand er in hohem Ansehen. Ich kann mich noch gut daran erinnern, wie Mr. Simpson ihm nach einer Schulmeisterschaft dringend geraten hatte abzunehmen, was Badr beim anschließenden Teeempfang veranlasste, eine ganze Torte zu verschlingen und obendrein noch eine Menge Sandwiches und Pasteten in sich hineinzustopfen.

Eines Morgens befanden wir uns im Streik. Badr brüllte wie alle anderen, dass die Verfassung von 1923 hochleben und die Diktatur fallen solle. König Fuad hatte gerade Mustafa an-Nahhas als Premierminister entlassen und Mohammed Machmud eingesetzt, der als Erstes die Verfassung für drei Jahre außer Kraft setzte, weil sie neu erarbeitet werden müsse. Daraufhin traten die Schüler aller Schulen in Streik, wir natürlich auch. Das hatte zur Folge, dass die Polizei unsere Schule belagerte und wir nicht hinauskamen. Um uns für die bevorstehende Schlacht zu rüsten, rissen wir Bäume, Fenster und Türen heraus und schleppten aus der Cafeteria Schüsseln, Kupfergefäße, Kellen, Messer und Gabeln ins Freie. Unser mörderisches Gebrüll schwoll an, war weithin zu hören, drang wahrscheinlich bis zum Sitz des Königs, und da reichte es der Polizei, und sie stürmte die Schule. Die Soldaten schlugen mit Stöcken auf uns ein, und die englischen Konstabler schossen in die Luft, um uns Angst zu machen. Es war ein ungleicher Kampf; keiner konnte den Schlägen entkommen, und es gab nicht nur viele Verwundete, sondern zwei Menschen wurden tödlich verletzt – der Hausmeister und ein Schüler.

Der Schüler war Badr az-Zijadi. Ein schwerer Schlag auf

den Hinterkopf hatte ihn getötet. Am Tag darauf beschloss die Schule, ihn feierlich zu beerdigen, aber dazu kam es nicht. Die Polizei hatte das Kasr-al-Aini-Krankenhaus, in das die Toten aller Schulen gebracht worden waren, hermetisch abgeriegelt. Unter Polizeischutz wurden die Leichname direkt zu unterschiedlichen Friedhöfen gebracht. Wir konnten nichts anderes mehr für Badr tun, als, natürlich einzeln, zu seinem Vater zu gehen und ihm unser Beileid auszusprechen.

Badrs Vater lebt noch immer; er muss jetzt ungefähr fünfundsiebzig sein. Manchmal, wenn ich in Abbasija bin, sehe ich ihn, unweit seines Hauses, in einem kleinen Café sitzen. Alter und Armut haben ihn zerstört, und niemand würde vermuten, dass dieser Mann einst als Freiheitskämpfer großen Mut bewiesen und seine Stellung und seinen Sohn geopfert hatte. Zurückgezogen in einen Winkel beobachtet er den Strom der Autos, in denen die Erfolgreichen sitzen, Menschen der Gesellschaft, die auf sich und ihr Leben stolz sind, ohne sich je die Finger verbrannt oder gar Opfer gebracht zu haben. Was mag wohl im Kopf des alten Mannes vor sich gehen, wenn er diesem seltsamen Treiben zusieht? Oder haben Zeit und Alter ihn so weit entrückt, dass er nur noch den flüchtigen Moment wahrnimmt?

Was Badr betrifft, so vereinigt uns ein Foto, das von der Fußballmannschaft aufgenommen wurde. Er steht in der Mitte, mit dem Ball zwischen seinen Füßen, und schaut fröhlich und selbstbewusst in die Kamera.

Bilal Abduh al-Basjuni

Wir begegneten uns zufällig in der Villa von Gad Abu l-Ala, das Jahr 1970 hatte gerade erst begonnen. Obwohl wir keine Freundschaft schlossen und uns seit damals nicht wieder sahen, hat er doch in meinem Gedächtnis eine tiefe Spur hinterlassen.

Als ich an jenem Abend die Villa betrat, waren außer dem Gastgeber nur mein alter Kommilitone Abduh al-Basjuni und ein junger Mann, der ihm auffallend ähnelte, anwesend.

»Mein Sohn … Doktor Bilal«, sagte Abduh.

Auf der Stelle fiel mir das traurige Gespräch ein, das Abduh wegen seines Sohns und seiner Tochter mit mir geführt hatte. Es fiel mir schwer, der Unterhaltung zu folgen, denn das Gefühl, durch die Beziehung zu Amani Schuld auf mich geladen zu haben, setzte mir zu.

»Unser Doktor denkt an Emigration«, hörte ich Abduh sagen. Ich schaute auf und sah den jungen Mann neugierig an. Für uns, die ältere Generation, gehörte das Wort »Emigration« zu dem neuartigen Vokabular, das wir staunend aufnahmen. So sah also einer dieser Abenteurer aus, den sollte man sich mal genauer besehen, dachte ich.

»Bilal hätte die Möglichkeit, für ein oder zwei Semester in den Vereinigten Staaten zu studieren, aber er will ganz und gar auswandern«, erklärte Abduh.

»Und was meinst du dazu?«, fragte Gad Abu l-Ala.

Abduh lachte. »Was ist meine Meinung schon wert? Oder gar mein Wunsch.«

»Na, irgendetwas wirst du doch sagen können.«

»Ich bin dagegen.«

»Und Frau Amani?«

Ich fuhr erschrocken zusammen. Sie war also tatsächlich zu ihrer Familie zurückgekehrt. Es überraschte mich, mit welcher Vertrautheit Gad ihren Namen erwähnte.

»Sie freut sich, weil sie denkt, dass sie, wann immer sie möchte, in die USA fliegen kann.« Wir mussten alle lachen.

»Glauben Sie, dass Sie dort eine strahlende Zukunft vor sich haben?«, fragte Gad den jungen Doktor.

»Ich will einfach in einer soliden wissenschaftlichen Atmosphäre arbeiten.«

»Einer seiner Freunde, ein gewisser Jusri, hat ihm den Kopf verdreht«, erklärte Abduh. »Ein ziemlich chaotischer Typ, jedenfalls nicht gerade ein gutes Vorbild. Er war ein sehr erfolgreicher Arzt, und zwar sowohl im Krankenhaus, als auch in seiner Praxis. Trotzdem hat er dauernd an allem herumgemeckert, nichts blieb von seinem Zynismus verschont. Er hat das Land und alle, die hier leben, regelrecht gehasst. Als er dann zu einem Sommerkurs in die Staaten fuhr, hat er die Gelegenheit genutzt und ist dort geblieben.«

»Und ist außerordentlich erfolgreich, und zwar sowohl in der Forschung als auch in der praktischen Arbeit«, warf der junge Mann bissig ein.

»Erfolgreich war er hier auch, warum musste er dann weggehen?«

»Dort herrscht eine ganz anderes Klima, Vater. Nimm zum Beispiel mal den stellvertretenden Chef meiner Klinik. Er hat seinen Doktor mit Glanz und Gloria gemacht und natürlich erwartet, dass man das in irgendeiner Weise würdigt. Aber nichts dergleichen geschah, im Gegenteil. Man hat ihn angefeindet, sodass er in der Forschung nicht einmal den Platz fand, der ihm gebührte. Schließlich sah er sich gezwungen, in die Vereinigten Staaten zu emigrieren, und als er dort seine wissenschaftlichen Arbeiten vorlegte, bekam er auf Anhieb mehrere Angebote von Universitäten und Krankenhäusern.«

Mir fiel auf, dass die Schärfe, mit der er sprach, an Wut grenzte.

»Nun ja, es mag Fehler und Mängel geben, aber deshalb müssen doch junge, erfolgreiche Leute nicht gleich weggehen?«

Ohne seinen Tonfall zu mäßigen, erwiderte Bilal al-Basjuni: »Es geht nicht um Fehler oder Mängel, hier ist alles in einem absolut erbärmlichen Zustand.«

»Man kann Sie ja in gewissem Sinn verstehen, aber wer außer euch jungen Leuten soll diesen Zustand verändern?«

»Das interessiert mich nicht.«

»Aber die Heimat stellt doch einen Wert dar! Den kann man doch nicht einfach leugnen oder übersehen?«

»Meine Heimat ist die Wissenschaft, sonst nichts.« Er zögerte kurz, und als wollte er sich rechtfertigen, stieß er unwillig hervor: »Vaterland, Sozialismus, arabischer Nationalismus … Halten Sie mich nicht für leichtfertig, aber was ist davon nach dem fünften Juni geblieben?«

»Die Jahre, die seitdem vergangen sind, haben uns genug Zeit gelassen, die Niederlage als lehrreiche Erfahrung zu sehen.«

»Es ist sinnlos«, meinte Abduh al-Basjuni, »diese Generation setzt nur auf das, was sie im Kopf hat.«

»Dagegen ist nichts zu sagen«, erwiderte Gad Abu l-Ala. »Aber deshalb muss man noch lange nicht sein Vaterland vergessen.«

»Uns rettet nichts anderes als die Wissenschaft«, verteidigte sich Bilal. »Patriotismus, Sozialismus, das bringt doch alles nichts. Was zählt, ist einzig und allein die Wissenschaft. Nur sie stellt sich den echten Problemen, die die Menschheit bewegen. Dagegen schaffen Sozialismus und Kapitalismus wegen ihrer eigensüchtigen Kurzsichtigkeit jeden Tag nur neue Probleme, und wenn versucht wird, die zu lösen, kommen letztendlich nur noch schlimmere Probleme dabei heraus.«

»Aber was hindert Sie daran, hier, in Ihrer Heimat, als Wissenschaftler zu arbeiten?«, fragte ich.

»Weil es hier nichts als Hindernisse gibt, weil die Akzeptanz von Forschung unterentwickelt ist, weil in dieser Atmosphäre geistige Kreativität, Gerechtigkeit, Wertschätzung ersticken. Deshalb will ich auswandern. In Amerika werde ich für mein Land von größerem Nutzen sein, als wenn ich hier bleibe. Die Wissenschaft ist für die ganze Menschheit da, sieht man mal von der Rüstungsforschung ab.«

»Wie gehts denn der Tochter?«, fragte Gad Abu l-Ala Abduh al-Basjuni.

»Ende des Jahrs macht sie ihr Diplom als Pharmazeutin. Der Gedanke auszuwandern, begeistert sie noch mehr als Bilal.«

Gad lachte laut los. »Und ist der Mann ihrer Träume schon aufgetaucht? Beschäftigt sie das?«

Abduh al-Basjuni winkte ab. »Was wir für ein Problem halten, ist für diese jungen Leute ein Spiel.«

»Schade, dass die Kunst uns noch kein Abbild von dieser Generation geschaffen hat. Wenn ich das nur könnte, das wäre schön!«

»Dafür erleben wir sie aber auf der armseligen Bühne unseres Lebens in Fleisch und Blut«, warf ich ein.

Abduh al-Basjuni sah seinen Sohn scharf an. »Ihr träumt davon, euch abzusetzen, dabei steuert das Schiff direkt auf einen Sturm zu.«

Trotz seiner ernsten Miene hatte ich das Gefühl, dass sich Abduh al-Basjuni nur halbherzig gegen die Pläne seines Sohns wehrte. Die Bewunderung, die er für ihn hegte, war nicht zu übersehen.

Als Bilal nur verächtlich mit den Schultern zuckte, wurde mir bewusst, dass diese Generation ein neues Verständnis von »Patriotismus« hatte. Sie war nicht mehr bereit, Verantwortung zu übernehmen, jedenfalls nicht in dem Maß, wie es meine Generation getan hatte, auch wenn sie bis zur Erschöpfung schwer daran trug.

Plötzlich lachte Bilal, ich fühlte mich sehr an seine Mutter erinnert. »Ich habe einen Traum«, sagte er, »nämlich dass die ganze Welt zu ihrem eigenen Nutzen ausschließlich von einer wissenschaftlichen Institution regiert wird.«

»Und welche Werte sollen da entscheidend sein?«, fragte ich. »Die Wissenschaft hat mit Werten nicht viel zu schaffen, aber die Menschen brauchen sie genauso wie Erkenntnisse.«

Er sah mich etwas hilflos an. »Ich denke, man sollte sich nicht so verzweifelt an Werte klammern, die sich abgenutzt haben. Ihr haltet euch daran fest, weil ihr Angst vor dem Abenteuer habt, neue Werte zu erkunden. Die Wissenschaft produziert keine Werte, aber sie gibt Mut. Wo der klassische Determinismus ins Wanken gerät, kann die Wissenschaft die Ufer des Wahrscheinlichen erforschen und Fortschritt bringen, ohne einen Blick zurückzuwerfen.«

»Es ist sinnlos, mit Leuten zu diskutieren, mit denen man keine gemeinsame Sprache hat«, warf Gad Abu l-Ala ein.

Das Gespräch erregte mich, mein Gesicht glühte. »Ihr flüchtet euch in die Zivilisation, statt sie zu Hause, auf eigenem Boden, zu entwickeln.«

Bilal starrte mich wütend an. »Der Mensch hat von Natur aus einen Hang zum Nomadentum, und zu Hause fühlt man sich dort, wo man Glück und Wohlstand findet. Deshalb emigriert gerade die geistige Elite. Und was die etwas Zurückgebliebenen betrifft …«

»… sollte man die am besten aus der Welt schaffen«, unterbrach ich ihn heftig.

Plötzlich lachte er und entspannte sich. »Wenn sich der Bevölkerungszuwachs auf dem gegenwärtigen Niveau hält, könnte es sein, dass die Nahrungsvorkommen nicht mehr reichen. Dann liegt es vielleicht sogar im Interesse der zivilisierten Allgemeinheit, ganze Volksgruppen auszulöschen.«

»Jetzt reichts aber!«, rief sein Vater.

»Israel würde sich über Sie freuen«, erklärte Gad Abu l-Ala.

Wütend entgegnete er: »Israel tut uns nur das an, was wir uns schon selbst angetan haben.«

Nachdenklich kehrte ich heim. Die Nacht verbrachte ich damit, mir diesen oder jenen Satz des jungen Mannes in Erinnerung zu rufen. Ich versuchte, seine Argumentation von verschiedenen Blickpunkten aus zu überprüfen. Schließlich stand für mich fest, dass die Menschheit nur dann überleben kann, wenn die Kräfte, die das menschliche Denken ausbeuten, um den Menschen zu versklaven, vernichtet werden. Damit hätten die mutwillig provozierten Konflikte, die das große Potenzial an menschlichen Fähigkeiten verschleißen, ein Ende. Es wäre der erste Schritt, um weltweit eine Gemeinschaft zu bilden, die sich auf Weisheit und Wissenschaft begründet und den einzelnen Menschen so erzieht, dass er sich als Bürger der ganzen, großen Welt begreift, einer Welt, die ihm körperliche Unversehrtheit garantiert und seinen kreativen Kräften die Freiheit lässt, sich zu entfalten, seine Werte zu finden und mutig zum Kern der Wahrheit voranzuschreiten, die dieses prächtige und geheimnisvolle Universum birgt. Entweder wird das erreicht werden, oder es tut sich eine Zukunft auf, angesichts derer ich dankbar bin, einer Generation anzugehören, die ihre Reise durch dieses seltsame Leben bald beenden wird, einem Leben, das mich, mit all seinem Guten und all seinem Schlechten, an den Tanz auf dem Vulkan erinnert.

Nach einigen Monaten traf ich Abduh al-Basjuni im Salon von Mahir Abd al-Karim. Als ich mich nach seinem Sohn erkundigte, sagte er, dass er abgereist sei. Leise fügte er hinzu: »Und seine Schwester wird ihm demnächst folgen.« Er zögerte ein wenig. »Ich verspüre oftmals einen Stich im Herzen«, gestand er, »aber das Leben hat mich gelehrt, mich in mein Schicksal zu fügen.« Für einen Moment schwieg er, dann sagte er: »Ich will dir nicht verschweigen, dass ich den Entschluss der Kinder gut verstehen kann. Warum haben wir eigentlich im Studium nichts Vernünftiges gelernt, um im Ausland leben zu können?«

»Wissenschaft ist eine Weltsprache, unsere Berufe haben mit regionalen Rätseln zu tun«, erwiderte ich. Als ich ihm erzählte, was mir damals, nach dem Gespräch mit seinem Sohn, alles durch den Kopf gegangen war, lachte er von Herzen. Dann seufzte er und sagte: »Wir Alten sind genügsam, unsere Bedürfnisse bescheiden. Mein tägliches Glück besteht darin, einen Kaffee mit Milch zu trinken und zwei Kekse zu essen.«

Soraja Rafat

Ich lernte sie 1935 kennen, als ich im Ministerium meine erste Stellung angetreten hatte. Sie kam ihren Onkel besuchen, und er stellte mich ihr vor. Sie stand kurz vor dem Abschluss ihres Lehrerstudiums. Bis auf ihre Augen, die Intelligenz und Selbstbewusstsein ausstrahlten, fiel ihr Gesicht durch keine besonders hübschen Züge auf, aber dafür hatte sie eine äußerst reizvolle Figur. Der Leiter des Generalsekretariats, Abbas Fauzi, hatte offenbar meine bewundernden Blicke bemerkt, denn eines Tags, ich hatte ihm einige Schriftstücke zum Unterschreiben vorgelegt, sagte er beiläufig: »Sie sollten sesshaft werden und eine Familie gründen.«

Ich fühlte mich ertappt. »Meinen Sie wirklich?«, stotterte ich.

»Ihr Nettogehalt beträgt acht Pfund, damit könnte man zwei Frauen heiraten.«

Ich musste lachen. »Aber würden Sie es gutheißen, eine Frau zu heiraten, die arbeiten geht?« Für meine Generation war das damals ein ernstes Problem.

Spöttisch wie immer, erwiderte er: »Ach, wissen Sie, es gibt Hausfrauen, die sind schlampig, und es gibt berufstätige Frauen, die sich tadellos benehmen.«

Mir war klar, dass das auch als Mahnung für mich gelten sollte, aber angesichts Sorajas körperlicher Attraktivität überhörte ich sie. Als Studentin genoss sie eine gewisse Freiheit, vielleicht hätte mich auch das bereits warnen sollen. Und ich hätte auch die Art, wie sie einen anschaute, nicht einfach übergehen sollen – ein bisschen frech, verheißungsvoll, und was noch schlimmer war, sie wandte den Blick nicht ab, und das versetzte mich durchaus in Unruhe. All das hätte mich zurückhalten sollen, stattdessen machte es mich neugierig.

Ausgestattet mit den besten Vorsätzen und erfüllt von der Hoffnung auf ein Abenteuer, wartete ich draußen vor dem Ministerium auf sie. Ich schüttelte ihre Hand, ging neben ihr her und fragte, ob sie nicht Lust habe, sich irgendwo mit mir hinzusetzen. Sie tat erstaunt und fragte nun ihrerseits, warum sie das tun sollte.

»Weil ich Sie näher kennenlernen möchte.«

»Heute gehts nicht.«

Es sah aus, als wollte sie sich verabschieden, also fragte ich hastig: »Und wann geht es?«

Sie zögerte ein wenig, als wüsste sie nicht, wie sie sich verhalten solle. »Nun gut, Montag zehn Uhr, vor dem Zoo.«

Einerseits hatte sie mir mit ihrer Zusage einen Herzenswunsch erfüllt, andererseits fühlte ich mich aber auch wegen der Freiheit, die sie genoss, in meinem Misstrauen bestärkt. Aber die Freude, ein Abenteuer zu erleben, siegte. Wir trafen uns also vor dem Zoo, spazierten herum und unterhielten uns. Ich sagte, wie sehr ich sie bewundern würde, bevor ich von mir erzählte. Wir sprachen über unser Leben und was wir uns von der Zukunft erhofften. Unter größten Qualen bemühte ich mich, meine wahren Gefühle nicht zu zeigen. Dabei war ich ganz sicher, dass sie auf meinen Gefühlsdrang genauso zustimmend antworten würde, wie auf die Einladung zu diesem Treffen. Als weit und breit niemand zu sehen war, versuchte ich sie zu küssen. Sie schob mich weg und schaute mich an. Offenbar las sie in meinen Augen Begehrlichkeiten, die ihr nicht gefielen.

»Was ist mit dir los?«, fragte sie verärgert.

Ich zeigte auf ein Dickicht. »Komm, setzen wir uns dort hin.«

Sie richtete sich kerzengerade auf. »Offenbar hast du eine schlechte Meinung von mir.«

Eine eiskalte Welle schlug über mir zusammen. »Aber nein, überhaupt nicht!«

»Oder ich hatte von dir eine zu gute Meinung.«

Reumütig flehte ich: »Bitte, keins von beiden stimmt.«

Damit hatte sich der größte Sturm gelegt, und nicht lange, und wir unterhielten uns wieder auf höchst sittsame Weise. Beim Abschied verabredeten wir uns für ein neuerliches Rendezvous. Ich fühlte mich mit aller Macht zu ihr hingezogen, selbst die Idee zu heiraten zog ich ernsthaft in Erwägung. Als wir uns das nächste Mal trafen, schenkte sie mir einen Federhalter aus Elfenbein. Ich war überrascht und gerührt.

»Ich habe lange gezögert, ob ich dich überhaupt noch einmal sehen will«, sagte sie.

»Aber wieso?«, fragte ich erschrocken.

»Weil ich Angst habe, enttäuscht zu werden.«

Ich nahm ihre Hand und drückte sie zärtlich. »Du weißt doch, dass ich dich liebe.«

Während der nächsten Treffen wurde es immer klarer, dass wir uns einig waren. Also überlegten wir, was alles zu tun war, bevor wir die Verlobung bekannt geben würden. Einmal wurde Soraja von ihrer älteren Schwester begleitet, die schon verheiratet war. Das Gespräch kam auf das Thema Arbeit und Haushalt. Ich überlegte nicht lange. »Ich kann mir nicht vorstellen«, erklärte ich, »wie der Haushalt funktionieren soll, wenn Soraja den ganzen Tag arbeitet.«

»Und wozu hat sie dann studiert und sich abgeplagt?«, fuhr mich die Schwester wütend an.

»Mein Gehalt reicht. Sie braucht nicht arbeiten zu gehen, dann hat sie mehr Zeit für den Haushalt.«

Die Schwester lachte spöttisch. »Trotz all deiner Bildung bist du wahnsinnig altmodisch.«

Soraja mischte sich ein. »Warum fragt mich eigentlich keiner, was ich davon halte?«

»Dein Schweigen sagt doch genug«, meinte ich.

»Unsinn.«

»Also gut, mein Liebes, dann sag uns, was du meinst.«

»Ich werde in dem Beruf arbeiten, den ich erlernt habe, und zwar solange es nur irgend geht.«

Der Tag, an dem unsere beiden Familien sich begegnen würden, rückte näher. Wir trafen uns ein letztes Mal allein. Soraja wirkte zerstreut.

»Bedrückt dich etwas?«

»Ja.«

»Und was?«

»Nun gut, ich werde nicht länger schweigen. Es war ein Fehler, nicht schon längst darüber mit dir gesprochen zu haben. Wenn man sich liebt, muss man ehrlich miteinander sein.«

»Ist es etwas Schlimmes?«

»Ja …«

Und dann erzählte sie mir, dass es einen Mann gegeben habe, der, als sie noch im zarten Alter der Unschuld war, ihr Vertrauen missbraucht hätte. Tränen liefen ihr über die Wangen. Zuerst verstand ich überhaupt nichts, dann kam mir alles wie ein schlechter Witz vor. Aber im nächsten Moment überkam mich das Gefühl, gegen das Schicksal nichts ausrichten zu können und mich fügen zu müssen. Man muss das Leid tragen, dachte ich, und dass ich ein Nichts sei. Ich fiel in ein tiefes, schwarzes Loch, war wie gelähmt, mutlos und verzagt. Es kam mir vor, als steckte ich in einer jener Aschegruben, die im Winter ausgehoben werden, und nun schütteten die Leute einen Kübel nach dem anderen über mir aus.

Soraja sah mich ängstlich an, die nassen Wimpern glänzten. »Hab ichs nicht gesagt?«, flüsterte sie.

»Hä?«

»Du liebst mich nicht.«

»Ich und dich nicht lieben! Sag das nicht nochmal.«

»Du kannst mir nicht verzeihen.«

Um mich nicht darauf einzulassen, fragte ich: »Wer war es?«

»Das spielt keine Rolle.«

»Also wer?«

»Ein Schuft, wie es viele gibt.«

»Wie heißt er?«

»Quäl mich nicht!« Sie nahm ihre Handtasche. »Lebe wohl.«

»Geh nicht!«

Sie stand auf. »Auch ohne jedes Wort hast du alles gesagt.«

»Nichts habe ich gesagt.«

»Ich ertrage es nicht, wenn man mir nicht voll und ganz vertraut.«

Dass sie aufgestanden war, hatte ich mit einer gewissen Erleichterung beobachtet. Trotzdem bat ich sie, mir noch ein paar Minuten zum Überlegen zu geben. Aber es kam ein letztes Lebewohl, und dann ging sie mit stolzem Schritt davon.

Ich steckte in einer Falle, aus der ich nicht herauskam. Liebte ich sie denn wirklich? Verspürte ich nicht eher leidenschaftliche Gier? Vielleicht hatte mich der Bruch mit meiner alten Liebe, Safa, unfähig gemacht, überhaupt noch lieben zu können? Andererseits hätte in jener Zeit niemand solch einen Fehltritt verziehen. Ehe es so weit war, hatte meine Generation die Vergangenheit noch Schicht um Schicht abzutragen, und wann immer wir glaubten, den Dingen auf den Grund gekommen zu sein, stießen wir auf eine neue Schicht, gegen die wir mühevoll ankämpfen mussten. So gesehen, haben wir fünf oder sechs Jahrhunderte in einem einzigen Vierteljahrhundert zurücklegen müssen.

Ich war traurig, enttäuscht, aber ich habe keinen Moment daran gezweifelt, dass Soraja aus meinem Leben endgültig verschwunden war. Sie kam auch nicht mehr ins Ministerium, um ihren Onkel zu besuchen. Ich sah sie erst 1939 wieder, kurz vor dem Ausbruch des Zweiten Weltkriegs, als die Landwirtschafts- und Industrie-Ausstellung stattfand. Ich schlenderte mit Id Mansur, einem Jugendfreund, auf dem Gelände des Luna- Parks umher, und plötzlich ging Soraja mit ihrer Schwester und deren Kindern vorbei. Sie sah mich nicht, aber mein Freund entdeckte sie. Er stieß mich an und flüsterte: »Sieh dir mal die Frau da an.«

»Warum?«

»Sie wohnt in Sakakini und ist die Nachbarin von meiner Tante.« Er lachte hämisch und machte mit der Hand eine eindeutige, schamlose Bewegung. Auf der Stelle war mir klar, dass er und niemand anders der Schurke gewesen war. »Mistkerl!«, stieß ich wütend aus, was er sicher nicht verstehen konnte.

Er grinste widerlich. »Was willst du? Sie hats immerhin geschafft, sich zu verloben, und in diesem Jahr will sie heiraten.«

Es vergingen viele Jahre, ohne dass ich von Soraja wieder etwas gehört oder gesehen hätte. Dann aber, es war nach der Niederlage von 1967, besuchte ich Salim Gabr, und als ich sein

Büro betrat, entdeckte ich inmitten der anderen Gäste Soraja. In jener Zeit suchte ich die Nähe von Freunden und Bekannten. Wie jemand, dessen Kleidung Feuer gefangen hat, nach irgendetwas – einer Decke, Sand, Wasser – sucht, um die Flammen zu ersticken, so trieb es mich unter Menschen. Viele meiner Freunde waren gekommen, so auch Gad Abu l-Ala, Rida Hamada, Azmi Schakir und Kamil Ramzi. Und dann war da diese Frau, eine gesetzte Erscheinung, in den fünfziger Jahren – Soraja Rafat. Ich hob die Hand zum Gruß, gerichtet an alle. Auch ohne Soraja die Hand zu reichen, hatte ich das Gefühl, dass sie mich genauso erkannt hatte wie ich sie. Das Gespräch drehte sich um die Niederlage: Analyse der Ursachen, Erörterung der Dimensionen, Diskussion der noch nicht absehbaren Folgen.

Als viele schon gegangen waren, reichte Soraja Salim Gabr die Hand und verabschiedete sich mit den Worten: »Also dann, bis Montag.«

Nachdem er sie zur Tür begleitet hatte, kehrte er ins Büro zurück und sagte: »Sie hat mich zur Lehrergewerkschaft eingeladen, dort findet ein Podiumsgespräch über die nationale Lage statt.«

Ich tat, als würde ich Soraja nicht kennen. »Und wer ist sie?«

»Doktor Soraja Rafat, Schulinspektorin im Erziehungsministerium. Ihr Mann ist einer dieser seltenen Gelehrten, die ihr ganzes Leben in den Dienst der Wissenschaft stellen. Sie hingegen spielt im öffentlichen Leben eine gewichtige Rolle, und zwar in der Frauenbewegung. Sie ist eine Frau, auf die nicht nur ihre Geschlechtsgenossen stolz sein können, sondern das ganze Land.« Er schwieg einen Moment, bevor er fortfuhr: »Eine Frau wie sie, die eine starke Persönlichkeit und dazu klug und sittlich einwandfrei ist, findet man selten.«

Id Mansur fiel mir ein, und ich musste an meine Feigheit

und Flucht denken. Ich beschwor mir dutzende Gesichter früherer Freunde herauf, mit denen mich der Strom des Lebens zusammengeführt hatte. Gesichter aus Kindheitstagen tauchten auf, wie Chalil Zaki, Sajid Schuair und Achmed Kadri, meinen Cousin, den ich eine Ewigkeit lang nicht mehr gesehen hatte. Sie stiegen aus dem Moder der Zeiten hervor, gleich Insekten, die nach dem Zusammensturz eines morschen Hauses aus dem Gebälk kriechen.

Gad Abu l-Ala

Er existiert und existiert auch nicht.

Die Bekanntschaft mit ihm geht auf das Jahr 1960 zurück. Er rief mich in meinem Büro an und wollte mich treffen. Ich freute mich, ihn kennenzulernen, denn in der literarischen Szene genoss er großes Ansehen. Er hatte mindestens fünf Romane veröffentlicht, und die Annoncen für ein neues Buch fielen allein schon deshalb auf, weil sie in den Tageszeitungen auf der ersten Seite und groß aufgemacht erschienen. Kaum war das Buch auf den Markt gekommen, folgte eine Flut von Rezensionen, die sich alle in Lobeshymnen über das neue Werk ergingen. Seine Romane wurden ins Englische und Französische übersetzt, und wenn eins seiner Bücher im Ausland besprochen worden war, druckten die Zeitungen es nach, in Arabisch natürlich.

Solch einen Ruhm kann nur erwerben, der Wichtiges und Bedeutendes zu sagen hat, dachte ich, und begann deshalb, erst einen, dann einen zweiten Roman zu lesen. Doch leider war es mir nicht möglich, die Lektüre bis zum Ende durchzuhalten. Ich sah keinen Grund, der ein weiteres, intensives Lesen erforderlich gemacht hätte, entdeckte keine nennenswerte Begabung und fand, dass das Geschriebene nicht einmal regional von Bedeutung war. Natürlich waren seine Werke zu Hörspielen und Filmen verarbeitet worden, und obwohl sie auf kein sonderliches Echo stießen, wurden sie mit einem Getöse auf den Weg gebracht, als handle es sich um kostbare Perlen.

Er kam, und ich fand ihn liebenswürdig, gebildet und redegewandt. Schon nach wenigen Minuten hatte ich das Gefühl, mit einem alten Freund zusammenzusitzen und auf jede Förmlichkeit verzichten zu können. Ohne Scheu erklärte er mir, dass er auf meine Freundschaft großen Wert lege und sich deshalb freuen würde, wenn ich mich am literarischen Salon in seinem schönen Haus in Dukki beteiligte.

Seit jenem Tag folgte ich gelegentlich dieser Einladung. Manchmal unterhielt ich mich nur mit ihm, aber ansonsten saß ich mit den anderen Gästen zusammen. Abduh al-Basjuni war als Letzter zu dem Kreis gestoßen, das muss etwa zwei Jahre nach unserer unvergessenen Begegnung gewesen sein.

Gleich bei meinem ersten Besuch erzählte mir Gad Abu l-Ala von seinem Leben. Er wies auf ein großes Foto im Goldrahmen und sagte: »Das ist mein Vater, Gott hab ihn selig. Er war Antiquitätenhändler auf dem Chan-al-Chalili-Markt.« Er lachte herzhaft. »Wenn die Dinge ihren üblichen Lauf genommen hätten, wäre ich jetzt zwar nur Händler, hätte mir aber dafür die Persönlichkeitsspaltung erspart.«

Ein wenig verdutzt fragte ich, was er damit meine.

»Nun ja, ich habe schon sehr früh gemerkt, dass ich talentiert bin, und deshalb habe ich auf meinen Vater so lange eingeredet, bis er mich tatsächlich nach der Oberschule nach Frankreich schickte.« Er nickte schmunzelnd. »Von einem geregelten Studium habe ich nicht viel gehalten, deshalb bin ich zuerst einmal auf eine Sprachschule gegangen, um Französisch zu lernen, und danach habe ich mir die wahren Stätten großer Kunst erobert – Museen, Theater, Konzertsäle, Bibliotheken.«

Es folgte nicht nur eine genaue Beschreibung der verschiedenen kulturellen Einrichtungen, sondern auch der unterschiedlichen künstlerischen Erfahrungen, die er dort machte.

»Nach drei Jahren musste ich meine Studien leider abbrechen, mein Vater war gestorben. Als ältester Sohn hatte ich das Geschäft zu übernehmen.« Er erzählte, wie er sich seit damals hin und her gerissen fühlte zwischen Handel und Literatur. Wie er jede Minute seiner spärlich bemessenen Freizeit dafür nutzte, sein Talent fruchtbar werden zu lassen, und wie mühsam der Weg gewesen war.

Weder dieses Gespräch noch die folgenden Gespräche lösten in mir irgendetwas aus, das mit Vertrauen zu tun hatte. Er war vergnüglich, durchschnittlich intelligent, reichlich oberflächlich, und seinem künstlerischen Verständnis fehlte jegliche Tiefe. Dieser Eindruck, verstärkt durch die Lektüre seiner Romane, brachte mich dazu, mehr und mehr den Gerüchten Glauben zu schenken, die ich im Salon von Mahir Abd al-Karim oder im Büro von Salim Gabr hörte. Man erzählte sich, dass Gad Abu l-Ala die drei Jahre in Paris damit zugebracht hätte, sich in Nachtklubs und Spielhöllen herumzutreiben, und zwar unter dem Vorwand, seine Menschenkenntnis zu vertiefen. Er sei ein erfolgreicher Händler, hieß es, und deshalb enorm reich. Alle versicherten, ihn durchaus für einen Kunstliebhaber zu halten, allerdings hätte ihm schon immer der eigene Ruhm mehr am Herzen gelegen als die Kunst. Er war entschlossen, Schriftsteller zu werden, und was ihm dazu an Talent fehlte, glich er mit Geld aus. Er schrieb Erfahrungen aus seinem Leben auf, gab das Manuskript an einige Autoren und Kritiker, die er kannte, und arbeitete es entsprechend ihren Hinweisen gänzlich um.

Manch einer soll ihm sogar ganze Kapitel geschrieben haben. Dann brachte er das Ganze zu Leuten, die als Sprachkenner galten und den Text stilistisch überarbeiten und korrigieren sollten, Dienste, die er fürstlich mit Geschenken und Geld belohnte.

Als das erste Buch endlich aus der Druckerei kam, eine Prachtausgabe auf eigene Kosten, soll er gestrahlt haben wie ein Bräutigam. Nun mussten die Kritiker bezahlt werden, damit sie die Seiten in den Literaturzeitschriften füllten, was gemessen an den Kosten für die Übersetzungen noch geringe Ausgaben waren. In der literarischen Szene hatte er sich fest eingerichtet, was noch fehlte, waren Rundfunk, Fernsehen und Film, und da er nicht darauf aus war, auch nur einen einzigen Millim zu verdienen, lief die Sache wie am Schnürchen. Wenn es an Geld fehlte, griff er eben in seine Tasche. Obwohl der Handel ihn reich gemacht hatte, sah er auf die Kaufleute, die ihn als Berühmtheit bewunderten, verächtlich herab. Wichtig waren ihm einzig die Künstler, und wo immer sich eine Gelegenheit fand, drängte er sich, selbst mit den übelsten Tricks, in ihre Kreise. Die Künstler wiederum lehnten ihn ab, er blieb für sie der verachtete Sonderling.

Einmal, als sich das Gespräch um Gad Abu l-Ala drehte, fragte ich Zuhair Kamil: »Was hat er von all diesen sinnlosen Anstrengungen, wenn er doch am besten weiß, dass das Ergebnis auf Lug und Trug beruht?«

»Das siehst du falsch. Es könnte durchaus sein, dass er das alles für wahr hält«, erwiderte er.

»Das bezweifle ich.«

»Wahrscheinlich ist er davon überzeugt, dass seine Erfahrungen die wesentliche Grundlage bilden und Form und Stil zweitrangig sind, sozusagen Handwerk, was von Lohndienern erledigt werden kann.

»Menschliche Einbildung kennt keine Grenzen«, warf Rida Hamada ein.

»Und sich selbst etwas vorzumachen, scheint genauso lebensnotwendig geworden zu sein wie Luft und Wasser. Man selbst kann zwischen Betrug und Wahrheit nicht mehr unterscheiden, auch wenn es für alle anderen nicht zu übersehen ist.« Er lachte sarkastisch. »Für mich steht fest, dass alle Menschen Schurken sind. Es wäre das Beste, wenn sie sich eingestehen, dass ihnen jegliche Moral fehlt. Würde sich das Zusammenleben auf dieses Eingeständnis begründen, könnte man an die Beantwortung einer völlig neuen ethischen Frage herangehen: Wie können Wohlergehen und Glück in einer Gesellschaft gesichert werden, die aus lauter Abschaum besteht?«

Irgendwann, es muss 1968 oder danach gewesen sein, entdeckte ich Abduh al-Basjuni unter den Gästen in Gad Abu l-Alas Salon. Seit dem entsetzlichen Gespräch in meinem Büro hatte ich ihn nicht mehr gesehen. Da hat Abu l-Ala ja einen tollen Fang gemacht, dachte ich. Wir schüttelten uns wie alte Freunde die Hand, als hätte es meinen Fehltritt nie gegeben. Ich kämpfte mit aller Macht gegen die Frage an, ob seine Frau zu ihm zurückgekehrt sei, und er tat mir leider nicht den Gefallen, von selbst darauf zu sprechen zu kommen. Stattdessen sagte er: »Die Karawane zieht ihres Wegs, die Hindernisse sind überwunden. Mein Sohn Bilal befindet sich im letzten Jahr seines Medizinstudiums, und da er ausgezeichnete Leistungen zeigt, wird er es weit bringen. Seine Schwester steht ihm in nichts nach, sie studiert Pharmazie. Nicht mehr lange, und meine finanzielle und psychische Lage hat sich stabilisiert.«

Ich beglückwünschte ihn zu seinen Kindern, dann fragte ich: »Hast du Gad Abu l-Ala erst kürzlich kennengelernt?«

Er rückte näher heran und flüsterte: »Ich kenne ihn schon seit zwei Jahren, aber seinen Salon besuche ich eher selten. Deshalb haben wir uns hier noch nie gesehen.« Er grinste. »Die meisten seiner Hörspiele und Fernsehserien stammen aus meiner Feder.«

Wir mussten beide lachen.

»Ich habs immer noch nicht geschafft, eine Serie unter meinem eigenen Namen zu verkaufen.«

Eines Tages war es so weit – Gad Abu l-Ala wurde für sein Werk mit dem Staatspreis für Kunst ausgezeichnet. Kaum hatte sich die Nachricht verbreitet, besuchte mich mein alter Freund Aglan Sabit in meinem Büro. »Ja, kennen die denn überhaupt keine Gottesfurcht mehr?«, fragte er empört.

Wir sprachen über dieses und jenes, und als der Name Abduh al-Basjuni fiel, schmunzelte Aglan. »Weißt du eigentlich, dass seine Frau die Geliebte von Gad Abu l-Ala war?«

Mich überlief es heiß. »Hüte dich, du solltest selbst mehr Gottesfurcht haben.«

»Du kannst es mir glauben, ich bin ein Spezialist für solche Affären.« Nach kurzem Schweigen fügte er hinzu: »Abduh al-Basjuni weiß es. Er hat die beiden in einer Villa bei den Pyramiden ertappt und sich mit der Zusage, dass sie die Beziehung beenden, zufrieden gegeben. Und dann wurden der gehörnte Ehemann und der ehemalige Geliebte der Ehefrau dicke Freunde.«

Ich musste mir Mühe geben, um Haltung zu bewahren. »Wann war das?«

»Vor drei, vier, vielleicht auch fünf Jahren. Was ist das doch für ein Scharlatan!«

»Al-Basjuni?«

»Ach was, der ist bloß ein armseliger Esel. Nein, ich meine unseren großartigen Staatspreisträger.«

»Ach so.«

»Man kann sich nur wundern, dass die Helden in seinen Romanen mit ihrer Ehrlichkeit und Großmut die Tugend in Person sind.«

»Genau.«

Er lachte laut los. »Verflucht sollen wir alle sein, bis zum Jüngsten Tag.«

Gafar Chalil

Sein Name ist für mich mit der Erinnerung an das Abbasija der Zwanzigerjahre verknüpft – ein ruhiges Viertel mit weit ausgedehnten Feldern und üppigen, grünen Gärten. Im Osten gab es Villen, die wie Festungen aussahen, und in den fast leeren Straßen herrschte ehrfurchtsvolles Schweigen. Im Westen standen einfache Häuser, aber hinter jedem Haus gab es einen kleinen Garten, den Weinstöcke oder ein Guavenbaum und ein buntes Gemisch von Rosen, Nelken und Wermut zierte. Dahinter schloss sich jeweils ein Feld an, und um das Wasserrad, das sich am Rand befand, wucherten Henna-, Rauken- und Tomatensträucher. Hier und da stand auch eine Palme. Die einzelnen Anwesen wurden von Mauern gesäumt, hinter denen sich ein Wald von Feigenbäumen erstreckte. Tagsüber wurde die Stille nur vom Rattern der Straßenbahn gestört, nachts hallte der Ruf des Wächters wider. Wurde es Nacht, hüllte sich das Viertel in tiefstes Dunkel; die Lämpchen über den Haustüren konnten da nur wenig ausrichten.

An dem Tag, als wir von unserem alten Viertel nach Abbasija umzogen, schaute eine Menge kleine Jungen neugierig den Möbelträgern zu. Sie waren ungefähr in meinem Alter, also lief ich schnell aus dem Haus und ging zu ihnen. Da standen sie, meine zukünftigen Spielgefährten: Gafar Chalil, Surur Abd al-Baki, Sajid Schuair, Id Mansur, Rida Hamada, Chalil Zaki und Scharawi al-Fahham.

Wir starrten uns an, bis schließlich Chalil Zaki fragte: »Willst du mit uns spielen?«

Ich zögerte mit der Antwort.

»Woher kommst du?«, wollte Surur Abd al-Baki wissen.

Um nicht unhöflich zu wirken, erwiderte ich: »Aus dem Hussain-Viertel.«

»Spielst doch bestimmt Fußball«, meinte Gafar Chalil.

»Nein.«

»Dann musst du es lernen. Wann kommst du in die Schule?«

»Nach den Ferien.«

»Wir auch.«

»Habt ihr unterwegs eine Demonstration gesehen?«, fragte Rida Hamada.

»Nein, aber die Läden und Kaffeehäuser waren alle geschlossen.«

»Habt ihr Engländer gesehen?«

»Nur eine Streife. Gibts hier auch welche?«

Gafar lachte und wies mit der Hand in eine bestimmte Richtung. »Da sind ihre Kasernen, mitten drin. Du wirst ihnen auf Schritt und Tritt begegnen.«

»Bist du zur Vorschule gegangen?«, wollte Surur wissen.

»Ja, zwei Jahre lang, und davor war ich zwei Jahre auf der Koranschule.«

»Koranschulen gibts hier nicht.«

Ich hielt den Mund und schaute die Jungen ziemlich beklommen an. Trotzdem war der Anfang unserer Freundschaft gemacht, eine Freundschaft, die ein Leben lang anhielt; zwei Freunde hat mir der Tod geraubt.

Gafar Chalil war der Einzige, mit dem ich sowohl die Schulzeit als auch das Studium verbrachte. Mir gefiel seine heitere und witzige Art, und ob nun beim Spielen, in der Schule oder im Studium, er war immer überragend. Einmal fragte er mich, ob ich nicht Lust hätte, mit der ganzen Clique zu einem Fußballspiel in den Ahli-Klub zu gehen. Als ich ihn fragte, was das koste, sagte er: »Keinen einzigen Millim.«

Gekleidet wie immer, also mit Gilbab und Sandalen, marschierten wir zu Fuß durch die Zahir- und Faggala-Straße, kamen zum Stationsplatz, nach Abbas, zum Khedive-Ismail-Platz, und schließlich überquerten wir die Kasr-an-Nil-Brücke. Endlich waren wir beim Klub angekommen. Im Nu kletterten die Jungen auf einen großen Baum, und jeder suchte sich einen guten Platz. Mir blieb nichts weiter übrig, als es ihnen nachzutun. Es war das erste Fußballspiel, das ich erlebte, und ich hörte die Namen von Spielern, die ich mein Leben lang nicht vergessen sollte, Hussain Higazi zum Beispiel, oder Mari. Sie spielten gegen eine englische Mannschaft, was mich wunderte, denn bis dahin hatte ich immer gedacht, dass Engländer nicht spielen, sondern nur töten. Ich bekam einen unglaublichen Schreck, als Ali al-Husni zwei Engländer anrempelte, sodass sie stürzten; ich war sicher, dass es nun eine blutige Schlacht geben würde. Aber nichts dergleichen geschah, und da begann ich, diesen für mich neuen Sport zu lieben. Es war also möglich, die Engländer zu besiegen, zumindest im Stadion des Ahli-Klubs. Das einzig Dumme war, dass wir zu spät nach Hause zurückkehrten und ich eine Menge Ärger bekam.

Ich trat in den Fußballklub der Clique ein, er hieß »Löwenherz«. Wir spielten mitten im Feigenwald. Nicht lange, und ich schaffte es, nicht nur so geschickt wie Gafar Chalil zu sein, sondern es auch mit Id Mansur aufzunehmen, der immerhin professioneller Fußballer werden wollte.

Gafar Chalil hatte eine sehr schöne Stimme, er sang uns öfter Lieder von Sajid Darwisch, Munira al-Mahdija und Abd al-Latif al-Banna vor. Als er älter war, schrieb er volkstümliche Gedichte. Manchmal nahm er Filmszenen als Vorlage für seine Gedichte, und dann führte er, indem er alle Rollen selbst sprach, eine richtige Vorstellung auf, natürlich auch wieder im Feigenwald. Ich habe nie erlebt, dass er darüber sprach, verliebt zu sein. Nur einmal hatte ich ihn dabei ertappt, wie er einem jüdischen Mädchen aus der Nachbarschaft das Radfahren beibrachte. Je vertrauter wir miteinander wurden, desto mehr begriff ich, wie arm er war, wahrscheinlich war er von unserer ganzen Clique der Ärmste. Sein Vater war ein kleiner Beamter, trotz vieler, vieler Dienstjahre. Aber das änderte nichts an Gafars heiterem Gemüt, und es beeinträchtigte auch nicht seine Autorität. So sehr er sich für Sport und Kunst begeistern konnte, so wenig interessierten ihn die Politik und die nationale Bewegung. Daran änderte auch das Studium nichts. Ich fände es seltsam, sagte ich einmal zu ihm, dass er sich über Ereignisse, die uns den Verstand raubten, auch nicht die Spur aufregte.

Er lachte. »Der Patriotismus hat seine Männer. Ich bin keiner von ihnen, aber ich wünsche ihnen vollen Erfolg.«

»Aber alle anständigen Bürger unterstützen die nationale Bewegung.«

»Mag sein, aber mich zieht es zu den Künstlern hin.«

Schon in der Oberschule besuchte er Konzerte, die der Musikklub kostenlos veranstaltete, und wurden im Khediven-Café Gedichte rezitiert, war er dort Gast. Den Mut, ganz allein zu solchen Veranstaltungen hinzugehen, besaß nur er. Mithilfe des verstorbenen Kamal Salim schaffte er es, in die Filmszene vorzustoßen. Er spielte als Komparse in einigen Filmen mit und schrieb Geschichten, da war er noch Student. Nach dem Diplom, das er 1934 ablegte, verfasste er als Ko-Autor ein Drehbuch. Er wurde Englischlehrer. An seiner Schule hatte er schon bald wegen seiner sportlichen Aktivitäten und der Leitung einer Theatergruppe einen guten Namen. Mit seiner einnehmenden Art verzauberte er die Herzen. Einmal sagte er zu mir: »Der Beruf ist nur ein Schritt auf dem Weg, und ich weiß genau, wo ich hin will.«

Es war schwierig, sich auszumalen, was sein Ziel war. Wollte er Dichter werden, oder Schauspieler, oder Sänger, oder Szenarist? »Was ist denn nun dein Ziel, du Allerweltskerl?«

»Das Kino!«

»Kino?«

»Genau. Das Kino vereinigt alle Künste, und es ist die Welt der Magie, des Luxus und der Schönheit. Ich habe dort ungeheure Möglichkeiten, kann spielen, schreiben und singen.« Er lachte. »Ich sehe doch ganz ordentlich aus, aber das solltest du nicht jetzt beurteilen, sondern erst später, wenn mein Körper erst mal anständig zu essen bekommt. Unfairerweise hat mir die Armut nie Fleisch vergönnt.«

In der Zeit zwischen dem Hochschulabschluss und dem Zweiten Weltkrieg baute er seine Karriere beim Film Schritt für Schritt aus. Er adaptierte Erzählungen, schrieb Drehbücher und spielte in zehn Filmen eine Nebenrolle. Außerdem verfasste er dutzende von Liedtexten. Damit verbesserte sich seine finanzielle Situation, und anhänglich wie er war, versorgte er seine Familie mit einer neuen Wohnung in einer Hauptstraße. Er lebte noch mit ihr zusammen, hatte sich aber in der Champollion-Straße eine kleine Wohnung gemietet, um dort in Ruhe arbeiten und natürlich auch ausspannen zu können. Zu seinen alten Freunden ließ er den Kontakt nie abreißen.

Ein Jahr nach Kriegsende erhielt er unerwartet ein Stipendium für die Vereinigten Staaten. Ein Freund, der gute Beziehungen zum Erziehungsminister unterhielt, hatte sich für ihn eingesetzt. Während seines Aufenthalts dort schickte er mir regelmäßig Briefe, und so wusste ich, dass er eine Doktorarbeit über die Kunst in der arabischen Gesellschaft schreiben wollte und außerdem beabsichtigte, sich in Los Angeles im Drehbuchschreiben weiterzubilden. Er schreibe bereits für einige Zeitschriften und wolle nun auch beim Rundfunk sein Glück versuchen. Wenn er zurückkomme, würde er wohl ein hübsches Sümmchen, Dollars natürlich, mitbringen.

1950 kehrte er zurück. Gleich am nächsten Tag ging ich zu der Wohnung seiner Eltern, allerdings lebte nur noch seine Mutter. Wir umarmten uns und freuten uns über das Wiedersehen. Ich war nicht der einzige Besucher, viele Kollegen aus der Kunstszene und alte Schulfreunde waren gekommen. Nur einer fehlte – Scharawi al-Fahham, er war bei einem Luftangriff umgekommen.

Irgendjemand fragte, ob Gafar als Lehrer weiterarbeiten oder kündigen wolle, um sich ganz seiner Kunst zu widmen. Das gehe leider nicht, erwiderte er, weil er wie jeder andere Stipendiat für die Dauer von fünf Jahren im Dienst bleiben müsse. Dann erzählte er von Amerika. »Das Leben dort ist seltsam und großartig zugleich. Der Amerikaner an sich hat viele Qualitäten, die man nicht verkennen kann. Trotzdem hielt ich immer eine gewisse Distanz ein, die Bombe von Hiroshima hat mich ziemlich deprimiert. Im Übrigen scheint es mir, als steige das Interesse der Amerikaner am Nahen Osten stark an, darauf sollten wir uns einstellen.« Begeistert fügte er hinzu: »Ansonsten habe ich eine Menge guter Ideen für die Entwicklung des ägyptischen Films.«

Es wurde ein fröhlicher Abend, das Gelächter wollte kein Ende nehmen, vor allem nachdem Scheich Zakarija Achmed zu uns stieß. Bevor ich ging, verabredete ich mich mit Gafar für Freitag Vormittag in seiner eigenen Wohnung.

Am nächsten Morgen schlug ich die *Ahram* auf und fand – seine Todesanzeige. Er und tot? Tatsächlich. Er war auf einer Bananenschale ausgerutscht, hatte das Gleichgewicht verloren und war mit dem Kopf auf die Kante des Bürgersteigs geschlagen. Sekunden später lag er tot da, genau vor seiner Haustür.

Hanan Mustafa

Hinter mir rief jemand meinen Namen. Ich blieb stehen, drehte mich um und sah eine Frau so um die sechzig, die mich mit strahlend blauen Augen anlächelte. Für einen Moment schaute ich sie verlegen an, aber dann wehte mich die Erinnerung wie der Duft von Rosen an. »Hanan!«, rief ich.

»Ganz recht, Hanan«, erwiderte sie, und es hörte sich fast dankbar an. »Wie geht es dir?«

Wir schüttelten uns freudig die Hand und traten ein Stück zurück, um nicht im Weg zu stehen.

»Ich hab dich auf Anhieb erkannt, du siehst fast genauso aus wie früher. Insgeheim hatte ich Angst, dass es dir mit mir anders geht, aber wie es scheint, habe ich mich noch nicht so sehr verändert, dass ich verzweifeln muss. Was machst du hier im Mai, oder lebst du jetzt in Alexandria?«

»O nein, ich will eine Sommerwohnung mieten. Und du?«

»Ich will genau das Gleiche. Bist du allein hier?«

»Ja.«

»Ich auch.«

Wir erkundigten uns gegenseitig nach unseren Familien, erzählten, wer noch lebte, und wer schon gegangen war. Als ich über meine Arbeit sprach, erklärte sie stolz: »Und ich habe vier verheiratete Töchter und bin schon seit geraumer Zeit Großmutter. Leider ist mein Mann vor zwei Jahren gestorben.«

Wir schlenderten die Corniche entlang.

»Wann hast du mich zum letzten Mal gesehen?«, fragte sie.

Ich überlegte eine Weile. »Vor vierundvierzig Jahren?«

Sie lachte. »Ein Skandal ist das! Aber ich habe dich trotzdem erkannt.«

»Ich dich auch.«

»Ein bisschen hast du gezögert.«

»Weil ich so überrascht war.«

»Erinnerst du dich noch an damals, an unsere Liebe?«

Ein Schwall von Worten ergoss sich über mich, unterbrochen von lautem Lachen. Es erinnerte mich an das Gerücht, das damals in Umlauf war, nämlich dass ihre Mutter verrückt geworden wäre. Wir unterhielten uns noch ein wenig, dann ging jeder seines Wegs.

Ich kehrte ins Abbasija der Felder, Gärten und erhabenen Stille zurück. In Gedanken beschwor ich mir das Haus der Familie Mustafa herauf und sah den Vater, die Mutter, den Sohn und … Hanan vor mir. Es war ein prächtiges Haus, das für uns Jungen eine besondere Anziehungskraft hatte. Am Nachmittag pflegte der Vater im Empfangszimmer Platz zu nehmen, dessen Fenster auf die Straße gingen. Er saß in einem Schaukelstuhl, und auf dem Tisch standen eine Flasche, ein Eisbehälter, ein Glas und ein Teller mit Appetithäppchen. Er war ein korpulenter, mittelgroßer Mann mit gerötetem Gesicht und Glatze, der auf die Sitten und Gebräuche in jener Zeit verächtlich herabsah. Zuerst saß er stumm und in sich gekehrt da, was nicht nur würdig, sondern sogar ein wenig arrogant wirkte. Aber kaum hatte ihm der

Rausch die Brust weit und leicht gemacht, begann er, mit sehr menschlichen Blicken dem Treiben auf der Straße und den Passanten zuzusehen. Er war sich nicht einmal dafür zu schade, mit den fliegenden Händlern ins Gespräch zu kommen und sich, je nach Jahreszeit, über Kartoffeln, Salepwurzeln oder Eiscreme zu unterhalten. Er scherzte mit ihnen, bat sie, doch noch einmal das Verschen zu singen, mit dem sie ihre Waren anpriesen.

Wir standen in der Nähe, lauschten und schauten und hatten unseren Spaß an ihm. Meistens gaben wir bissige Kommentare ab, bis auf einen, und das war Gafar Chalil. Er liebte und bewunderte diesen Mann, und die Vorstellung, die er gab, hielt Gafar für ähnlich vergnüglich wie Zirkus und Kino.

Während der nachmittäglichen Sitzung von Herrn Mustafa erschien gelegentlich auch die Hausherrin. Sie war lang und dünn und stützte sich auf einen Stock, weil sie leicht hinkte. Sie maß die Welt mit einem mürrischen, hochmütigen Blick, und wehe uns, wenn sie uns beim Beobachten und Kichern erwischte. Eine Flut von Schimpfwörtern ergoss sich über uns, und sie verfluchte unsere Familien, weil sie es nicht verständen, uns ordentlich zu erziehen. Wie ihren Mann hielt man auch sie für etwas sonderlich, und es kam öfter vor, dass sie sich mit den Händlern und Bediensteten anlegte. Man erzählte sich, dass sie zehn Jahre älter als ihr Mann und reich war, denn im Unterschied zu ihm, der nur einen Stiftungsanteil besaß, gehörten ihr Boden und Geld. Sie hatte ihn wegen seiner vornehmen Abstammung geheiratet, obwohl er weder gebildet war, noch Arbeit hatte.

Auf der Straße zeigte sich des Öfteren eine Zigeunerin, die ein paar Schafe hütete. Sie war barfuß, trug einen schwarzen Gilbab, und um die Taille hatte sie einen Gürtel geschlungen. Ein schwarzes Tuch bedeckte das Haar, und das Gesicht war von einem ebenfalls schwarzen Schleier verhüllt, der nur die Augen frei ließ. Zwischen ihr und uns tobte eine erbitterte Schlacht, und wann immer sie mit ihren Schafen erschien, schrien wir wie aus einer Kehle: »Zigeunerin, Zigeunerin, lös auf der Stelle den Gürtel schnelle!«, worauf sie mit Steinen nach uns warf.

Plötzlich griff Herr Mustafa ein; er beschimpfte uns und verteidigte sie. Sajid Schuair, der sich als Erster von uns in sexuellen Dingen auskannte, raunte uns leise zu: »Seht ihr denn nicht, was zwischen dem Hammel und der Ziege läuft?«

Wenig später gab es zwischen Herrn Mustafa und seiner Frau einen heftigen Streit. Die Fetzen flogen, die Wände wackelten, Gezeter und Geschrei erschütterten die Stille der Straße, und hinter den Fensterläden zeichneten sich die Umrisse weiblicher Gestalten ab. Herr Mustafa ging aus dem Haus und ward nie wieder gesehen. Im Viertel ging das Gerücht um, dass er die Zigeunerin geheiratet hätte und die beiden in Darb al-Achmar wohnten.

Sich selbst überlassen, blieb seiner Frau nichts anderes übrig, als beide Rollen zu übernehmen, die des Vaters und die der Mutter. Sie war in der Tat eine merkwürdige Person. Hanan zum Beispiel erlaubte sie, mit ihren Altersgefährten draußen zu spielen, während sie es aber ihrem Sohn Sulaiman, der älter als Hanan war, verbot, ohne ihre Begleitung aus dem Haus zu gehen. Er war ein hübscher, gewandter Junge; manchmal sahen wir ihn ganz allein oder mit einer Dienerin im Garten spielen. Er machte einen sanften, artigen Eindruck und war von einer Zartheit, die die seiner Schwester bei Weitem übertraf. Die Blicke, die wir tauschten, sagten, wie gerne wir mit ihm und er mit uns gespielt hätte, aber das durfte nicht sein. So blieben wir Fremde, bis die Familie dann eines Tages von unserem Viertel wegzog.

Lange bevor ich mündig war, hatte ich mich schon in Hanan verliebt. Sie hatte wunderschöne weiße Haut, blaue Augen und eine herrlich weiche Stimme. Die Nächte im Ramadan boten den Jungen wie den Mädchen die lang ersehnte Gelegenheit, sich, wenn auch getrennt, auf der Straße aufzuhalten. Wir hielten Laternen in den Händen, und während wir sie schwenkten, warfen wir uns verstohlene Blicke zu. Wir sangen die Lieder des Ramadan und tauschten die noch in ihren Knospen schlummernde Liebe aus, eine Liebe, die sich mit Blicken, dem Anflug eines Lächelns oder auch mit kleinen Angebereien beim Laufen und Singen begnügen musste.

Als Hanan zwölf Jahre alt geworden war, durfte sie sich nicht mehr auf der Straße zeigen und auch nicht in die Schule gehen. In ihrem Milieu hielt man nichts von Ausbildung und Arbeit, beides waren Erfordernisse, denen sich nur die Armen unterwerfen mussten. Selbst ihr Bruder Sulaiman verließ die Grundschule vor dem Abschluss.

Seit die Geliebte meinen Blicken entzogen war, beschäftigte mich nur noch eins – meine leidenschaftliche Liebe zu ihr. Manchmal huschte Hanan für einen kurzen Moment ans Fenster, oder wir zeigten uns unsere Gefühle, indem wir, wenn es dunkel war, auf den Dächern unserer Häuser Streichhölzer abbrannten. Dank einer Dienerin erreichten wir eine neue Etappe, sie überbrachte heimlich Grüße und Blumen. Das Glück, das ich empfand, war unbeschreiblich, es machte mich gierig auf mehr. Aber ich wusste nicht, wie das zu bewerkstelligen war. Eine geheimnisvolle Unruhe beschlich mich, die von jauchzender Freude und trübstem Schmerz begleitet war.

Eines Tages kam plötzlich Hanans Mutter zu Besuch, was Seltenheitswert hatte, weil sie normalerweise weder zu Besuch ging, noch welchen empfing. Unverblümt, wie nur sie es fertig brachte, schlug sie vor, dass Hanan und ich heiraten sollten.

Völlig verdutzt starrten meine Eltern sie an. Es sei eine große Ehre, sagten sie, aber wir seien doch noch nicht einmal dreizehn Jahre alt.

Hanans Mutter schlug mit dem Stock auf dem Boden. »Manche Hochzeiten werden beschlossen, wenn die Kinder noch Windeln tragen«, erklärte sie verächtlich.

»Aber unser Sohn geht jetzt erst zur Grundschule, es liegt noch ein weiter Weg vor ihm.«

Sie schaute sie von oben herab an. »Meine Tochter ist reich, da braucht er keinen Abschluss, und eine Stellung auch nicht.«

»Eine Ausbildung ist genauso unerlässlich wie eine Stellung.«

»Unsinn.«

»Er besitzt nichts, und wird auch nie viel haben. Aber nur der Mann einer reichen Frau zu sein, nein, das wird er ablehnen.«

»Und was nun?«, fragte sie mit schneidender Stimme.

»Sie müssen warten, bis er seine Ausbildung abgeschlossen hat. Dann kann er heiraten, wenn er es unbedingt will.«

»Wie lange dauert das?«

»Mindestens zehn Jahre.«

»Ihr tretet euer Glück mit Füßen!« Sie sprang wütend auf und rief noch zorniger: »Jawohl, mit Füßen!« Mit hoch erhobenem Kopf und finsterer Miene eilte sie hinaus.

Kaum waren meine Eltern allein, stellten sie mir höchst peinliche Fragen. Sie wollten wissen, was hinter diesem sehr befremdlichen Besuch steckte. Nie im Leben hätte ich gedacht, dass das passieren könnte. Offensichtlich war diese Verrückte hinter das Geheimnis ihrer Tochter gekommen, und um eine glückliche Lösung zu finden, hatte sie sich zu diesem Vorschlag durchgerungen. Sie war sich völlig sicher gewesen, dass er auf Zustimmung stoßen würde, deshalb hatte sie dermaßen wütend das Haus verlassen. Ich war von diesem Ereignis tief bewegt, und nichts wünschte ich mir mehr, als mich bei Hanan zu entschuldigen. Aber sie zeigte sich weder am Fenster, noch schickte sie die Dienerin mit einer Nachricht zu mir. Und dann kam jener Nachmittag. Ich kehrte aus der Schule heim, und da erzählte man mir, dass die Familie von Herrn Mustafa ausgezogen sei, wohin wisse man nicht. Zum ersten Mal in meinem Leben erfuhr ich das qualvolle Leid, verlassen worden zu sein. Aber umgebracht oder völlig überwältigt hat es mich nicht. Für eine Weile empfand ich großen Schmerz, aber im Lauf der Zeit legte er sich, und schließlich hob ihn das Gedächtnis als eine Erinnerung auf, mit der sich keine Gefühlsregung mehr verband.

Seit Hanans Auszug aus dem Viertel hatte ich sie nicht mehr gesehen; erst im Mai 1969, da sie bald sechzig war, bescherte uns der Zufall diese Begegnung. Über ihren Bruder Sulaiman erfuhr ich von Gafar Chalil, der ihn in einem Filmbüro getroffen hatte, dass er Tänzer geworden war und seine Gruppe bei einem Musikfilm mitwirkte. »Ich hab gegrüßt und mich vorgestellt«, erzählte Gafar, »und er hat sich tatsächlich erinnert. Tanzen sei seine ganze Leidenschaft, hat er gesagt, und dass er fürs Tanzen sein Leben geben würde.«

Ich war überrascht, das hatte ich nicht erwartet. Aber Gafar lachte schallend wie immer und sagte: »Mir scheint, dass der Junge alle Fesseln gesprengt hat und sein Leben in völliger Freiheit genießt.«

Bei der Begegnung in Alexandria hatte mir Hanan erzählt, dass ihr Vater genau in dem Jahr, als sie von Abbasija weggezogen waren, an den Folgen einer Blinddarmoperation gestorben sei. Ihre Mutter hingegen hatte bis vor zwei Jahren noch gelebt. Und was ihren Bruder Sulaiman betreffe, sagte sie, so habe er jeglichen Kontakt abgebrochen. Wenn sie überhaupt etwas über ihn erfahren würde, dann aus irgendwelchen Magazinen.

Chalil Zaki

Sein Name war für uns, die Freunde in Abbasija, stets mit Bosheit und Brutalität verbunden. Er gehörte zur Nachbarschaft, deshalb konnten wir uns nicht aussuchen, ob wir mit ihm etwas zu tun haben wollten oder nicht. Ein falsches Wort, und er schlug zu, jeder von uns hatte seine Rauflust zu spüren bekommen. Noch heute habe ich auf der Stirn eine Narbe, die von seinem Holzschuh herrührt. Wir hatten uns über Hussain Higazi und Machmud Muchtar gestritten, und das endete damit, dass er mit dem Schuh zuschlug und mir über Gesicht und Gilbab das Blut floss.

Mit Gafar Chalil geriet er über Charlie Chaplin und Max Lander in Streit, bei Id Mansur schlug er zu, weil der einen geborgten Piaster nicht schnell genug zurückgegeben hatte.

Der Einzige, der es mit ihm aufnehmen konnte, war Sajid Schuair. Wenn er sich mit Chalil Zaki prügelte, bot sich uns die seltene Gelegenheit, einen fairen Kampf zu erleben. Da floss dann beiden das Blut aus der Nase, und ihre Gilbabs waren zerrissen. Wir malten uns mit größtem Vergnügen aus, was Chalil

Zaki zu Hause erwartete, wenn er mit seinem zerrissenen Gilbab heimkehrte.

Ihn zu schneiden, war unmöglich, denn so schnell er aufbrauste, so schnell hatte er jeden Streit vergessen und kam, mit dem Ruf »Alles wieder in Butter?«, in bester Laune angelaufen. Uns blieb keine Wahl, entweder wir akzeptierten ihn, oder es gab einen neuen Kampf. Zugegeben, er konnte uns auch nützlich sein. Gab es Schlachten mit den Jungen aus den Nachbarvierteln, und das passierte zum Beispiel fast immer nach gemeinsamen Fußballspielen, dann war er unser Heerführer. Sein Vater, der in Bain al-Ganajin mit Gewürzen handelte, zeichnete sich durch besondere Brutalität aus. Er drosch wild und gnadenlos auf ihn ein, manchmal sogar auf offener Straße. Chalil hasste ihn und wünschte ihm den Tod. Er war süchtig nach Opium, und das erzählte Chalil auch überall herum. Alles in allem bot er das denkbar schlechteste Bild von einem Familienoberhaupt, aber auf Chalil konzentrierte er seinen ganzen Hass und seine ganze Niedertracht. Wir beobachteten diese Beziehung mit Staunen und Entsetzen, und Surur Abd al-Baki war es, der sie mit einem religiösen Vergleich zu erklären versuchte. Er sagte: »Noahs Volk hat Gott die Sintflut geschickt, Chalil seinen Vater.«

Nachdem er in der Grundschule mehrmals sitzen geblieben war, musste er im Laden seines Vaters arbeiten. Wir seufzten erleichtert auf, endlich waren wir von ihm befreit. Aber nicht für lange, denn nach einem Monat tauchte er wieder bei uns auf. Grinsend erklärte er: »Wie gewonnen, so zerronnen.«

Wir unterdrückten mühsam unsere Enttäuschung. »Ist alles in Ordnung?«

»Der Hundesohn hat mich rausgeworfen.«

»Aus dem Laden?«

»Aus dem Haus.«

Sajid Schuairs Vater, ebenfalls ein Händler, war mit Chalils

Vater befreundet, und deshalb konnte er uns wenig später erzählen, was passiert war. Chalil hatte des Öfteren Geld aus der Kasse gestohlen, und als er dann noch über einen Kunden hergefallen war, hatte es dem Vater gereicht. Einem jeden von uns war das Herz schwer, wussten wir doch, dass wir diesen Klotz nicht mehr loswerden würden. Da er kein Geld hatte, mussten wir für ihn im Café oder bei Ausflügen bezahlen. Abgesehen davon wunderten wir uns, wo er seine sonstige Zeit verbrachte, wo er schlief, wo er etwas zu essen fand. Wir anderen gingen nun schon zur Oberschule, und Gafar hatte seine ersten Schritte in die Welt des Films gemacht. Eines Tages brachte er es fertig, Chalil bei den Komparsen unterzubringen; auf diese Weise verdiente er zumindest etwas Geld. Bei irgendwelchen Aufnahmen begegnete Chalil Hanans Bruder, Sulaiman Mustafa, und mit seinem sicheren Instinkt für nützliche Quellen wich er ihm nicht mehr von der Seite. Es entwickelte sich eine eigentümliche Freundschaft, die für Chalil, was das Geld betraf, äußerst günstig war. Gafar erzählte uns manchmal die komischsten Geschichten über die beiden, aber eines Tages war es dann so weit. »Unser Freund hat wieder einmal über die Stränge geschlagen, Sulaiman hat ihn rausgeworfen«, berichtete Gafar.

»Ist das wahr?«, riefen wir, ahnten wir doch, dass wir üblen Zeiten entgegensahen.

»Nach dem Rauswurf hat er Sulaiman bedroht und ständig Streit gesucht.«

»Der arme Sulaiman, das hat er nun davon.«

Gafar lachte. »Es geht noch weiter. Sulaiman kennt eine Menge wichtige Leute, und ehe Chalil sichs versah, fand er sich auf dem Polizeirevier wieder. Man hat ihn dort so lange ausgepeitscht, bis seine Stimme heiser vom Schreien war. Als er gehen durfte, musste er versprechen, Sulaimans Weg nie wieder zu kreuzen.«

Chalil lungerte wieder herum, doch plötzlich war und blieb er verschwunden. Wir hörten erst wieder durch Id Mansur von ihm. Der war nämlich eines Nachts heimlich in eins der verbotenen Häuser in Sakakini geschlichen, und genau dort hatte er Chalil entdeckt. »Er saß ganz gemütlich mit der Chefin zusammen, als sei er ihr Partner.«

Gafar gelang es, die volle Wahrheit herauszufinden. Seit er Chalil geholfen hatte, seinen ersten Broterwerb zu verdienen, besaß er dessen Vertrauen. Folgendes hatte sich zugetragen: Chalil war in das erstbeste Bordell gegangen, und zwar als ganz normaler Kunde. Nachdem er bekommen hatte, was er wollte, sollte er zahlen. Was er nicht tat, stattdessen drohte er, die Polizei zu rufen. Da ließ die Chefin den Rausschmeißer holen, aber der lag schon im nächsten Moment auf dem Boden. Kurz darauf war Chalil Zaki selbst der Beschützer des Hauses, und es dauerte nicht lange, bis er alle Bordelle in Sakakini unter seine Kontrolle gebracht hatte. Seine Lage besserte sich, er verfügte über ein gesichertes Einkommen und lernte sogar einen gewissen Wohlstand kennen. Es war ein gefährliches Leben, aber es passte zu ihm. Er stieg von Stufe zu Stufe auf der Treppe des Erfolgs, und schließlich herrschte er über die prächtigsten Häuser in der Mitte der Stadt. Das Glück war ihm wohlgesinnt, denn da er einem berühmten Arzt einmal eine Liebesgunst verschafft hatte und dieser Arzt nun wiederum Dekan der Medizinischen Fakultät wurde, vergalt der Mann Chalils Bemühungen damit, dass er ihm in der Verwaltung des Kasr-al-Aini-Krankenhauses einen Posten besorgte. Chalil Zaki war also plötzlich in einem großen Krankenhaus Beamter geworden, und der Dekan der Medizinischen Fakultät hielt die Hand über ihn. Das Gehalt war niedrig, der Nutzen jedoch gewaltig.

Gelegentlich tauchte er in unserem Café auf, man sah ihm an, dass es ihm gut ging. Er ließ sich eine Wasserpfeife kommen, bestellte grünen Tee und sah uns von oben herab an, gerade so wie ein Beamter gegenüber Schülern.

»Was ist mit seiner anderen Arbeit?«, fragte ich Gafar.

Er lachte. »Mir scheint, du weißt nichts über den Nutzen, den eine Stellung im Krankenhaus abwirft.«

»Also hat er die Bordelle aufgegeben?«

»Ja sicher, bis auf einige wenige, die Spitzenklasse sind. Er hält sich im Hintergrund, und wenn er sich gelegentlich noch als Vermittler betätigt, dann für Leute, die zur Elite gehören.«

Zum Bekanntenkreis von Chalil Zaki gehörte ein Fleischer, der rauschgiftsüchtig war. Er hielt um die Hand von dessen Tochter an, die ihm als einziges Kind geblieben war. Seine zwei Söhne waren bei Demonstrationen getötet worden. Die Tochter war eine gute Partie, sollte sie doch einst vier Häuser in der Faruk-Straße und eine Menge Geld erben. Ein Jahr nach der Hochzeit wurde der reiche Fleischer bei der Einnahme von Drogen ertappt. Er kam für ein Jahr ins Gefängnis, wurde krank und starb schließlich im Gefängniskrankenhaus. Die Verwaltung seines Vermögens wurde Chalil Zaki übertragen.

Als wir von dieser Geschichte hörten, hegten wir den Verdacht, nein, wir waren sogar davon überzeugt, dass niemand anders als Chalil den Fleischer verraten hatte.

»Ein wirklich historischer Schlag«, seufzte Id Mansur, und es hörte sich fast ein wenig neidisch an.

»Als Dank erhält er die vier Häuser«, erklärte Gafar spöttisch.

»Die arme Frau«, meinte Rida Hamada, »nicht lange, und sie wird auf der Straße stehen und betteln.«

Der Krieg kam, der Krieg ging, gelegentlich sah ich Chalil Zaki noch. Dann trugen wir gemeinsam Gafar zu Grabe, das war 1950, und seit diesem Tag bin ich Chalil weder begegnet, noch habe ich an ihn je einen Gedanken verschwendet. Eines

Tages, es war im Herbst 1970, saß ich draußen vor dem »Trianon«, und plötzlich hielt direkt vor mir ein schwarzer Buick. Der Fahrer starrte mich an, dann stieg er aus – Chalil Zaki. Er kam lachend auf mich zu, schüttelte mir die Hand und setzte sich zu mir. Das Alter war nicht spurlos an ihm vorübergegangen, trotzdem sah er gesund und kräftig aus. Sein Gesicht hatte noch den gleichen brutalen, gierigen Ausdruck, sodass er trotz des Tscherkessen-Anzugs nicht wie ein feiner Herr wirkte. Er trug einen Tarbusch, offenbar wollte er nicht, dass sich nun, bei spärlichem Haarwuchs oder gar Glatze, die alten Narben früherer Schlägereien zeigten.

Wir tauschten ein paar Neuigkeiten über diesen oder jenen früheren Freund aus, bis er plötzlich fragte: »Weißt du eigentlich, dass ich jetzt in Alexandria lebe?«

»Tatsächlich?«

»Ja, meine jüngste Tochter wollte Literatur studieren, und da sie Kairo nicht passend fand, habe ich beschlossen, dass wir beide nach Alexandria ziehen. Ich habe in Luran eine Villa gekauft, kannst ja mal kommen und sie dir ansehen.«

Ich dankte ihm für die Einladung und fragte, ob er noch arbeiten würde.

»Ich hatte vor zwei Jahren eine Angina pectoris, und da habe ich den Dienst aufgegeben.«

»Hoffentlich gehts jetzt besser …«

»O ja, obwohl ich mich nicht an die Ratschläge der Ärzte halte.« Er lachte, ich konnte seine schwärzlichen Zähne sehen. »Außer der Tochter«, fuhr er fort, »habe ich noch vier Söhne, drei sind Ingenieure und einer ist Arzt.«

Ich nickte beifällig, ließ ein paar Worte der Bewunderung fallen.

Sein Lachen wurde lauter, es schüttelte ihn geradezu. »Ach ja, ich weiß, was es heißt, Vater zu sein.« Er beruhigte sich ein wenig, und beinahe bekümmert fügte er hinzu: »Ich hätte mir gewünscht, sie würden nach mir schlagen und sich um sich und ihre Zukunft kümmern. Stattdessen diskutieren sie endlos über Politik, mir wird ganz schwindlig beim Zuhören.«

Während er redete, und ich ihn verstohlen beobachtete, gingen mir viele Fragen durch den Kopf. Würde er immer noch zuschlagen, wenn ihm danach war? Oder hatte er sich tatsächlich geändert? Wie sah er heute seine Vergangenheit? Was hat er seinen Kindern über sich und sein Leben erzählt? Hätte er es ertragen, wenn einer von den Vieren in seine Fußstapfen getreten wäre? Glaubt er, dass drei Ingenieure und ein Arzt genug Buße für eine schwarze Vergangenheit waren? Welche Entscheidung war die richtige gewesen – ihn trotz aller Vergehen vor Bestrafung zu bewahren, damit er dem Land vier Intelligenzler schenkte, oder ihn seiner gerechten Strafe zuzuführen, damit der Thron der Justiz nicht ins Wanken geriet? Mir fielen die Worte von Zuhair Kamil ein: »Für mich steht fest, dass alle Menschen Schurken sind. Es wäre das Beste, wenn sie sich eingestehen, dass ihnen jegliche Moral fehlt. Würde sich das Zusammenleben auf dieses Eingeständnis begründen, könnte man an die Beantwortung einer völlig neuen ethischen Frage herangehen: Wie können Wohlergehen und Glück in einer Gesellschaft gesichert werden, die aus lauter Abschaum besteht?«

Durrija Salim

Erlauben Sie mir, Sie zu begrüßen …«

Ein kleines Lächeln umspielte ihre Lippen, es machte mir Mut weiterzusprechen. »Wie sollten wir uns nach dem, was gerade gewesen ist, nicht Guten Tag sagen?«

»Was gerade gewesen ist?«

»Nun ja, die Zwiesprache unserer Augen.«

Sie lachte. »Gut, ich akzeptiere den Gruß.«

»Der erste Schritt.«

»Gibts noch weitere?«

Sie war mit drei Jungen an den Strand von Muntazah gekommen, und während die Kinder sich im Wasser tummelten, beobachtete sie vom Fenster des Kasinos aus ihr Treiben. Mehr noch als ihr freundliches Gesicht, war mir die strahlende, in voller Blüte stehende Fraulichkeit ihres Körpers aufgefallen, doch auf Anhieb verliebt hatte ich mich in den zärtlichen Ausdruck ihrer Blicke; es gab mir das Gefühl, willkommen geheißen zu werden. In ihrer Art, sich zu geben, lag eine Einladung, natürlich nicht unverhohlen, sondern zart wie eine Blume. Sie zu übersehen, überstieg meine Kräfte. Wir tauschten noch ein paar flüchtige Worte, dann verabredeten wir ein Treffen im Pelikan-Park. Auf dem Weg dorthin machte ich mir meine Gedanken – entweder war sie verwitwet oder geschieden.

»Wieso? Ich bin verheiratet«, erklärte sie auf meine vorsichtige Frage.

»Aber ich sehe Sie doch immer allein«, stotterte ich überrascht.

»Mein Mann weilt bis Jahresende im Ausland.«

Ich sah betreten zu Boden.

Sie lachte. »Haben Sie Angst vor verheirateten Frauen?«

»Ich denke, dass …«

»Denken Sie lieber über einen sicheren Ort in Kairo nach, wo wir uns treffen können.«

»Wird gemacht!«, rief ich begeistert.

»Denken Sie nichts Falsches von mir.«

»Wieso? Warum?«

»Sie fragen sich doch bestimmt, was das für eine Frau sein mag, die auf den ersten Wink reagiert.«

Genau das beschäftigte mich die ganze Zeit, aber natürlich wich ich aus. »Ich stand der Idee, sich kennenzulernen, nicht weniger aufgeschlossen gegenüber als Sie, und außerdem habe ich den Anfang gemacht.«

»Wir sollten offen und ehrlich miteinander umgehen«, sagte sie sanft.

Ich betrachtete die Geschichte mit der Nüchternheit eines Mannes, der sich unter Kontrolle hat. Sicher, ich bewunderte diese Frau, ich begehrte sie, aber genauso sicher wusste ich, dass es mit Liebe nichts zu tun hatte. Ein Platz war schnell gefunden, wir trafen uns in einer Wohnung in der Sakkara-Straße. Ich hatte mir ausgemalt, dass wir, sobald wir allein waren, wie Fiebernde übereinander herfallen würden. Aber kaum fiel die Tür ins Schloss, stand ich vor einer völlig veränderten Frau. Sie nahm bedächtig, geradezu entspannt, auf dem Sofa Platz, als wolle sie sich ausruhen. Nicht einmal das seidene Tuch, das sie um den Hals geschlagen hatte, nahm sie ab. Nur ihre Augen sahen mich zärtlich an. Ich spielte mit ihren Fingern, küsste ihre Lippen, und sie ließ mich, liebevoll lächelnd, gewähren. Ich bot ihr etwas zu trinken an, sie lehnte dankend ab. Ich fragte, ob wir uns nicht besser hinlegen sollten, da schüttelte sie den Kopf und flüsterte mir ins Ohr: »Es wär so schön, wenn wir dieses stille, unschuldige Glück einfach nur genießen würden.«

»Das glaub ich nicht.«

Sie stand auf. »Aber es geht doch nicht nur um das Eine.«

Allmählich beschlich mich das Gefühl, dass diese Frau es wirklich ernst mit ihrem Vorschlag meinte. Aber wie passte das zu jener Frau, die fast schon leichtfertig auf meine Avancen reagiert hatte? »Sie sind seltsam.«

»Ach ja? Warum?«

Als ich mit der Antwort zögerte, fragte sie schnell: »Ist Ihnen meine Gesellschaft angenehm?«

»Sicher.«

»Das wollte ich wissen, darum geht es mir.«

Wir trafen uns einmal in der Woche. Meinerseits empfand ich keine wirkliche Liebe, und ihrerseits tat sie nichts, was man als Ehebruch hätte bezeichnen können. Als wir mit der Zeit vertrauter im Umgang geworden waren, sagte ich einmal zu ihr: »Ich muss dir gestehen, dass ich dich im Kasino für eine leichtfertige Person gehalten habe.«

»Wie meinst du das?«

»Wie man das so meint.«

»Vergib dir Gott!«

Ich nahm ihre Hand. »Ich frage mich wirklich, was dich in die Arme eines anderen Mannes treibt.«

»Ein anderer?«

»Ein anderer als dein Ehemann.«

Sie schloss die Augen, sah verärgert aus. »Kein Wunder, dass die Leute wütend werden, wenn sie im Kreuzverhör stehen.«

Je öfter wir uns trafen, desto mehr gewöhnte sie sich an mich, und irgendwann vertraute sie mir auch ihre intimen Erinnerungen an. »Ich habe aus Liebe geheiratet, es war wirklich eine große, wunderbare Liebe.«

Sie war Krankenschwester gewesen, er Arzt.

»Wir haben uns sehr geliebt, und deshalb habe ich mich ihm, ich will es offen sagen, gleich beim ersten Treffen hingegeben.«

»Und hat er dich geheiratet?«

»Er war ein anständiger Mann, und er liebte mich aufrichtig.«

»Wie schön!«

»Wir haben viele Jahre glücklich miteinander gelebt, drei Jungen habe ich ihm geschenkt.« Plötzlich schwieg sie.

»Und dann?«, fragte ich ungeduldig.

»Nichts«, erwiderte sie, und es war, als tauchte sie aus einem Traum auf.

»Wie sieht euer Leben jetzt aus?«

»Normal.«

»Was heißt das?«

Sie lachte sarkastisch. »All die verlorene Zeit, sie hat uns unsere Liebe gekostet.«

»Können wir uns nach seiner Rückkehr weiter treffen?«

»Warum nicht?«

Außer Zuneigung und Gewohnheit verband mich eigentlich nichts mit ihr, aber sie wurde immer sanfter und liebevoller. Eines Tages sagte sie schließlich: »Ich kann mir ein Leben ohne dich nicht mehr vorstellen.« Ich fand, dass ein langer Kuss die beste Antwort sei, aber dazu kam es nicht.

»Und du?«, fragte sie halsstarrig.

»Mir gehts wie dir, vielleicht noch schlimmer.«

»Du hast mir noch nie gesagt, dass du mich liebst.«

»Das Wichtigste ist, dass ich dich liebe.«

Ihr Mann, Sadik Abd al-Hamid, kehrte von seiner Reise zurück. Durrija sprach in aller Sachlichkeit über ihn, dennoch ließ sie es nie an Respekt fehlen. Es war die Zeit, als ich den Salon von Gad Abu l-Ala zu besuchen begann. Und wer stand eines Abends vor mir? Sadik Abd al-Hamid. Gad Abu l-Ala machte uns miteinander bekannt. Er habe ihn als Patient kennengelernt, aber im Lauf der Zeit seien sie gute Freunde geworden, sagte er.

Von da an begegnete ich ihm des Öfteren, und ich führte ihn sogar bei Salim Gabr und Zuhair Kamil ein. Es verband uns eine geistige Beziehung, wie man sie nur selten findet. Er war ein gut aussehender Mann, ungefähr in Durrijas Alter, vielleicht etwas jünger. Was ihn auszeichnete, waren ein scharfer Verstand und intellektueller Ehrgeiz. Wir wurden Freunde, obwohl ich bereits seit vier Monaten eine Affäre mit seiner Frau unterhielt. Ich litt darunter, es bereitete mir Qualen. Als ich Durrija davon erzählte, war sie schockiert. Natürlich merkte sie, wie verstört ich war, und dass unsere Treffen von einer gedrückten Stimmung überschattet wurden, die uns kaum noch atmen ließ. Es schien, dass der Strom des Lebens auf einen Damm gestoßen war, wo er versiegen würde.

»Vergiss doch einfach, dass er mein Mann ist«, flehte sie mich an. »Es wäre doch denkbar, dass ich dir gegenüber weder seinen Namen noch seinen Beruf jemals erwähnt hätte?«

»Solch haltlose Betrachtungen helfen uns jetzt auch nicht weiter.«

»Aber wir müssen unsere Beziehung bewahren, das ist das Allerwichtigste.«

»Ich leide Höllenqualen«, sagte ich verzweifelt.

Mit einer Heftigkeit, die ich von ihr nicht kannte, stieß sie hervor: »Wahrscheinlich würde es ihn einen Dreck interessieren, wenn er von unserem Verhältnis wüsste!«

Ich starrte sie bestürzt an, konnte und wollte nicht glauben, was sie da gerade gesagt hatte.

»Er liebt mich nicht mehr, und zwar seit mindestens drei Jahren. Das musst du mir glauben.«

»Ich glaube dir, und es tut mir leid.«

»Er hat eine andere Frau, und wenn er nicht so ein hingebungsvoller Vater wäre, hätte er uns schon längst verlassen und die andere geheiratet.«

»Tut mir leid, Durrija.«

»Was tut dir leid?«

»Deine Situation, und meine auch, die nun wirklich nicht beneidenswert ist.«

»Wenn du mich lieben würdest, täte dir überhaupt nichts Leid.«

»Tatsache ist, dass ich diese Situation nicht ertrage.«

Ihr Gesicht glühte vor Aufregung. Sie schaute weg und stammelte: »Du kennst ihn noch nicht richtig, wie kannst du da von Freundschaft reden?« Traurig fuhr sie fort: »Liebe ist etwas Größeres als Freundschaft, aber die Wahrheit ist, dass du mich nicht liebst.«

Ich wusste nicht, was ich sagen sollte, also schwieg ich. Und dieses Schweigen senkte den Vorhang über unsere schmerzliche Beziehung. Als wir unser Nest verließen, betrachtete ich sie noch einmal: Eine Frau, in der Reife ihrer Jahre, die unter Einsamkeit und Enttäuschung litt. Vor Trauer und Schmerz verkrampfte sich mir das Herz.

Draußen empfing uns die finstere Nacht mit eisiger Kälte; gleich Peitschenhieben schlug uns der kalte Wind entgegen.

Rida Hamada

Beschwört mir mein Gedächtnis seinen Namen herauf, denke ich, wie bei Gafar Chalil, Chalil Zaki und Hanan Mustafa an Abbasija und seine Gärten und Felder. Aber in meiner Erinnerung ist sein Name auch mit wesentlichen Werten und Prinzipien verbunden, jenen, die den Willen des Menschen prägen, das Leben in seinem Auf und Ab zu meistern, den Kampf aufzunehmen und sich von Verzweiflung und Schmerz nicht besiegen zu lassen.

Rida Hamada ist genauso groß und kräftig gebaut wie unser Freund Surur Abd al-Baki. Im Vergleich zu uns war er schon damals, als wir noch im Feigenwald spielten, ein Riese, und deshalb gehörte er auch zu den wenigen, die dem streitlustigen Chalil Zaki unerschrocken trotzten. Schon in der Grundschule interessierte er sich für alles, was mit dem nationalen Kampf zu tun hatte, sehr. Schwärmten wir von Hussain Higazi, Charlie Chaplin oder dem Ringer Abd al-Halim al-Masri, redete er über Saad Zaghlul. Wahrscheinlich hatte er das von seiner Familie geerbt, die in der ganzen Straße wegen ihres Patriotismus und ihrer Bildung berühmt war. Ridas Vater hatte als Direktor das Krankenhaus für Fieberkrankheiten in Abbasija geleitet, und seine Mutter, eine bekannte Frauenrechtlerin, war eine der ersten Frauen gewesen, die als Lehrerin arbeitete. Seine Schwester war wegen ihrer wissenschaftlichen Begabung zum Studium nach England geschickt worden, und sein Bruder hatte in der Jura-Fakultät von sich reden gemacht. Die Familie war aber auch wegen der vielen Unglücke bekannt, die sie ereilten. Ridas Mutter starb, als er noch ein Kind war. Sein Vater wurde wegen seiner Aktivitäten für den Wafd, der sich noch in der Phase der Gründung befand, entlassen. Die Schwester starb in England, und der Bruder kam bei der Revolution von 1919 ums Leben. Natürlich war Rida auf diesen Bruder besonders stolz. Er rühmte seinen Patriotismus, seine Intelligenz, seinen Eifer und Fleiß.

Chalil Zaki war dieser Lobeshymnen irgendwann so überdrüssig, dass er knurrte: »Warum hat sich dieser Idiot dann umbringen lassen, wenn er so gut war?«

»Wegen der Unabhängigkeit«, erwiderte ich in aller Unschuld.

Er grinste spöttisch. »Wieso? Was haben ihm die Engländer denn getan?«

Als ich Rida kennenlernte, lebte er mit seinem Vater und einem alten Diener. Er hasste sein Zuhause, hielt es für ein Gefängnis ohne Gitter. Vor seinem Vater hatte er große Angst. Seit seiner Entlassung hockte der Vater zu Hause, nur wenn in der Nachbarschaft sein Rat als Arzt gefragt war, stattete er einen Besuch ab. Offensichtlich wollte er aus Rida einen Menschen machen, der ihn für all das entschädigte, was er verloren hatte. Er behandelte ihn mit größter Strenge und bürdete ihm mehr auf, als er tragen konnte. In allem sollte er ein Vorbild sein, ob es nun die schulischen Leistungen, moralischen Qualitäten oder die patriotische Gesinnung waren. Er hielt ihn ständig unter

Kontrolle, zeigte nie auch nur die kleinste Spur von Milde und Nachsicht. Ridas Jugend war von Reinheit, Askese, Fleiß, Wissbegier, Ehrgeiz gezeichnet, aber was er immer vermisste, waren Wärme und Zärtlichkeit. Es kam oft vor, dass er mich bat, ihm von meiner Mutter zu erzählen. »Wie sehr liebst du sie, und wie sehr hat sie dich lieb?«, fragte er dann. Mit zitternder Stimme sang er manchmal:

»Hat beim Abschied mir ins Herze
ihre Sehnsucht gesenkt,
und die Zeilen sollen heilen,
die sie mir geschenkt.«

Einmal hatte ihn sein Vater auf offener Straße wegen einer Nachlässigkeit heftig ausgescholten. Ridas Gesicht färbte sich vor Scham und Aufregung rot. Als wir am Nachmittag zusammen zum Brunnen gingen, wo wir uns in den Ferien gewöhnlich trafen, sagte Rida kein Wort. Plötzlich verschwand er für eine Weile, und als er zurückkam, fiel uns nichts Besonderes auf. Doch auf einmal krümmte er sich, hielt sich mit beiden Händen den Bauch und schrie aus Leibeskräften. Dann schlug er lang hin, unter einen Baum, und wälzte sich auf dem Boden. Vor lauter Schmerz biss er sich in einer Wurzel fest. Wir schauten entsetzt zu, und mittlerweile hatten sich auch etliche Leute angesammelt. Wenig später kamen die Polizei und die erste Hilfe, und man brachte ihn ins Kasr-al-Aini-Krankenhaus. Er hatte Karbolsäure getrunken, weil er sich umbringen wollte. Mich hatte dieser Vorfall sehr mitgenommen, ich konnte den Anblick nicht vergessen. Einige Zeit später fragte ich ihn, warum er sich so etwas Schlimmes hatte antun wollen.

Er lächelte traurig. »Hast du denn nicht gesehen, wie er mich vor allen gedemütigt hat?«

Im Nachhinein bin ich davon überzeugt, dass diese verzweifelte Tat die Haltung des Vaters zu seinem Sohn verändert hat. Sicherlich haben auch die überragenden Leistungen Ridas, die ihm allgemeine Wertschätzung einbrachten, dazu beigetragen. Trotz allen Fleißes in der Schule ließ sein Interesse für Politik nicht nach, auch wenn die kämpferischen Auseinandersetzungen an Schärfe verloren hatten und die Revolution in eine andere Phase eingetreten war. Als wir unsere ersten Schritte auf dem Weg der Bewusstseinsbildung machten, war die blutige Revolution bereits zu einem heiligen Mythos geworden. Jeder von uns beschwor sich krampfhaft reale Erinnerungen herauf – an eine flüchtige, seltsame Szene, an einen Märtyrer, an eine provokante Losung. Mehr stand uns nicht zur Verfügung. Einmal nahmen wir sogar an einer Demonstration teil, die Nadir Burhan organisiert hatte. Wir wollten dem Ministerpräsidenten Saad Zaghlul, der mit König Fuad eine harte Auseinandersetzung um die Verfassung führte, unsere Unterstützung bezeugen.

In der Oberschulzeit freundete sich Rida mit Badr az-Zijadi an, beide hatten ähnliche Standpunkte und Meinungen. Als Mohammed Machmud an die Macht kam, lautete Badrs Kommentar: »Da ging es uns bisher ja noch gut, der einzige Feind waren die Engländer.«

»Und der König«, ergänzte Rida.

»Das ist ein und dieselbe Sache.«

»Genau.«

»Wir müssen also mit einem neuen Feind rechnen.«

Als Badr az-Zijadi getötet wurde, erfasste Rida tiefe Trauer. »Ein Typ wie dieser Chalil Zaki, der lebt, aber Badr ist tot«, sagte er verzweifelt.

»Und dieser Mohammed Machmud lebt auch noch«, fügte ich bedrückt hinzu.

Rida verstärkte seine politischen Aktivitäten. Als Mustafa

an-Nahhas im »Haus der Nation« eine Delegation der Studenten empfing, war Rida dabei. Während des Machmud-Regimes wurde er verhaftet, und in der Sidki-Zeit wäre er beinahe getötet worden. An der Jura-Fakultät gehörte er zur studentischen Führungsgruppe, und ich nutzte des Öfteren die Gelegenheit, eine seiner feurigen Reden zu hören. Er war genau so, wie man sich einen aufrichtigen Wafdisten vorstellte, nämlich zutiefst erfüllt vom Glauben an die Unabhängigkeit, an die Verfassung und an die Demokratie. Die damalige politische Entwicklung verfolgte er mit größtem Unwillen, und irgendwann setzte sich in seinem Kopf ein Gedanke fest, den er folgendermaßen formulierte: »Der Wafd, also das Volk, hat an dem Tag seine Schlagkraft verloren, als die Führer der Vereinigung ›Schwarze Hand‹ verhaftet wurden.«

Naiv, wie ich war, sagte ich: »Aber der Wafd lehnt doch illegale Kampfmethoden ab?«

Da lachte er bitter. »Was die Leute vom Wafd sagen, kannst du vergessen. Was uns jetzt noch retten könnte, wäre, den Palast zu stürmen, die Minoritätenparteien zu zerstören und den Engländern als geballte Masse entgegenzutreten.«

Er hatte sich, noch während seines Studiums, in Soraja Rafat verliebt und wollte bei ihren Eltern um ihre Hand anhalten. Das wusste ich damals nicht, weil er es mir nicht erzählt hatte. Er wiederum wusste nichts von meinem Verhältnis mit Soraja. Das kam alles erst sehr viel später heraus, nämlich nach der Niederlage im Jahr 1967. Rida und ich standen in Salim Gabrs Büro herum, als plötzlich Soraja hereinkam. An einem der folgenden Tage besuchte ich ihn in Heliopolis, wo er wohnte.

»Erinnerst du dich an die Frau, die in Salims Büro kam?«, fragte er.

»Soraja Rafat«, sagte ich und sah ihn neugierig an.

Er lachte. »Sie lebte in Sakakini, und ich war unglaublich verliebt in sie und hätte mich sogar mit ihr verlobt, wenn ich nicht …«

»Was?«

»Wenn ich sie nicht in Begleitung von unserem Freund Id Mansur gesehen hätte.«

Daraufhin erzählte ich ihm meine Geschichte.

1934 legte Rida sein Examen ab und begann, als Anwalt zu arbeiten. Als sein Vater starb, hinterließ er ihm ein hübsches Vermögen. Er machte sich nicht nur als Anwalt einen Namen, sondern auch als Verfasser politischer Essays, und 1942 gewann er in unserem Bezirk die Wahl und wurde Abgeordneter.

Die Art und Weise, wie Mustafa an-Nahhas ins Amt des Premierministers zurückkehrte, erschütterte mich so sehr, dass mein Glaube an den Wafd ins Wanken geriet. Als ich mit Rida darüber sprach, erklärte er: »Ich bin überzeugt, dass Mustafa an-Nahhas mit dieser Aktion sowohl die Nation als auch den Thron gerettet hat.«

»Aber es ist doch unglaublich, dass britische Panzer den Führer der nationalen Bewegung zum Premierminister machen!«

»Warum nicht? Sicher, die Engländer waren immer unsere Feinde, aber heutzutage kämpfen sie auf der richtigen Seite, und da kann man ihnen nur Erfolg wünschen.«

»Das ist ein schrecklicher Fehler, allein schon der Gedanke bereitet mir Übelkeit.«

»Wünschst du dir etwa, so wie die Hofkamarilla, dass die Faschisten siegen?«

»Natürlich nicht.«

»Dann sieh die Rückkehr von an-Nahhas in diesem Licht.«

Bei den Wahlen 1950 hatte Rida erneut Erfolg, wiederum in unserem Bezirk. Trotzdem sah er oft sehr bedrückt aus, es machte ihn traurig, den Niedergang des Wafd mitzuerleben.

Die Führung schien wie gelähmt zu sein, sie verfügte weder über eine Strategie, noch besaß sie die notwendige Integrität. Von daher war es kein Wunder, dass das Volk dieser Führung nicht mehr zujubelte. Aber dann kam der Tag, an dem Mustafa an-Nahhas den anglo-ägyptischen Vertrag kündigte und zum Kampf aufrief. Es war ein Tag, an dem im ganzen Land ein frischer Wind wehte, ein Hauch vom revolutionären Geist von 1919. Aber nicht lange, und eine Enttäuschung folgte der anderen. Dann endlich war es so weit – im Juli 1952 kam die Revolution.

Rida war begeistert. »Jetzt kehrt der Wafd zurück, und niemand und nichts kann sich ihm in den Weg stellen.«

Die Revolution nahm ihren Lauf, und Rida hoffte noch immer, dass der Wafd das Fundament für künftige Entwicklungen werden würde. Als die neue Führung den Beschluss über die Auflösung der Parteien verkündete, waren alle seine Hoffnungen zerschlagen. »Wir treiben auf eine Militärdiktatur zu«, sagte er. »Welches Ausmaß das nehmen wird, weiß nur Gott.«

»Zieh dich doch aus der Politik zurück und konzentriere dich auf deinen Beruf«, riet ich ihm.

Er lachte. »Leider kann ich mir nicht aussuchen, was ich tun möchte.«

Seine Treue zum Wafd und zu seinen Kameraden setzte ihn immer neuen Verdächtigungen aus, und er wurde mehrmals inhaftiert. Er hatte 1940 geheiratet, und seine Frau schenkte ihm einen Sohn. Ich mochte dieses Kind sehr, es war intelligent und lebhaft. Als Ridas Sohn die Oberschule besuchte, war er, wenn sein Vater wieder einmal im Gefängnis saß, Schmähungen und Beschimpfungen ausgesetzt. Diese bitteren Erfahrungen blieben nicht ohne Wirkung, der äußerst sensible Junge bekam schwere Depressionen. Schließlich weigerte er sich, in die Schule zu gehen. Er blieb zu Hause. Trotzdem verschlechterte sich sein Zustand zusehends, sodass sein Vater sich gezwungen sah, ihn in eine Nervenklinik zu bringen. Die Mutter erlitt einen Schock, der eine Lähmung nach sich zog. Sie starb noch im gleichen Jahr. Aus Rida war ein alter, einsamer Mann geworden, der sich seiner Trauer überließ. Der Fluch, der auf seiner Familie lag, hatte nun ihn ereilt. Ich konnte nur noch eins denken: »Rida Hamada ist erledigt.«

Das war er aber nicht. Er zog aus seinem alten Viertel aus und ließ sich in Heliopolis nieder. Er widmete sich voll und ganz seinem Beruf und seinen Büchern. Die letzten zehn Jahre brachten ihm mehr Erfolg als je zuvor. Heute gehört er zu den angesehensten Anwälten, und in seiner freien Zeit ist er mit einem Werk beschäftigt, das den Titel »Enzyklopädie der Kriminalwissenschaft« tragen soll. Im einleitenden Kapitel geht er auch auf die philosophischen und psychologischen Aspekte ein, und das zeigt, wie immens sein Wissen ist und über welch scharfen Verstand er verfügt. Das ist nicht neu für mich, ich habe ihn oft genug mit Professoren wie Mahir Abd al-Karim, Salim Gabr und Zuhair Kamil diskutieren hören, und da hatte ich immer das Gefühl, dass er, was Philosophie, Politik und Literatur betrifft, ein wandelndes Lexikon ist. Aber nicht dafür bewundere ich ihn, auch nicht, weil er auf dem Gebiet des Rechts eine Koryphäe ist, sondern ich bewundere ihn wegen seiner moralischen Stärke – Persönlichkeiten wie ihn gibt es wenige. Dass mich gerade die moralische Kultur eines Menschen begeistert, ist nur zu verständlich, habe ich doch sozusagen als Zeitzeuge den völligen Verfall von ethischen Werten und Prinzipien miterlebt. Oft genug kam es mir vor, als lebte ich in einem einzigen, großen Bordell und nicht in einer Gesellschaft. Mit Rida Hamada habe ich einen Menschen voll lauterer Absichten und mit tadellosem Verhalten kennengelernt, einen aufrichtigen, zu seinem Wort stehenden Mann. Sein Leben lang hielt er an Prinzipien wie Freiheit, Demokratie, Kultur und einem aufgeklärten Glauben fest, der frei von jeglichem Fanatismus und Aberglauben war.

Was die Linken betrifft, so hat er sie immer strikt abgelehnt; er hat es nicht geschafft, mit der historischen Entwicklung Schritt zu halten. Am Anfang unserer Freundschaft war er für mich das Musterbild eines jungen Revolutionärs, jetzt ist er ein sturer Konservativer, auch wenn er es nicht zugibt. Unentwegt wiederholt er, dass der Liberalismus das letzte heilige Wort in der politischen Geschichte der Menschheit sei. Aber wie auch immer, seine moralische Stärke hat ihm geholfen, die Tragödien zu überstehen, die in seinem Leben wie Stürme gewütet haben. Aus ihr hat er Kraft geschöpft, als all das, was er liebte, dahinging – Werte wie Freiheit und Demokratie, Menschen wie Mustafa an-Nahhas, seine Frau und sein Sohn. Als alles Schöne aus seinem Leben verschwand, brach er nicht zusammen. Er ging mit doppelter Anstrengung an die Arbeit, pflegte die Beziehung zu seinen Freunden, zeigte sich in den Salons, kurzum, er meisterte das Leben mit eisernem Willen. Wann immer dieser lange Kerl mit seinem weißen Haar auf mich zukommt, wann immer ich ihm lauschen darf, erfüllt er meine Seele mit einer Freude, die mir neue Kraft gibt. Da kann ich dann nicht anders, als ihn noch mehr zu bewundern und dem gesegneten Leben dafür zu danken, dass es ihn erschaffen hat.

Zahran Hassuna

Es gibt Bekanntschaften, die etwas ganz Besonderes an sich haben: Ihr Bild verknüpft sich mit einem bestimmten Ort, der immer der gleiche ist. Ich nenne sie »Kaffeehaus-Freunde«. Man trifft sich im Café, begrüßt sich heiß und innig, sitzt zusammen, plaudert den ganzen Abend lang, und dann … zieht jeder seines Wegs. Manch einen zeichnen sogar außergewöhnliche Eigenschaften aus, doch eh man sichs versieht, vergisst man sie wieder.

Zu dieser Art Bekannte gehört Zahran Hassuna. Ich lernte ihn im Café Rex kennen, und zwar in der Zeit des Zweiten Weltkriegs. Hin und wieder besuchte unsere Clique, also Rida Hamada, Scharawi al-Fahham, Id Mansur und ich, dieses Café. Zahran Hassuna kam mit ein paar Freunden immer sonntags dorthin. Er war ein kräftiger, gedrungener Mann, und das einzig Auffallende war der riesige Schädel, der fast deformiert wirkte. Wir lernten ihn beim Tricktrackspiel kennen und freundeten uns an. Er hatte sich selbst vorgestellt: »Ich war Beamter im Handels- und Industrieministerium, habe aber den

Dienst quittiert, um direkt vor Ort, also im Handel zu arbeiten.«

Wenn es Zeit für das Gebet war, gingen er und seine Freunde in eine Ecke hinter der Bar, um es gemeinsam zu verrichten. Zahran Hassuna war der Vorbeter, weil er der Einzige war, der die Pilgerfahrt gemacht hatte. Überhaupt nahm das Thema Religion in den Gesprächen mit ihm und seinen Freunden viel Raum ein. Zum Vorschein kam ein etwas naiver Glauben, eine Mischung aus aufrichtiger Frömmigkeit und Aberglauben, genährt von volkstümlichen Legenden. Alles in allem waren sie aber ehrliche Gläubige, und da sie sich durch Großzügigkeit, Redlichkeit und Tüchtigkeit auszeichneten, war der Umgang mit ihnen durchaus angenehm.

Eines Tages überraschte uns Id Mansur mit der Nachricht, dass Hagg Zahran Hassuna im Ministerium nicht etwa freiwillig gekündigt hatte, sondern ihm die Kündigung wegen seines schlechten Leumunds nahe gelegt worden war.

»Wieso? Warum? Was für ein Leumund?«, riefen wir durcheinander.

»Bestechlichkeit!«

Id Mansur freute sich jedes Mal, wenn ihm ein neuer Fall bestätigte, dass alle anderen Menschen genauso schlecht waren wie er. Er lachte vergnügt. »Ich misstraue allen Menschen, aber am meisten denen, die gläubig sind.«

»Aber es ist doch nicht jeder Gläubige ein Heuchler!«, protestierte Rida Hamada.

Id Mansur brach in lautes Gelächter aus. »Heuchelei ist ja schon ein gehobenes Niveau, da reicht unser ehrwürdiger Hagg Zahran niemals heran.«

Jetzt mussten wir auch lachen, aber Id Mansur war nicht zu bremsen. »Hinter Heuchelei«, erklärte er, »steckt immer Ungläubigkeit, aber der Kerl ist viel zu dumm, um ungläubig zu sein. Also habe ich überhaupt keinen Zweifel an seiner Gläubigkeit.«

»Vielleicht haben ihn irgendwelche belastenden Umstände gezwungen, Geld anzunehmen.«

»Möglich.«

Wir hatten mitbekommen, dass Zahran Hassuna sich emsig auf dem Schwarzmarkt betätigte. Erst handelte er mit Whisky und Streichhölzern, dann mit Nahrungsmitteln. Er verheimlichte es nicht, bot uns sogar seine Dienste an. Einmal konnte ich mich nicht beherrschen und fragte ihn: »Widerspricht die Arbeit auf dem Schwarzmarkt nicht Ihrem Gottesglauben, verehrter Hagg?«

Ruhig erwiderte er: »Das Diesseits hat seine Regeln, das Jenseits hat andere.«

»Aber der liebe Gott kann doch nicht damit einverstanden sein, dass die Armen Hungers sterben?«

»Ich büße alles ab, indem ich bete, faste, Almosen spende. Was wollen Sie sonst noch?«

Nachdem er weggegangen war, sagte ich zu meinen Freunden: »Der Mann begeht seine Sünden mit vollem Wissen, und nicht aus Borniertheit oder Heuchelei.«

»Er scheffelt Geld, dann flüchtet er in seinen Glauben, um zu büßen«, meinte Id Mansur. »Auf diese Weise macht er aus dem zusammengestohlenen einen rechtmäßigen Gewinn. Die Religion ermutigt ihn sozusagen zu all seinen Sünden.« Er lachte laut los. »Da stiehlt er den Armen die Nahrung, und sein Gesicht strahlt vor Gläubigkeit und Gottvertrauen.«

Zogen er und die Männer sich zum Gebet zurück, beobachtete ich sie mit bitterem Sarkasmus. Sie beugten sich hinunter, warfen sich nieder mit demütig geschlossenen Augen. Was war das doch für ein Diebsgesindel, keine Stunde länger dürften solch abgefeimten Schurken auf Erden wandeln! Mit einem wie diesem feinen Hagg zu diskutieren, war sinnlos. Ich sah ja, wie selbstzufrieden und gelassen er sich gab. Er glaubte an das Böse genauso wie an das Gute, und er diente Satan ebenso wie Gott. Er sprang zwischen ihnen hin und her, wie ein geschickter Händler auf dem freien Markt, der sorgsam darauf achtet, dass am Ende die Einnahmen größer als die Ausgaben sind. Gemessen an solch einem Typ, ließ sich für Gauner wie Chalil Zaki, Sajid Schuair und sogar für Id Mansur eine Entschuldigung finden. Sie hatten noch nie die Religion für ihre Geschäfte missbraucht, sondern folgten einfach ihren Instinkten und ihrem Sinn fürs Praktische, um in Milieus zu bestehen, in denen es brutal und niedrig zuging.

Ich fiel in eine schwere Depression, düstere Gedanken verfolgten mich, sodass ich schließlich das gesamte menschheitliche Experiment infrage stellte. Dieses Problem wurde zu unserem Lieblingsthema.

»Mir scheint, dass es keinen einzigen ehrlichen Kaufmann mehr gibt«, meinte Rida Hamada.

»Keinen einzigen ehrlichen Menschen!«, rief Id Mansur fröhlich.

»Und was ist mit der Religion?«, fragte ich bedrückt.

»Warum sollten wir uns an Sitte und Anstand halten, wenn das geradewegs ins Unglück führt?«

Über Jahre hinweg ließ mich das Thema nicht los. Eines Tages schlug ich es im Salon von Mahir Abd al-Karim an. Ich begann mit kritischen Bemerkungen über die ägyptische Wirklichkeit, und ich endete mit einer philosophischen Betrachtung von Gut und Böse. Das brachte uns auf Ibrahim Akl, der zwar ständig über die edelsten Werte philosophierte, sich aber im praktischen Leben nie daran hielt. Ich erinnerte an einen Ausspruch von Salim Gabr. »Mag sein, was will«, hatte er einmal gesagt, »aber den Weg, den die Menschheit vom Urwald bis zum Mond genommen hat, den darf man nicht gering schätzen.« Und dann waren da noch Rida Hamadas kluge Worte: »Es gibt natürliche Veranlagungen, die einen vertrauen lassen – die hingebungsvolle Sorge des Mannes für seine Familie, der glühende Eifer von Wissenschaftlern, die Wahrheit herauszufinden, Menschen, die großen Heldenmut besitzen.« Und er hatte hinzugefügt: »Man darf nicht alles in Grund und Boden verdammen, sonst stirbt man vor Ekel.«

Zahran Hassuna scheffelte während des Kriegs ein sagenhaftes Vermögen und wurde Millionär. 1945 gründete er eine Immobilienfirma. Aber ich verzichtete darauf, ihn in der Öffentlichkeit anzuprangern, denn sein Sohn, er hatte an der Ingenieursfakultät studiert, war bei den Kämpfen um den Suez-Kanal getötet worden. Bei der Beerdigung musste er von zwei Freunden gestützt werden; seine Augen waren vom vielen Weinen gerötet, und er machte einen völlig verstörten Eindruck. Unsere Beziehung beschränkte sich, wenn wir uns gelegentlich begegneten, auf den Austausch von höflichen Floskeln. Id Mansur, der mit ihm in geschäftlichem Kontakt stand und ihn deshalb besser kannte, versicherte mir, dass der Mann immer noch beides aufs Schönste vereinte – Geld anhäufen und das Gebet verrichten. Er hatte sich in Maadi eine Villa gebaut und, mit fünfzig Jahren, eine Zwanzigjährige geheiratet. Er rechtfertigte diese Ehe damit, dass seine erste Frau nach dem Tod ihres Sohns alle ehelichen Vergnügungen verabscheute. Die Pilgerfahrt nach Mekka blieb für ihn ein spirituelles Erlebnis, das er jedes Jahr auskostete. Nach der Revolution von 1952 verstärkte er seine Aktivitäten. Nun war er zwar kein Großgrundbesitzer gewesen, aber seine Firma wurde so wie viele andere 1961 verstaatlicht. Das ganze stolze Gebäude brach zusammen, das er Stein um Stein mit Schlauheit, Betrug, Ehrgeiz, Opportunismus, Glaube und Zügellosigkeit errichtet hatte.

Rida Hamada stand dieser Entwicklung, die die Revolution mit sich brachte, äußerst ablehnend gegenüber.

»Aber du kennst doch diesen Zahran Hassuna und weißt, was für ein Heuchler er ist«, hielt ich ihm entgegen.

»Und selbst wenn, hier geht es um das Prinzip.«

»Weder geht es um ein Prinzip, noch um einen Mann. Es geht um eine neue Ordnung, und da heiligt der Zweck die Mittel …«

Er lachte bitter. »Warte ab, bis du merkst, was es mit dieser neuen Ordnung auf sich hat. Die Leute, die sich seine Firma geschnappt haben, sind genau solche Beamte, wie es Zahran Hassuna einmal war.«

Als sich Zahran Hassuna von dem Schock erholt hatte, verkaufte er seine Villa und eröffnete mit dem Geld ein Café in Heliopolis. Er hatte ein gesichertes Einkommen und lebte nicht schlecht. Uns gegenüber kehrte er immer den Tapferen heraus, den nichts erschüttern konnte, und wenn wir auf die Lage im Land zu sprechen kamen, bestand sein Beitrag in ziemlich vagen religiösen Wendungen wie »Gott dem Herrn sei gedankt«, oder »Es ist Gottes Wille«, oder »Es gibt keine Macht noch Stärke außer bei Gott«. Sein Instinkt riet ihm, vorsichtig zu sein, was manchmal sogar so weit ging, dass er den Beschluss über die Verstaatlichung, der ihm sein Vermögen gekostet hatte, rühmte. »Wenn es um Gerechtigkeit geht«, tönte er, »muss man mit ganzem Herzen dabei sein.«

Aber bisweilen verriet ihn seine nur schlecht verhohlene Freude, die er angesichts von Unglücksschlägen, die das ganze Land erschütterten, empfand. Dazu gehörten die ökonomische Krise, das Fiasko im Jemen und schließlich die Niederlage vom 5. Juni 1967, die er geradezu als Sieg feierte. Mich hatten an jenem unglückseligen Tag so widersprüchliche Gefühle überfallen, dass ich fast den Verstand verloren hätte. Meine Bewunderung für Rida Hamada stieg ins Unermessliche. Es erging ihm nicht anders als uns, auch ihm hatte die Tragödie das Rückgrat gebrochen, aber an diesem Tag vergaß er alle Kritik und war nur noch von einem erfüllt: der Liebe zu seinem Vaterland.

Zuhair Kamil

Er war bereits Assistent im Institut für Arabische Sprache, als wir mit dem Studium begannen. Es hieß, dass er demnächst ein weiterführendes Studium in Frankreich aufnehmen würde. Mahir Abd al-Karim lobte ihn in den höchsten Tönen, und Ibrahim Akl hielt ihn, so seine Worte, für ein Genie. Rida Hamada erzählte mir, dass er ihn bereits von Studentenversammlungen im »Haus der Nation« kenne. »Er kommt aus Samnud, wie Mustafa an-Nahhas, deshalb kennt er ihn persönlich.«

1932 reiste er nach Frankreich ab, und 1938, es kann auch 1939 gewesen sein, kam er als Doktor zurück und erhielt eine Dozentur. In den folgenden Jahren, bis 1950, konzentrierte er sich voll und ganz auf die Lehre und das Schreiben. Er verfasste Bücher über Literaturkritik, beschäftigte sich mit östlichen und westlichen Kritikern und veröffentlichte Studien über Shakespeare, Racine, Baudelaire, Eliot und andalusische Dichter. Da er im Salon von Mahir Abd al-Karim ein gern gesehener Gast war, freundeten wir uns schon bald an.

Während des Kriegs heiratete er eine junge Griechin, die bis zur Eheschließung als Verkäuferin gearbeitet hatte. Sie brachte drei Kinder zur Welt, zwei Jungen und ein Mädchen.

Zuhair Kamil war der geborene Hochschullehrer; außer der Wissenschaft interessierte ihn nichts. Es war selten, dass er über etwas anderes als seine Forschungsarbeit redete. Manchmal versuchte ich, auf seine Vergangenheit als jugendlicher Wafd-Anhänger zu sprechen zu kommen, aber selbst das schlug fehl. Im Unterschied zu vielen anderen hoffte er darauf, dass die - Alliierten siegen würden. »Aus Liebe zur Demokratie«, wie er sagte, aber vielleicht wollte er auch nur die Gefühle seiner Frau nicht verletzen. Oder es lag an Frankreich, das er von ganzem Herzen liebte.

1950 bescherte er uns eine Überraschung, die wir nie im Leben erwartet hätten. Er stellte sich selbst in einem Kairoer Wahlbezirk als wafdistischer Kandidat auf und gewann tatsächlich, wie sich dann herausstellte, eine überwältigende Mehrheit an Stimmen. Natürlich löste sein Verhalten viele Diskussionen aus.

»Ein höchst bedauerlicher Entschluss«, lautete Abd al-Karims Kommentar.

»Vielleicht träumt er davon, Bildungsminister zu werden«, meinte Rida Hamada.

»Das kann dauern, und wovon will er bis dahin leben? Von der kleinen Pension und den lumpigen fünfzig Pfund, die er als Abgeordneter bekommt?«

»Die Zeit wirds bringen.«

Die Zeit brachte es schneller, als wir gedacht hatten. In den wafdistischen Zeitungen häuften sich seine Artikel, sodass er sich im Handumdrehen einen Namen als erstklassiger politischer Essayist machte. Abgesehen davon veröffentlichte er in den Wochenzeitschriften literaturkritische Aufsätze.

Nun war es so, dass Zahran Hassuna für irgendwelche Geschäfte mit der Regierung einen Fürsprecher brauchte, und deshalb bat er uns, ihn mit Zuhair Kamil bekannt zu machen. Kaum war es geschehen, entstand zwischen den beiden eine feste, dauerhafte Beziehung. Nicht lange, und es kamen Gerüchte über das äußerst merkwürdige Gebaren des Herrn Doktor Zuhair Kamil auf.

Als ich Rida Hamada fragte, was er davon halte, meinte er unwillig: »Offenbar betätigt er sich jetzt als Makler für Posten.« Er schüttelte verzweifelt den Kopf. »Man erzählt sich, dass er für seine Dienste, die er Zahran Hassuna erweist, fürstlich belohnt wird.«

»Glaubst du, dass das stimmt?«

»Leider ja. Ich stelle mir oft die Frage, so traurig und bitter sie auch ist, was für einen Unterschied es noch zwischen der Wafd-Partei und den anderen Parteien gibt.«

»Aber kannst du dir im Ernst vorstellen, dass Zuhair Kamil eine Professur aufgibt, nur um sich zu bereichern?«

»Ich habe ihn schon immer für einen Schurken gehalten. Er hat bloß auf die Gelegenheit gewartet, seine Talente fruchtbringend einzusetzen, und da ist ihm die Politik sehr zupassgekommen.«

Als die Wafd-Regierung kurz nach dem Brand in Kairo aufgelöst wurde, versuchte Zuhair Kamil, in die Universität zurückzukehren. Doch das gelang ihm nicht. Also schrieb er weiterhin politische und literaturkritische Artikel. Allerdings musste er sich Sorgen um seine Zukunft machen, hatte er sich doch an einen gehobenen Lebensstil gewöhnt.

Zu einem unserer Treffen in Salim Gabrs Büro war auch Zuhair Kamil gekommen. Unser Gastgeber zeigte sich heftig erregt. »Was ist mit diesem Land eigentlich los?«, rief er. »Der König ist verrückt geworden, alles ist morsch und bricht zusammen.«

»Die politische Entwicklung hat, wie ich finde, Ähnlichkeit mit Ibrahim Akls Leben. Als viel versprechender Wissenschaftler hat er seine Laufbahn begonnen, und beendet hat er sie als Derwisch.«

»Die Wafd-Partei ist genau wie ihr Vorsitzender ein freundlicher alter, aber seniler Mann geworden«, erklärte Rida Hamada.

Aufgebracht fragte Salim Gabr: »So kann es doch nicht bleiben, wie soll denn das weitergehen?«

»Der Wafd ist immer noch das Beste«, meinte Zuhair Kamil. »Der König kommt nicht umhin, die Partei erneut mit der Regierungsbildung zu betrauen, wenn nicht, gibt es eine Revolution.«

»Eine Revolution ist hundert Mal besser als die Wafd-Partei«, sagte Salim Gabr bissig.

»Nicht zu vergessen die Muslimbrüder und Kommunisten, die warten schon«, mahnte Rida Hamada.

»Aber sie haben keine Mehrheit, und zwar weder die einen noch die anderen«, entgegnete Zuhair Kamil scharf.

»Das Land hat für den Kommunismus nichts übrig«, meinte Salim Gabr. »Und es gibt auch keinen Glauben, der es schaffen könnte, der Jugend, die zwischen Revolution und Laster aufgerieben wird, einen Halt zu geben.«

Die Juli-Revolution übertraf alle Erwartungen. Zuhair Kamil sah sich auf einen Schlag mit einer Situation konfrontiert, mit der er nicht gerechnet hatte. Alle Türen waren ihm verschlossen, die der Politik und die der Universität. Was konnte er tun? Was sollte er schreiben? Als sich die Angriffe auf die Parteien, vor allem auf den Wafd, verstärkten und deren Auflösung in der Luft lag, überraschte uns der Herr Doktor mit einer zweiten jähen Wendung in seinem Leben: Mit glühendem Eifer fiel er in seinen Artikeln über die Wafd-Partei her. Er brandmarkte sie als Hort von Fäulnis und Korruption, prangerte sie als Krebsgeschwür an, das der Nation das Rückgrat zerfrisst. Die Artikel lösten in den Köpfen der Wafdisten einen Sturm der Empörung aus, aber niemand wagte es, lauten Zweifel an der Seriosität des Autors zu äußern. Abgesehen von dem Ansehen, das er sich als ehemaliger Abgeordneter der letzten Wafd-Regierung erworben hatte, verlangten seine wissenschaftlichen Leistungen den Leuten Respekt ab. Eine große Tageszeitung stellte ihn als Redakteur ein, und schon bald gehörte seine Feder zu den markanten Wegweisern der Revolution. Man hatte ihm auch die Literaturseite anvertraut, sodass er wieder Kritiken über zeitgenössische Literatur schreiben konnte. Mochte ihn nun seine neue Verantwortlichkeit zu stark in Anspruch genommen haben, oder empfand er uns gegenüber Scham wegen seines plötzlichen Gesinnungswandels, jedenfalls zeigte er sich eine Zeit lang in keiner unserer Gesprächsrunden.

»Vielleicht hätte er doch besser in der Universität bleiben sollen«, überlegte Mahir Abd al-Karim laut.

»Da seht ihr, was sich dieser Schuft alles selbst angetan hat«, schimpfte Rida Hamada.

»Möglicherweise kann man zu seiner Entschuldigung sagen«, warf ich ein, »dass er immer aus einem sehr starken Nationalgefühl heraus gehandelt hat.«

Nach einer Weile tauchte er wieder auf, und zwar sowohl im Salon von Mahir Abd al- Karim, als auch im Büro von Salim Gabr. Mich interessierte dieser Mann, ich wollte herausbekommen, was für eine Art Mensch er war. Erstaunlicherweise hatte er keine Hemmungen, offen über sich zu reden.

»Widerstand war zwecklos, warum hätte ich also etwas unternehmen sollen?«, sagte er. Und: »Ich war fast bankrott, aber es ging mir nicht nur ums Geld. Deshalb habe ich auch ein reines Gewissen.«

Auf meine Frage, ob er tatsächlich ein Anhänger der Revolution sei, schaute er mich lange mit seinen klugen Augen an, bevor er erklärte: »Die Revolution ist ein Segen. Weil sie stark genug war, eine andere Revolution, die ihre Krallen bereits ausgestreckt hatte, zu verhindern.«

»Eigenartiger Gedanke.«

»Ich gebe gern zu, dass ich kein Revolutionär bin. Aber ich empfinde genauso wenig Sympathie für die rückwärts gewandte Muslimbruderschaft wie für den revolutionären Fortschritt der Kommunisten. Ich glaube an behutsame Reformen, wie wir sie hier gerade erleben. Übrigens wäre der Wafd genau diesen Weg gegangen, wenn sich der jugendliche Flügel der Partei durchgesetzt hätte.«

Je länger ich mit ihm sprach, desto stärker war mein Eindruck, dass das, was er dachte, im Widerspruch zu seinen Gefühlen stand. Seine demonstrative Begeisterung für die Revolution diente vor allem der Rechtfertigung seines Gesinnungswandels. Einmal sah er sich wohl genötigt, mir seine ehrliche Meinung zu sagen. »Natürlich wäre es viel besser gewesen, wenn es unter Führung der Wafd-Jugend einen Volksaufstand gegeben hätte.«

»Hauptsache, es gab überhaupt einen«, entgegnete ich.

Er sah mich nachdenklich an. »Aber der Mensch kann seine geistige Haltung nicht einfach wegwerfen, also bleibt nichts weiter übrig, als sich von der Freiheit zu verabschieden.«

Zu jener Zeit saß Rida Hamada gerade im Gefängnis. Als die Rede auf ihn kam, rief Zuhair Kamil: »Gott steh ihm bei!«

»Ich bin überzeugt, dass er unschuldig ist«, sagte ich.

»Wieso?«

»Weil ich ihn am besten kenne und weiß, wie lauter seine Gesinnung ist.«

War er zusammengezuckt? Hatte ihn dieser Satz getroffen? Jedenfalls fasste er sich schnell genug, um zu sagen: »Die politischen Köpfe dieser Generation sollten sich an unserem alten Professor Ibrahim Akl ein Vorbild nehmen.«

Ich starrte ihn verblüfft an. »Aber Ibrahim Akl ist vor lauter Derwischtum fast geistig verwirrt. Ich habe es deutlich gemerkt, als ich ihn im Hussain-Viertel traf.«

»Genau das meine ich. Mit Leib und Seele Derwisch zu sein, hilft ihm, den Tod seiner beiden Söhne zu verwinden.«

»Wie das?«

»Na ja, wenn dich ein großes Unglück trifft, und du kommst nicht drüber hinweg, ist es doch besser, als Derwisch zu leben. Widerstand zu leisten, ist meistens sinnlos, das bringt einen höchstens ins Gefängnis.«

Zu jener Zeit gab es im Leben von Zuhair Kamil einen weiteren Bruch, der diesmal allerdings nicht politischer Natur war. Er begann, sich als Kritiker zu verkaufen. Je nach Wert der Geschenke oder Höhe der Geldsumme, schätzte er die Kunst eines Autors ein. Als dann das Kino und das Theater einen Aufschwung nahm, verdoppelten sich seine Einnahmen. Er konnte sich eine elegante Villa in Dukki leisten und schaffte sich einen Mercedes an. Hatte er früher gemäßigt gelebt, wurden Essen und Trinken jetzt zu seiner Lieblingsbeschäftigung. Nicht lange, und er war so dick und aufgedunsen, dass man ihn auf den ersten Blick nicht mehr erkannte. Von seinen früheren Qualitäten waren ihm nur noch seine vielseitige Bildung und der geschulte Geschmack für Kunst geblieben. Trotz all seiner revolutionären Gesinnung – im Grunde war er nichts anderes als ein Revolutionär von Berufs wegen – leuchteten seine Augen auf, wenn die Rede auf den Wafd kam. Er soll sogar einem Freund einen Brief an Mustafa an-Nahhas mitgegeben haben, in dem er die harten Bedingungen erläuterte, die ihn zu seinem Verhalten gezwungen hätten.

Als im Land der Weg der sozialistischen Orientierung verkündet wurde, hatte er nichts Eiligeres zu tun, als sich mit dem ihm eigenen Eifer mit dem Sozialismus zu beschäftigen. Nicht nur, dass er diesen Weg mit vollem Bewusstsein unterstützen wollte, nein – er musste sich das Ansehen, zur geistigen Elite zu gehören, sichern. Im Laufe weniger Jahre hatte er vier Bücher über den Sozialismus übersetzt, und dann erschien sein eigenes Buch, das den Titel *Der Sozialismus dieses Landes* trug. Nun hatte er es wirklich schwer, mich davon zu überzeugen, dass er immer noch der liberale Demokrat war, als den ich ihn kannte. Einmal fragte ich ihn amüsiert, wie er sich nur mit dieser wahnsinnigen Geschwindigkeit zu einem Sozialisten hatte wandeln können.

»Man nimmt eben die Religion seines Landes an«, sagte er und lachte genauso amüsiert wie ich.

»Ja, glaubst du denn, dass man dir noch vertraut?«

»Niemand vertraut irgendjemandem. Wichtig ist nur, was du sagst und tust.« Er brach in schallendes Gelächter aus. »Alle fragen sich verwundert, warum das Theater eine solche Blüte erfahren hat. Ich kann das Geheimnis lüften. Es liegt einzig und allein daran, dass wir alle zu Schauspielern geworden sind.«

»Immerhin hat dieses System mehr Gutes hervorgebracht als irgendeine Regierung vorher.«

Er seufzte. »Alles hat seinen Wert, nur nicht der Mensch.«

»Wann hatte der Mensch in diesem Land je einen Wert?«, fragte ich mit bitterem Sarkasmus. »Auf jeden Fall leidet der Einzelne nicht mehr unter ökonomischer, Klassen- und Rassenversklavung, und als Individuum wird der Mensch erst dann seinen Platz finden, wenn er dafür reif ist.«

Der Tiefpunkt seiner künstlerischen Karriere war erreicht, als er in einem Essay das literarische »Werk« von Gad Abu l-Ala würdigte. Die beiden kannten sich seit 1960; ich kann mich noch gut daran erinnern, wie Abu l-Ala, kaum dass er mich kennengelernt hatte, auf mich einredete, ihn mit Zuhair Kamil bekannt zu machen. Trotzdem war dieser Essay für mich ein Schock, nie im Leben hätte ich das erwartet. Was er auch immer als Gegenwert erhalten haben mochte – es hieß, er hätte kostbare arabische Antiquitäten und tausend Pfund bekommen –, mir zeigte das in aller Deutlichkeit, dass unser Freund im Morast steckte und keine Scham mehr kannte. Abduh al-Basjuni meinte völlig zu Recht, dass nur eine Dirne es gewagt hätte, solch ein Machwerk zu schreiben.

Zwei Ereignisse hätten Zuhair Kamil beinahe dazu gebracht, sich von der Revolution loszusagen, obwohl er ihr doch Ansehen und Vermögen verdankte. Das war erstens die Dreier-Aggression von 1956 und zweitens die Niederlage von 1967. Jedes Mal hatte er geglaubt, dass es mit der Revolution aus und vorbei war und er so schnell wie möglich an einer neuen Karriere arbeiten müsste. Diese Reaktion zeigte mir, welches Ausmaß seine Heuchelei und sein Opportunismus erreicht hatten.

Vergleiche ich ihn mit Rida Hamada, gibt es durchaus Gemeinsamkeiten – beide verfügen über eine hohe Bildung und umfangreiches Wissen, beide gehören der Generation an, deren politisches Bewusstsein von der Revolution 1919 geprägt wurde, beide standen dem Sozialismus feindlich gegenüber. Andererseits tut sich ein gewaltiger Unterschied zwischen den beiden auf: Der eine ist in seinem Wesen dermaßen von Fäulnis befallen, dass sich selbst Schmeißfliegen vor ihm ekeln. Der andere ist von einer solch noblen Gesinnung, dass man ihn nur anbeten und heilig sprechen kann.

1968, also ein Jahr nach der Niederlage, erfuhr Zuhair Kamils Familie einen Schicksalsschlag, wie er es sich schlimmer nie hätte vorstellen können. Beide Söhne, diplomierte Ingenieure, hatten sich entschlossen, nach Kanada auszuwandern. Während er versuchte, sie davon abzubringen, neigte die Mutter dazu, die Söhne zu ermutigen. Es dauerte nicht lange, da waren die beiden auf und davon. Zuhair Kamil machte einen völlig verstörten Eindruck. »Ich bin wie ein Bauer«, sagte er, »und zur Natur eines Bauern gehört, dass er seine Söhne um sich schart.«

Auf meine Frage, warum die beiden sich zu diesem Schritt entschlossen hätten, antwortete er: »Sie hoffen auf eine bessere Zukunft.« Er zuckte bekümmert mit den Schultern. »Das Land bedeutet ihnen nichts mehr. Sie haben es, aus Gleichgültigkeit oder Verzweiflung, in dieser schweren Krise einfach verlassen und laufen nun einem trügerischen Glück nach.« Plötzlich packte ihn Wut. »Meine Gedanken sind bei ihnen, aber mein Herz leidet großen Schmerz.«

Wenig später reisten seine Frau und seine Tochter nach Griechenland, wo sich die Tochter prompt in einen Griechen verliebte. Ohne viel Umstände zu machen und sich über alle Traditionen hinwegsetzend, heirateten die jungen Leute. Seine Frau pendelte zwischen Kairo und Athen hin und her, und bevor das Jahr zu Ende ging, hatte sie entschieden, für immer in ihrer Heimat zu bleiben.

So kam es, dass Zuhair Kamil mit sechzig Jahren plötzlich allein dastand und zusehen musste, wie er mit seinem Leben, belastet durch zu hohe Zuckerwerte und Bluthochdruck, fertig wurde. Er befand sich in einer ähnlichen Situation wie Rida Hamada, nur dass der es geschafft hatte, seinen Kummer zu überwinden und sein Leben mit Arbeit auszufüllen. Zuhair hingegen litt unentwegt unter Einsamkeit und Überdruss.

Eines Abends fragte mich Abduh al-Basjuni, ob mir der Name Nimat Arif etwas sagt. Als ich verneinte, sagte er: »Sie ist Praktikantin bei einer Zeitung.«

»Und was hat das mit mir zu tun?«, fragte ich.

Er lachte. »Nun ja, sie ist die Geliebte von Zuhair Kamil.«

»Zuhair Kamil, der schon sechzig oder gar noch älter ist?«

»Du kannst demnächst zur Hochzeit gratulieren.«

So war es. Ich lernte die Braut kennen, ein hübsches zwanzigjähriges Mädchen. Von da an zog sich Zuhair Kamil zurück und genoss in aller Ruhe das Leben. Zur Feder griff er nur noch, wenn er seine wöchentliche Kolumne über allgemeine Tagesthemen zu schreiben hatte. Buchrezensionen oder Ähnliches interessierten ihn nicht mehr. Aber seine Krankheit verschlimmerte sich, so sehr, dass er bettlägerig wurde. Die einzige leuchtende Flamme in seinem dunklen Leben erlosch – sein Verstand.

Wir besuchen ihn gelegentlich, und wenn wir in seinem Schlafzimmer sitzen und uns unterhalten, hört er schweigend zu. Lässt er überhaupt mal eine kurze Bemerkung fallen, ist sie weder geistreich noch anregend. Das ist dann der Moment, da ich mir wieder einmal bewusst mache, dass alles einmal ein Ende hat.

Saba Ramzi

Er besuchte mit uns die Oberschule, aber nur für zwei Jahre. Obwohl die Bekanntschaft mit ihm lange zurückreicht, nämlich bis ins Jahr 1925, kann ich sein Bild noch immer vor meinem inneren Auge sehen: mandelförmige Augen, ein klarer Blick und so klein, dass es einen jammern konnte. Er war der Beste im Sportunterricht und ein hervorragender Fußballer. Wenn er mit Badr az-Zijadi auf dem linken Flügel spielte und sie sich den Ball zuschossen, befand sich jede gegnerische Mannschaft in höchster Gefahr. Deshalb genoss Saba Ramzi in der Schule großen Respekt, und niemand hatte ihn je wegen seines zu kurz geratenen Körpers ausgelacht. In unserer Freizeit lasen wir oft al-Manfaluti, und wenn uns eine Passage besonders gefiel, lernten wir sie auswendig. Einmal, als ich ihm erzählte, dass mir die Bücher von Michel Zévaco gefallen würden, starrte er mich mit finsterer Miene an. »Glaubst du etwa, was er über die Päpste geschrieben hat?«, fragte er empört.

»Warum nicht?«, fragte ich in aller Unschuld zurück.

»Weil er ein Feind der Katholiken ist und deshalb den Papst schmäht und verleumdet.«

Zum ersten Mal hörte ich Begriffe wie Katholizismus, Protestantismus und Orthodoxie. Es machte mich verwirrt, aber dann erklärte uns unser Schulkamerad Nagi Marcos, dass einige Kopten von katholischen und protestantischen Missionaren dazu verführt worden seien, zu deren Glaubensrichtung überzutreten.

»Ah, da gehört Saba also zu den verführten Kopten«, alberte Gafar Chalil herum. Er war es auch, der uns verriet, dass Saba Ramzi ein Geheimnis hatte. »Wenn ihr den Mund haltet, sage ich es euch.«

Wir starrten ihn neugierig an.

»Unser linker Flügelmann, Saba Ramzi, ist in eine Lehrerin von der Mädchenschule verliebt!«

Noch am gleichen Tag schlichen wir ihm nach Schulschluss hinterher. Tatsächlich, er folgte der Lehrerin, bis das Scharija-Tor in Sichtweite kam.

Einige Tage später lasen wir uns beide abwechselnd al-Manfalutis *Magdulin* vor. Plötzlich stockte seine Stimme, und vor lauter Erregung konnte er nicht mehr weiterlesen. Er hielt die Augen geschlossen, trotzdem spürte er offenbar, dass ich ihn fragend anschaute.

»Ich habe euch gesehen, als ihr mir nachgeschlichen seid«, stammelte er. »Was soll ich denn machen? Ich liebe sie genauso stark, wie in diesem Buch Stephan sein Mädchen liebt, wenn nicht noch mehr.«

Ich konnte seine Verzweiflung gut nachfühlen, denn auch ich war damals gerade verliebt.

»Was immer der Preis ist, ich werde sie immerfort lieben«, schluchzte er.

»Aber sie ist doch Lehrerin, und du gehst noch zur Schule?«

»Liebe ist stärker als alles andere. Ich habe schon versucht, mit ihr zu sprechen, aber sie hat mich überhaupt nicht zur Kenntnis genommen. Manche sagen, dass das eine Art von Koketterie ist, was meinst du?«

»Ich weiß nicht.«

»Wie kann ich bloß herausbekommen, ob sie mich liebt oder nicht?«

»Weiß ich auch nicht.«

»Ob wir mal Gafar Chalil oder Badr az-Zajadi fragen?«

»Auf keinen Fall. Wo die sich doch immer über andere lustig machen, die würden dich nur verspotten.«

Tag für Tag ging er der Lehrerin hinterher, aber nichts geschah. Er verlor das Selbstvertrauen und sah sehr unglücklich aus. Dann kam ein Tag, den ich nie vergessen werde. Wieder einmal waren wir ihm nachgeschlichen. Plötzlich blieben wir wie angenagelt stehen, denn Saba hatte sich der Lehrerin einfach in den Weg gestellt.

»Einen Moment, bitte«, hörten wir ihn sagen. Aber die Lehrerin wich ihm aus und ging unbeirrt weiter. Er rannte ihr hinterher. »Ich muss Ihnen etwas sagen …«, rief er.

Da drehte sie sich wütend um und schrie: »Schluss, aus, ich kann das nicht länger ertragen!«

»Nur ein Wort, mit größtem Respekt …«

»Lass mich in Ruhe, sonst hole ich die Polizei!« Sie ging mit großen, energischen Schritten weiter.

Völlig verstört schaute Saba ihr hinterher. Plötzlich steckte er blitzartig die Hand in die Tasche, zog einen Revolver heraus, richtete ihn auf die Lehrerin und schoss. Sie stieß einen entsetzlichen Schrei aus, hob das Gesicht ruckartig gen Himmel, und dann fiel sie nieder. Saba stand da und starrte sie an. Der Arm hing hinunter, die Hand umklammerte noch immer den Revolver. Er harrte in dieser Stellung aus, bis die Polizei kam und ihn festnahm. Als die erste Hilfe erschien, war die Lehrerin bereits tot.

Später erfuhren wir, dass Saba seinem Bruder, einem Offizier bei der Armee, den Revolver gestohlen hatte. Er war entschlossen gewesen, im Fall äußerster Verzweiflung dieses Verbrechen zu begehen. Wir haben ihn nie wieder gesehen und nichts von ihm gehört. Er hat unserem Gedächtnis diese erschütternde Szene hinterlassen, und dann ist er gegangen.

Salim Gabr

1926 hörte ich zum ersten Mal von ihm. Er arbeitete als Journalist für die Zeitung *Kaukab asch-Schark*, und Badr az-Zijadi lobte seinen Stil und seine Klugheit in den höchsten Tönen. Als ich dann seine Artikel las, lernte ich ihn als begeisterten Verfechter ökonomischer Unabhängigkeit und der Befreiung der Frau kennen. Aber er rief auch dazu auf, statt eines Fez einen Hut zu tragen. In seinem eigentlichen Beruf, er war Rechtsanwalt, hatte er nie gearbeitet, und er unternahm fast jedes Jahr eine Kulturreise nach Frankreich und England. Während der Revolution von 1919 war er in der Studentenbewegung aktiv, und beim Angriff auf die Azhar-Universität traf ihn sogar eine Kugel an der Schulter. Nach dem Studium arbeitete er für die wafdistische Presse, was der Beginn seiner Laufbahn als Journalist war.

Als wir Freunde geworden waren, erzählte er mir, dass er, als Saad Zaghlul 1924 Ministerpräsident wurde, seinen politischen Standpunkt änderte. »Ich war der Meinung, dass Saad Zaghlul den Posten nicht hätte annehmen sollen. Es wäre besser gewesen, wenn er, getragen vom Wafd, die Volksbewegung so lange geführt hätte, bis die Partei ihre nationale Mission hätte verwirklichen können.«

»Hast du damals den Wafd verlassen?«

»Das nicht, aber ich habe meine Interessen in eine andere Richtung gelenkt.«

Genauer gesagt, hatte er sich für den Kommunismus entschieden, und dabei ist er bis auf den heutigen Tag geblieben. Natürlich war ihm bewusst, dass er für die Zeitung des Wafd arbeitete, und so war er strikt darauf bedacht, Themen, die die Führung hätten verärgern können, zu umgehen. Er hatte sich für seine Arbeit eine spezielle Methode überlegt, die im Wesentlichen darauf hinauslief, seine neue Überzeugung nur indirekt darzustellen und jede Konfrontation mit der Politik des Wafd zu vermeiden. Themen wie die Befreiung der Frau, der Fortschritt in Wissenschaft und Wirtschaft boten ihm ein reiches Betätigungsfeld. Aber er ging noch einen Schritt weiter. Er verfasste eine Abhandlung über ökonomische Modelle, inklusive das des Sozialismus. 1930 veröffentlichte er eine zweite Schrift, und zwar mit dem Titel *Karl Marx und seine historische Mission*. Kaum war die Ausgabe erschienen, wurde sie konfisziert. Die Konservativen fielen mit bösartigen Attacken über ihn her und beschuldigten ihn, ein Ketzer und Anarchist zu sein.

Nachdem ich ihn im Salon von Mahir Abd al-Karim kennengelernt hatte, ich studierte zu jener Zeit noch, begegneten wir uns des Öfteren, und zwar entweder in dem Salon oder in seinem Büro. Ich stellte ihm Rida Hamada und Gafar Chalil vor, und in dieser Runde unterhielten wir uns angeregt über die aktuelle Politik oder auch den Sozialismus. Nur für seine Theorien vom Klassenkampf und von der proletarischen Diktatur konnten wir uns nicht erwärmen. Einmal sagte ich zu ihm, dass es mein Traum sei, den Sozialismus mittels des Parlaments zu schaffen.

»Ich bin ein Feind des Wafd«, lautete seine provokative Antwort.

»Wie können Sie so etwas sagen?«, fragte ich empört.

»Und außerdem unterstütze ich den König und die Minderheitenparteien.«

Ich lachte und starrte ihn ungläubig an.

»Der Wafd ist Opium fürs Volk.« Er schlug mit der Faust auf den Tisch und fuhr erregt fort: »Einzig der Wafd ist schuld, dass sich das Volk Träumen hingibt, die nie verwirklicht werden. Er wird niemals in der Lage sein, für das Volk wirklich etwas zu erreichen. Aber wenn der König und seine Parteien herrschen, werden Fäulnis und Korruption das Land in den Ruin treiben, und dann wird das Volk vor lauter Verzweiflung eine wirkliche Revolution herbeiführen.«

»Was nützt uns das, solange die Engländer uns unterdrücken?«

»Verzweiflung bringt Wunder zu Stande.«

Ibrahim Akl war aufgefallen, dass ich dazu neigte, einige Meinungen von Salim Gabr zu übernehmen. Er warnte mich vor dessen, wie er es nannte, »verlogener Philosophie«.

»Aber ich habe doch Ihren Namen zum ersten Mal in einem Artikel von Herrn Gabr gelesen, und da hat er Sie verteidigt?«

»Das war keine Verteidigung, sondern ein Ärgernis«, entgegnete er spöttisch. »Er akzeptiert nur solche Intellektuelle, die sein Ketzertum und seinen Anarchismus verbreiten.«

Abbas Fauzi war bei dem Gespräch zugegen. Da er sich immer auf die Seite des Stärkeren stellte, wunderte es mich nicht, dass er Ibrahim Akl unterstützte. »Salim Gabr ist ein durch und durch verdorbener Mensch. Das zeigt sich allein schon daran, dass er gegen die Ehe ist.«

»Aber er ist doch verheiratet«, entgegnete ich verblüfft. »Er hat mich sogar seiner Frau vorgestellt, als wir uns im Orman-Park begegneten.«

Abbas Fauzi lachte laut los. »Das ist seine Geliebte! Sie kommt aus Frankreich und ist verwitwet. Wusstest du das nicht?«

Das stimmte tatsächlich. Salim Gabr lebte bis 1960, bis zu ihrem Tod mit ihr. Abd ar-Rachman Schaban, der Übersetzer, erzählte mir die Geschichte der beiden. Die Frau war verheiratet gewesen, und ihr Mann hatte als Ingenieur im Elektrizitätswerk gearbeitet. Noch während ihrer Ehe hatte sie sich in Salim Gabr verliebt, und als ihr Mann starb, beschlossen die beiden, zwar zusammenzuleben, aber nicht zu heiraten. Sie war eine selbstständige, moderne Frau und hatte die gleiche kommunistische Überzeugung wie Salim Gabr. Sie besaß Vermögen in Ägypten und reiste oft nach Frankreich. Der Gedanke, Kinder zu haben, war ihr verhasst.

Es war noch vor dem Zweiten Weltkrieg, als von Salim Gabr ein Buch über vergleichende Religionswissenschaft erschien. Ein Sturm der Entrüstung setzte ein. Salim Gabr wurde vorgeworfen, die islamische Religion zu verleumden. Es kam zu einem Prozess. Das Gericht sprach ihn zwar frei, aber das Buch wurde beschlagnahmt. Während des Kriegs startete er heftige Angriffe auf die Nazis und den Faschismus, und da er sich damit das Wohlwollen des britischen Botschafters erwarb, wurde ihm angeboten, einmal in der Woche im Rundfunk einen Vortrag zu halten. Als ich ihn in seinem Büro besuchte, fragte ich ihn, ob es denn stimme, dass er nun ein Freund der britischen Botschaft geworden sei.

»Freundschaft, Feindschaft, das kommt und geht«, erwiderte er spöttisch. »Aber ich gebe gerne zu, dass ich in dieser Zeit ein Verbündeter der Engländer bin.«

»Wie es aussieht, ist deren Stern im Sinken begriffen.«

»Sich vor einem Sieg der Nazis zu fürchten, ist völlig falsch!«, fuhr er mich scharf an. »Selbst wenn es so wäre, die Geschichte hat ihre eigenen Gesetze, und die sind stärker als jeder Krieg und jeder Sieg.«

Als der Wafd die Regierung stellte, arbeitete er mit den Wafdisten genauso loyal zusammen wie damals, vor Saad Zaghluls Zeit als Ministerpräsident. Rommels Truppen näherten sich stetig der ägyptischen Grenze, und wie viele andere floh auch Salim Gabr in den Sudan. Nachdem sich das Kräfteverhältnis geändert hatte, kehrte er zurück und führte seinen journalistischen Feldzug weiter.

Ich kann mich noch gut daran erinnern, dass wir, also Salim Gabr, Rida Hamada und ich, beim Begräbnis von Gafar Chalil zusammensaßen und Rida sich laut darüber freute, wie glücklich das Volk über die Regierungsübernahme des Wafd sei. Aber Salim Gabr war gänzlich anderer Meinung. »Keine Partei, so populär sie auch sein mag, ist derzeit in der Lage, die Situation zu meistern.« Er kam auf die Vereinigten Staaten zu sprechen, die für ihn der Inbegriff des Bösen waren. »Nur wenn der Kommunismus regiert, kann die Welt gerettet werden.«

Als er weggegangen war, murmelte Rida Hamada: »Das ist der einzige Mensch, bei dem sich alle anderen einig sind, nämlich in ihrem Hass.«

»Aber er handelt immerhin aus Überzeugung und nicht aus selbstsüchtigen Motiven«, hielt ich dagegen.

Dann brachte das Jahr 1952 die Juli-Revolution. Plötzlich zeigten sich in Salim Gabrs wohl geordneter, harmonischer Denkstruktur höchst eigenartige Widersprüche, die so befremdlich waren, dass sie schon an Spinnerei grenzten. Nach außen hin spielte er die Rolle, die man von ihm kannte, nämlich die des scharfen Denkers, der Freund und Feind klar unterscheiden kann. Als Journalist griff er nun für die Revolution zur Feder, aber sein engster Freundeskreis musste entdecken, dass sein ganzes Denken ein Bündel von Widersprüchen war und man kaum noch wusste, mit wem man es zu tun hatte. Er bejubelte die Abschaffung der Monarchie, hielt das für ein schier unglaubliches Wunder, aber wenig später murmelte er apathisch: »Der König ist gegangen, dafür sind unzählig viele Könige gekommen.«

Er war glücklich über das Ende der feudalistischen Zustände und die Begrenzung des Landbesitzes, aber fast im gleichen Atemzug erklärte er: »Man muss sich entscheiden, ob man für oder gegen Eigentum ist. Verteilt man jetzt den Boden an die Bauern, stärkt man damit nur die instinktive und aus finstersten Zeiten ererbte Gier nach mehr Besitz.«

Als die Parteien, die er so lange bekämpft hatte, aufgelöst wurden, weinte er dem Wafd nach. »Wie soll das Land ohne die vom Volk gestützte Basis existieren?«, jammerte er. Oder er seufzte: »Wegen des Kommunismus die Freiheit zu opfern, mögen manche für vernünftig halten. Aber nun haben wir nichts mehr, keine Freiheit und keinen Kommunismus.« Die Jagd auf Kommunisten und Muslimbrüder kommentierte er mit den Worten: »Jetzt machen sie sich dran, alle positiven Kräfte zu erledigen. Auf wen wollen sie sich bei ihrer Politik stützen, wenn es keine Kommunisten, keine Bruderschaft, keine Parteien mehr gibt? Zum Schluss bleiben nur noch käufliche Beamte übrig.« Selbst die Kommunisten kamen nicht ungeschoren davon. In Zeiten, da sie die Gefängnisse und Konzentrationslager füllten, hatten sie sein volles Mitgefühl, aber ansonsten warf er ihnen Zersplitterung, Zersetzung und Feigheit vor.

Schließlich war ich überzeugt, dass es diesem seltsamen Menschen nur um das Opponieren an und für sich ging. War der Staat feudalistisch, spielte er den Kommunisten. Hatte der Staat ein linkes Programm, ging er als Konservativer dagegen an. Genau so war es. In der Zeit, als die Sowjetunion die Revolution unterstützte und sie ihr im Frieden und im Krieg beistand, gab er eine Bemerkung von sich, die ich nie im Leben für möglich gehalten hätte. Knurrig, als schmerzte ihm vor Ärger das Herz, stieß er hervor: »Der Kommunismus ist ja ein großartiger Entwurf, aber der einzelne Kommunist? Ein Maschinchen, mehr nicht, jedenfalls kein lebendiger Mensch.«

Einmal fragte er mich, warum so viele Landsleute in die Vereinigten Staaten emigrieren wollen. »Weil sie dort Brot und Freiheit bekommen«, spottete ich.

»Ein Leben ohne Freiheit hat keinen Wert, also sei nicht so fanatisch«, fuhr er mich wütend an.

»Das habe ich doch bei dir gelernt«, erwiderte ich und lachte.

»Wir sind tot, tot, tot! Wann werden wir wieder zum Leben erweckt?«

»Manchmal verstehe ich dich wirklich nicht«, erklärte ich offen heraus.

»Was ich sage, ist klar wie die Sonne«, erwiderte er in scharfem Ton. »Aber ihr habt euch an endlose Erklärungen und an Kommentare zu Kommentaren gewöhnt.«

In der Anglo-Bar hörte ich zufällig vom Tod seiner französischen Freundin, also entschloss ich mich, ihn in seiner Wohnung in der Kasr-an-Nil-Straße zu besuchen. Aber so viel ich auch klopfte, es machte niemand die Tür auf. Im Büro in der Zeitung war er auch nicht. Ich erkundigte mich. Er war nach der Beerdigung nach Assuan gefahren, um sich für einen Monat zurückzuziehen und allein zu sein. Als ich ihn dann endlich traf, trat er energisch wie immer auf, aber wenn man genauer hinschaute, hatte das Gesicht einen Hauch von Schwermut bekommen, der nicht mehr verschwand. Er mochte es nicht, wenn man ihn nach privaten Dingen fragte. Noch nie hatte er über seine Liebe zu einer Frau, seine Familie oder seine Kindheit gesprochen. Er kam mir vor, als legte er darauf Wert, einzig und allein ein »öffentlicher« Mensch zu sein, und zwar sowohl nach außen als auch in seinem Innern.

Einmal fragte ich ihn, ob er nicht bereue, dass er nicht geheiratet und Kinder gezeugt habe.

»Reue ist eine dumme religiöse Gewohnheit«, antwortete er spöttisch.

Ob zu Recht oder Unrecht, jedenfalls hatte ich das Gefühl, dass er unter der bitteren Einsamkeit des Alters litt. In jener Zeit diskutierte er ungemein heftig, und es kam immer wieder vor, dass er seine Freunde mit seiner Offenheit tief verletzte. Zu Rida Hamada sagte er zum Beispiel: »Gesteh doch endlich ein, dass du ein Reaktionär bist, über den der Strom der Zeit hinweggeflossen ist.«

Zuhair Kamil blaffte er an: »Du bist kein Kritiker, sondern ein Zerstörer von Werten«, und als Gad Abu l-Ala ihn nach seiner Meinung über seine literarischen Arbeiten fragte, erwiderte er barsch: »Du solltest deine Zeit besser auf dem Markt verbringen.«

Er war einer von denen, die sich über die Niederlage vom 5. Juni 1967 insgeheim freuten. Eine befremdliche Haltung, aber typisch für all jene, die der Revolution feindlich gegenüberstanden. Einer wie er, der nur davon lebt, gegen den Staat zu sein und immerfort zu opponieren, landet zwangsläufig im Lager des Feinds. Um seinem Ärger Luft zu machen, hatte er einmal erklärt: »Was nützt es, von einer Klasse befreit zu sein, wenn man dafür in die Fänge des Staats gerät? Die Macht, die uns jetzt regiert, lastet schwerer auf uns als eine Klasse, schwerer sogar als der Teufel.«

Aber die Revolution brach nicht zusammen. Ihre Wunden heilten, sie schöpfte wieder Kraft und hielt sich für einen neuerlichen Kampf bereit. Salim Gabr grollte und wütete und verfing sich wieder einmal im Netz seiner Widersprüche. Aber er schaffte es, sich das öffentliche Ansehen, das er sich seit 1924 stetig erworben hatte, zu bewahren und der loyale Chronist der Revolution zu bleiben. Trotz seiner siebzig Jahre und trotz seiner Einsamkeit erfreut er sich bester Gesundheit.

Wenn ich es recht bedenke, ist er in meinem Bekanntenkreis der Einzige, der nie einen Scherz macht oder einen Witz erzählt. Aber es fehlt ihm nicht nur an Humor, sondern auch an jeglichem künstlerischen Interesse. Er mag keine Musik, und wenn er einen Roman liest, was selten genug geschieht, interpretiert er das Gelesene unter einem rein politischen Aspekt. In gewisser Weise ist er verkrüppelt, denn da ihm jeglicher Sinn für das Schöne fehlt, hat er auch nie gelernt, das Leben zu genießen.

In der letzten Zeit hat er den Glauben an die Wissenschaft entdeckt, und auch den funktioniert er in seiner gewohnten Art zur Ideologie um. »Wann wird es endlich so weit sein, dass die Wissenschaft regiert? Wann kommen endlich die Wissenschaftler an die Macht?«, fragt er ein ums andere Mal, womit er wahrscheinlich die letzte Losung gefunden hat, mit der er seinen ewigen Drang, gegen jedwede Regierungspolitik zu opponieren, zu stillen hofft.

»Er ist verrückt, das ist die ganze Wahrheit«, lautete Rida Hamadas Urteil.

»Es gibt noch eine andere Wahrheit«, hielt ich dagegen, »und zwar die, dass er mit seinen Arbeiten mehrere Generationen stark und dauerhaft beeinflusst hat.«

Surur Abd al-Baki

Er gehört zu den Freunden aus der Abbasija-Zeit. Sein Vater war ein berühmter Anwalt, der viel Geld verdiente, die Mutter eine starke Persönlichkeit, die das Haus mit harter Hand regierte. Weder der Ehemann noch der Sohn und schon gar nicht die beiden Töchter wagten es, sich ihr zu widersetzen. Sie war geizig, feilschte mit jedem Straßenhändler gnadenlos. Ein einziger Millim zu viel, und sie ließ den Händler stehen. Um das Gewicht der Ware zu überprüfen, hatte sie sich extra eine Waage gekauft.

Was die Sparsamkeit betraf, ähnelte Surur seiner Mutter, ansonsten war er ein gut erzogener und gebildeter Junge. Sein Verhältnis zu uns war eigenartig. Er kam zwar zu allen Treffen, achtete aber immer auf eine gewisse Distanz. Alberten wir herum oder erzählten gar schmutzige Witze, hielt er sich abseits. Einmal diskutierten wir über eine neue Sängerin – Umm Kulthum.

»Ich habe sie bei einer Hochzeit singen gehört«, warf Surur ein, »ihre Stimme ist besser als die von Munira al-Mahdija.«

Das hätte er nicht sagen sollen.

»Besser als Munira al-Mahdija kann niemand sein«, tönte Gafar Chalil, und Chalil Zaki, der sich für Sänger überhaupt nicht interessierte, schnauzte ihn grob wie immer an: »Komm mir nicht mit der Meinung deiner Mutter.«

Surur geriet außer sich. »Lass meine Mutter aus dem Spiel, du Flegel!«, rief er wütend.

Die Antwort war eine derbe Ohrfeige, und im nächsten Moment prügelten die beiden aufeinander ein, bis wir sie schließlich trennten.

In der Schule gab sich Surur große Mühe, trotzdem hielt der Erfolg mit seinem Fleiß nicht Schritt. Um ehrlich zu sein, wir hielten ihn nicht für besonders klug. Gut erzogen wie er war, hätte er eines Tages unsere Clique fast in zwei Gruppen gespaltet. Wir sollten fortan keine schmutzigen Wörter mehr gebrauchen, erklärte er, und uns gegenseitig mit Respekt behandeln. Chalil Zaki und Sajid Schuair wieherten laut los. Aber er beharrte stur auf seiner Forderung und drohte damit, uns andernfalls zu schneiden.

Damals kannte meine Begeisterung für ihn keine Grenzen, also flehte ich ihn an: »Du kannst fordern, was du willst, aber bitte bleib bei uns.«

»Ich finde, dass sein Vorschlag Hand und Fuß hat«, meinte Rida Hamada.

»So ein Blödsinn!«, rief Gafar Chalil. »Schmutzige Wörter sind wie das Salz in der Suppe.«

»Genau«, erklärte Id Mansur. »Wie soll ich denn über eure Väter und Mütter reden, ohne ihnen das richtige Schimpfwort zu verpassen?«

»Hört mal, Jungens, wenn es nur noch anständig zugehen soll, können wir unsere Clique vergessen«, warnte Scharawi al-Fahham.

Nach langer, hitziger Diskussion kamen wir überein, uns wie immer zu benehmen und nur im Beisein von Surur Abd al-Baki eine Ausnahme zu machen.

Was die Politik betraf, verhielt er sich ihr gegenüber genauso wie zu unserer Gruppe, nämlich passiv. Er nahm nicht einmal an der friedlichen Demonstration zum Abdin-Platz teil, die Saad Zaghluls Ernennung zum Ministerpräsidenten forderte. An dem Tag, als wir in der Schule streikten und Badr az-Zijadi getötet wurde, war er zu Hause geblieben. Obwohl er gut aussah, mied er die Mädchen; nicht einmal Blicke warf er ihnen zu. Offenbar hatte er das Gefühl, dass seine Mutter ihn nie aus den Augen ließ und überall beobachtete. Wenn wir Bücher lasen, kümmerte er sich im Hausgarten um die Blumen oder trainierte seinen Körper mit Gewichtheben. Schon als Kind wollte er Arzt werden, aber da er beim Abitur nicht auf die erforderliche Punktzahl kam, wurde er zum Studium nicht zugelassen. Er redete so lange auf seinen Vater ein, bis er ihm erlaubte, in London Medizin zu studieren. Wer zwei Jahre lang dort die Prüfungen bestand, durfte an der Kairoer Fakultät weiterstudieren. Surur Abd al-Baki schaffte es, nach zwei Jahren kehrte er zurück und nahm in Kairo das Studium auf.

Natürlich bot er uns damit Gesprächsstoff.

»So dumm wie wir dachten, kann er nicht sein, sonst hätte er in England keinen Erfolg gehabt«, meinte Rida Hamada.

»Das Aufnahmeverfahren an der Kairoer Fakultät ist eben doch nicht so in Ordnung, wie man denkt«, brummte Id Mansur.

»Vor allem gibts keine Gerechtigkeit, Reiche haben mehr Chancen als Arme.«

Surur Abd al-Baki legte 1936 das Diplom ab, und vier Jahre später heiratete er die Tochter einer angesehenen Familie. Im Lauf der Zeit machte er Fortschritte in seiner Karriere, und schließlich gehörte er zu den bedeutenden Chirurgen Ägyptens. Außerdem verfügte er über ein gewaltiges Vermögen, und so kam es, dass er mitten in der Stadt ein großes Gebäude errichten und für sich selbst eine sehr schöne Villa in Maadi bauen ließ. Prinzipienfest wie immer, machte ihn seine moralische und professionelle Integrität zu einem geradezu vorbildlichen Arzt. Er verstand sich bestens auf die praktische Arbeit, wurde auf Grund seiner reichhaltigen Kenntnisse als Wissenschaftler geschätzt, trat den Patienten mit warmherziger Güte entgegen und war weit davon entfernt, jemanden für eigensüchtige Interessen auszunutzen oder sich zu bereichern. Von seinen Studenten wurde er sehr verehrt, aber im Fakultätsrat fürchtete man sich vor seiner kompromisslosen Haltung, die bisweilen zu harten Auseinandersetzungen führte.

Trotz allen Wissens, trotz aller reichen Erfahrung blieb er, was Kunst, Kultur und Politik betraf, naiv wie ein Kind. Der umfassende Blick auf die Gesellschaft, zu deren glänzenden Persönlichkeiten man ihn zählen durfte, ging ihm völlig ab. Da konnten noch so erschütternde Dinge geschehen, Surur Abd al-Baki nahm sie nicht zur Kenntnis. Erst als die Juli-Revolution dem Land gewaltige Veränderungen brachte, sah er sich zum ersten Mal gezwungen, die Insel, auf der er bisher gelebt hatte, zu verlassen. Als er merkte, dass die Revolution zu grundlegenden Veränderungen in den ökonomischen, finanziellen und sozialen Verhältnissen führte, erwachte sein Interesse. Plötzlich musste er sich Sorgen machen, das war ihm nie zuvor passiert. Der Grundbesitz seiner Frau war von der Bodenreform betroffen; ein Federstrich genügte, und die Familie war um fünfhundert Feddan Land ärmer.

Surur Abd al-Baki sah dem Treiben fassungslos zu, war er doch daran gewöhnt, dass in diesem Land Besitz und Geld als heilig galten. Seine Familie fühlte sich mitten ins Herz getroffen, die Flamme der Feindseligkeit loderte. Außerdem sah sich Surur Abd al-Baki plötzlich selbst als Feind behandelt; so wurde er zum Beispiel nicht zum Dekan der Fakultät ernannt, obwohl er über die besten Voraussetzungen verfügte. Traurig und verbittert gestand er mir eines Tags, dass er sich am liebsten nur noch seiner Privatpraxis widmen würde, wäre da nicht sein akademisches Pflichtgefühl.

Seit die Politik in das Leben seiner Familie derart massiv eingegriffen hatte, interessierte er sich für das, was in der Gesellschaft geschah, vor allem auf politischem Gebiet. Wann immer es sein Arbeitspensum erlaubte, erschien er sogar zu unseren Treffen im Maadi-Klub. Rida Hamada und ich hatten die Beziehung zu ihm nie abreißen lassen, ansonsten stand nur noch Chalil Zaki mit ihm in Kontakt, aber das war beruflich bedingt, weil Chalil im Kasr-al-Aini-Krankenhaus arbeitete. Trotz all der vielen vergangenen Jahre fühlte sich Surur Abd al-Baki seinen Jugendgefährten verbunden. Der Tod von Scharawi al-Fahham und Gafar Chalil und der Verlust von Sajid Schuair trafen ihn schwer, aber kaum erwähnte man den Namen »Id Mansur«, lachte er und stöhnte: »Dieser verdammte Geizhals!«

Als Rida Hamada seinen einzigen Sohn und seine Frau verlor, fühlte er sich Surur Abd al-Baki enger verbunden, denn waren die erlittenen Schicksalsschläge auch unterschiedlicher Natur, hatten doch beide erfahren, was Leid ist.

Das berüchtigte Waffengeschäft, das Ägypten mit der Tschechoslowakei abschloss, kommentierte Surur Abd al-Baki mit den Worten: »Das ist der erste Schritt zum Kommunismus.«

Nach der Dreier-Aggression und dem Rückzug der Invasoren seufzte er: »Ohne die Vereinigten Staaten wären wir erledigt.«

»Wieso?«, fragte ich erstaunt. »Den Rückzug verdanken wir

einzig und allein der ernsten Warnung, die die Russen ausgesprochen haben.«

»O nein, und wir sollten die Freundschaft mit den Amerikanern nie mehr vernachlässigen.«

Als der Weg der sozialistischen Orientierung proklamiert wurde, packte ihn eine solche Angst, dass er in eine schwere Depression fiel.

»Wovor hast du Angst?«, fragte ich ihn. »Du hast einen Beruf, der dich und deine Familie immer ernähren wird.«

»Nichts ist mehr von dauerndem Wert«, klagte er. »Meine Frau hält es für das Beste, dass wir auswandern.«

»Unsinn«, erklärte Rida Hamada, »dafür besteht überhaupt kein Grund.«

»Aber hinter diesem so genannten Sozialismus verbirgt sich nichts anderes als der Hass auf all jene, die sich durch Wissen auszeichnen. Die uns jetzt regieren, sind mit Waffengewalt an die Macht gekommen und nicht wegen ihrer Bildung.«

»Und wie siehst du das Problem der Armut in Ägypten?«, fragte Rida.

»Jeder nimmt den Platz ein, der seinen Fähigkeiten entspricht, das ist Gottes Weisheit«, lautete seine reichlich naive Antwort.

Plötzlich begriff ich, dass ein immenses Wissen und hohe moralische Wertmaßstäbe nicht ausreichen, sondern dass man auch im Besitz eines kulturellen und somit politischen Bewusstseins sein muss. Mochte Surur Abd al-Baki noch so gebildet und tüchtig sein, er würde nie sein Wesen und die ihm innewohnenden menschlichen Möglichkeiten erfahren, solange er sich als völlig unabhängiges Individuum begriff und nicht als eine von vielen Zellen, durch deren Zusammenwirken erst dieser einen Zelle das Leben ermöglicht wird. Aber dazu war dieser stattliche, gut aussehende und unerhört gescheite Doktor nicht in der Lage, und deshalb geriet er ins Stolpern, sobald jemand den Überfluss derer antastete, die alles besitzen, um den Hunger von Millionen zu stillen. Es machte mich unglaublich betroffen, wie schadenfroh der feine Doktor auf die Niederlage im Juni 1967 reagierte; er konnte seine Freude über das, was er für die Rettung hielt, nicht verhehlen.

Als ich mit meinem Freund Kamil Ramzi darüber sprach, sagte er: »Empörung oder Traurigkeit nützen nichts, man muss sich die Tatsachen vor Augen halten. Es gibt zwei Lager, die sich unversöhnlich gegenüberstehen – auf der einen Seite die Russen, arabischen Sozialisten und zum Teil das Volk, das den Sozialismus für das versprochene Paradies hält, und auf der anderen Seite die Amerikaner, Israelis und all jene, die sich vor dem Sozialismus fürchten, weil er ihre Macht und Gier stoppen könnte.«

»Und was ist mit der Nation und dem Nationalgefühl?«

»Die Bedeutung des Begriffs Nation hat sich verändert. Heutzutage geht es nicht mehr um ein Land mit festgeschriebenen Grenzen, sondern um eine geistige Gemeinschaft, die sich durch bestimmte Ansichten und Überzeugungen auszeichnet.«

Suad Wahbi

Nur ein einziges Jahr war sie unsere Kommilitonin gewesen, aber unsere Fantasie hat sie jahrzehntelang beschäftigt. 1930 gab es in unserer Fakultät nur wenige Studentinnen, insgesamt waren es zehn. Sie traten auf, als wollten sie unbedingt den Eindruck erwecken, unerreichbar zu sein – schlichte Kleidung, kein Schmuck, und im Hörsaal gehörte ihnen die erste Reihe, ganz so, als säßen sie im Frauenabteil der Straßenbahn. Sie begrüßten uns nicht, redeten nicht mit uns. Machte eins der Mädchen doch einmal den Mund auf, weil es eine Frage hatte oder Papier brauchte, dann wisperte es scheu und verschämt. Solch ein Ereignis wurde natürlich von allen beobachtet, und es wurde getuschelt und gemunkelt.

Trotzdem wurde die strenge, dumpfe Atmosphäre von einem Stern erleuchtet, den uns der Himmel beschert hatte – Suad Wahbi. Sie war die Hübscheste von den Mädchen, auch größer, und ihr Körper verriet frauliche Reife. Als ob ihr das alles nicht reichte, benutzte sie Rouge und Lippenstift, trug hautenge Kleider und tänzelte beim Gehen. Sie betrat den Hörsaal immer als Letzte und kam mit Absicht zu spät. Wir saßen bereits auf unseren Plätzen, der Professor wollte gerade mit der Vorlesung beginnen, da stürzte sie, als wolle sie sich damit entschuldigen, herein. Ihre prallen Brüste wippten, und durch die Reihen der Studenten, die ihrem Treiben hingerissen zuschauten, ging ein Raunen. Ihr Name war in aller Munde, und manche schrieben ihr besondere Titel zu, wie »Madame Suad« oder »die Suad-Fakultät« oder »erstrahlende Suad«. Im Unterschied zu den anderen Mädchen war sie unglaublich kühn. Sie begegnete uns mit großem Selbstbewusstsein und dachte nicht im Geringsten daran, ihren Stolz auf ihre Reize zu verbergen. Wenn sie mit den Professoren diskutierte, tat sie es mit lauter Stimme, sodass alle mithören konnten. Kurzum, sie beherrschte Raum und Zeit.

Die Meinungen über sie gingen weit auseinander. Für Machmud Darwisch war sie keine Studentin, sondern eine Dirne, und Gafar Chalil bedauerte, sie nicht schon in der Oberschule gekannt zu haben. »Die Hälfte unseres Lebens haben wir verschenkt«, seufzte er.

»Sie studiert nur, weil sie sich hier einen Bräutigam suchen will«, erwiderte ich.

»Oder einen Geliebten«, träumte Gafar Chalil laut.

Über Suad Wahbi waren die verschiedensten Geschichten im Umlauf; ob etwas davon stimmte oder alles nur der Fantasie entsprungen war, weiß ich bis heute nicht. Die einen meinten, dass sie Jüdin und hinsichtlich der Geschlechterfrage völlig frei aufgewachsen sei. Andere glaubten zu wissen, dass die ganze Familie verkommen wäre, der Vater genauso wie die Mutter und Schwestern. Es wurde sogar behauptet, dass sie keine Jungfrau mehr sei und sich nachts herumtreibe und betrinke.

Gafar Chalil fühlte sich durch diese Reden ermutigt. Er versuchte, mit ihr anzubändeln, und holte sich eine Abfuhr. Andere machten es ihm nach und scheiterten genauso wie er. Trat man ihr aber mit der geziemenden Höflichkeit entgegen, war sie durchaus bereit, eine freundschaftliche Beziehung zu unterhalten. Ihr Ruf hatte sich in der ganzen Universität verbreitet, und so kamen viele Studenten in unsere Vorlesungen, auch die von der Juristen-Fakultät, um sie sich mit eigenen Augen anzusehen. Im Seminar für englische Literatur las sie manchmal aus *Othello* vor. In ihrer Stimme schwang solch ein ergreifendes Pathos mit, dass alle hingerissen lauschten. Selbst der englische Dozent war tief beeindruckt und behandelte Suad Wahbi besonders freundlich.

Die etwas gesetzter auftretenden Studenten, vor allem die vom Land, begannen, das Suad-Phänomen unter dem Aspekt zu diskutieren, welche verhängnisvollen Folgen es haben könnte. Irgendwann erfuhr Doktor Ibrahim Akl von den hitzigen Diskussionen. Mit seiner großen, stattlichen Figur war er bestens dafür geeignet, wie ein Vater über die Studenten und die hehren Werte zu wachen. Als es im Hörsaal wieder einmal Tumult wegen der prallen Brüste gab, nutzte er die Gelegenheit, den Bannstrahl seiner blauen Augen auf die Studenten zu richten, und zwar so lange, bis Ruhe herrschte und wir wieder zur Vernunft gekommen waren. Erst dann hob er an zu sprechen: »Es ist mir wichtig zu betonen, dass es zwischen dem Hörsaal einer Universität und dem Badia-Nachtklub einen gewaltigen Unterschied gibt!«

Der Saal tobte vor Gelächter, obwohl es eigentlich nicht angebracht war.

Doktor Akl schüttelte den Kopf, auf dem der hohe Tarbusch thronte. »Wir sollten daran denken, dass wir alle, also sowohl die jungen Frauen als auch die jungen Männer, das Ziel höchst kritischer Blicke sind, denn es gibt viele Menschen, die mit der gemischten Ausbildung an der Universität nicht einverstanden sind, mehr noch, die sogar die höhere Bildung von Mädchen generell ablehnen.«

Nach der Vorlesung bat er Suad Wahbi in sein Büro. Wir ahnten, worum das Gespräch gehen würde, konnten uns sogar vorstellen, wie das Ergebnis aussähe. Einige bedauerten es bereits, auf ihre tägliche Dosis Erregung verzichten zu müssen. Als Suad Wahbi mit finsterer Miene aus dem Büro kam und uns auf dem Flur herumlungern sah, fuhr sie uns wütend an: »Ich werde es niemandem gestatten, meine persönliche Freiheit anzutasten!«

Sie hielt daran fest, benahm sich wie immer. Aber dann kam der Beschluss, dass sie die Fakultät zu verlassen habe. Einige freuten sich darüber, anderen tat es leid, nur in einem waren sich alle einig, nämlich darin, Widerstand gegen diese Form einer reaktionären Politik zu leisten, die das Land seiner Freiheit beraubte. Suads Vater kam, um mit dem Dekan zu sprechen. Es war eine längere Unterredung, und als er wieder ging, hatte er erreicht, dass der Beschluss zurückgezogen wurde, allerdings unter der Voraussetzung, dass die Forderungen des Dekans erfüllt wurden.

Einige Tage später kam Gafar Chalil mit breitem Grinsen auf mich zu und fragte: »Weißt du schon das Geheimnis, warum Suad zurückkehren durfte?«

»Was denn für ein Geheimnis?«

»Es heißt, dass der Erziehungsminister höchstpersönlich die Rücknahme des Beschlusses empfohlen hat.«

»Dieser Reaktionär, der ständig von der Respektierung der Traditionen redet?«

»Na ja, er soll ein Verhältnis mit ihr haben.«

Was auch immer gewesen sein mochte, Suad Wahbi kehrte zurück. Als sie den Hörsaal betrat, klatschten wir Beifall. Zum ersten Mal erschien sie ungeschminkt, aber selbst in diesem natürlichen Zustand war sie wunderschön. Die Kleidung war nun etwas länger und weiter geraten, nur die Brüste hatte der Vater nicht verändern können. Sie waren noch genauso prall und verführerisch wie vorher und stellten die reinste Herausforderung dar – für den Dekan und für die Tradition.

Irgendwann kam ein Kommilitone mit der Neuigkeit, dass er Suad Wahbi mit dem Englischlehrer gesehen hätte; sie wären im Japanischen Garten in Heluan spazieren gegangen. Die Nachricht verbreitete sich in der Fakultät wie ein Lauffeuer. Als jemand sie fragte, ob das stimme, bejahte sie. Sie habe ihn zufällig getroffen, und da seien sie ein Stück zusammen gegangen und hätten sich unterhalten. Es war also die Wahrheit. Die Information gelangte zur Fakultätsleitung; nun war man mit einem Problem konfrontiert, das eine unglaubliche Herausforderung darstellte. Würde man gegen den Lehrer vorgehen, riskierte man, den britischen Hochkommissar zu verärgern, und unternahm man etwas gegen die Studentin, könnte der Lehrer negativ reagieren. Es war eine vertrackte Situation, und uns war klar, dass sie nicht nur moralische, sondern auch politische Dimensionen besaß. Gafar Chalil, der alte Spötter, meinte: »England hat in die Erklärung vom 28. Februar eine spezielle Sicherheitsmaßnahme aufgenommen, in der es nur um Suad Wahbi geht.«

Ein anderer Witzbold fügte hinzu: »Und die britische Flotte droht das Zollamt zu besetzen, falls Suad Wahbi irgendeinem Zwang ausgesetzt wird.«

Poetisch veranlagte Studenten rezitierten Gedichte, andere rissen Witze oder gaben spöttische Kommentare ab, sogar in Hörweite des Dekans. Aber zu Beginn des neuen Studienjahrs erwartete uns eine völlig neue Situation. Der englische Dozent hatte sich entschieden, seinen Vertrag nicht zu verlängern, und Suad Wahbi erschien nicht mehr in der Fakultät. Wo war sie?

Manche meinten, sie wäre mit dem Engländer abgefahren, andere glaubten, von einer Heirat gehört zu haben, und wieder andere erzählten sogar, sie würde in der Alfi-Straße als Prostituierte arbeiten.

Bei meinen vielen Streifzügen durch Kairo ist sie mir in all den Jahren nie begegnet.

Sajid Schuair

Er war der eigentliche Anführer unserer Abbasija-Clique. Sicher, Chalil Zaki war mindestens so stark wie er, wenn nicht noch stärker, aber eine Führerschaft beruht nicht nur auf Kraft, sondern es muss auch ein solides Maß an Zuneigung geben. Sajid Schuair war ein hochherziger Kamerad und deshalb sehr beliebt. Wenn wir herumtollten, spielte er oft den Clown, und in den Nächten des Ramadan funkelte er mit seinen Talenten wie ein Stern. Natürlich drängte sich uns immer der Vergleich zwischen ihm und Chalil Zaki auf. Beide waren kräftig und leicht reizbar, aber während Chalil von einer schon kriminellen Bösartigkeit getrieben wurde, handelte es sich bei Sajid um ungezügelten Leichtsinn. Beide hatten die Grundschule vorzeitig verlassen, beide mussten in den Läden ihrer Väter arbeiten, beide wurden von ihren Vätern aus dem Haus gejagt – Chalil wegen seines schlechten Charakters, Sajid, weil er den Kundinnen schöne Augen gemacht hatte.

Mit geübtem Blick hatte er im Nu herausgefunden, dass Hanan und ich uns mochten. Er machte sich lustig über mich, weil ich zauderte und zögerte. Schließlich verspottete er mich sogar, sagte, dass meine so genannte Liebe der reinste Unfug sei. Ich ärgerte mich, denn über meine Liebe hatte sich niemand lustig zu machen. Es kümmerte ihn nicht, stattdessen fuhr er ungerührt fort: »Ich geb dir einen guten Rat, triff dich mit ihr im Feigenwäldchen.«

In den Ferien lud er uns jeden Mittwoch zu sich nach Hause ein; er wohnte am Ende unserer Straße, in der Gegend von Bain al-Ganajin. Am Abend versammelte sich im Hof des Hauses eine Gruppe von Sufis, und es machte uns Spaß, sie zu beobachten. Wir saßen auf zwei nebeneinander stehenden Sofas, lauschten den frommen Gesängen, schauten ihren wiegenden Bewegungen zu und tranken Zimtsaft und Tee. Immer, wenn sein Vater außer Hörweite war, erzählte er uns eine seiner zotigen Geschichten über Sufis. Es fiel mir schwer, Sajid zu verstehen. Wie konnte er bei einer so frommen Familie derart schamlos sein?

Der Laden seines Vaters befand sich im Ghurija-Viertel. Als er nach seinem Abgang von der Schule dort arbeitete, holten wir ihn, natürlich nur in der Ferienzeit, bei Sonnenuntergang ab, und dann ging es kreuz und quer durch das ganze Hussain-Viertel, von einer Gasse in die andere, von einem Café zum nächsten. Er führte uns überall hin, zeigte uns die Verrückten am Bab-al-Achdar-Tor, das Café Fischawi, die Midaq-Gasse und den Chan-al-Chalili-Markt. Wir lauschten dem Gebetsruf von Ali Machmud und hörten uns die Lieder von al-Arabi an. Er zeigte uns, wir waren gerade erst vierzehn und auf die Oberschule gekommen, wie man eine Wasser- und Tabakspfeife raucht und Trick-Track und Domino spielt.

Diese Tage waren wohl für Sajid Schuair die glücklichsten seines Lebens. Er wohnte noch zu Hause, konnte seinen ganzen Verdienst für sich ausgeben und tun, als sei er ein erwachsener Mann. Wie schon gesagt, hatte er mit seinem Vater wegen der Kundinnen Ärger bekommen. Der Höhepunkt war erreicht, als er mit einer Frau anbändelte, deren Mann vor dem Laden stand und wartete. Als der Mann merkte, was im Laden vor sich ging, stürzte er hinein und fing an, sich mit Sajid zu prügeln. Der Vater ging dazwischen und schlug nun seinerseits vor allen Leuten auf Sajid ein. Der geriet außer sich und tobte seine Wut an den Glasschalen, Dosen und Parfümfläschchen aus, woraufhin der Vater ihn hinauswarf, und zwar nicht nur aus dem Laden, sondern auch aus dem Haus. Seit diesem Tag war jegliche Beziehung zwischen Vater und Sohn abgebrochen. Wir hatten vorgeschlagen, dass sich unsere Väter für eine Aussöhnung einsetzen, aber er lehnte stolz ab. »Das Gefängnis zu Hause passt mir nicht mehr, Gottes Welt ist groß und weit.«

Wir glaubten, dass sich seine Wut legen und er klein beigeben würde, aber im Verlauf der nächsten Tage mussten wir erleben, dass er tatsächlich für Gottes weite Welt geschaffen war. Er besaß die erstaunliche Kraft, alle familiären Beziehungen abzubrechen und wie Dreck abzuschütteln. Damals konnte ich mir das nicht erklären, aber im Nachhinein wurde mir klar, dass er sich im Vergleich mit seinen drei erfolgreichen Brüdern zurückgesetzt fühlte. Der eine Bruder arbeitete nach dem Abschluss einer Handelsfachschule mit dem Vater zusammen, die zwei anderen Brüder zeigten in der Schule hervorragende Leistungen.

»Jeder Händler im Viertel würde sich freuen, wenn er mich beschäftigen dürfte«, erklärte Sajid selbstbewusst.

»Aber da hast du immer mit Frauen zu tun, und das ist gefährlich«, meinte ich besorgt.

»Ach was, meistens schlendern die Frauen nur von einem Laden zum anderen und hoffen, dass man ihnen zuzwinkert oder ein nettes Wort sagt. Gekauft und verkauft wird fast nur zu Festtagen.«

Er arbeitete tatsächlich in mehreren Läden, aber dann setzte die Krise dem Handel schwer zu, und er wurde nicht mehr gebraucht. Plötzlich stand er ganz allein da, ohne Geld, ohne Familie, ohne Hoffnung. Wir gingen ja noch zur Schule, konnten ihm also nicht helfen. Aber einer seiner Freunde, der in Margusch ein Café besaß und nebenbei einen schwunghaften Handel mit Rauschgift betrieb, bot ihm an, ihn als Verteiler zu beschäftigen; er würde am Gewinn prozentual beteiligt werden. Er nahm das Angebot auf der Stelle an. Als er uns mit beinah kindlichem Stolz davon erzählte, waren wir entsetzt.

»Du bist verrückt«, erklärte Surur Abd al-Baki.

»Das darfst du nicht machen«, warnte Rida Hamada.

Er amüsierte sich köstlich über unsere verängstigten Gesichter, und das Einzige, worum er uns bat, war, Chalil Zaki nichts davon zu sagen.

Mit merkwürdiger Sorglosigkeit ging er seinen Weg und befreite sich selbst von Hunger und Not. Die nächste Etappe führte ihn in die Gassen der Huren, und zwar nicht als Liebhaber, sondern als Zuhälter. Er lebte mit einer Frau zusammen. Eines Tages lud er uns ein, sein neues Reich zu besichtigen. Bis auf Surur Abd al-Baki nahmen wir anderen die Einladung an, getrieben von Neugier, unterdrückten Sehnsüchten und Abenteuerlust. Mir fiel auf der Stelle der Ausflug mit meinem Cousin Achmed Kadri ein, und als ich dann tatsächlich vor genau dem Haus von damals stand, war ich ziemlich überrascht, dass das alles neue Gesichter waren, die uns anstarrten. Sajid Schuair spazierte mit einer Unbekümmertheit durch die Gassen, als schlenderten wir wieder einmal durchs Hussain- Viertel. Munter plauderte er über die Sitten und Gebräuche und verriet uns all die großen und kleinen Geheimnisse. Wir kehrten in Cafés ein, in denen sich Sängerinnen, Schlägertypen, Zuhälter und Herumtreiber drängten. Es wurden schmutzige und spöttische

Lieder gesungen, Zoten gerissen, und die Frauen tanzten nackt. Es benebelte uns die Sinne, als erlebten wir schwarze Magie, und in die Herzen zog ein Rausch von übermütiger Freude und tiefer Schwermut ein.

Schließlich schaffte es Sajid Schuair, in die Schicht der Geschäftsleute aufzusteigen. Er eröffnete in Wagh al-Birka ein Café, das sich durch eine gediegene Einrichtung, billige Getränke und einen Urghul-Musiker auszeichnete, der mit seinem Spiel die Ohren der Trinker und Rauschgiftsüchtigen erfreute. Sajid trat mit der Entschlossenheit eines Mannes auf, der durchgreifen konnte, aber gleichzeitig lag auf seinen Lippen auch immer das Lächeln von Kaufleuten. Um zu zeigen, dass er von ehrbarer Herkunft war und nichts gemein hatte mit Wirten, die zum Pöbel gehörten, trug er wie ein Europäer einen Anzug.

Der Zweite Weltkrieg brach aus, und Sajids Gewinn verdoppelte sich. Dafür verließ ihn seine Freundin, die wie viele andere hübsche Dirnen es vorzog, in den Nachtklubs für die britischen Soldaten zu arbeiten. In den Gassen blieben nur noch die älteren Prostituierten, deren Schönheit verblichen war. Das alte Viertel verfiel zusehends, für feine Herren war es kein geeigneter Ort mehr.

Wir bekamen Sajid nur noch gelegentlich zu Gesicht, und erst ein trauriger Anlass brachte uns alle wieder zusammen. Es war das Begräbnis von Scharawi al-Fahham, und die alten Freunde, die einen von ihnen nun für immer vermissen würden, versammelten sich in einer Ecke des Trauerzelts – Gafar Chalil, Chalil Zaki, Rida Hamada, Surur Abd al- Baki, Id Mansur, Sajid Schuair und ich. Wir standen alle in der Blüte unserer Jahre, waren zwischen dreißig und fünfunddreißig Jahre alt, und jeder hatte seinen Weg gefunden – der Lehrer, der Beamte, der Anwalt, der Arzt, der Kaufmann, der Zuhälter, der Herumlungerer, der Drogenhändler. Wir beklagten den Tod unseres Freunds.

»Er hinterlässt eine Lücke, die nicht mehr geschlossen werden kann.«

»Wir haben schöne Erinnerungen an ihn.«

»Er lebte mit dem Lachen und starb mit Lachen.«

»Sein Leben lang hat er auf einen Traum gesetzt, den er nicht verwirklichen konnte.«

Sajid Schuair machte uns die heftigsten Vorwürfe, weil wir ihn nicht mehr besuchen kamen. Das alte Viertel sei nicht mehr das, was es einmal gewesen war, sagten wir zu unserer Entschuldigung.

»Obwohl ihr alle von dort kommt«, spottete er verächtlich. »Gott sei dem armen Scharawi gnädig, er war der Einzige, der regelmäßig kam.«

Einige Jahre nach dem Zweiten Weltkrieg wurde die Prostitution offiziell verboten. Sajid sah sich gezwungen, wieder ans Tageslicht hervorzukommen. Er war in den Vierzigern, besaß einige tausend Pfund und einen großen Schatz an lasterhaften Erfahrungen. Als wir uns im Café Fischawi trafen, meinte Rida Hamada, dass sich ihm nun eine gute Gelegenheit biete, ein neues, anständiges Leben zu beginnen.

Da lachte Sajid laut auf und meinte: »Nichts ist grässlicher als Predigten, die einen auf den rechten Weg bringen wollen.«

Er beschloss, sich eine Weile auszuruhen und quartierte sich in Muski in einem Hotel mit einem zweifelhaften Ruf ein. Er trank, nahm Rauschgift und jagte Frauen hinterher, die man durchaus als Huren bezeichnen konnte. Tagsüber verbrachte er die Zeit mit Karten spielen und Wasserpfeife rauchen. Vom großen Weltgeschehen bekam er nichts mit, nicht den Palästinakrieg, nicht den Brand von Kairo und nicht einmal die Juli-Revolution. Als er fünfzig war, heiratete er eine vierzigjährige

Rauschgifthändlerin, deren Mann im Gefängnis gestorben war. Obwohl die Juli-Revolution den Rauschgifthandel mit härtesten Strafen verfolgte, betrieb Sajid das Geschäft unbesorgt weiter. Er hatte sich in Darrasa, am Rand der Wüste, die zum Mukattam-Felsen führte, ein großes Haus gebaut. Im Garten, der ungefähr ein Feddan groß war, wuchsen Palmen, Weinstöcke, Guaven, Zitronenbäume, Henna- und Jasminsträuche. Das Haus war orientalisch eingerichtet, und auf dem Dach gab es Hühner, Gänse und Kaninchen.

Wieder einmal führte uns ein Begräbnis zusammen; Rida Hamadas Frau war gestorben. Gegen Mitternacht verließen Sajid und ich gemeinsam die Feier. Wir gingen noch ein Stück Weg zusammen, und ich nutzte die Gelegenheit, um ihn eindringlich zu bitten, mit dem Rauschgifthandel aufzuhören. »Du hast doch genug Geld!«, drängte ich auf ihn.

»Ich verdiene eine Menge und gebe noch mehr aus«, meinte er gleichgültig.

»Aber du siehst nicht, was das für Folgen haben kann …«

»Zum Teufel mit den Folgen«, erwiderte er und klopfte mir freundschaftlich auf die Schulter. Nach kurzem Zögern fragte er bedrückt: »Erinnerst du dich noch an meine Freundin, die mich vor dem Krieg verlassen hat? Ich hab gehört, dass sie ein Kind von mir haben soll, aber ich kann sie nirgendwo finden.«

»Hättest du denn gern ein Kind?«

Er lachte, ging auf meine Frage nicht ein. »Ich bin glücklich mit meiner Frau, und denke nicht im Geringsten daran, eine andere zu heiraten. Das treibt einen nur in den Ruin.« Er seufzte. »Gemessen an dem, was der arme Rida Hamada leiden muss, ist das alles gar nichts.«

»O ja, er ist von uns allen der beeindruckendste Mensch und der unglücklichste.«

»Und wenn man daran denkt, wie gut es diesem Hurensohn Chalil Zaki geht …«,

»Es ist der reinste Hohn, wenn man das Schicksal der beiden vergleicht.«

»Der ist nun wirklich ein fieser Typ, aber ich? Was ist so schlimm am Drogenhandel?«

»Ich habe Angst um dich, es könnte schlimme Folgen nach sich ziehen.«

»Dann sieh dir mal an, wie Rida Hamada leiden muss, und der hat nicht mit Rauschgift gehandelt.«

Er bestand darauf, dass ich ihn begleite und mir sein schönes Haus ansah.

Ansonsten sahen wir uns kaum; manchmal vergingen Jahre, ohne dass wir uns begegneten. Einmal, und zwar genau eine Woche nach der Juni-Niederlage, trafen wir uns zufällig im Café Fischawi. Ich saß allein und grübelte vor mich hin. Nie zuvor hat mich eine Last so schwer bedrückt. Sajid kam auf mich zu, grüßte, und kaum hatte er Platz genommen, fragte er: »Meinst du, dass mit der Sinai-Besetzung der Schmuggel wirklich erledigt ist?«

Ich war wie vor den Kopf geschlagen, Wut stieg in mir auf. Das war nun wahrlich das Letzte, was einen zu diesem Zeitpunkt beschäftigen konnte. Er merkte, dass ich mich ärgerte, und hielt den Mund. Eine ganze Weile rauchte er schweigend seine Wasserpfeife, bis er schließlich murmelte: »Du bist wie immer, außer Politik und all dem Zeug, was einem Kopfschmerzen macht, interessiert dich nichts.«

»Du scheinst nicht gehört zu haben, was passiert ist«, erwiderte ich wütend.

»Wunder über Wunder, gesehen und gehört«, meinte er nur und war krampfhaft bemüht, nicht zu grinsen.

Zwei Jahre später traf ich ihn im Büro von Id Mansur. Sein

Gesicht war aufgedunsen und der Körper schwammig; er schien krank zu sein. Auf meine Frage, wie es ihm gehe, sagte er völlig ruhig: »Wie du siehst, gut.«

»Aber du siehst irgendwie anders aus.«

»Gelobt sei Er, der ewig Unwandelbare.«

Id Mansur lachte laut los. »Zumindest hat er endlich den Herrgott entdeckt!«

»Hast du einen Arzt konsultiert?«, fragte ich besorgt.

»Glaubst du wirklich, dass ein Arzt was nützt? Ich war noch nie bei einem Arzt, und Medizin habe ich auch noch nie geschluckt.«

Als er wegging, lachte Id Mansur. »Nicht lange, und die ganze Clique steht wieder einmal an einem Grab.«

Scharara an-Nahhal

Ich lernte ihn im Ministerium kennen. Er war zwanzig Jahre alt, arbeitete als Telefonist und fiel mir gleich am ersten Tag auf, weil er schlank und rank gewachsen war, ein schön geschnittenes Gesicht hatte und von sanftem Wesen war. Einmal hörte ich, wie der Bote Amm Sakr scherzhaft zu ihm sagte: »Zieh dir statt des Anzugs ein Kleid an, und ich versprech dir, dass du in vierundzwanzig Stunden einen Bräutigam hast.«

Durch einen Todesfall war eine Stelle der siebenten Beamtenstufe frei geworden, was alle Herzen der Beamten in der achten Stufe höher schlagen ließ. Es gab keine Vorschrift, die die Beförderungen regelte, aber dafür war bekannt, dass ein Universitätsdiplom ein Fluch war, weil es den Neid all jener Vorgesetzten erregte, die nur den alten Grundschulabschluss besaßen. Jeder Beamte der achten Stufe stürzte also umgehend zu irgendjemandem, der seiner Meinung nach Einfluss hatte, und die Folge davon war, dass auf dem Schreibtisch des Staatssekretärs eine Flut von Empfehlungsschreiben landete. Mein

Fürsprecher war bei diesem Rennen mein ehemaliger Kommilitone Abduh al-Basjuni, der als Abgeordneter im Parlament saß.

Eines Tages kam mir im Flur mit düstere Miene mein Kollege Tantawi Ismail entgegen. Er hielt mich an und flüsterte: »Hast du schon gehört, wer in die siebente Stufe befördert wurde?«

Mein Herz fing an, aufgeregt zu pochen. »Nein, wer denn?«

»Lauf hin, kannst Scharara an-Nahhal gratulieren.«

»Scharara an-Nahhal?«

»Genau.«

»Der Telefonist?«

»So ist es.«

»Aber er hat doch nur einen Grundschulabschluss und gehört überhaupt nicht zur Beamtenschaft?«

Tantawi Ismail richtete das Gesicht gen Himmel und seufzte: »Gott ist mein Zeuge, es gibt also doch noch Leute in Ägypten, die logisch denken können.«

Mit diesen Worten verschwand er in seinem Büro, während ich auf der Stelle ins Generalsekretariat rannte. Es ging hoch her, und das einzige Thema, über das alle sprachen, war die Beförderung von Scharara an-Nahhal.

»Habt ihr so etwas schon mal gehört? Ein Telefonist und bekommt die siebente Stufe?«

»Wer sagt denn, dass er noch Telefonist ist? Man hat ihn dem Staatssekretär zugeordnet.«

»Im Ernst?«

»Dem Staatssekretär höchst persönlich? Wieso?«, rief ich aufgeregt.

Abbas Fauzi schaute mich an und murmelte: »O Ihr, so Ihr denn glaubt, fraget nicht!«

Als mir der Bote Amm Sakr Kaffee brachte, sagte er: »Natürlich sind Sie überrascht, aber das kommt nur daher, weil Sie hier noch relativ neu sind. Es war bereits jemand für die Beförderung vorgesehen, da kam Scharara und wollte den Herrn Staatssekretär sprechen. Er wurde aus seinem Büro hinausgeworfen, aber er wartete so lange im Flur, bis seine Exzellenz Feierabend machte. Scharara warf sich vor ihm auf den Boden und mit tränenreicher Stimme, als wäre er Fatima Ruschdi, erklärte er, dass er ganz allein für eine große Familie verantwortlich sei und er außer Gott und seiner Exzellenz niemanden habe, der für ihn ein gutes Wort einlegen könne. Der Herr Staatssekretär warf einen flüchtigen und eher verärgerten Blick auf ihn, aber irgendetwas muss ihm an Schararas Gesicht aufgefallen sein, denn er schaute noch einmal hin, dieses Mal schon interessierter. Der Blick blieb ruhen, als könne er seine Augen von Scharara nicht abwenden.«

Statt weiterzureden, grinste Amm Sakr hämisch. In mir keimte ein Verdacht, aber trotzdem fragte ich: »Ja und? Was meinen Sie?«

Er trat ein paar Schritte zurück und flüsterte, immer noch grinsend: »Ach, wie klagt' ich, als ich liebte …«

Scharara an-Nahhal wurde ins Archiv des Staatssekretärs versetzt. Um der neuen Stellung gerecht zu werden, veränderte er sein Äußeres. Statt des alten, verschlissenen Anzugs trug er einen neuen, eleganten, und seine Füße steckten statt in Gummisandalen in schwarzen Lederschuhen. Den Hals schmückte eine Seidenkrawatte, die höchstwahrscheinlich ein Geschenk war, und in der Brusttasche des Jacketts steckte ein besticktes Ziertuch. Wenn wir uns begegneten, grüßten wir uns nun wie gleichgestellte Kollegen. Er wusste bestimmt, dass über ihn geredet wurde, aber er scherte sich nicht darum. Entweder besaß er eine tüchtige Portion Kaltschnäuzigkeit oder er glaubte, dass die Macht, in deren Nähe er sich befand, die

Schande abwaschen und die Lästermäuler zum Schweigen bringen würde.

Im Verlauf von zwei Jahren wurde Scharara zum Privatsekretär des Staatssekretärs bestellt und in die sechste Beamtenstufe befördert. Es wurde natürlich wie immer getuschelt, und Abbas Fauzi prophezeite sogar, dass dieser Scharara an-Nahhal über kurz oder lang zum engen Kreis der Regierung gehören würde.

Nicht lange, und er übte im Büro des Staatssekretärs mehr Einfluss aus als der Direktor des Büros. Er war sozusagen das Mekka aller Bittsteller geworden, sowohl für die Beamten, als auch für deren Familien. Er wurde mit Geschenken überschüttet, und ein Lächeln oder ein Gruß machten jeden so stolz, dass er Gott für diese Gnade dankte.

An dem Tag, an dem ein neuer Minister, einer von »denen«, unser Ministerium übernahm, ahnte keiner von uns, dass uns eine ungemein kritische Situation bevorstand. Wie hätten wir auch etwas vermuten sollen, wenn doch beide, der Minister und der Staatssekretär, der gleichen Partei angehörten? Ausgelöst wurde der Skandal durch einen Beamten, der zu den Protégés des Ministers gehörte und schon lange auf eine Gelegenheit gewartet hatte, um dem Staatssekretär wegen einer früheren Geschichte eins auszuwischen. Also schwärmte er dem Minister von dem »hübschen« Sekretär vor und arrangierte ein Treffen. Angeblich wollte der Minister ein paar Unterlagen einsehen, und Scharara an-Nahhal sollte sie ihm bringen. Wie man sich erzählte, war der Minister auf den ersten Blick von dem jungen Sekretär sehr angetan, und Scharara an-Nahhal, dessen Ehrgeiz keine Grenzen kannte, bedankte sich wärmstens für die Wertschätzung, die ihm der Herr Minister zuteil werden ließ. Als der Staatssekretär über den Wunsch des Ministers informiert wurde, dass der junge Sekretär ins Büro des Ministers wechseln solle, tobte er vor Wut. Er könne ihn nicht entbehren, lautete seine

Antwort, worauf der Minister, nun ebenfalls wütend, diesbezüglich eine Anordnung erließ. Daraufhin zog sich der Staatssekretär einige Tage lang beleidigt in seinen Palast zurück. Der Präsident der Partei ließ beide Männer kommen und äußerte sein Missfallen. Er warnte sie, ihren Streit nicht so weit zu treiben, dass die Wafd-Presse davon Wind bekam. Sich mühsam beherrschend, kehrte der Staatssekretär in sein Büro zurück.

Mit der Karriere von Scharara an-Nahhal ging es voran, er wurde in die fünfte Beamtenstufe versetzt, und die vierte war für ihn bereits vorgesehen. Er hatte eine glänzende Zukunft vor sich. Aber er machte seinen Weg nicht nur dank seines guten Aussehens, er besaß mehr als nur seine Schönheit. Er war intelligent, sehr motiviert, besuchte neben seiner aufreibenden Tätigkeit Abendkurse und schaffte es tatsächlich, sowohl das Abitur als auch das Diplom als Jurist abzulegen.

Halb ernst, halb spöttisch meinte Abbas Fauzi: »Der ist anders als die sonstigen Brüder. Die vertrauen nur auf ihre Schönheit, ein Gut, das bekanntlich mit dem Alter rapide abnimmt. Und dann bleiben sie alt und vergessen auf der vierten, höchstens dritten Stufe hängen. Unser Freund ist auf mehr aus, der strebt ein hohes Amt an.«

Von allen Beamten, die ich in meinen Dienstjahren kennengelernt habe, war er der Tüchtigste. Er hob sich in vielerlei Hinsicht von den Kollegen ab – durch seinen Fleiß, seine Ausdauer, seinen Einfallsreichtum, und das alles machte ihn zu einer wichtigen Autorität. Andererseits war er auch für seinen Egoismus, seinen Ehrgeiz und seine Härte gegenüber Untergebenen, die ja alle einmal seine Kollegen gewesen waren, berüchtigt. Er verzieh nie einen Fehler oder ein unbedachtes Wort, und es schien sein größtes Glück zu sein, wenn er jemand demütigen oder bestrafen konnte.

Als das Kabinett zurücktrat, hatte er bereits die dritte Beamtenstufe erreicht und leitete als Direktor das Büro des Ministers. Der Wafd bildete die neue Regierung, und deshalb wurden sowohl der Staatssekretär als auch der Minister in den Ruhestand versetzt. Scharara an-Nahhal hatte genügend Neider, die ihre Stunde gekommen sahen. Sie beschuldigten ihn beim neuen Minister, ein Gegner des Wafd und moralisch verkommen zu sein. Mit Todesverachtung schleuderte er ihnen entgegen, dass er Beamter sei und sonst nichts, und dass die Arbeit das Einzige sei, woran er denke, und alle jene Beamten achte, die ihre Arbeit gewissenhaft verrichten.

Trotzdem wurde er ins Archiv versetzt, zwar als Direktor, aber dennoch war das ein Abstellgleis, das für Ehrgeiz keinen Platz ließ. Als Erstes beschäftigte er sich mit dem System des Archivs, und da es ver-altet war, organisierte er es völlig neu. Es wehte ein frischer Wind, Leben kehrte ein. Also lud er den Minister ein, sich das neue Archiv anzusehen. Der Mann war über so viel Fleiß erstaunt und lobte Scharara an-Nahhal sehr. Darauf schrieb Scharara an-Nahhal einen Artikel, der in der Zeitung *Al-Mukattam* veröffentlicht wurde. Die Überschrift lautete: »Ein wafdistischer Minister spricht einem Gegner des Wafd Lob aus.« Er sprach von der Gerechtigkeit des Ministers, von dessen Loyalität und seinem Wirken für das öffentliche Wohl, und wie der Herr Minister ihn, statt anzugreifen, ermutigt habe. Im letzten Satz hieß es: »Man braucht fast übermenschliche Kraft, um sich dem Wafd nicht in die Arme zu werfen.«

Abbas Fauzi hatte das Glück, sich gerade beim Minister aufzuhalten, als dieser Scharara an-Nahhal für den Artikel dankte. Woher er diesen glänzenden Stil habe, hätte der Minister wissen wollen, worauf Scharara an-Nahhal ohne langes Nachdenken oder Zögern erwiderte: »Das habe ich, Eure Exzellenz, dem Memorieren der Reden des unsterblichen Saad Zaghlul Pascha zu verdanken.«

Scharara an-Nahhal wurde Personaldirektor, und kurz bevor die Wafd-Regierung zurücktrat, hatte er die zweite Beamtenstufe erreicht. Wieder freuten sich die Neider, sie rieben sich die Hände und sagten: »Nun sitzt der Bär in der Falle.« Der vormalige Minister kehrte auf seinen Stuhl zurück, ja, sogar der vorige Staatssekretär. Was konnte Scharara an-Nahhal jetzt noch machen? Der Mann ist am Ende, dachten wir alle. Aber nein, zu unserer großen Überraschung beförderte man ihn zum Generaldirektor, und damit hatte er die erste Beamtenstufe erreicht.

»Wie kann das sein?«

»Spielt die Welt verrückt?«

Nach und nach, tröpfchenweise, erfuhren wir die Einzelheiten. Vieles war uns verborgen geblieben, so hatte Scharara an-Nahhal zum Beispiel die ganze Zeit über heimlich den Minister besucht und ihm seine Wünsche erfüllt. Mehr noch, er hatte sich größte Mühe gegeben, um den Minister und den Staatssekretär zu versöhnen. Als die beiden Männer auf ihre Posten zurückgekehrt waren, verkündete er stolz: »Nun sind die Dinge wieder im Lot.«

Man erzählte sich, dass er mit dem wafdistischen Minister noch immer in Verbindung stehe, er erteile dessen Sohn, der Jura studierte, Privatunterricht. Aber eigentlich hatte er längst begriffen, dass die wirkliche Macht vom Palast ausging, also setzte er, als Mann mit Weitblick, auf diese feste und dauerhafte Bastion. Es erschien ein Buch von ihm, es sollte sein einziges bleiben. Es trug den Titel *Die Schöpfer des neuen Ägypten* und beschrieb das Wirken von Mohammed Ali, Ismail und Fuad. Gewidmet war es dem Königshaus, und deshalb veröffentlichten kurz nach dem Erscheinen des Buchs alle Tageszeitungen einen Dankesbrief des Hohen Hauses an den Autor. An diesem Tag erklärte Scharara an-Nahhal gegenüber Adli al-Muazin, ein Kollege, den er für seinen Gegner hielt: »Angesichts meiner guten Beziehung zum Palast wird es keine Partei mehr wagen, mich zu belästigen.«

In den letzten Tagen vor Ende des Zweiten Weltkriegs heiratete er in eine angesehene Familie ein. Er wurde Vater, und sowohl die Tochter als auch der Sohn waren der Inbegriff von Schönheit. Die Tochter heiratete seinen Sekretär, der Sohn wurde Offizier.

Nach Kriegsende, als die Wahlen zum Senat anstanden, ließ er mich in sein Büro kommen. Er bat mich, Platz zu nehmen und sagte: »Diese Wahl ist außerordentlich wichtig. Wenn der Wafd gewinnt, könnte sich alles grundlegend ändern.«

Ich sah ihn fragend an, aber da fuhr er schon fort: »Ich überlege, ob ich Ihren Namen auf die Liste der Kandidaten setze, die sich um den Vorsitz der Wahlkomitees bewerben.«

Ich lächelte und schwieg.

»Sie würden im Wahlbüro einen Mann unserer Partei kennenlernen.«

»Welcher Partei?«, fragte ich bissig.

Er brach in schallendes Gelächter aus, und vor lauter Lachen lief sein Gesicht rot an. »Welche Partei, das ist doch egal«, japste er schließlich. »Wichtig ist nur die Treue zum Thron.«

»Ich habe keine Erfahrungen auf diesem Gebiet.«

»Schließen Sie die Augen, und lassen Sie die Dinge laufen. Mehr wird von Ihnen nicht verlangt.«

Ich schwieg beklommen, während er mich unentwegt anstarrte.

»Nun gut, ich wollte Sie vorschlagen, weil ich Sie für einen anständigen Menschen halte, aber wenn Sie meinen, dass es Ihnen nicht möglich ist, will ich Sie nicht länger bedrängen.« Er stand auf, reichte mir die Hand, und damit war ich entlassen.

In zehn von vierundvierzig Bezirken trugen die Wafdisten den Sieg davon. Wie immer war mit allen Mitteln gearbeitet worden – mit Erpressung, Fälschung, Terror. Ich dankte Gott, dass ich an diesem historischen Verbrechen nicht beteiligt gewesen war.

Über den Charakter von Scharara an-Nahhal gab es die unterschiedlichsten Meinungen. Manche hielten ihn trotz all seiner Schwächen für redlich, andere bezeichneten ihn als einen äußerst geschickten Dieb, der mit aller Vorsicht zu Werke ging. Es war bekannt, dass er eine elegante Villa in Heluan und ein großes Gebäude in Dukki besaß. Er behauptete standhaft, dass beide Immobilien mit dem Geld seiner Frau bezahlt worden waren. Nach der Juli-Revolution musste er, weil mehrere Anzeigen vorlagen, vor der Säuberungskommission erscheinen, aber da man ihm nichts Verwerfliches nachweisen konnte, durfte er seine Tätigkeit fortführen. Manche sagten, sein Sohn hätte sich für ihn eingesetzt, ob das stimmt oder nicht, kann nur Gott wissen. Er stieg zum Staatssekretär auf, und später, nachdem die sozialistische Orientierung verkündet worden war, übernahm er als Präsident die Leitung eines großen Unternehmens. Es gab zwei harte Schläge in seinem Leben, das erste Mal, als sein Sohn im Jemen-Krieg schwer verwundet wurde, und das zweite Mal, als sein Schwiegersohn während einer der zahlreichen Studentendemonstrationen nach dem 5. Juni 1967 versehentlich, er saß in einem Café, von einem Geschoss getroffen wurde.

Nachdem Scharara an-Nahhal das Ministerium verlassen hatte, bin ich ihm nicht mehr begegnet. Nur gelegentlich weiß jemand etwas von ihm zu berichten, und das Letzte, was ich von ihm hörte, war, dass er 1970 in Mekka als Pilger gesehen wurde.

Scharawi al-Fahham

Möglicherweise war er der Netteste von den Abbasija-Freunden. Er besaß ein freundliches, unbekümmertes Wesen und eine höchst schlichte Denkungsart. Wann immer ich mich an ihn - erinnere, sehe ich ihn, ob nun mit Grund oder ohne, lachen. Es reichte ein Schimpfwort oder eine flüchtige Bemerkung, um ihn zum Lachen zu bringen. Redeten wir uns über Politik die Köpfe heiß, lachte er. Stritten wir über ein Fußballspiel oder über einen Film, lachte er. Nahmen wir an einem Begräbnis teil, vermieden wir es, ihn anzusehen, denn die Gefahr war groß, dass er loslachte und es einen Skandal gab. Einmal begleiteten wir einen Jungen aus Gafar Chalils Verwandtschaft auf seinem letzten Weg. Als der Trauerzug vor dem Haus ankam, wo der Junge gewohnt hatte, erschien seine Mutter, um Abschied zu nehmen. Sie hatte keine Schuhe an, das Haar war zerwühlt, sie schlug sich mit einem Pantoffel ins Gesicht, und plötzlich tanzte sie vor Verzweiflung wie eine Verrückte. Es war ein solch herzzerreißender Anblick, dass wir unsere Tränen nicht zurückhalten konnten. Aber als ich kurz zu Scharawi hinüberschaute, sah ich, dass er krampfhaft die Zähne zusammenbiss, um nicht in eine seiner berüchtigten Lachsalven auszubrechen. Sein dünner Körper zitterte geradezu vor Anstrengung. Er war nicht gefühllos, o nein, und er war auch nicht einfältig oder gar dumm – er war einfach eigenartig.

Er wohnte im Nachbarhaus von Sajid Schuair, und zwar allein mit seiner Mutter. Der Vater war gestorben, als er noch in der Wiege lag, und Geschwister hatte er nicht. Das Einzige, was der Vater hinterlassen hatte, waren das Haus und eine monatliche Pension von zehn Pfund. Die Mutter tat ihr Möglichstes, um mit diesem bisschen Geld den Jungen durchzubringen, aber als er dann älter war und seine Ansprüche wuchsen, geriet sie in eine schlimme Lage. Er war ein schlechter Schüler, und zwar nicht, weil er wie Chalil Zaki und Sajid Schuair vernachlässigt und arm dran war, sondern weil er phlegmatisch und dumm war. Da er bei allen Prüfungen durchfiel, musste er schließlich die Schule verlassen. Wollte er nicht zu Hause herumsitzen, blieben ihm nur noch die Straße und das Café. Gut erzogen, wie er war, vermied er es, sich Chalil Zaki anzuschließen, aber dafür freundete er sich mit Sajid Schuair an. Er folgte ihm auf Schritt und Tritt, verbrachte mit ihm die Abende im Hussain-Viertel, später dann auch im Hurenviertel. Auf diese Weise lernte er den Alkohol kennen und wurde abhängig. Das sollte bis zu seinem Tod so bleiben.

Einmal, als er noch zur Schule ging, sagte er zu mir: »Ich weiß Bescheid.«

Ich schaute ihn verdutzt an und fragte, was er meine.

»Du bist in Hanan Mustafa verliebt.«

Vor Wut und Verlegenheit brachte ich kein Wort heraus.

»Ich bin auch in Hanan verknallt.«

Ich zuckte zusammen und stellte mich darauf ein, dass wir

uns gleich prügeln würden. Aber stattdessen lachte er und sagte: »Gottes Hand ruht auf der Brüderlichkeit.«

»Was meinst du?«

»Wir locken sie gemeinsam ins Feigenwäldchen und …«

»Du verfluchter Mistkerl!«, schrie ich empört.

Einige Tage später zog die Familie Mustafa weg, und nicht lange, und wir hatten unseren Streit vergessen. Übrigens war es das letzte Mal gewesen, dass er über ein Mädchen sprach. Ich habe ihn später nie von einer großen Liebe schwärmen oder gar von Heirat sprechen hören. Seine Aktivitäten in dieser Hinsicht beschränkten sich auf den Besuch von Prostituierten.

Nach dem Schulabbruch bemühte sich seine Mutter verzweifelt, eine Arbeit für ihn zu finden. Irgendeine Arbeit sei besser als keine, wiederholte sie ständig. Nun hatte sie einen Verwandten, der ein bedeutender Mann war – Achmed Pascha Nada, der der Kanzlei des Königshauses vorstand. Sie suchte ihn auf, und er besorgte für Scharawi tatsächlich eine Stelle, und zwar im Ministerium für Religiöse Stiftungen. Aber leider schaffte Scharawi es nicht, regelmäßig zu erscheinen. Am liebsten saß er im Café Fischawi herum und wartete darauf, dass Sajid den Laden seines Vaters verlassen durfte. Nicht lange, und er wurde entlassen. Später, als wir schon studierten oder als Beamte arbeiteten, ließ er sich keines unserer wöchentlichen Treffen entgehen. Er war süchtig nach Alkohol, trank jede Nacht und zwar das billigste und scheußlichste Zeug. Es ist nicht schwer, sich auszumalen, wie seine Mutter gelitten hat. Er wusste es, denn einmal, als wir im Café von Sajid Schuair feierten, sagte er: »Meine Mutter gibt keine Ruhe, ich kann sie von ihren fixen Ideen nicht abbringen. Sie will mir eine Arbeit besorgen, ja, aber was für Arbeit? Sie will mir eine Frau beschaffen, ja, aber was für eine Frau?«

»Du hast zehn Pfund im Monat, und wenn du dich nur

einmal in der Woche betrinkst, reicht das Geld«, meinte Id Mansur. »Also brauchst du dir nur noch eine Frau zu suchen, die ein bisschen Einkommen hat.«

Natürlich lachte er laut los. »Ach was, es gibt eine Lösung, und auf die warte ich.«

Er spielte auf seinen Verwandten an, Achmed Pascha Nada.

»Hast du 'ne Ahnung, wie hoch sein Vermögen ist?«, fragte Id Mansur, der in Geldsachen von uns allen am meisten Ahnung hatte.

Scharawi goss sich das Glas mit billigem Weinbrand voll. »Er besitzt 20 000 Feddan Land, und was er an Geld hat, weiß nur der liebe Gott.«

»Und deine Mutter und du, seid ihr die einzigen Erben?«

»Meine Mutter ist die einzige lebende Verwandte.«

Rida Hamada bestätigte das, sein Vater hatte ihn in die Familienverhältnisse von Achmed Pascha Nada eingeweiht. Eigenartigerweise hatte uns Scharawi erst relativ spät von diesem Verwandten erzählt, nämlich nach seinem Schulabgang. Wahrscheinlich schämte er sich, mit diesem Mann, der dem König diente und ein Feind von Saad Zaghlul war, in Verbindung gebracht zu werden.

»Meine Mutter ist seine einzige Erbin, und ich bin ihr einziger Erbe«, fuhr Scharawi fort. »Der Pascha ist schon fünfundsiebzig, da kann schnell etwas passieren.«

»Und was wirst du mit dem Erbe anfangen?«, fragte Gafar Chalil.

Er lachte. »Ach, wenn dieser Traum Wirklichkeit wäre, würde ich mir zuerst einen Palast in Kairo und dann einen in Alexandria bauen, wie der Pascha. Und alle Regale wären voll mit Alkohol, und was die Frauen betrifft …«

»Und was ist mit uns, deinen Freunden?«, unterbrach ihn Sajid Schuair.

»Ihr bekommt eine riesige Feier im Garten des Palasts, mit herrlichem Essen und Getränken und Frauen. Das schwör ich euch, bei Gott.«

Rida Hamada beugte sich zu mir hinüber und flüsterte: »Das wird ein historischer Tag, wenn er sein Erbe wirklich bekommt.«

Aber zunächst musste sich Scharawi noch mit dem Träumen begnügen; er träumte und trank. Obwohl er noch jung war, wurde er mit der Zeit immer schwächer. Seine Haut trocknete aus, und sein Haar ergraute. Dann passierte etwas, worauf keiner gefasst war: Der alte Pascha überraschte alle Welt mit einem abenteuerlichen Streich – von einer Reise nach Österreich kehrte er mit einer jungen, blonden Dame zurück. Es hieß, dass er sie demnächst heiraten würde. Der Fall erregte Aufsehen, und wir alle waren furchtbar aufgebracht. Aber der arme Scharawi wurde fast verrückt. Wir erfuhren, dass er einen Prozess angestrengt hatte, um den Pascha auf Grund seiner Senilität entmündigen zu lassen. Niemand anders als Chalil Zaki hatte ihn auf diese Idee gebracht. Irgendwie kam die Angelegenheit wieder ins Lot. Die junge Dame fuhr nach Österreich zurück, allerdings schrieben die Zeitungen, dass sie als Entschädigung zwanzigtausend Pfund gefordert hatte. Nachdem der Palast interveniert hatte, hörten die Journalisten auf, sich auf das Thema zu stürzen. Scharawis Klage wurde abgewiesen. Der Pascha zog sich in seinen Palast zurück und empfing niemanden. Dann machte die Nachricht die Runde, dass er sein gesamtes Vermögen karitativen Organisationen und Moscheen vererbt hatte. Voller Mitleid dachten wir an unseren Freund, der sich nun in all seinen Hoffnungen getäuscht sah.

Eines Abends tauchte er wieder im Café Fischawi auf, wie immer betrunken. Die Augen waren gerötet, der Blick stumpf. Er starrte uns eine Weile an, dann brach er in lautes Gelächter aus. Plötzlich zog er die Schuhe aus, sprang auf das Sofa, hockte sich mit gekreuzten Beinen hin und fing an zu singen. »Was nützt alle Schlauheit, wenn das Glück dir nicht lacht …« Wieder lachte er los, und dieses Mal stimmten wir wie die Verrückten ein.

Sein Leben verlief in den üblichen Bahnen, er trank am Tag und in der Nacht. Er konnte sich nur die billigsten Sorten leisten, dieses teuflische Gesöff von as-Silsila, Darb al-Mubillat und was in den schäbigen Bars in der Mohammed-Ali-Straße zu haben war. Alle anderen Bedürfnisse wie Essen und Frauen waren nebensächlich geworden, er lebte in einem selbst verordneten Exil. Statt zu reden, fuchtelte er mit den Händen herum, die Traumbilder, die vor seinen Augen tanzten, ließen ihn ständig kichern, die Gespenster, die ihn bedrängten, machten ihn schwermütig. Er steuerte mit voller Kraft auf das Nichts zu. Gafar Chalil versuchte, ihn für die Welt des Films zu interessieren, hatte er doch bei Chalil Zaki damit Erfolg gehabt. Aber Scharawi lachte ihn nur aus. Sajid Schuair bot ihm an, in seinem Café zu arbeiten, allerdings unter der Bedingung, dort nicht zu trinken. Wieder reagierte er mit Gelächter. Es interessierte ihn nichts mehr, er hatte keine Wünsche, es fehlte ihm jeglicher Ansporn, irgendetwas zu unternehmen.

Als der Zweite Weltkrieg ausbrach, starb seine Mutter. Er vermietete das Haus und zog in einen Verschlag auf dem Dach. 1941 bombardierten die Italiener Kairo, und in einer dieser Nächte saß er völlig betrunken oben auf dem Dach. Wahrscheinlich hatte er von dem, was um ihn herum geschah, nichts mehr wahrgenommen, denn er hing noch in seinem Stuhl. Splitter hatten seinen Kopf zerschmettert.

Es war das erste Mal, dass wir die bittere Erfahrung machten, einen Freund zu verlieren. Gafar Chalil litt am stärksten, denn sein Mitgefühl galt besonders den Freunden, die auf die falsche Bahn geraten waren. Er hatte sich geradezu rührend um Sajid Schuair und Chalil Zaki gekümmert. Das Begräbnis vereinte uns alle; es kamen selbst die Freunde, von denen uns die Umstände des Lebens getrennt hatten. »Möge Gott sich seiner erbarmen«, sagte Sajid Schuair, »er war der Einzige, der mich regelmäßig besuchte.«

Sadik Abd al-Hamid

Wir saßen bei Gad Abu l-Ala in Dukki zusammen, als ein neuer Gast erschien.

»Darf ich vorstellen? Das ist Doktor Sadik Abd al-Hamid«, sagte Gad Abu l-Ala.

Mich überlief ein Schauder, konnte ich mich doch gut daran erinnern, dass Durrijas Ehemann so hieß. War es möglich, dass jemand anderes den gleichen Namen trug? Aber diese Hoffnung wurde mir schnell genommen, als Gad Abu l-Ala weitersprach. »Doktor Abd al-Hamid ist kürzlich von einem Studienaufenthalt in England zurückgekehrt, er hat dort promoviert. Ein vorzüglicher Internist, der sich aber auch in Philosophie, Kunst, Politik bestens auskennt.«

Tatsächlich stand der Mann meiner Geliebten vor mir, ein Mann in den Vierzigern, vital und intelligent. Er besaß eine brillante Art zu reden, ob es nun um Kunst oder Politik ging. Die Tiefe seiner Gedanken, die Differenziertheit seiner Argumente, die Schönheit seiner Sprache zogen mich in seinen Bann. Es war der Anfang einer Freundschaft, die im Verlauf der

Zeit immer fester wurde, vor allem nachdem ich das Verhältnis mit Durrija beendet hatte. Trotzdem überfiel mich immer Unruhe, wenn ich mich an sie erinnerte.

Er drängte mich, ihn bei Mahir Abd al-Karim und Salim Gabr einzuführen. Ich tat es gern und nahm ihn auch zu Zuhair Kamil mit. Ich hatte das Gefühl, dass er insgeheim den Wunsch hegte, sich als Schriftsteller zu versuchen. Aber zunächst beschränkte er sich aufs Zuhören und Diskutieren, und beides schien ihm große Freude zu machen.

Er war ein begeisterter Anhänger der Juli-Revolution, schon als Student hatte er vom Sozialismus geträumt. Da er weder parteilich gebunden war, noch zur vermögenden Grundbesitzerschicht gehörte, konnte er sich der Revolution ungehindert in die Arme werfen.

»Gibt es denn gar nichts, was dir an der Revolution missfällt?«, fragte ihn Rida Hamada einmal.

»Aber nein!«, rief er, enthusiastisch wie immer. »Ich unterstütze voll und ganz ihre Haltung gegenüber den Parteien, der Muslimbruderschaft, ja, sogar die gegenüber den Kommunisten.«

»Warum ›sogar‹?«

»Ich bin zwar kein Kommunist, aber ich begrüße es, dass sie mit der Revolution zusammenarbeiten. Beides, die Revolution und der Kommunismus, sind Ströme, die der gleichen Quelle entspringen und letztendlich auch auf ähnliche Ziele ausgerichtet sind.« Er zögerte kurz. »Ich habe auch die Union mit Syrien und den Jemen-Krieg befürwortet.«

»Dann ist ja alles bestens.«

»Nun ja, ich sehe durchaus einige Schwachstellen, aber das ist in Zeiten des Umbruchs unvermeidbar. Man kann zwar mit einem Schlag das gesellschaftliche System ändern, aber mit den Menschen ist das anders, dafür braucht man Zeit. Ihr könnt über die Genossenschaften reden, was ihr wollt, und vielleicht habt ihr sogar recht, aber vom Prinzip her ist das ein genialer Gedanke. Eines Tages werden die Schwächen beseitigt sein, dann können die Genossenschaften ihrer Aufgabe endlich gerecht werden. Das gleiche trifft für den öffentlichen Sektor zu. Erinnert euch doch nur an die Landwirtschaftliche Kreditbank. Ismail Sidki hat sie benutzt, um seine Gegner zu treffen und die Nation zu spalten. Aber Ismail Sidki ist gegangen, und die Bank gibt es heute noch.«

Die Niederlage am 5. Juni 1967 warf ihn völlig aus der Bahn. Er stolperte von einem Salon zum anderen, rannte von einem Café ins nächste und führte sich auf, als wäre der Jüngste Tag angebrochen. Wir sprachen lange am Telefon miteinander. Zum Schluss fragte er: »War denn unser ganzes Leben nur ein Traumgespinst?«

Kurz darauf traf ich ihn bei Rida Hamada in Heliopolis, er war unglaublich erregt. Mit bebender Stimme stieß er hervor: »Wohin man sieht, nur Häme, Spott und Hohn. Keiner ist verrückt geworden, keiner hat sich umgebracht, keiner hat einen Herzanfall bekommen. Dann muss ich eben verrückt werden, oder mich umbringen.«

Nach und nach schöpfte er wieder Vertrauen und begann, die Niederlage als bittere Erfahrung auf dem Weg der Selbsterkenntnis zu akzeptieren. Wann immer die Feinde der Revolution davon sprachen, dass das System hinweggefegt werden müsse, stärkte das seinen Glauben und seine Begeisterung. Es war sogar seine ehrliche Überzeugung, dass die Fortführung der Revolution wichtiger sei als die Zurückgewinnung der besetzten Gebiete. »Was nützt es uns, wenn wir Land zurückbekommen, aber uns selbst verlieren?«, fragte er. Seiner Meinung nach konnte nur die Fortführung der Revolution garantieren, dass über kurz oder lang die Besetzung arabischer Gebiete beendet und die arabische Gemeinschaft wieder zu neuem Leben erweckt werden würde. »Wir sind Getriebene, die Rückständigkeit jagt uns. Sie ist unser wahrer Feind, nicht Israel. Israel ist nur insoweit unser Feind, weil es darauf aus ist, unsere Rückständigkeit zu zementieren.«

Eines Abends verließen Sadik und ich gemeinsam Abd al-Karims Salon. Wir stiegen in sein Auto ein, Marke Nasr, und fuhren gemächlich durch die Dunkelheit, die hier und da vom Licht der blau angestrichenen Straßenlampen durchbrochen wurde. Ich weiß nicht warum, aber plötzlich erzählte ich ihm, dass Abduh al-Basjuni mir eine komische Geschichte berichtet hätte.

»Was für eine Geschichte?«, fragte er.

»Zuhair Kamil hat sich in eine Praktikantin verliebt, Nimat Arif heißt sie.«

»Und was ist daran komisch?«

»Er ist in den Sechzigern, wie du weißt, und sie ist um die zwanzig.«

Er lachte. »So ist es mit der Liebe, sie nimmt auf das Alter keine Rücksicht.«

»Er will das Mädchen sogar heiraten.«

»Na und! In einem Krieg werden Tausende, manchmal Millionen getötet, bei einem Erdbeben kommen ebenfalls Tausende um, aber wenn Zuhair Kamil heiratet, geht das entweder gut, oder es gibt schlimmstenfalls ein Opfer, vielleicht auch zwei.«

Wir schwiegen eine Weile vor uns hin. Plötzlich sagte er: »Ich bin auch verliebt.«

Mir fiel ein, was Durrija mir beim letzten Treffen erzählt hatte. »Ach ja?«, fragte ich, als sei ich überrascht.

»Sie ist Italienerin und tanzt im Auberge.«

»Ist vielleicht bloß so eine Laune.«

»Ach was, das dauert schon zehn Jahre an.«

»Tatsächlich? Dann muss es ja wirklich eine große Liebe sein.«

»Na ja, manchmal habe ich das Gefühl, dass es schon zu lange geht.«

Ich zögerte, denn am liebsten hätte ich ihn gefragt, ob seine Frau davon wisse. Als hätte er meinen Gedanken erraten, sagte er zu meiner Überraschung: »Ich habe ja auch meine Frau mal geliebt.«

Er erzählte von ihrer ersten Begegnung, aber das hatte ich ja schon alles gehört. »Sie war Krankenschwester und ziemlich arm. Meine Familie war auch nicht gerade reich, trotzdem waren alle gegen diese Heirat. Niemals würde man das zulassen, erklärten meine Eltern.«

»Aber ihr habt doch geheiratet?«

»Na klar, wir waren verrückt nacheinander.«

Es fiel mir schwer, meine Zunge im Zaum zu halten. »Und dann?«

»Kaum war das Kind da, hat sie sich mir gegenüber völlig anders benommen.«

Er sprach jetzt lauter, vielleicht weil er das Gefühl hatte, sich verteidigen zu müssen.

»Wie ›anders‹?«

»Weiß ich nicht.«

»Natürlich weißt du es.«

»Vielleicht hat sie mich immer noch geliebt, aber irgendwie war es anders als am Anfang, jedenfalls für mich. Und da habe ich …«

»Hast du was?«

»Und da habe ich sie nicht mehr angefasst, nie mehr.«

»Die arme Frau! Sie kann einem wirklich leidtun.«

»Dafür bekommt sie alles, was sie braucht.« Er holte tief Luft. »Manchmal wünsche ich mir, dass sie sich in einen anderen Mann verliebt und glücklich und zufrieden mit ihm lebt.«

Für mich hatte damit Durrijas Geschichte ein Ende gefunden, auch wenn ich viele Zweifel hegte und noch immer hege.

Wie das Leben so spielt, lernte ich schon bald die junge Frau von Zuhair Kamil kennen. Sadik hatte das frisch vermählte Paar und mich zu einem Ausflug zur »Auberge Fajum« eingeladen, allerdings kam er selbst ohne seine Frau. Sie müsse sich um die Kinder kümmern, erklärte er.

Ein Jahr später bemerkte Gad Abu l-Ala beiläufig: »Ich habe die beiden zusammen gesehen.«

Ich sah ihn fragend an.

»Na ja, Nimat Arif und Sadik Abd al-Hamid, und zwar im Hotel King Marjut.«

Ich war peinlich berührt. »Vielleicht hat sie …

Er lachte spöttisch und zitierte: »Sie sagten: Du sahst, mein Schöner, wie die Verleumdung sie veränderte, doch du sagtest nur – vielleicht hat sie.«

Ich nahm mir vor, mich eingehender mit dem Gefühlsleben des famosen Doktors zu beschäftigen. Er plauderte weiterhin über Politik und Kunst, aber über seine neue Liebe ließ er kein Wort fallen. Aber was mich wirklich mit Abscheu erfüllte, war, dass er, als sei nichts geschehen, Zuhair Kamil weiter besuchte und ihm den großen Bewunderer und Freund vorspielte. Meine Empörung erreichte ihren Höhepunkt, als ich eines Tages Durrija im Wagen von Gad Abu l-Ala sitzen sah, der in Richtung Pyramiden fuhr. Mir fiel ein, dass er dort eine Villa besaß, in der er sich früher mit Amani, der Frau von Abduh Basjuni, getroffen hatte. Nun war also Durrija an der Reihe. Auf der Suche nach Glück war sie ausgerechnet auf diesen leichtfertigen Kerl gestoßen, der noch nie jemandem Sicherheit geboten hatte.

Meine moralischen Skrupel, die manch einer verächtlich als »bourgeois« bezeichnete, lasteten schwer auf meiner Seele. Aber schließlich und endlich sagte ich mir, dass dieses zwar verlockende, aber auch sehr anstrengende Leben zum Glück nicht von langer Dauer ist.

Sabri Gad

Das Jahr der Niederlage neigte sich dem Ende zu, da wurde ein junger Mann, er war zweiundzwanzig Jahre alt, als Leiter des Sekretariats eingestellt. Er hatte Philosophie studiert. Ich wartete ungeduldig auf den Tag, an dem ich erfahren würde, wie dieser junge Mensch das Leben sah, erhoffte ich mir doch davon, zu dieser neuen, fremden Welt eine Beziehung zu bekommen. In einem Dorf geboren, kam er als Kind einer Mittelschichtfamilie nach Kairo und wuchs hier auf. Er war der einzige Sohn, seine drei Schwestern waren alle bereits verheiratet und hatten eine Stellung.

Eines Tages fragte er mich, ob ich vielleicht Abbas Fauzi kennen würde. »Ja, sicher«, erklärte ich. »Er war unser Chef, bevor er vor einigen Jahren in Pension ging.«

»Wissen Sie, wo er wohnt?«

»In Abdin. Möchten Sie ihn treffen?«

»Ja, ich würde gern ein Interview mit ihm machen, für die *Wissenschafts-Zeitung*.«

»Arbeiten Sie auch als Journalist?«

»Erst mal als Praktikant.«

»Wie wärs, wenn wir zusammen zu ihm gehen. Ich habe ihn schon ziemlich lange nicht gesehen.«

Gesagt, getan. Abbas Fauzi bewohnte auf dem Dach eines Gebäudes, das ihm gehörte, ein schönes Appartement. Er begrüßte uns mit der ihm eigenen Herzlichkeit, und Sabri Gad konnte sein Interview führen. Es ging um Fauzis Arbeiten über das Erbe. Als alles erledigt war, wollte Sabri Gad gehen, doch Abbas Fauzi ließ es nicht zu. »Vorher müssen Sie mir noch einige Fragen beantworten.« Der junge Mann sah ihn neugierig an.

»Mich beschäftigt etliches, was Ihre Generation betrifft. Wären Sie bereit, mir offen und ehrlich zu antworten?«

»Gewiss doch.«

»Aber bitte seien Sie ehrlich. Wir sind hier unter uns und nicht in der Öffentlichkeit.«

»Ich stehe Ihnen ganz zur Verfügung.«

»Ich glaube«, erklärte ich, »dass Herr Fauzi sich weniger an Sie persönlich wendet, sondern über die Generation, der Sie angehören, etwas erfahren will.«

»Genau das meine ich«, bestätigte Abbas Fauzi.

»Damit habe ich kein Problem.«

Abbas Fauzi richtete sich auf. »Wie ist Ihr Verhältnis zur Religion?«

»Kein Mensch interessiert sich dafür.«

»Kein Mensch?«

»Na ja, sagen wir, die Mehrheit.«

»Wieso?«

»Religion ist kein Thema, vielleicht weil es da so viel unlogische Dinge gibt, die im Widerspruch zu dem stehen, was wir in der Wissenschaft gelernt haben.«

»Aber der Staat achtet doch darauf, dass Religion unterrichtet und geprüft wird?«

»Sicher, wir lernen das eben und machen die Prüfungen.«

»Soll das heißen, dass der Unterricht die eine Sache ist, der Glauben aber eine ganz andere?«

»Genau.«

»Und zu Hause? Sind Ihre Eltern gläubig?«

»Ja, sind sie, aber sie reden nicht über Religion, und beten und fasten tun sie auch nicht.«

»Aber es gibt doch unter den Studenten Muslimbrüder?«

»Nein, und wenn, dann ist das eine zu vernachlässigende Minderheit.«

»Gibt es denn keine Studenten, die gläubig sind?«

»Meiner Meinung nach sind das nur ganz wenige.« Er zögerte. »Nun ja, nach der Niederlage gab es eine Tendenz hin zum Religiösen. Manche meinten, dass sie nur passiert ist, weil wir unseren Glauben vernachlässigt hätten.«

»Also gibt es einen Hang zum Glauben.«

»Ja, könnte man sagen.«

Abbas Fauzi lächelte. »Das würde ich gern etwas genauer wissen.«

»Ich hab alles gesagt, jedenfalls das, was ich von der Oberschulzeit und dem Studium her weiß.«

»Lassen Sie mich Ihnen helfen. Wollten Sie sagen, dass der Glaube an sich keine sonderlich wichtige Rolle spielt, sich das aber jetzt, nach der Niederlage, ändern könnte?«

»Ja …«

»Welches Ausmaß könnte eine solche Veränderung möglicherweise haben?«

»Das weiß ich nicht.«

Abbas Fauzi schaute nachdenklich vor sich hin. Die ganze Zeit über hörte ich den beiden aufmerksam zu, sozusagen mit gespitzten Ohren.

»Welche Werte sind Ihnen heilig?«

Sabri Gad starrte ihn verdutzt an. »Werte?«

»Vielleicht wäre es besser, solche pauschalen Begriffe zu vermeiden«, sagte ich, an Abbas Fauzi gewandt.

»Hm, gut. Warum sind Sie zur Oberschule gegangen?«

»Weil es besser ist, als auf der Straße herumzulungern.«

»Nur deshalb?«

»Na ja, und um einen Job zu bekommen, der einem ein gutes Leben verspricht.«

»Was ist ein ›gutes Leben‹?«

»Eine ordentliche Wohnung, gutes Essen, anständige Kleidung und was es sonst noch gibt …«

Unversehens rutschte mir die Frage heraus: »Und das Wissen? Ist es nicht erstrebenswert, möglichst viel zu wissen?«

»Na klar, studieren wollen alle, abgesehen von denen, die zu schlechte Noten haben.«

»Ja, und warum?«

»Weil man mit einem Hochschulabschluss eine gute Stellung kriegt.«

»Und was ist mit der Wissenschaft? Dem Traum, etwas ganz Neues zu entdecken?«

Er zögerte. »Sicher, die besten Studenten träumen davon.«

Abbas Fauzi ergriff wieder das Wort. »Lest ihr in eurer freien Zeit?«

»Wir gehen lieber ins Kino oder schalten das Radio oder den Fernseher an. Manche lesen.«

»Klassische Literatur?«

»Glaub nicht.«

»Wie das? Sie haben an der Philosophischen Fakultät studiert und die klassische Literatur nicht gelesen?«

»Die Sprache ist so umständlich, und was drin steht, ist nicht gerade umwerfend. Jedenfalls hat es nichts mit der Gegenwart zu tun.«

Mit etwas Schärfe im Ton fragte Abbas Fauzi: »Und die Heimat? Liebt ihr sie?«

»Natürlich.«

»Seid ihr bereit, gegen Israel zu kämpfen?«

»Wir werden es sein, die das Land mit unserem Blut befreien müssen, nachdem ihr es in die Niederlage getrieben habt.«

»Wir?«

»Ja.«

»Aber unsere Generation ist überhaupt nicht an der Macht?!«

Ich machte Abbas Fauzi ein Zeichen, um ihn zu beschwichtigen. Tatsächlich lehnte er sich entspannt zurück und lächelte.

»Was ist euch lieber, Sozialismus oder Kapitalismus?«

Sabri Gad zuckte mit den Schultern. »Schlagwörter interessieren uns nicht.«

»Schlagwörter?«

»Ja, das finden wir langweilig. Wir wollen, dass der Einzelne in Freiheit lebt und Erfolg und Glück findet.«

»Heißt das, dass ihr den Sozialismus besser findet?«, fragte ich.

»Weiß ich nicht.«

»Oder zieht ihr den Kapitalismus vor?«

»Glaub nicht.«

»Vielleicht seht ihr ein völlig neues gesellschaftliches Modell?«

»Ach was, wir haben einfach nur die Nase voll von diesem ganzen Zeug.«

»Und was denkt ihr über die Liebe? Ist die Liebe noch ein Wert, oder geht es bloß um Sex?«

»Sex spielt eine wichtige Rolle, aber es gibt auch welche, die jemanden lieben und sogar heiraten wollen.«

»Und worauf ist die Mehrheit aus?«

»Auf Sex.«

»Mit wem?«

»Mit Schülerinnen, Studentinnen, anderen Mädchen.«

»Würden sie denn ein Mädchen, das sich auf ein Abenteuer eingelassen hat, heiraten?«

»Ja, die meisten. Nur einige wenige halten es noch mit der Tradition der alten Generation.«

»Ich bin überzeugt, dass die Mädchen noch immer vom Heiraten träumen.«

»Das ist ihr hauptsächlichster Fehler.«

»Sie werden doch bestimmt auch mal heiraten wollen ...«

»Möglich, obwohl mein Gehalt lächerlich ist und meine Zukunft in den Sternen steht.«

»Aber irgendetwas muss es doch geben, das Sie am Leben hält?«

»Ist reiner Erhaltungstrieb.«

»Gibt es nichts, das Ihnen Freude macht?«

»Doch, ein gutes Essen, ein guter Film, ein unschuldiger Geschlechtsakt.«

»Unschuldig?«

»Ja, wenn es keine Falle ist, die einen zum Heiraten zwingen soll.«

»Denken Sie, dass Sie besser als Ihr Vater sind?«

»Mein Vater war Wafdist, und er hat Saad Zaghlul und Mustafa an-Nahhas wie Heilige verehrt. Ich finde das lächerlich.«

»Warum?«

»Wie sich herausgestellt hat, waren sie Götzenbilder, nicht mehr und nicht weniger.«

»Ich sehe nicht, dass Sie eine andere Überzeugung anzubieten haben.«

»Hätte ich können, aber nach dem 5. Juni ist alles aus dem Lot geraten.«

»Was schlagen Sie vor, um die Dinge zu verbessern?«

»Ist doch sinnlos, die ganze Welt taugt nichts.«

»Trotzdem, was schlagen Sie vor?«

»Erst mal müssten alle, die etwas zu sagen haben, abtreten.«

»Und dann?«

»Nichts weiter, die Dinge werden sich schon regeln.«

»Da kommen Sie zu mir, Verehrtester, um mit mir ein Interview über das Erbe zu machen, und halten überhaupt nichts davon?«

»Ich mache ein Praktikum als Journalist.«

»Meinen Sie nicht auch, dass Sie ziemlich opportunistisch sind?«

»Na und, was soll daran schlecht sein? Jedes Mittel, das einem in dieser überbevölkerten Welt hilft, sein Ziel zu erreichen, ist legitim.«

»Ich danke Ihnen, vielen Dank.«

»Gern geschehen.«

Als wir das Gebäude verließen, raste mein Herz vor Erregung.

Safa al-Katib

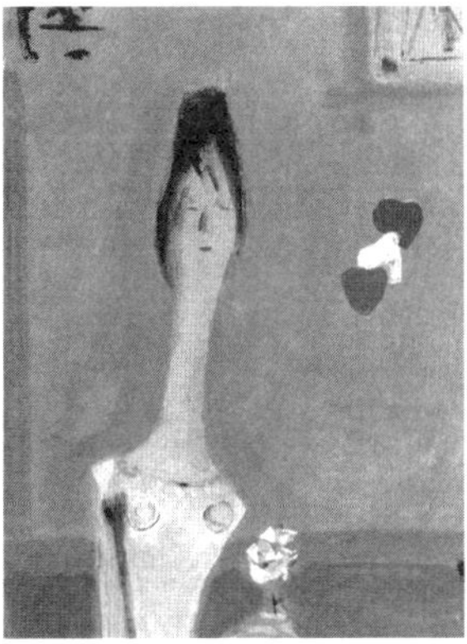

Im Ostviertel des alten Abbasija stand eine prächtige Villa; der Garten, der dazugehörte, war so riesig, dass er von einer Straßenbahnhaltestelle zur nächsten reichte. Diese imposante Anlage gehörte den al-Katibs. Wir gingen oft an der Gartenmauer entlang, wenn wir in der Wüste Fußball spielen wollten, aber außer den Wipfeln der Bäume, wuchernden Jasminbüschen und zugezogenen Vorhängen an den Fenstern habe ich nie etwas sehen können. Eines Tages, als ich wieder einmal in Richtung Wüste ging, kam eine Kutsche die Ostgasse heruntergefahren. Es saßen zwei Frauen drin, eine alte Dame, von der der Schleier nur zwei müde Augen erkennen ließ, und ein Mädchen, das vor Jugend nur so strahlte. Im Moment, da meine Augen dieses Wesen erblickten, nahmen sie eines der vielen elektrisierenden Geheimnisse des Lebens wahr. Mir war, als würden die Pforten zum Himmel bersten und Fluten segensreicher Liebe auf mich herniedergehen.

»Das ist Safa, die Tochter vom Palastherrn«, erklärte mir Scharawi al-Fahham, der sich im Ostviertel gut auskannte, und

Chalil Zaki, der, wo immer sich die Gelegenheit bot, im Ostviertel in die Gärten einstieg, um Weintrauben oder Mangofrüchte zu stehlen, fügte hinzu: »Sie ist zwanzig.«

Gafar Chalil, der gemerkt hatte, dass ich plötzlich ganz verändert war, flüsterte mir ins Ohr: »Und du – bist fünfzehn.«

Es ist merkwürdig, dass das Bild dieses Mädchens trotz des Sturms, den es in meiner Brust ausgelöst hatte, im Nebel der Vergangenheit untergetaucht ist. Wahrscheinlich rührt das daher, dass ich sogar damals, als ich ihrem Zauber hilflos ausgeliefert war, nichts klar erkannt hatte – nicht die Haarfarbe und Frisur, nicht die Farbe und Form der Augen, nicht die Größe und nicht die Figur. All das war wie von Zauberhand weggewischt, und wenn ich mich an etwas erinnerte, oder glaubte, mich zu erinnern, geschah es spontan, wie bei einer plötzlichen Eingebung, ganz so, wie wenn man, in Gedanken versunken, an einer Mauer entlanggeht und den Duft einer Rose wahrnimmt, ohne sich dessen bewusst zu werden. Es war, als könne mein Herz aus einem geheimnisvollen Grund nur noch schlagen, wenn ich an dieses Mädchen dachte. Später war ich dann geradezu versessen darauf, mir bei Frauen einzelne Gesichtszüge, das Mienenspiel, Blicke einzuprägen, von denen ich glaubte, sie würden mich an das erinnern, was mir einst verloren gegangen war. Ja, ich fand nur dann den Ausdruck eines Gesichts liebenswert, hinter dem ich den des Mädchens zu erkennen glaubte. Blitzschnell war diese Liebe über mich hereingebrochen, aber mein Gefühlsleben sollte, als wäre es verhext, eine schwere Krise nach der anderen erfahren. Dabei handelte es sich um eine Liebe, die weder mit einem Ort, noch mit einer Situation, noch mit einer nennenswerten Zeitspanne zu tun hatte. Für ein paar Sekunden hatte ich sie in der Kutsche sitzen gesehen, mehr nicht, aber es reichte, um meinen Willen zu verlieren und in eine völlig neue Welt einzutreten. Meine

Liebe zu Hanan Mustafa lag noch nicht lange zurück; ich begriff, dass es ein Fehler gewesen war, in diesem Fall von Liebe zu sprechen. Erst jetzt liebte ich, zum ersten Mal. Ich lernte, dass ein Mensch abwesend sein kann, obwohl er anwesend ist, wach ist, obwohl er schläft, sich mitten in der Menge in Einsamkeit verliert, den Schmerz als Freund begrüßt und das Unsichtbare durchdringt – die Wurzeln der Pflanzen, die Wellen des Lichts.

Ich umkreiste den Palast der al-Katibs. Die Fenster waren geschlossen, die Vorhänge zugezogen. Außer dem Pförtner, dem Gärtner und ein paar anderen Dienern bekam ich niemanden zu sehen. Einmal ertönte eine zarte Stimme, sie rief nach dem Pförtner. Mein Herz erbebte, hielt ich es doch für möglich – später glaubte ich es fest –, dass das die Stimme der Geliebten war.

Ich erlebte die Freude, sie noch einmal erblicken zu dürfen, auch wenn der Anlass sehr traurig war. Als der Sarg Saad Zaghluls durch die Straßen getragen wurde, stand sie mit anderen Frauen am Fenster eines alten Hauses in der Mohammed-Ali-Straße. Als der Sarg an mir vorbeigekommen war, schaute ich auf, und da sah ich, durch den Schleier meiner Tränen hindurch, ihr liebliches Gesicht. Sie trocknete sich die Augen und reckte den Hals, um einen letzten Blick auf den gesegneten Sarg werfen zu können. Mein Herz machte einen Satz, doch da die Trauer es gebrochen hatte, fand die Freude keinen Halt. Ich fühlte mich hin- und hergerissen, und die wogende, trauernde Menschenmasse überwältigte mich.

Zum dritten und letzten Mal sah ich sie, als sie im Brautkleid die Freitreppe hinunterschritt und in das Auto stieg, das sie zum Haus des Bräutigams brachte. Ich stand auf der anderen Straßenseite, mitten unter den vielen Neugierigen, die sich das Ereignis nicht entgehen lassen wollten.

Fast ein Jahr hielt mich diese Geschichte, in der nichts passierte, gefangen; es war die seltsamste Zeit in meinem ganzen Leben. Natürlich blieb mein Zustand den Freunden nicht verborgen. Die Witzbolde spotteten und nannten mich »Safas Verrückten«, und die Ernsthaften warnten mich, dieser sinnlosen Leidenschaft nicht länger anzuhängen. Wir waren jung und naiv, und was wir fühlten und dachten, stammte aus Romanen und der alten arabischen Literatur. Surur Abd al-Baki zum Beispiel riet mir dringend, mich meinem Schmerz nicht hinzugeben, weil ich sonst wie der Irre in der Geschichte von *Leila und Madschnun* enden würde.

»Deine Art, dieses Mädchen zu lieben, beweist, dass du sie bereits zu einer früheren Zeit geliebt haben musst, vielleicht sogar in der Zeit der Pharaonen. Über solche Erscheinungen habe ich unlängst in einem Buch von einem gewissen Rider Haggard gelesen«, erklärte Rida Hamada.

Diese Liebe, die mit despotischer Macht über mich herrschte, schien mich mit Leib und Seele verschlingen zu wollen. Sie stieß mich in eine Hölle unendlichen Schmerzes, schmolz mich in der Glut zu einem neuen Wesen um, das nach dem Leben gierte und sich von allem Schönen und Wahren angezogen fühlte. Diese Liebe peinigte mich zehn lange Jahre mit der Hitze unheilbaren Wahnsinns, bevor sie sich in meinem Innern zur Ruhe legte und dort ein Leben lang schlummerte. Es brauchte nicht viel, ein Laut, ein Anblick, eine Erinnerung, und sie regte sich wieder und lebte für einen Moment auf, was mir zur Genüge bewies, dass sie nicht von mir ließ.

Wann immer ich mich jener Tage erinnere, wundere ich mich über mich selbst. War es tatsächlich etwas wie Wahnsinn gewesen, der mich befallen hatte? Eines bedauere ich aber zutiefst, nämlich dass ich meine Liebe nicht ausleben konnte und ihr tosender Strudel Himmel und Erde nicht vereinte. Nur allzu gern hätte ich erfahren, ob meine Liebe unter den harten

Bedingungen des Alltags Bestand gehabt hätte. Was hatte Rida Hamada, als wir schon reifer waren, zu mir gesagt? »Der Auftritt von Safa in deinem jugendlichen Leben ist ein Zeichen, das etwas zu bedeuten hat. Nun ist es an dir, die Symbolik zu entdecken und zu deuten.«

»Unser Leben ist zwar zu einem einzigen Witz verkommen«, erwiderte ich, »aber über die Zeit damals kann ich mich nicht lustig machen.«

»Lustig machen? Wie sollte man sich über die schönste Zeit des Lebens lustig machen!«

In den Sechzigerjahren wollte ich mir noch einmal den Palast der al-Katibs ansehen. Er war abgerissen worden, nicht einmal Schutt gab es mehr. Die riesige Fläche war eingeebnet, und ein Schild zeigte an, dass dort vier große Wohnhäuser entstehen sollten. Ich lächelte versonnen, und ein Gefühl von Wehmut beschlich mich. Vor meinem inneren Auge sah ich Safa, wie sie als Braut die Freitreppe hinunterschritt. Ich habe nie wieder etwas von ihr gehört, weiß nicht einmal, ob sie noch lebt oder schon tot, glücklich oder verzweifelt ist. Wie mochte sie jetzt mit sechzig aussehen? Wie war es ihr ergangen, wie urteilten andere Menschen über sie? Wäre es nicht ihr gutes Recht gewesen zu erfahren, dass es jemanden gab, der sie wie eine Göttin verehrte? Dass sie ein Herz in Aufruhr gebracht hatte? Dass dieses Herz, sobald sich eine Erinnerung regte, noch immer heftig schlug?

Sakr al-Manufi

Eigentlich war Sakr al-Manufi, Amm Sakr genannt, nicht mehr und nicht weniger als der Sekretariatsbote der Verwaltung, aber es gab eine Zeit, da hieß unsere ehrwürdige Abteilung bei allen nur die »Amm-Sakr-Abteilung«. Er war ein kleiner, stämmiger Mann und strotzte vor Energie, was ihn bisweilen dazu bewog, Dinge zu tun, die nicht in seinem Aufgabenbereich lagen. Er war der geborene Spion und spielte gern den Kundschafter. Wenn er morgens den Kaffee brachte, hinterbrachte er im Flüsterton die neusten Geheimnisse über das Ministerium und die Beamten. Er war es auch gewesen, der mir, dem »Neuen«, damals erklärt hatte, was es mit dem wundersamen Aufstieg Scharara an-Nahhals vom Telefonisten zum Sekretär auf sich hatte. Der Strom der Nachrichten sollte nicht abreißen, ich erfuhr alles über Abbas Fauzi, Adli al-Muazin, Abd ar-Rachman asch-Schaban, Fräulein Abda Sulaiman, den armen, unglücklichen Tantawi Ismail und viele andere Kollegen.

Einmal, als ich mich mit Abbas Fauzi über die ständigen Preiserhöhungen unterhielt, kamen wir auf die Verarmung der Beamten zu sprechen, deren Gehälter während des Kriegs nicht angehoben worden waren.

»Niemand kann es sich mehr leisten, das zu essen, worauf er Appetit hat, ausgenommen Amm Sakr«, bemerkte Abbas Fauzi.

Ich sah ihn erstaunt an.

»Ja, der ist ganz versessen auf gutes Essen.«

»Versessen sein ist das eine, aber es sich leisten können, ist etwas anderes«, erwiderte ich.

Abbas Fauzi schmunzelte. »Nun ja, er ist das reinste Informationsbüro. Es gibt keine Hochzeit, kein Begräbnis, von dem er nicht wüsste. Wird gefeiert oder getrauert, Amm Sakr ist dabei, hilft hier ein bisschen und dort ein bisschen und sitzt schließlich an einem reich gedeckten Tisch. Das Gleiche spielt sich bei den Heiligenfesten in den großen Moscheen ab. Auf diese Weise gibt es keinen Abend ohne Festmahl. Welcher Pascha könnte da mit ihm mithalten?«

Deshalb also machte er einen solch gesunden und munteren Eindruck. Nun gut, mochte er in Fleisch, Pastetchen und Süßigkeiten vernarrt sein, ansonsten lebte er genauso erbärmlich wie jeder andere schlecht bezahlte Bote. Seine »Wohnung« in der Dibas-Gasse bestand aus einem Zimmer, das zu ebener Erde lag. In diesem Zimmer hauste er mit seiner Frau und den Kindern.

Irgendwann musste er beschlossen haben, reich zu werden. Wann mochte das gewesen sein? Wahrscheinlich genau in dem Jahr, als ich ins Ministerium kam, also 1924. Er hatte alles geplant und ging mit Geduld und Fleiß ans Werk. Zuerst verkaufte er das bisschen Schmuck und Messingzeug, das er von seiner Mutter geerbt hatte. Als er über eine gewisse Summe verfügte, borgte er das Geld Beamten, die in Not waren, allerdings zu einem schamlos hohen Zinssatz; ein seltsames Gebaren für einen Mann, der gläubig ist und aus einfachen Verhältnissen kommt. Jedenfalls betrieb er dieses Geschäft immer weiter. Bei den Beamten, die dringend Geld brauchten, und das war die Mehrzahl, sprach es sich bald herum, dass Sakr al-Manufi helfen konnte. Auf diese Weise wurde er zu einer Art illegalen Kreditbank, und mit der Zeit hatte er eine Menge Geld gescheffelt.

Nach fünfundzwanzig Jahren reichte es, um für tausend Pfund das Haus zu kaufen, in dem er bis dahin wohnte. Er ließ es niederreißen und baute dort ein zweistöckiges Haus mit zwei Geschäften.

Er hatte zwei Söhne und eine Tochter, die, wie das bei armen Leuten oft vorkommt, ziemlich vernachlässigt waren. Der älteste Sohn arbeitete in einer Gesundheitsstation auf dem Land als Laufbursche; er hatte jeglichen Kontakt zur Familie abgebrochen. Der andere Sohn verdiente sein Geld als Gehilfe eines Metzgers. Die halbwüchsige Tochter war eines Tags einfach verschwunden; niemand wusste genau, ob sie entführt worden war oder sich einfach herumtrieb. Dann geschah etwas Schreckliches – der jüngere Sohn kam bei einem Streit in der Metzgerei ums Leben. Es war ein harter Schlag für Sakr al-Manufi, und in seiner Trauer gelangte er zu der Überzeugung, dass der Verlust der Tochter und des Sohns Gottes Strafe für seinen Wucher gewesen sei. Er hörte damit auf, und um zu büßen, machte er die Pilgerfahrt nach Mekka.

Das Seltsame war, dass er sich trotz seines Vermögens nie verändert hatte. Er trug die alten Sachen und benahm sich wie immer, ja, er bediente sogar die Beamten, für die er, finanziell gesehen, ein Herr war. Er lief auch wie gewohnt zu Hochzeiten und Begräbnissen, um ein kostenloses Essen zu ergattern, ließ auch nicht davon ab, einem mit dem Kaffee die neusten Gerüchte zu überbringen. Nur manchmal, wenn er sich unbeobachtet fühlte, merkte man ihm an, wie ihn der Verlust der Tochter und des Sohns mitnahm.

An der Beerdigung von Gafar Chalil nahm auch Adli al-Muazin teil. Er setzte sich bei der Feier zu mir, und wir unterhielten uns ein wenig. Ich weiß noch genau, wie erschrocken ich war, als ich ihn plötzlich sagen hörte: »Sakr al-Manufi ist verhaftet worden.«

Ich starrte ihn an. »Wieso?«

»Er muss verrückt geworden sein. Als die Tochter vom Bügler seinen Anzug brachte, ist er über sie hergefallen. Sie ist minderjährig.«

Danach habe ich ihn lange Zeit nicht mehr zu Gesicht bekommen. Aber dann, 1960, tauchte er unverhofft im Café Fischawi auf. Ich erfuhr, dass er seit ein paar Monaten entlassen worden war. Wann immer ich ihn bei einer neuerlichen Begegnung fragte, wie es ihm gehe, lautete seine knappe Antwort: »Gott sei Dank.«

Seine Frau war gestorben, als er im Gefängnis saß; nun war er ganz allein.

»Ich bin zu meinem Sohn aufs Land gefahren, aber es hat mir dort nicht gefallen. Also bin ich nach einer Woche wieder zurückgekommen.«

Ich versuchte, ihn zu trösten und Mut zu spenden. Aber davon wollte er nichts hören.

»Ich bin zufrieden mit meinem Schicksal, Gott der Erhabene hat mich zu Recht gestraft. Das Einzige, das ich nicht verstehe, ist, warum Gott solchen Leuten wie Scharara an-Nahhal und Adli al-Muazin nicht das Gleiche antut.«

Sabrija al-Hischma

Sie führte in der Tajab-Gasse ein Haus, in dem vier hübsche Mädchen angestellt waren. Es muss 1930 gewesen sein, als Sajid Schuair sie kennenlernte und sich mit ihr anfreundete. Er führte uns bei ihr ein, und nicht lange, und wir standen mit ihr auf gutem Fuß und genossen etliche Privilegien. Wenn in der Gasse die Lichter ausgingen, durften wir sitzen bleiben. Wir hörten Musik, die Mädchen tanzten, und erst wenn der Morgen graute, brachen wir auf. Sabrija war an die vierzig Jahre alt und ziemlich mollig. Sie sah attraktiv aus und besaß das richtige Maß an Autorität, das die Meisterin eines solchen Hauses brauchte. Ihre bloße Anwesenheit bewirkte, dass jeder das Gefühl hatte, er müsse sich ihr wie einem Naturgesetz fügen. Niemand, keins der Mädchen, kein Zuhälter, kein Kunde, kein Diener, hätte es gewagt, auch nur die kleinste Spur von Geringschätzung zu zeigen.

Gafar Chalil bewunderte sie, Scharawi al-Fahham war verliebt in sie. Als Sajid Schuair es merkte, sah er sich offenbar gezwungen, die beiden in ihrem Eifer zu bremsen. »Falls ihr es nicht wisst – die Meisterin arbeitet hier nicht, sie leitet das Haus.«

»Wie? Da lebt sie ohne Männer?«, fragte Scharawi verblüfft.

»Das nicht, aber sie tut es nicht für Geld. Sie hat einen griechischen Freund, einen Weinhändler.«

Als der Zweite Weltkrieg ausbrach, gehörte sie zu den ersten Meisterinnen, die auf die veränderten Bedingungen reagierten. Sie mietete in der Champollion-Straße eine geräumige Wohnung und betrieb ein illegales Bordell. Außerdem weitete sie den Radius ihrer Aktivitäten aus, indem sie in der Königin-Nazli-Straße eine Bar eröffnete. Die besten Kunden waren die Soldaten des Britischen Empires, sodass sie bestens verdiente. Gerade in dieser angespannten Lage bewies sie ihr Talent, umsichtig handeln zu können.

»Ich hatte Angst, dass sie sich übernehmen würde und ihr die Zügel aus der Hand gleiten«, meinte Sajid Schuair, »aber sie ist raffinierter als der durchtriebenste Dämon.«

Er besuchte sie regelmäßig und hielt uns auf dem Laufenden. Auf diese Weise erfuhren wir, dass sie auf dem Schwarzmarkt mit Alkoholika und Trödel handelte und damit sagenhaft verdiente.

»Sie sticht mit ihren Fähigkeiten jeden Minister aus, obwohl sie weder lesen noch schreiben kann«, schwärmte Sajid. »Bei den Rechnungen fehlt kein Millim, ob nun im Bordell, in der Bar oder auf dem Schwarzmarkt. Sie kennt jeden Kunden mit Namen, und wehe, es versucht jemand, sie zu betrügen. Gegenüber ihren Mitarbeitern, den Mädchen und den Lieferanten zeigt sie sich sehr großzügig, deshalb mögen und achten sie auch alle und würden sonst was für sie tun.«

»Wär' schön, wenn unsere Regierung mit ihren Beamten auch so umgehen würde«, sagte ich zu Rida Hamada.

Er lachte. »Bei mir steht sie jedenfalls höher im Kurs als unser frommer Freund Zahran Hassuna.«

»Und bei mir höher als viele unserer Minister und Führer«, erklärte ich. »Die machen mit den Engländern auch ihre Geschäfte, nur dass das zulasten des Landes geht.«

»Gott sei dem seligen Scharawi gnädig«, seufzte Gafar Chalil. »Wahrscheinlich war Sabrija die einzige Frau, die er in seinem kurzen Leben geliebt hat.«

Als der Krieg beendet war, besaß sie ein sagenhaftes Vermögen. Wieder zeigte sich, dass sie klüger als viele andere war. Sie zog sich zurück, mittlerweile war sie fünfundfünfzig Jahre alt, brachte ihr Geld zur Bank und baute sich eine schöne Villa in Maadi. Sie lebte allein, denn ihr griechischer Freund war gestorben, und Familie hatte sie nicht. Irgendwann beschloss sie, ihr Leben von Grund auf zu ändern. Sie pilgerte nach Mekka, machte ihren alten Freunden große Geschenke und stiftete eine Menge Geld an wohltätige Einrichtungen. Aber 1950, da war sie sechzig, ging plötzlich das Gerücht um, dass sie einen dreißigjährigen Beamten vom Vermessungsamt geheiratet habe. Von da an konnte Sajid Schuair keine Neuigkeiten mehr erzählen, denn gleich nach der Heirat hatte sie ihm die Tür vor der Nase zugeschlagen.

Mein erster Gedanke war, dass für Sabrija al-Hischma die Zeit beschaulicher Ruhe vorbei und die der Sorgen und Nöte angebrochen war.

Tantawi Ismail

Wenn ich es recht bedenke, war dieser Tantawi Ismail der einzige Mensch, der als Beamter aus dem üblichen Rahmen fiel. Als ich die Arbeit im Ministerium aufnahm, war er der Leiter des Allgemeinen Sekretariats. Mit fünfzig Jahren hatte er die fünfte Stufe erreicht, was sich bis zu seiner Pensionierung im Jahr 1944 nicht mehr ändern sollte.

Als ich vor ihm stand und er in meiner Personalakte blätterte, fragte er: »Waren Sie ein Student von Doktor Ibrahim Akl?«

»Ja, und von Doktor Mahir Abd al-Karim«, erwiderte ich stolz.

»Mahir Abd al-Karim ist ein guter Mann, aber dieser Ibrahim Akl ist ein gottloser Schurke, der sich bei den Missionaren anbiedert.«

Seine Stimme dröhnte und hallte wie Messing. Da ich keinerlei Grund sah, Ibrahim Akl zu verteidigen, erklärte ich: »Ich glaube, dass er sich vom geistigen Leben zurückgezogen hat. Als Professor glich er eher einem Phantom.«

»Das auf Kosten anderer lebt!«

Ich erlebte Tantawi Ismail des Öfteren im Büro des Generaldirektors. Es beeindruckte mich zutiefst, dass er nie den Rücken krumm machte, keine schmeichelnden Floskeln von sich gab und immer auf seine Würde bedacht war. Bei Schreiben, die ihm zur Unterschrift vorgelegt wurden, korrigierte er nicht nur Sach- und Schreibfehler, sondern auch die stilistischen. Er ging durch die Räume und kontrollierte, ob Ordnung herrschte und gearbeitet wurde. Trägheit, Nachlässigkeit oder Unfreundlichkeit im Umgang mit Besuchern duldete er nicht. Obwohl er geradezu ein vorbildliches Verhalten an den Tag legte, fand ich niemanden, der seine Arbeit anerkannte. Dagegen war es durchaus üblich, ihn als Idioten oder Größenwahnsinnigen zu bezeichnen.

Ich kann mich noch gut daran erinnern, dass er mir kurz vor dem islamischen Neujahrsfest erzählte, dass er als Erster gefordert hatte, diesen Tag als offiziellen Feiertag zu begehen. Er zeigte mir sogar einen Artikel, den er aus diesem Grund geschrieben hatte. Und noch eine andere Szene habe ich deutlich vor Augen: Das Kabinett hatte einen Beschluss über die Höherbesoldung von Beamten erlassen, die lange Zeit nicht berücksichtigt worden waren. Tantawi Ismail gehörte dazu, und natürlich gratulierte ich ihm.

»Wären sie anständig, würden sie genau diese Beamten regieren lassen, weil die nämlich ehrlich und bescheiden sind«, dröhnte er mit seiner vollen Stimme.

Amm Sakr, der gerade den Kaffe gebracht hatte, sagte: »Könnte es sein, dass Sie jetzt Ihre Meinung über den Wafd ändern?«

Tantawi Ismail, der den Boten immer freundlich behandelte, erwiderte: »Den Wafdisten gehts nicht um Gerechtigkeit, o nein, sie reden nur davon. In Wirklichkeit machen sie nichts anderes, als das tief verwurzelte Übel mit aufgeregtem Getue zu verdecken. Die Menschen fügsam machen, das ist die wahre Losung des Wafd. Aber das Wahre ist wahr, und das Falsche ist falsch, und deshalb sollten die Anständigen regieren und die Korrupten ins Gefängnis gehen. Gott der Herr sei den Führern der Nationalen Partei gnädig, denn ihr Leben bestand einzig und allein aus Opfern und Kampf und nicht aus politischen Winkelzügen und faulen Kompromissen.«

Einmal, als aus irgendeinem Anlass etliche hohe Beamte befördert worden waren und Orden erhalten hatten, stöhnte er: »Wäre da nicht mein Glaube an Gott und an seine Allwissenheit, würde ich wahnsinnig werden.«

Abd ar-Rachman Schaban, der als Übersetzer im Ministerium arbeitete, flüsterte mir ins Ohr: »Der glaubt tatsächlich, dass er bei Verstand ist.«

Die meisten hielten ihn für verrückt, und deshalb nahmen sie das, was er leistete, auch nicht zur Kenntnis. Von Abbas Fauzi und Amm Sakr erfuhr ich einiges über seine Vergangenheit. Er hatte mit zwanzig Jahren an der Handelshochschule sein Diplom gemacht und war im Ministerium angestellt worden. Binnen fünf Jahren hatte er sich zum Inspektor für das Rechnungswesen hinaufgearbeitet. Er übte diese Tätigkeit mit einer solchen Genauigkeit und Ehrlichkeit aus, dass die Buchhalter in Panik gerieten. Sie arbeiteten nach einem ausgeklügelten System, einer half dem anderen, und befördert wurde das Ganze mittels Bestechungsgeldern und Geschenken. In dieses Netz schlug Tantawi Ismail wie eine Bombe ein, denn plötzlich wurden die eigentlichen Quellen ihres Wohlstands zerstört. Den Mut, ihn umzubringen, besaßen sie nicht, also mussten sie sich etwas anderes einfallen lassen, um ihn loszuwerden. Sie fälschten auf einem Dokument seine Unterschrift, und ohne zu wissen, wie ihm geschah, fand er sich als Beschuldigter wieder. Er wurde vor die Disziplinarkommission geladen, und da er seine Unschuld nicht beweisen konnte, wurde er aus dem Dienst entlassen. Das muss man sich mal vorstellen! Ein Mensch von fast manischer Ehrlichkeit muss wegen eines angeblichen Betrugs den Dienst quittieren. Als er das Ministerium verließ, schrie er: »Ich bin ehrlich! Ich bin anständig! Ich bin unschuldig! Gott ist mein Zeuge!«

Fünf Jahre lang hungerte er sich durch, und sein nervlicher Zustand wurde immer schlechter. Schließlich erlitt er einen Zusammenbruch, sodass sein Onkel sich gezwungen sah, ihn in die Nervenheilanstalt in Heluan zu bringen. Nach einem Jahr befand er sich auf dem Weg der Genesung und wurde entlassen. Trotzdem war ihm unwiederbringlich etwas verloren gegangen – der Glaube an die Menschen.

Irgendwann erkrankte der Chefbuchhalter, und als er sein Ende kommen sah, bat er um den Besuch des Vorsitzenden der Disziplinarkommission und berichtete ihm von dem Komplott, mit dem man Tantawi Ismail zu Fall gebracht hatte. Ohne etwas verlautbaren zu lassen, wurde eine Untersuchung durchgeführt. Es wurde beschlossen, Tantawi Ismail wieder in den Dienst aufzunehmen, allerdings nicht in der Finanzverwaltung. Damit sollte sichergestellt werden, dass weder er noch andere Schaden nahmen.

Im Verlauf der zehn Jahre, die ich mit ihm zusammenarbeitete, habe ich ihn gut kennengelernt. Sein Glaube an Gott war grenzenlos, sein Charakter ohne jeden Makel, sein Patriotismus beinahe schon fanatisch. Er las regelmäßig Abhandlungen über Religion, und in seinen Ansichten war er dermaßen konservativ, dass er beim geringsten Zeichen von vermeintlicher Unsittlichkeit den Abfall vom Glauben witterte. Einmal, als wir gemeinsam die jährliche Veranstaltung von Scheich Ali Machmud in der Hussain-Moschee besuchten, fragte er laut in die Runde: »Ist Tugend noch gefragt, oder ist sie altmodisch geworden?« Es folgte ein heftiger Angriff auf Feigheit, Korruption und Verfall, und zum Schluss rief er: »Wir brauchen eine zweite Sintflut! Die wenigen anständigen Menschen, die es noch gibt, werden die Arche besteigen und die Welt aufs Neue errichten.«

Ich hätte gern mehr über ihn in Erfahrung gebracht, wie er aufgewachsen war, wie sein privates Leben aussah, wie er zu seiner Frau und den Kindern stand, wie er es mit den Freuden des Lebens hielt, aber leider, leider musste ich mich mit dem begnügen, was mir zufällig zu Ohren kam. Jedenfalls nahm er sich in dem Sumpf des Lebens wie der einzige noch reine Mensch aus. Die Kehrseite davon war, dass seine Härte bisweilen an Unmenschlichkeit reichte und seine unverblümte Offenheit unnötigen Schaden anrichtete. Deshalb war er unbeliebt, man lehnte ihn ab, ja, hasste ihn. Abd ar-Rachman Schaban, der Übersetzer, nannte ihn immer nur »Sohn einer Irren«, und selbst Abbas Fauzi verlieh ihm aus Spott den Titel: »Unser Herr und Meister Tantawi Ibn al-Chattab«, und schmunzelnd fügte er jedes Mal hinzu: »Möge Gott Wohlgefallen an ihm haben.«

Aber so sehr er auch alles Neue bekämpfte, konnte er nicht verhindern, dass die moderne Zeit auch von seiner Löwenhöhle Besitz ergriff. Denn siehe da, eines Tages sass neben ihm eine junge, hübsche Frau. Er stellte sie uns vor, und ich erfuhr, dass sie seine Nichte war – Soraja Rafat. Lächelnd, aber mit deutlichem Unmut erklärte er: »Sie studiert an der Hochschule für Bildung und Erziehung. Wissen ist ja Licht, aber dass eine Frau einen Beruf haben und arbeiten will, nein, das akzeptiere ich nicht. Da mir im Haus meines älteren Bruders die Hände gebunden sind, muss ich mich leider mit Warnungen begnügen.«

Das letzte Geschehnis, das sich mir tief ins Gedächtnis gegraben hat, war Tantawi Ismails Reaktion auf die Ereignisse des 4. Februar 1942. Am nächsten Morgen, noch bevor er sich an den Schreibtisch gesetzt hatte, überfiel er mich mit der Frage: »Was sagst du jetzt? Britische Panzer bringen deinen geliebten Führer Mustafa an-Nahhas wieder an die Macht!«

Wenn es irgend ging, vermied ich es, mit ihm zu diskutieren, vor allem, wenn er erregt war. Also schwieg ich.

»Hat man je zuvor von einer solch erbärmlichen Führerschaft gehört?« Er schäumte vor Wut, und als hätte er den Verstand verloren, schrie er: »Die Sintflut! Die Sintflut! Die Sintflut!«

Taha Anan

Er kam in unsere Klasse, als wir bereits das vierte Jahr zur Oberschule gingen. Sein Vater war Polizeidirektor in Assiut gewesen, und als er nach Kairo versetzt wurde, um das Revier in Waili zu übernehmen, ließ er sich mit seiner Familie in Abbasija nieder. Taha Anan lernte alle meine Freunde kennen, aber am engsten schloss er sich Rida Hamada und mir an. Er war wie wir ein überzeugter Anhänger des Wafd, und außerdem interessierte er sich für Kunst und Kultur. Er beteiligte sich auch an dem Streik, bei dem Badr az-Zijadi ums Leben kam, obwohl sein Vater zu den Einsatzkräften gehörte, die die Schule erst umzingelten und dann mit Gewalt stürmten. Er schämte sich für seinen Vater, aber gleichzeitig verteidigte er ihn auch. »Mein Vater ist genauso ein Patriot wie wir, er steht zu Mustafa an-Nahhas, wie er Saad Zaghlul verehrt hat. Aber er muss seine Pflicht tun.«

»Es gab Offiziere, die haben sich 1919 der Revolution angeschlossen«, erklärte Rida.

»Das war ja auch eine Revolution …«, beharrte Taha trotzig.

Er war ziemlich ernst, und deshalb konnte er die Späße von Gafar Chalil nicht ertragen. Wir lasen gemeinsam Werke der Klassik, vor allem aber begeisterten wir uns für die Bücher der zeitgenössischen geistigen Elite. Wir diskutierten heftig, schwärmten davon, einst auch zu dieser erlesenen Schar zu gehören. Taha setzte sein ganzes Vertrauen auf Bücher, und wann immer ihn etwas bewegte, suchte er bei ihnen eine Antwort. Als er von meiner Leidenschaft für Safa al-Katib hörte, schaute er mich fassungslos an und meinte: »Das ist doch nicht normal.«

»Und wenn schon«, entgegnete ich ärgerlich.

»Ich liebe auch ein Mädchen, meine Cousine nämlich. Wir haben schon überlegt, ob wir vielleicht unsere Verlobung bekannt geben.«

Wie es so seine Art war, mussten Bücher her. Also schleppte er mich in die Nationalbibliothek und schlug in der *Encyclopaedia Britannica* die Seite mit dem Stichwort »Liebe« auf.

»So, hier findest du alles über die Liebe und ihre physiologischen, psychologischen und sozialen Aspekte«, erklärte er. »Und wenn du das gelesen hast, weißt du, dass es sich bei dir nicht um Liebe, sondern um Wahnsinn handelt.«

»Dann ist es eben Wahnsinn.«

Er lächelte. »Reg dich nicht auf, vielleicht müssen wir uns noch andere Büchern besorgen.«

Nein, über die Liebe haben wir dann nichts mehr gelesen, aber dafür eine Menge andere Bücher. Es gab so viel Neues in dieser Zeit, und da war es kein Wunder, dass wir geistig von einer Krise in die nächste stürzten und schrecklich litten.

Eines Tages, wir saßen im Café Fischawi, überraschte uns Taha mit einem höchst merkwürdigen Vorschlag.

»Wir müssen beim Nichts anfangen.«

»Beim Nichts?«

»Genau. Wir finden aus diesen ständigen Erschütterungen

nur heraus, wenn wir bei null beginnen«, sagte er mit einer Entschiedenheit, die in völligem Widerspruch zu unserer kläglichen Stimmung stand.

Ich sah ihn fragend an, obwohl ich ahnte, worauf er hinaus wollte.

»Bei Null also. Wir gehen die ganze Geschichte der Zivilisation noch einmal durch und lassen uns nur von unserem Verstand leiten.«

»Und wenn wir auf Probleme stoßen, auf die unser Verstand keine Antwort kennt?«

»Lasst uns erst einmal beginnen. Was den Menschen ausmacht, ist der Verstand, also werden wir sehen, wie weit er uns bringt.«

Die ersten zwei Jahre an der Universität stellten eine wichtige Etappe bei der Erkundung menschlichen Seins dar, aber dann wurden wir mit einem Ereignis konfrontiert, das uns völlig unvorbereitet traf: 1923 setzte Ismail Sidki die Verfassung außer Kraft, worauf der Wafd das Volk mobilisierte und zum Gegenschlag ausholte. Die Lage spitzte sich zu, und schließlich kam der Tag, an dem das Unvorstellbare geschah. Die Armee und die Polizei hatten alle Straßenkreuzungen abgeriegelt, sodass sich die Menschen nicht wie sonst zu einem großen Demonstrationszug formieren konnten. Die Massen stauten sich in den Gassen und Seitenstraßen, sie schrien, warfen Steine. Es fielen Schüsse, und die Menschen drängten zurück.

Rida, Taha und ich waren vom frühen Morgen an dabei. Wir standen in der wogenden Menge, stürmten wie all die anderen zum Angriff voran, um im Moment, da Schüsse fielen, blitzschnell den Rückzug anzutreten. Viele Menschen stürzten nieder, und wir mussten mit ansehen, wie die Soldaten über sie herfielen, sie mit unglaublicher Brutalität auf die Lastwagen warfen und die Blutspuren auf dem Asphalt mit Sand zuschütteten. Kurz vor Sonnenuntergang beruhigte sich die Lage ein wenig, und der Auflauf der Menschen nahm ab. Trotzdem waren noch Protestrufe zu hören, und vereinzelt wurde auch noch geschossen. Erst jetzt bemerkten wir, dass uns vor Anstrengung der Schweiß floss und wir am Ende unserer Kräfte waren. Also beschlossen wir zurückzukehren. Wir hakten uns unter und gingen die Hassan-al-Akbar-Straße hinunter.

»Seit Monaten kämpft das Volk, es gibt immer mehr Tote, aber das kümmert niemanden«, erklärte Taha Anan, der sich in unserer Mitte befand.

»Dieser Sidki ist ein blutrünstiger Schlächter«, stöhnte Rida Hamada.

»Trotzdem ist die Reaktion des Volks wichtiger und nützlicher als alles intellektuelle Gerede, das wir uns im Salon von Professor Abd al-Karim anhören müssen«, erwiderte Taha.

Plötzlich hatte ich das Gefühl, dass Taha immer schwerer wurde. »Kannst du nicht mehr?«, fragte ich.

Er antwortete nicht, sondern sackte zusammen. Wir schauten ihn verwundert an – aus seinem Mund quoll Blut.

»Er ist getroffen worden!«, schrie Rida.

Es wurde noch immer geschossen. Wir bebten vor Erregung, wussten nicht, was wir tun sollten. Zufällig entdeckte ich das Schild einer Zahnarztpraxis, also schleppten wir Taha hinein. In der Praxis war nur ein Krankenwärter. Er legte Taha auf eine Couch und rief den Notdienst an.

Noch bevor der Ambulanzwagen kam, hauchte Taha Anan in unseren Armen sein Leben aus.

Abbas Fauzi

Gleich vom ersten Tag meines Beamtendaseins an verband uns eine herzliche Freundschaft. Unsere Schreibtische sowie auch der von Abd ar-Rachman Schaban, dem Übersetzer, standen in einer Ecke des Generalsekretariats. Als mir der Direktor Abbas Fauzi als seinen Stellvertreter vorstellte, fragte ich neugierig: »Sind Sie der berühmte Schriftsteller?«

Er nickte. Vor lauter Begeisterung griff ich nach seiner Hand und schüttelte sie heftig. Als ich mich umsah, hatte ich den Eindruck, dass die anderen Kollegen uns mit Widerwillen beobachteten.

»Ihre Bücher über das Erbe haben mir und meinen Kommilitonen im Studium sehr geholfen«, erklärte ich.

»Ach ja? Obwohl die Universität nur diplomierte Autoren anerkennt?«

»Es gibt eine Stufe von Wissen, die über jedem Diplom steht.«

»Das sieht Ihr Professor, der ehrenwerte Herr Ibrahim Akl, ganz anders«, brummte er verärgert.

Für mich, in meiner neuen Welt, war Abbas Fauzi ein Juwel. Ich freute mich, nicht nur mit ihm zusammenzuarbeiten, sondern ihm auch im Salon von Mahir Abd al-Karim, Salim Gabr und, später dann, auch in dem von Gad Abu l-Ala zu begegnen. Es wunderte mich, dass er mit fünfunddreißig Jahren nur die sechste Beamtenstufe erreicht hatte, und das, obwohl er doch berühmt war. Einige Kollegen meinten, dass ihm seine Schreiberei wichtiger als die Stufe sei. Für sie war nur der ein ordentlicher Beamter, der sich in der Verwaltung und den Akten bestens auskannte und sich für nichts anderes interessierte. Bücher zu schreiben hielten sie für etwas Aufrührerisches, für eine Respektsperson schickte sich das nicht.

Man erzählte mir die Geschichte seiner Beförderungen. Er war Schreiber im Archiv gewesen, nicht einmal das Grundzertifikat hatte man ihm erteilt. Aber wann immer ein neuer Minister das Amt antrat, eilte er mit seinen Büchern zu ihm, natürlich nicht ohne eine Widmung in lyrischer Form hineingeschrieben zu haben. Die Minister nahmen das Geschenk entgegen, dankten, und damit durfte er ins Archiv zurückkehren. Wieder einmal senkte sich der Vorhang herab. Das wiederholte sich so lange, bis ein Minister erschien, der die Literatur liebte. Er fand Gefallen an Abbas Fauzi und seinen Büchern und beförderte ihn auf die siebente Stufe. Nach zwei Jahren ernannte er ihn zum stellvertretenden Direktor des Sekretariats, und das bedeutete, dass er die sechste Stufe erhielt. Damit war Abbas Fauzi zum Vorgesetzten jener Beamten geworden, die ihn ablehnten. Er wusste, was man sich über ihn erzählte und zahlte Verachtung mit Verachtung heim. Das führte bisweilen zu schroffen Wortgefechten, die erst durch die Vermittlung eines gütigen Schlichters ein Ende fanden. Ein Beamter war für ihn ein giftiges Insekt, und den Menschen hielt er für einen »sprechenden Beamten«. Deshalb warnte mich sogar ein so vorzüglicher Mann wie Tantawi Ismail mit den Worten: »Hüte dich vor ihm! Er weiß eine Menge, aber er hat keine Moral.«

Abbas Fauzis Leben war nicht leicht, er war mit Kindern und Armut geschlagen. Er kämpfte verzweifelt, um sich und seiner Familie ein einigermaßen ordentliches Leben zu ermöglichen. Ich kenne niemanden, der so verbittert war wie er. Vor seinem beißenden Sarkasmus blieb niemand verschont, ob Groß oder Klein, ob Beamter oder Literat oder Denker. Er spottete über das Naturell von Beamten, obwohl er ja selbst durch diese Arbeit geprägt war. Er verhöhnte Intellektuelle, die Erfolg hatten, und übersah dabei geflissentlich, dass er mit dem, was er schrieb, an deren Leistungen nicht heranreichte. Er verfügte über ein unerschöpfliches Reservoir an Informationen, um das Talent eines anderen herabwürdigen oder das Benehmen seiner Mitmenschen kritisieren zu können. Was ihn – positiv – wirklich auszeichnete, war sein unglaubliches Wissen über klassische Literatur. Ich kann ohne Übertreibung sagen, dass er so gut wie alles auswendig rezitieren konnte, ob es sich nun um Lyrik oder Prosa handelte.

Einmal erklärte er: »Ihr alle verherrlicht die westliche Literatur und tut, als gebe es nichts anderes, dabei habt ihr keine Ahnung von eurer eigenen Literatur.« Auf meinen erstaunten Blick hin fuhr er fort: »Gut, ich fordere Sie heraus. Sie sagen mir irgendein Gedicht von einem westlichen Autor auf, und ich zitiere das Pendant dazu aus unseren Klassikern.«

Gesagt, getan. Ich zitierte einen Vers oder einen Abschnitt, der mir im Gedächtnis geblieben war, und er antwortete in geradezu vollkommener Weise mit einem entsprechenden Stück.

Wann immer wir, die Kollegen, miteinander redeten, korrigierte er unsere Aussprache. Einer seiner ständigen Sätze lautete: »Es wäre eben besser, wenn in der Schriftsprache die Vokale gedruckt würden.«

Einmal, als er mit einer Nierenentzündung krank daniederlag, stattete ich ihm in Begleitung von Abd ar-Rachman Schaban einen Besuch ab. Er lag im Bett, zugedeckt bis zum Hals.

»Na, wie gehts 'n der Niere?«, fragte ich salopp, worauf er mit schwacher, kaum hörbarer Stimme murmelte: »Es heißt ›wie geht es‹ und nicht ›wie gehts 'n‹.«

Auf dem Rückweg sagte Abd ar-Rachman zu mir: »Wenn der mal stirbt, wird er noch den Engel berichtigen, der ihn beim Jüngsten Gericht befragt.«

Das Einzige, was ihn interessierte, war die klassische Literatur; nicht einmal Musik mochte er. Über moderne Kunst und Kultur wusste er so gut wie nichts, und mit Politik wollte er nichts zu schaffen haben. Er machte keinen Unterschied zwischen dieser oder jener Partei, und respektierte einen Minister nur, solange er im Amt war. Werte galten für ihn nichts, und von Religion hielt er auch nichts. Lieb und teuer waren ihm seine eigene Person, die Familie und die arabische Sprache. Sein Büro war ein Treffpunkt für Dichter, Schriftsteller, Journalisten und Liedtexter; die verschiedensten Generationen begegneten sich dort. Es gab viele, die ihn baten, ihre Texte auf grammatikalische und syntaktische Fehler hin durchzusehen, natürlich gegen ein geringes Entgelt. Er begrüßte alle auf das Herzlichste, überschüttete jeden mit Komplimenten, aber kaum waren sie gegangen, goss er Kübel von Schmutz über sie aus.

»Solch ein Flegel, hält sich für zivilisiert und sagt einem kein nettes Wort … Ach, dieser arme Liedschreiber. Hat sich von seiner Frau getrennt, weil er sich in ihren Sohn aus erster Ehe verguckt hat … Mag sein, dass der Kerl der einzige moderne Dichter ist, der den seligen Soundso sogar übertrifft, allerdings nur, was seine perversen Neigungen angeht … Ein Autor mit einem wirklich großen Herzen. Er hat schon alle Parteien geliebt, jedenfalls solange sie an der Macht waren …«

Einmal besuchte ihn ein alter Engländer, der seit seiner Pensionierung in Ägypten lebte und genauso gut Arabisch wie Englisch sprach. Als der Besucher gegangen war, erklärte er: »O ja, ich bewundere die moralischen Qualitäten der Engländer, weil es nämlich einen riesigen Unterschied zwischen den englischen und den ägyptischen Homosexuellen gibt. Der Engländer lebt seine Homosexualität noch im letzten Winkel der Erde aus, aber das hindert ihn keineswegs daran, dem Empire bis zum Tod treu zu dienen. Im Unterschied dazu besitzt der ägyptische Homosexuelle weder eine Überzeugung noch einen Glauben.«

Da er mit keinem Erbarmen hatte, gingen die anderen genauso erbarmungslos mit ihm um. Angeblich war sein Vater Ingenieur gewesen, aber die anderen wussten zu erzählen, dass er als Totengräber gearbeitet hatte und die Mutter Waschfrau gewesen war. Man munkelte auch, dass er selbst homosexuell veranlagt war. Der einzige Mensch, der bei ihm gut wegkam, war der Minister, der mit ihm damals Mitleid gehabt hatte, oder, um es mit seinen Worten auszudrücken, ihn »entdeckt« hatte. »Das war ein wirklich gebildeter, vornehmer und gerechter Mann, obwohl er Minister war«, pflegte er zu sagen.

Immerhin hatte er sich so weit in der Gewalt, dass er seine Aggressivität gegenüber einflussreichen Persönlichkeiten außerhalb oder innerhalb des Ministeriums im Zaum hielt. Er hielt sich aus jeglichem Parteienstreit heraus und hätte nie im Leben auch nur ein schlechtes Wort über das Königshaus gesagt, selbst wenn es nur um den Koch gegangen wäre. Während des Kriegs behauptete er, auf der Seite der Alliierten zu stehen, aber als dann die Nachrichten über Dünkirchen eintrafen und viele glaubten, dass mit dem Sieg der Deutschen der Krieg schon bald beendet sein würde, hörte ich ihn die Verse von Baschar raunen:

»Wir, die Kinder des Todes,
brachten ihnen den Tod,
unter dem Schutz seiner flatternden Mähne.
Ein Teil ging in Gefangenschaft,
ein zweiter wurde getötet,
ein dritter suchte die Flucht ins Meer.«

Als sich bei al-Alamain das Schicksal gegen die Deutschen kehrte, war ich es, der das Gedicht von Baschar zitierte. Er begriff sofort, worauf ich anspielte, und seine Antwort lautete: »Gott hat kein Erbarmen mit Baschar, diesem perversen Nazi.«

Es kam der 4. Februar 1942, der Tag, an dem Mustafa an-Nahhas wieder die Regierung übernahm. Am nächsten Morgen herrschte im Ministerium Aufruhr. Die Beamten, die einer Partei angehörten, beschuldigten den Wafd, Verrat geübt zu haben, und die Wafdisten jauchzten und jubelten. Amm Sakr, der Bote, tanzte vor Freude. Abbaz Fauzi hatte Angst, dass sein Schweigen als unfreundliche Haltung gegenüber dem Wafd angesehen werden könnte. Als Tantawi Ismail wie ein Wahnsinniger immer wieder »Die Sintflut!« schrie, nutzte er die Gelegenheit und erklärte betont ruhig: »Man kann über die Ereignisse in der gestrigen Nacht sagen, was man will, aber niemand kann abstreiten, dass Mustafa an-Nahhas in dieser schweren Zeit die Nation gerettet hat.«

Es war sein Glück, dass der neue wafdistische Minister ein Liebhaber der Literatur war. Er erhielt die fünfte Beamtenstufe, und als Ismail Tantawi in Pension ging, wurde er zum Direktor der Verwaltung befördert. Dafür musste er erkennen, dass seine Bücher längst nicht die Aufmerksamkeit erregten, die er sich wünschte. Die Professoren der Universität, mit denen er gern diskutiert hätte, nahmen sie kaum wahr. Aber das Schlimmste war, dass ein Student seine Werke über das Erbe für die Veröffentlichung eigener Bücher über den Propheten und den Koran schamlos ausnutzte und damit eine Menge Geld verdiente. Abbas Fauzi wurde fast verrückt vor Wut.

»Zu meiner Zeit«, erklärte er, »war der Atheismus die große Mode, also sind wir diesen Weg gegangen.« Er nickte bekümmert. »Wie kann es sein, dass ich das goldene Tor nicht erreicht habe?« Nach kurzem Schweigen fragte er: »Wissen Sie, was der wahre Reichtum der arabischen Welt ist? Nicht das Öl, wie die meisten denken. Nein, der wahre Reichtum sind die Biografie Mohammeds und der Koran.«

Abd ar-Rachman Schaban schlug ihm vor, Bücher westlicher Autoren, die den Propheten Mohammed gerecht beurteilten, gemeinsam zu übersetzen. Abbas Fauzi war begeistert, und so machten sie sich, obwohl beide Atheisten waren, ans Werk. Der Erfolg war groß, sodass Abbas Fauzi zum ersten Mal in seinem Leben ordentlich Geld verdiente. Dann machte er sich daran, Bücher über die anderen Propheten zu schreiben. Im Lauf der Zeit hatte sich seine finanzielle Situation wesentlich gebessert, und so konnte er auf die ständigen Preiserhöhungen in der Nachkriegszeit mit Gelassenheit reagieren.

»Hätte doch Gott nur viel, viel mehr Propheten und Gesandte geschickt!«, seufzte er einmal.

1950, seine Söhne hatten das Studium beendet und arbeiteten bereits, verkündete er plötzlich, für einige Zeit im Sommer Urlaub zu machen. Das war höchst ungewöhnlich, denn bisher hatte er Jahr um Jahr ununterbrochen gearbeitet. Ich hatte ihn sogar einmal gefragt, ob er nicht einmal Urlaub nehmen wolle, um sich ein wenig zu erholen. Aber da hatte er gelacht und geantwortet: »Wie naiv Sie doch sind! Sie scheinen nicht zu wissen, wie viele Kollegen nach meiner Stellung gieren. O ja, sie sind alle freundlich und nett, aber hinter dem Rücken halten sie den Dolch versteckt. Wäre ich einen Monat abwesend, würden sie sich die Hacken abrennen und lauter Intrigen schmieden, nur um auf meinem Stuhl zu sitzen. Wir leben in einem Dschungel, nur dass die wilden Tiere dort nicht solche gemeinen Bestien sind, wie wir sie um uns haben.«

Ich verstand diese Logik nicht, fand seine Haltung reichlich merkwürdig. Umso mehr war ich erstaunt, als er nun plötzlich doch Urlaub nehmen wollte. Offenbar vertraute er auf die Einkünfte, die ihm seine Bücher brachten. Er fuhr mit seiner Frau und der Tochter nach Alexandria. Er kannte die Stadt nicht, aber nicht deshalb kam er sich dort verloren vor, sondern weil er mit der vielen freien Zeit nichts anzufangen wusste. Er hatte noch nie Muße gehabt, war immer beschäftigt gewesen. In einem Café sitzen, ins Kino oder Theater gehen, war ihm fremd, ganz zu schweigen von dieser großen Stadt Alexandria. Er langweilte sich unendlich, und seine Frau fürchtete sich vor dem Gedränge in den Straßen. Also beschloss er nach einer Woche, wieder nach Hause zu fahren.

Die Juli-Revolution beeindruckte ihn nicht sonderlich; weder trauerte er der alten Welt nach, noch freute er sich auf die neue Zeit. Er schrieb mit doppeltem Eifer, veröffentlichte ein Buch nach dem anderen und brachte es schließlich zu einem stattlichen Vermögen. 1959 ging er in Pension, um sich ganz dem Schreiben widmen zu können. Irgendwann war es dann schließlich so weit, dass er in Abdin ein großes Wohnhaus bauen konnte.

Bis zum heutigen Tag hat er sich seinen bitteren Sarkasmus bewahrt. Wann immer ich ihn besuche, überschüttet er mich mit einem Schwall von Klagen und bissigen Bemerkungen.

»Ist es nicht unglaublich, dass ich noch immer nicht in die Sprachakademie gewählt worden bin? Ausländer hat man aufgenommen, wahrscheinlich deshalb, weil die die Sprache besser als ich beherrschen. Und im Hohen Rat für Literatur findet sich auch kein Abbaz Fauzi. Hat man etwa beschlossen, nur Pöbel aufzunehmen?«

Als er in den Tagen nach der Juni-Niederlage sah, wie bedrückt ich war, sagte er lächelnd: »Leicht ergraut, aber kein bisschen weiser«, und spöttisch fügte er hinzu: »Macht es denn wirklich solch einen Unterschied, ob man von Engländern, Juden oder Ägyptern regiert wird?«

Adli al-Muazin

Ich lernte ihn zu Beginn meines Studiums kennen. Er war Beamter in der Fakultät und bereitete neben seiner Arbeit die Magisterarbeit vor. Ich traf ihn häufig in der Bibliothek, außerdem nahm er an der Philosophievorlesung von Monsieur Coriet teil. Wir nannten ihn den »pharaonischen Schreiber«, weil sein Gesicht dem der berühmten Statue sehr ähnlich sah.

Ansonsten gab es nicht viele Gemeinsamkeiten, denn er war groß, hatte breite Schultern und eine sehr dunkle Haut. Seine Augen, die mich immer an einen Falken erinnerten, funkelten herausfordernd, und sein Blick verriet listige Schlauheit.

Eines Morgens begegneten wir uns auf dem Weg zur Fakultät im Orman-Park.

Wir unterhielten uns angeregt, und er erzählte mir, dass er die Magisterarbeit im Oktober abgeben würde. »Ich überlege, was ich als Nächstes machen werde«, sagte er.

»Die Doktorarbeit?«, fragte ich.

»Ach was, ich will über Philosophie schreiben. Hast du vielleicht eine Idee, was sich gut verkaufen würde?«

»Ich glaube kaum, dass man von Büchern über Philosophie leben kann.«

»Aber wenn man eine Reihe über Persönlichkeiten herausgeben würde, die sich für die Freiheit der Philosophie und des Sufismus geopfert haben? Damit könnten wir einen wichtigen Beitrag zur Verteidigung des freien Denkens leisten, was ja gerade jetzt, in dieser Zeit, immer stärker eingeschränkt wird.«

»Eine großartige Idee!«, rief ich begeistert.

»Und viel versprechend, oder?«

»Bestimmt.«

Er erhielt den Magister, aber seine durchaus interessante Idee setzte er nicht in die Tat um. Dafür verfasste er zwei andere Abhandlungen; eine beschäftigte sich mit dem Thema »Die Inkohärenz der Philosophen«, und die zweite mit der »Inkohärenz der Inkohärenz«.

Mein Kommilitone Aglan Sabit kannte ihn, weil er im gleichen Viertel wohnte. »Sein Vater war Straßenbahnschaffner, er ist gestorben. Adli lebt mit seiner Mutter und seiner Schwester.«

»Wenn man nach seinem imposanten Äußeren geht, würde man denken, er wäre der Sprössling einer Herrscherfamilie.«

Aglan lachte. »Er besaß lediglich den Grundschulabschluss, als er Beamter wurde. Er hat nebenbei studiert und es immerhin bis zum Magister gebracht.« Mit gedämpfter Stimme fügte er hinzu: »Seine Schwester soll ein ziemlich leichtfertiges Luder sein, wahrscheinlich ist sie deshalb nicht verheiratet«

Adli al-Muazin besaß eine tüchtige Portion Humor. Bei einer Feier am Ende des Studienjahrs parodierte er einige Professoren. Am besten gelang ihm das bei Ibrahim Akl. Als er über die »höchsten Ideale« zu sprechen begann, erhielt er tosenden Beifall. Trotzdem war er mit Ibrahim Akl eng befreundet, und als der nach seiner Annäherung an das Königshaus eine bedeutende Position in der Universität erreichte, holte er sich

Adli al-Muazin als Mitarbeiter der Verwaltung. Bei irgendeiner Gelegenheit stellte er ihn dann genau dem Minister vor, der mein oberster Dienstherr war. Wenig später, das war noch vor dem Zweiten Weltkrieg, bekam Adli al-Muazin einen Posten in dessen Ministerium, wo sich seinen Ambitionen ein breiterer Spielraum bot als in der Universität.

Auf diese Weise war er also mein Kollege geworden. Es eilte ihm der Ruf voraus, dass er auf Grund seiner engen Beziehung zum Minister ein wichtiger Mann war. Ich ging zu ihm, um ihn zu beglückwünschen und meine Freude auszudrücken. Aber zu meinem größten Erstaunen fand ich einen völlig veränderten Adli vor. Vor mir stand ein Beamter, der sich seiner Wichtigkeit bewusst war; er hatte rein gar nichts mehr mit dem Mann gemein, der sich nur unter großen Mühen den beschwerlichen Weg der Wissenschaft gebahnt hatte.

Schon bald kamen seine verborgenen Talente zum Vorschein, und er machte sich beim Minister unentbehrlich. Er verfügte über einen außerordentlich scharfen Verstand und war in allem, was Verwaltung und Organisation anging, genial. Er behielt immer die Nerven, nie verlor er die Fassung, eine für einen Ägypter ungewöhnliche Eigenschaft.

Schon am ersten Tag begriff Scharara an-Nahhal, dass er einen gefährlichen Nebenbuhler bekommen hatte und er sich vorsehen musste. Abbas Fauzi hingegen fand es erstaunlich, dass ein hoher Beamter auch gebildet war. Er beschloss umgehend, dem neuen Mitarbeiter seine Bücher zu überreichen. Er bat mich, ihn vorzustellen. Wir gingen also gemeinsam in Adli al-Muazins Büro, und kaum hatte ich die beiden miteinander bekannt gemacht, erklärte Abbas Fauzi: »Für gewöhnlich ist es nicht meine Art, meine Bücher zu verteilen, aber in diesem Fall muss ich sagen, dass man solche Bücher nur schreibt, um sie einer Persönlichkeit wie der Ihrigen zu übergeben.«

»Ich kenne Ihre Bücher«, entgegnete Adli al-Muazin kühl.

Ein freudiges Strahlen huschte über das Gesicht von Abbas Fauzi, doch da fuhr Adli al-Muazin schon fort: »Ich muss gestehen, dass ich sie ziemlich oberflächlich fand, es steht nicht viel Neues drin.«

Abbas Fauzi erblasste, und nur mit Mühe gelang es ihm, Gelassenheit vorzutäuschen. »Sehr geehrter Herr, urteilen Sie nicht nur mit dem Verstand. Sehen Sie, wir schreiben doch alle für die einfachen Menschen, um zu ihrer Bildung beizutragen. An das Niveau von Philosophen reichen wir eben nicht heran.«

Draußen im Flur zischte er mir zu: »Kein Wort davon zu dem übrigen Gesindel.«

»Natürlich nicht«, erwiderte ich mit heimlichem Bedauern.

»Na bitte«, spottete er, »mit dem Sohn von Ruschd hat die Philosophie begonnen, und mit einem Hundesohn endet sie.«

In kürzester Zeit hatte es Adli al-Muazin geschafft, das Ministerium unter seine Kontrolle zu bringen. Als Direktor der Planungsabteilung hatte er mit allen anderen Abteilungen zu tun. Sein Eifer schien unerschöpflich zu sein, sodass er sich durch seine Arbeit Ansehen erwarb. Er hütete sich davor, in irgendwelche Parteiquerelen hineingezogen zu werden und achtete nur auf die Respektierung seiner Person. Er hielt viel auf Würde, ein Verhalten, von dem er nur im äußersten Notfall, sozusagen gezwungenermaßen, abwich. Nichts ging ihm über den Ehrgeiz, Karriere zu machen. Im tiefsten Innern fühlte er sich vielleicht sogar dem Wafd und seinen demokratischen, nach Unabhängigkeit strebenden Werten verbunden, aber das wusste er geschickt zu verbergen. Nie hatte man davon gehört, dass er in seinem Leben eine gute Tat vollbracht hätte, aber er war bekannt dafür, dass er jede Gelegenheit nutzte, um jemandem Schaden zuzufügen. Zweifellos machte es ihn glücklich, wenn er mit Hinterlist und Tücke Widersacher, ja, bisweilen sogar Freunde, zu Fall bringen konnte. Es interessierte ihn nicht, ob man ihn mochte oder nicht. Mir kam es sogar vor, als ob er eifrig darauf hinarbeitete, allen Hass und Neid einzig und allein auf sich zu lenken. In diesem Punkt unterschied er sich wesentlich von Scharara an-Nahhal, der bisweilen auf Fehler mit Nachsicht reagierte, sein Gift zuckersüß verabreichte und dem sein Ansehen wichtig war, selbst wenn er es sich mit Lügen und Schmeicheleien erschlich.

Kurzum, die Beamten hassten Adli al-Muazin, als wäre er der Satan höchstpersönlich. Wo immer sie Schwachstellen an ihm entdeckten, so zum Beispiel seine niedrige Herkunft und das frivole Leben seiner Schwester, rissen sie heimlich Witze darüber. Man munkelte auch, dass er homosexuell und infolgedessen Junggeselle sei; ein Umstand, den er mit Härte und Arroganz zu überspielen versuche. Der Einzige, der ihn bisweilen verteidigte, war denn auch tatsächlich ein hübscher, weichlicher junger Mann.

Mir ging des Öfteren die Frage durch den Kopf, wie dieser Adli al-Muazin es schaffte, sich trotz ständig wechselnder Minister und Parteien sein Prestige und seine Stellung zu bewahren. Ich stellte Nachforschungen an und bekam schließlich heraus, dass er über einige wenige Beamte, die alle verschiedenen Parteien angehörten, seine Hand hielt. Beim Sieg der jeweiligen Partei dankte man ihm für seine Bemühungen, indem man ihm dem neuen Minister empfahl. Auf diese Weise behauptete er seine Position durch alle Wechselfälle des Lebens, wofür er eine simple Erklärung hatte, nämlich seine Kompetenz und Tüchtigkeit. Er stieg von Stufe zu Stufe, und schließlich hatte er es, das war vor der Juli-Revolution, bis zum Generaldirektor gebracht.

Obwohl wir uns lange, noch aus der Zeit an der Universität kannten, scheute er nicht davor zurück, mich bei der erstbesten

Gelegenheit zu opfern. Die Personalkommission hatte über eine freie Stelle zu entscheiden, und außer mir und einem Schreiber in der Registratur gab es keinen anderen potenziellen Bewerber. Die Kommission entschied sich für mich, der Minister unterschrieb die Berufung, und so kehrte ich nach Dienstschluss, stolz über die Beförderung und mit Glückwünschen überschüttet, heim. Als ich am nächsten Tag ins Ministerium kam, war der Beschluss über meine Beförderung aufgehoben und der andere Kandidat auf die Stelle gesetzt worden. Im ersten Moment glaubte ich, den Verstand zu verlieren, aber dann forschte ich fieberhaft nach der Ursache. Folgendes hatte sich zugetragen: Am frühen Abend hatte ein hoher Beamter des Königshauses Adli al-Muazin angerufen und ihn dringend gebeten, meinem Widersacher die Stelle zu geben. Daraufhin hatte Adli al-Muazin nichts Eiligeres zu tun, als zum Minister zu laufen, der Royalist war, um ihn über diesen Wunsch zu unterrichten. Der zerriss auf der Stelle den alten Beschluss und stellte einen neuen aus.

Erregt stürzte ich ins Büro von Adli al-Muazin. Ich erzählte ihm, was ich erfahren hatte und machte ihm lautstarke Vorwürfe. Seine einzige Reaktion war eisiges Schweigen, und als ich nicht mehr weiter wusste und verbittert verstummte, bekam ich zu hören: »Bereiten Sie die neue Haushaltserklärung für die Presse vor.«

Der stellvertretende Personalchef, der mich gut leiden konnte und Adli al-Muazin hasste, klärte mich über einen wichtigen Sachverhalt auf. Was da geschehen sei, sagte er, sei ein Verstoß gegen das Gesetz. »Ein Beschluss des Ministers ist erst dann ungültig, wenn er durch einen entsprechenden Beschluss aufgehoben wird. Ich habe den Beschluss über Ihre Beförderung mit eigenen Augen gesehen, aber wo ist der Gegenbeschluss?«

»Könnten Sie diesen Vorwurf nicht öffentlich erheben?«, fragte ich verzweifelt.

Er lachte. »Wo denken Sie hin, dagegen könnte höchstens der britische Botschafter einschreiten.«

»Aber was hat dann dieser andere Beamte, der nicht mehr ist als ich, mit dem Palast zu tun?«

Wieder lachte er. »Lob und Preis dem Herren Lot!«

Seit diesem Tag beschränkte ich den Verkehr mit Adli al-Muazin nur noch auf das Offizielle. Sonst hatten wir uns, trotz des Rangunterschieds, morgens am Sulaiman-Pascha-Platz getroffen und im ›Al-American‹ gefrühstückt. Danach waren wir, über alles Mögliche plaudernd, zum Ministerium gegangen. Er konnte durchaus nett sein und herzlich lachen, ja, er erzählte mir sogar politische Witze über den König, dessen Gefolgschaft und Familie. Er hatte mich auch in seine neue Wohnung in Maadi eingeladen, die er sich dank seiner Blitzkarriere leisten konnte. Aber sobald er mich in sein Büro kommen ließ, es war noch keine Viertelstunde seit unserer Plauderei vergangen, sah er mich mit hartem, unbewegtem Gesicht an, erteilte Befehle, gab Aufträge und stieß gnadenlos die geschmacklosesten Drohungen aus.

Einmal, als mir das Herz zu voll war, suchte ich Abbas Fauzi auf, um bei ihm meinen Kummer abzuladen. Er hörte mir aufmerksam zu, dann sagte er: »Er ist eine gespaltene Persönlichkeit, dieser Mistkerl. Hier, in diesem Ministerium, begegnet man der Perversion in allen nur denkbaren Schattierungen.«

Mit der Juli-Revolution kam für Adli al-Muazin die Gelegenheit, sich seines schärfsten Konkurrenten für das Amt des Unterstaatssekretärs, Scharara an-Nahhal, zu entledigen. Ich bin heute noch überzeugt, dass Adli al-Muazin hinter den Anzeigen steckte, die Scharara an-Nahhal vor das Säuberungskomitee brachten. Aber wie durch ein Wunder überstand Scharara an-Nahhal die Untersuchung und kam unbehelligt davon, ja, er bekam sogar den ersehnten Posten. Es war der größte Schlag, den Adli al-Muazin in seinem Leben je einstecken musste. Im Lauf der Zeit sah er sich von immer mehr neuen Beamten umgeben, von denen er nichts wusste, und da die meisten seiner Kompagnons die Säuberung nicht überstanden hatten, kam er sich zusehends fremd vor. Er musste sich auf eine völlig neue Situation einstellen. So kam es, dass er wieder einmal meine Freundschaft suchte, und irgendwann nahmen wir unsere alte Gewohnheit auf, im ›Al-American‹ zu frühstücken. Bei einer dieser Gelegenheiten sagte er mit bissigen Spott: »So weit ist es also mit dem Ministerium gekommen, dass es von einer Hand voll grüner Bengel regiert wird. Man muss keine Gesetze kennen, keine Vorschriften, nein, man kann im Namen der Revolution tun und lassen, was man will.«

Ich hatte hingegen das Gefühl, dass zum ersten Mal eine Woge der Gerechtigkeit Fäulnis und Korruptheit hinwegschwemmte. Ich hoffte sehr, dass dieser große Reinigungsprozess zügig und ohne Rückschläge voranschritt.

Adli al-Muazin startete erneut einen Versuch, in die Führungsriege aufzusteigen, aber es gelang ihm nicht. Wenig später erkrankte er an Leukämie, und bis zu seinem Tod im Jahr 1955 ließ er sich in der Öffentlichkeit nicht mehr blicken. Ich werde nie vergessen, wie die Kollegen im Ministerium die Nachricht von seinem Tod aufnahmen. Entgegen aller gewohnten Anstandsregeln riefen sie laut und hämisch: »Möge Gott ihn in der Hölle schmoren lassen, zum Teufel mit ihm!«

Es war das armseligste Begräbnis, das ich je erlebt hatte. Zehn Trauergäste waren erschienen, neun ehemalige Kollegen aus der Universität und nur ein Verwandter. Die einzige Persönlichkeit, die ich entdecken konnte, war Ibrahim Akl, der überdrehte Derwisch.

Einen Tag nach dem Tod von Adli al-Muazin beging seine Schwester Selbstmord.

Abd ar-Rachman Schaban

Ein Mensch, den ich nie vergessen werde. Als ich mich zum ersten Mal im Sekretariat an meinen Schreibtisch setzte, starrte ich wie hypnotisiert zu ihm hinüber: Ein Riese, groß wie al-Akkad und breit wie Ziwar Pascha, elegant gekleidet, alles in allem eine blendende Erscheinung. Man hätte ihn gut und gern für einen Minister oder Bankdirektor halten können.

Wir machten uns bekannt. »Abd ar-Rachman Schaban, der Übersetzer des Ministeriums«, sagte er. Später erfuhr ich, dass er jämmerliche zwanzig Pfund im Monat verdiente.

An diesem ersten Tag machte er auf mich einen verschlossenen, mürrischen Eindruck; es sah aus, als hätte er sich hinter seinem Schreibtisch verschanzt. Mich überfiel das ungute Gefühl, dass es schwer werden würde, mit ihm auszukommen. Aber es brauchte nicht lange, und er öffnete sein Herz und war freundlich und guter Dinge.

Es kam vor, dass er völlig unverhofft in berstendes Gelächter ausbrach, und dann lief sein rundes, kindliches Gesicht rot an. Wenn er mit einem sprach, überschüttete er einen mit einer Flut von Informationen. Am liebsten war ihm, wenn es in einem Gespräch um Themen ging, bei denen er sich auskannte, denn nichts hasste er mehr, als schweigend zuhören zu müssen. Er liebte es zu reden, und er hatte von unglaublich vielen und völlig unterschiedlichen Dingen Ahnung – von Autos, Möbeln, Ölsorten, Krankheiten, Politikern, Filmen, Städten, Geschichte, Geografie, Astronomie, Jura, Bankwesen, Prostitution.

Alles in allem kam er mir mit seinen fünfunddreißig Jahren wie ein großes, höchst liebenswertes Kind vor. Seine Witze glichen sich öffnenden Blüten, seine Anekdoten verschlungenen Stickereien, aber wehe, es packte ihn der Zorn, und dazu brauchte es nicht viel. Mit Grund oder ohne Grund – die Erde bebte, ein Vulkan brach aus, ein Orkan brüllte und tobte. Traf er auf keinen Widerstand, kam Ruhe über ihn, und er wurde sanft und weich, entschuldigte sich, bot einem eine Zigarette an oder bestellte Kaffee.

Einmal diskutierte er mit einem Kollegen, der stur und gelassen auf seiner Meinung bestand. Um seine Ansicht deutlich zu machen, wollte er auf eine Geschichte aus der islamischen Geschichte zurückgreifen, ein Gebiet, von dem Abd ar-Rachman nicht die geringste Ahnung hatte.

»Das war so«, fing der Kollege an, »ein Beduine kam zu Abd al-Malik Ibn Marwan und sagte …«

Da sprang Abd ar-Rachman mit einem Satz auf und brüllte: »Abd al-Malik Ibn Marwan? Was für ein Abd al-Malik Ibn Marwan? Zitierst einen Esel, du Esel? Verflucht sollst du sein, du und dein Vater und dein Abd al-Malik Ibn Marwan!« Er fiel mit Schlägen über ihn her, und nur mit Mühe konnte der arme Kerl entkommen. Zum Glück hat er den Vorfall nicht gemeldet, und auch der Direktor des Sekretariats, Tantawi Ismail, übersah geflissentlich diesen Verstoß gegen die Dienstvorschriften und gab lediglich den Kommentar ab: »Er ist zwar ein Dummkopf, aber die ehrlichste Haut in diesem Ministerium.«

Ich hatte begriffen, dass hartnäckiger Widerspruch ein gefährliches Risiko und der Disput über ein ihm unbekanntes Gebiet ein waghalsiges Abenteuer waren. Abbas Fauzi schaffte es immer als Erster, ihn mit List und Tücke in eine Falle stolpern zu lassen, und obwohl Abd ar-Rachman ihn verachtete, trat er ihm freundlich und mit dem gebührenden Respekt entgegen.

Sein Vater, ein ehemaliger Kriegsminister, hatte ihn nach dem Abitur nach Frankreich geschickt, damit er dort Medizin studiere. Zehn Jahre verbrachte er in Europa, entweder in Frankreich oder in England, ohne allerdings ein Studium abzuschließen. Er hielt es immer ein bis zwei Jahre aus, versuchte sich auf den verschiedensten Gebieten – Medizin, Naturwissenschaften, Jura, Literatur. Es fehlte ihm einfach an Ausdauer. Als sein Vater starb, kehrte er nach Ägypten zurück; da war er schon dreißig. Er schleppte in seinem Kopf eine wahre Enzyklopädie mit, nur leider völlig ungeordnet und bruchstückhaft. Er sprach fließend Französisch und Englisch und kannte sich bestens bei Frauen, Glücksspielen, Kneipen, Theater, Kinos und Bordellen aus. Sein Vater hatte kein Geld hinterlassen, sodass er gezwungen war, für sich und seine Frau, eine Libanesin, die er in Frankreich geheiratet hatte, den Lebensunterhalt zu verdienen. Glücklicherweise war seine ältere Schwester bereits verheiratet und lebte mit ihrem Mann, einem Botschafter, im Ausland.

Abd ar-Rachman Schaban begann in der französischen Botschaft als Übersetzer zu arbeiten. Nach einem Jahr wurde ihm gekündigt, weil er dem Presseattaché mitten ins Gesicht einen kräftigen Faustschlag versetzt hatte. Er fand eine Stellung im Rundfunk, der damals noch nicht nationalisiert war. Aber auch dort musste er nach einem heftigen Streit mit einem Kollegen gehen. Als Nächstes kam er in der Zeitung *Al-Mukattam* unter, was so lange gut ging, bis er dem Eigentümer eine Beleidigung an den Kopf warf, wofür er fast vor Gericht gekommen wäre. Eines Tages entdeckte er dann in der Zeitung die Notiz, dass man sich für die Aufnahmeprüfung für den Dienst im Ministerium anmelden könne. Er ließ sich eintragen und schaffte die Prüfung.

Er hatte sich einen kostspieligen Lebensstil angewöhnt, für den das Gehalt eines Beamten nicht reichte. Also nutzte er seine Sprachkenntnisse und übersetzte Artikel und Taschenbücher. Er tat sein Möglichstes, um seiner kleinen Familie, er hatte eine Tochter, die er anbetete, einen gewissen Luxus bieten zu können. Darüber hinaus liebte er aber auch die Annehmlichkeiten des Lebens, wollte auf schöne Möbel, gutes Essen, erlesene Weine, kultivierte Freunde und interessante Gespräche nicht verzichten. So lud er des Öfteren in seine Wohnung in der Fuad-al-Awwal-Straße französische und italienische Ehepaare ein, manchmal auch englische. »Europa ist die Seele der Welt, und die Europäer sind die Engel der Schöpfung«, schwärmte er immer, nicht ohne im gleichen Atemzug hinzuzusetzen: »Alle anderen sind wie Vieh.«

Einmal erklärte er: »Manchmal wird mir vor Schreck richtig übel, wenn ich mich im Büro umsehe. Ich komme mir fremd vor, angesichts von dieser Masse von erbärmlichen, ignoranten, unterwürfigen, willfährigen, speichelleckerischen, verheuchelten Beamten. Ach, Vater, warum hast du bloß dein ganzes Geld beim Glücksspiel gelassen?«

Nichts wies darauf hin, dass er Muslim wäre. Das stand zwar in seiner Geburtsurkunde, aber von seiner Religion kannte er nur den Namen »Mohammed«. Ich bemerkte auch nie, dass er sich für irgendwelche Werte sonderlich interessierte, obwohl er mutig, großzügig und auf seine Würde bedacht war. Er rauchte wie ein Verrückter, soff, bis er randalierte, war ein leidenschaftlicher Spieler und gieriger Fresser.

Wir gingen nach Dienstschluss für gewöhnlich gemeinsam bis zu meiner Straßenbahnhaltestelle, weil sie sich direkt vor seinem Haus befand. Er redete pausenlos, sodass mir nichts weiter übrig blieb, als ihm mit den Ohren und Augen zu folgen. Was auch immer er unterwegs entdeckte, er kritisierte es, und alles wurde mit Frankreich und England verglichen.

»Sind das vielleicht Geschäfte? Zellen sind das, in die man Krämer gesperrt hat … Gott, sind die Straßen schmutzig, und das mitten im Zentrum. Irgendwann werden hier die Fliegen nochmal ihre Bürgerrechte einfordern … Wie finden Sie das? Barfüßige Jungen, in der Sulaiman-Pascha-Straße! … Schauen Sie sich das an, ein Karren, ein Kamel, ein Auto, alles beieinander wie in einer Karawane. Und da rufen die Leute ›Unabhängigkeit oder Tod!‹? … Gefällt Ihnen etwa tatsächlich dieser Koranrezitator Ali Machmud? Dieser Blinde, der schrecklich aussieht und wie ein Idiot kräht? Verglichen mit diesem Geschrei ist die Atmosphäre einer katholischen Messe von herrlicher Musik erfüllt … Glauben Sie mir, alle die Politiker, die Sie so sehr bewundern, würden in einer ausländischen Botschaft nicht mal als Anfänger eingestellt werden … Welche Logik gibt Millionen dreckiger Bauern das Recht zu leben? Warum ersetzt man sie nicht durch moderne Maschinen? … Das Beste, was die ägyptische Zivilisation hervorgebracht hat, ist das Haschisch, auch wenn es im Vergleich zu Whisky Mist ist … Sie bewundern tatsächlich diese Schriftsteller? Glauben Sie mir, auf internationalem Niveau sind das alles Analphabeten … Pardon, aber auf alle diese politischen Führer, Literaten und Musiker, die Sie verehren, kann ich nur pissen … Wissen Sie, was die größte Gnade ist, die uns beschert wurde? Der europäische

Kolonialismus. Künftige Generationen werden dieses Ereignis genauso feiern, wie ihr es heutzutage mit dem Geburtstag des Propheten macht … Nichts macht mich wütender als dieses dauernde Gerede von der Gerechtigkeit Omars, der Schlauheit Muawijas und der Tapferkeit Chalids. Omar war ein Bettler, Muawija ein Scharlatan und Chalid ein drittklassiger Schläger und Rüpel … Die ägyptische Frau ist das einzige Wesen, das Achtung verdient. Sie ist eine Löwin. Wäre sie frei, könnte sie das Volk, das es verdient, ausgerottet zu werden, glücklich machen … Wäre es nicht das Beste, wenn die Europäer sich über den ganzen Erdball verbreiten und alle anderen Kreaturen vernichten?«

Es war nicht wirklich Hass, was ihn so sprechen ließ, oder eine begründete Meinung, sondern er steigerte sich einfach in eine Erregung hinein, ein Zustand, der ihm, da er bei all dem Gerede unschuldig lachte, offenbar gefiel. Stieß er zufällig auf jemanden, der sich für Europa übermäßig begeisterte, schwenkte er sofort um und schwärmte enthusiastisch vom Orient. Er widersprach um des Widerspruchs willen. Fand man etwas süß, fand er es bitter, und umgekehrt, Hauptsache, es bot sich ihm die Gelegenheit zu reden.

Tiefe Gefühle zu haben, dafür hielt ich ihn nicht fähig, bis auf eine Ausnahme – die Liebe zu seiner Tochter. Er verehrte sie abgöttisch. Selbst von den albernsten Dingen, die sie angestellt hatte, erzählte er, als wären es Heldentaten, und ihr Geplapper zitierte er, als handele es sich um universale Weisheiten. Er dichtete ihr Meinungen über politische Geschehnisse, selbst Kriege an, nur um zu beweisen, dass sie vom Intellekt her ihrer Altersgruppe um Jahre überlegen war.

Ich hatte immer Angst, dass er irgendwann einmal mit solch starken und bösartigen Persönlichkeiten wie Adli al-Muazin und Scharara an-Nahhal zusammenstoßen könnte. Aber dank seiner Statur, die den Kollegen eine gewisse Ehrfurcht abzwang, behandelten ihn selbst die hohen Beamten mit Respekt. Er hingegen vermied es, wo immer er konnte, einem Vorgesetzten über den Weg zu laufen; offenbar hatte er aus den bedauerlichen Zwischenfällen bei der Botschaft, dem Rundfunk und der Zeitung seine Lehren gezogen. Aber das hielt ihn nicht ab zu erklären: »Verflucht soll der Tag sein, der uns lehrte, Schurken zu achten!«

Ich lud ihn ins Café Fischawi ein, weil ich ihn mit meinen Freunden bekannt machen wollte. Dabei lernte er auch Gafar Chalil, Rida Hamada und Scharawi al-Fahham kennen. Das Café gefiel ihm, und meine Freunde fanden seine Bewunderung. Bei den Trauerfeiern für Scharawi und Gafar weinte er wie ein kleines Kind. Obwohl ich mit ihm befreundet war, blieb ich von seinen Wutausbrüchen nicht verschont. Einmal, als in der Zeitung eine ganze Seite dem Gedenken Salama Higazis gewidmet war, sagte ich freudig erregt zu Abbas Fauzi: »Wussten Sie, dass Verdi gesagt hat, dass er keine Chance gehabt hätte, wenn Salama Higazi in Italien geboren worden wäre?«

Ich hatte kaum zu Ende gesprochen, da warf Abd ar-Rachman das Buch, das er las, in die Ecke und schrie los: »Was soll der Mist? Glauben Sie etwa das Zeug, das diese Schmierfinken schreiben? Wer, bitte schön, ist Salama Higazi? Jeder französische Taxirufer hat eine bessere Stimme als der Kerl. Aber so seid ihr Ägypter, ihr schwimmt in eurem illusionären Gefasel, bis ihr ersäuft. ›Stern des Orients‹, ›Barde der Könige und Fürsten‹, ›Sultanin des Gesangs‹, ›Theaterfürst des Orients‹. O ja, wäre ich kein Ägypter, müsste ich mir wohl wünschen, einer zu sein. Oder ein Esel, warum nicht? Da ist man wenigstens nützlich. Zum Teufel mit euch und eurem Land!«

1950 verheiratete er seine vergötterte Tochter mit einem Beamten von der Ahli-Bank, die Feier fand im ›Auberge‹ statt. Er war glücklich wie nie zuvor, und wir freuten uns mit ihm. Zwei Jahre später, am Morgen des 27. Januars 1952, betrat der Assistent des Ministers unser Büro und sagte: »Herzliches Beileid, Herr Abd ar-Rachman Schaban ist verstorben.«

Entsetzt sprangen wir auf, als hätten wir es zum ersten Mal mit dem Tod zu tun. Am vorigen Tag hatte er hier bei uns gesessen, ich war mit ihm wie immer zur Haltestelle gegangen, obwohl die Straßen mit Demonstranten und Randalierern verstopft waren und es an manchen Stellen brannte. Erst bei der Trauerfeier erfuhren wir, was geschehen war. Er hatte mit englischen Freunden im Taraf-Klub gefeiert, als plötzlich ein paar Hitzköpfe hereinstürmten und wild um sich schossen, bis es nur noch Tote gab.

Das seltsame Leben des Abd ar-Rachman Schaban hatte sich vollendet.

Abd al-Wahhab Ismail

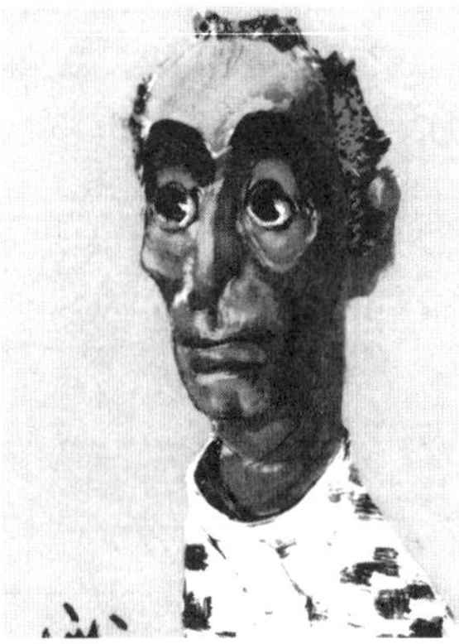

Heutzutage ist er eine Legende, und wie es mit Legenden oft ist, kann man sie auf unterschiedliche Art auslegen. Obwohl er mir immer mit großer Herzlichkeit entgegentrat, empfand ich es als unangenehm, ihn anzusehen. Das Gesicht wurde von den hervorstehenden, düster dreinblickenden Augen geprägt. Ich lernte ihn im Salon von Mahir Abd al-Karim kennen, während des Zweiten Weltkriegs. Er war in den Dreißigern und arbeitete als Arabischlehrer an einer Oberschule. Bisweilen gelang es ihm, Literaturkritiken oder traditionell geschriebene Gedichte zu veröffentlichen. Er hatte an der Azhar-Universität studiert und beherrschte keine Fremdsprache. Wenn er mit Männern wie Ibrahim Akl, Salim Gabr und Zuhair Kamil diskutierte, bewunderte ich nicht nur die Stärke seines logischen Denkens, sondern auch den Mut, völlig unbefangen mit Persönlichkeiten zu diskutieren, die für ihre hohe Kultur und profunden Kenntnisse anderer Sprachen bekannt waren. Er sprach ruhig und höflich, wusste sich immer zu beherrschen. Kein einziges Mal habe ich ihn erregt erlebt, nie wurde er unsachlich, und obwohl er, was die Bildung betraf, den anderen unterlegen war, trat er ihnen selbstbewusst gegenüber. Mich überzeugte er durch seine hohe Intelligenz, seine geschliffene Art zu reden und seine Belesenheit, obwohl er sich nur auf die klassische Literatur und übersetzte Bücher stützen konnte. Ich zweifelte nicht im Geringsten daran, dass er klüger als Ibrahim Akl oder Zuhair Kamil war. Seine Literaturkritiken kamen ohne alberne Witze aus, und im Vergleich mit denen von Kritikern, die ein Pariser oder Londoner Diplom in der Tasche hatten, besaßen sie einen beeindruckenden Tiefgang. Man musste schon sehr genau hinsehen, um einen Unterschied zu entdecken.

Mahir Abd al-Karim, der seine Worte immer gründlich bedachte, sagte über ihn: »Ein höchst begabter junger Mann. Schade, dass er nicht im Ausland studieren konnte.«

Abd al-Wahhab Ismail ließ sich nie auf Streitgespräche über die Religion ein, obwohl er doch generell bemüht war, sich als moderner Zeitzeuge zu präsentieren. Das fing bei seiner Art zu denken an und reichte bis hin zur Kleidung und der Übernahme europäischer Sitten bei Tisch und dem Besuch von Kinos. Trotzdem blieb mir nicht verborgen, dass die Religion einen großen Einfluss auf ihn hatte und er ein zutiefst gläubiger Mensch war. Ich kann mich noch gut daran erinnern, wie er über einen koptischen Autor gesprochen hat. Der junge Mann hatte Abd al-Wahhab Ismail sein gerade veröffentlichtes Buch überreicht, das literaturkritische und soziologische Aufsätze enthielt. Wir saßen im ›Fischawi‹, und Abd al-Wahhab schloss sein Urteil ab mit den Worten: »Er ist intelligent, gebildet, sensibel und in Stil und Denken authentisch.«

Ich kannte den jungen Kopten, mochte ihn, und deshalb fragte ich neugierig: »Und? Werden Sie über das Buch schreiben?«

Er lächelte merkwürdig. »Warten Sies ab, aber Sie werden lange warten müssen.«

»Wieso?«

»Ich baue keinen Autor auf, der morgen unser islamisches Erbe verunglimpft«, entgegnete er entschieden.

Ich ärgerte mich. »Sollten Sie etwa ein Fanatiker sein?«

»Kommen Sie mir nicht mit Klischees, das beeindruckt mich nicht.«

»Ich finde Ihre Haltung sehr bedauerlich.«

»Es hat keinen Sinn, mit einem Wafdisten über das Thema zu reden. Ich kenne die Wafdisten, weil ich selbst einmal dazugehört habe. Ich will Ihnen ehrlich sagen, dass ich Anhängern anderer Religionen zutiefst misstraue.«

Er war tatsächlich früher Wafdist gewesen, aber als Achmed Mahir, dessen größter Bewunderer er war, mit dem Wafd brach, vollzog er den gleichen Schritt. In der Zeit der Saadisten wurde er zum Inspektor befördert, doch sein Traum von einer rosigen Zukunft sollte jäh zerplatzen, als Achmed Mahir bei einem Attentat ums Leben kam. In seiner Trauer machte er den Eindruck, als hätte ihn selbst die Kugel getroffen. »Der größte Sohn der Nation ging uns verloren«, seufzte er tieftraurig.

Wann immer sich die Gelegenheit bot, klagte er über seinen schlechten Gesundheitszustand. Damit entschuldigte er sich auch, wenn er im Ramadan nicht fastete. Was ihm genau fehlte, darüber redete er nicht. Mit Frauen hatte er nichts im Sinn, er blieb Junggeselle. In dieser Hinsicht war er konsequent, was aber seine moralische Sauberkeit und seine Feldzüge gegen Fäulnis und Verdorbenheit betraf, musste ich eines Tages entdecken, dass es damit nicht weit her war. Hätte ich es nicht als Augenzeuge erlebt, hätte ich es nicht geglaubt.

Folgendes geschah. Es gab einen Mann, dem eine Zeitschrift und eine Druckerei gehörten, und der auch selbst schrieb. Als Schriftsteller hielt Abd al-Wahhab nichts von diesem Mann, ja, er verachtete ihn. »Hätte er nicht seine eigene Zeitschrift, würde er nichts veröffentlichen können«, pflegte er zu sagen. Aber zu meinem allergrößten Erstaunen entdeckte ich plötzlich in der Zeitschrift *Ar-Risala* einen Artikel von ihm, in dem er diesen »Literaten« in den höchsten Tönen lobte. Es war mir völlig schleierhaft, wie das sein konnte. Aber nicht lange, und ich erfuhr, dass der Mann ihm angeboten hatte, einen Sammelband mit seinen Aufsätzen im Rahmen einer monatlich erscheinenden Reihe zu drucken. Mehr noch, er wollte ihm ein ungewöhnlich hohes Honorar zahlen; kein anderer Autor hatte je zuvor so viel Geld bekommen. Auf Anhieb musste ich an seine bornierte Haltung gegenüber dem jungen Kopten denken, und nun das. Ich ärgerte mich nicht nur über seinen Opportunismus, sondern zweifelte grundsätzlich an seiner Ehrlichkeit und Aufrichtigkeit. Wir verkehrten zwar noch miteinander, aber im tiefsten Innern verabscheute ich ihn.

Er arbeitete immer noch als Inspektor, schrieb auch weiter. 1950 übernahm der Wafd die Regierung, und da er sich durch den neuen Minister ungerecht behandelt fühlte, quittierte er den Dienst und widmete sich ganz dem Schreiben. Zu jener Zeit war er bekannt dafür, die wafdistische Regierung aufs Heftigste zu attackieren. Er begann über die islamische Religion zu schreiben, aber die Bücher waren nicht sonderlich erfolgreich. Als dann 1952 die Juli-Revolution kam, war er immer noch damit beschäftigt, gegen den Wafd zu hetzen und den Islam zu verteidigen.

Zwei Jahre lang sah ich ihn nicht und wusste nicht, wie es ihm ging. Eines Tages besuchte ich Salim Gabr. Er meinte, dass Abd al-Wahhab Ismails Stern demnächst strahlend leuchten werde. Auf meine erstaunte Frage, was er meine, erwiderte er: »Er gehört jetzt zum inneren Kreis.«

»Als politischer oder religiöser Schriftsteller?«, fragte ich.

»Als Mitglied der Muslimbruderschaft.«

»Er und die Muslimbruderschaft? Aber er ist doch ein fanatischer Saadist!«

Er schmunzelte spöttisch. »Gepriesen sei Er, der alles ändert und sich doch selbst nie ändert.«

Ungefähr ein Jahr später traf ich Abd al-Wahhab Ismail zufällig vor der Anglo-Bar. Wir begrüßten uns herzlich, und da wir den gleichen Weg hatten, gingen wir gemeinsam weiter. Als wir auf die Revolution zu sprechen kamen, bemerkte er ziemlich reserviert: »Eine segensreiche Revolution, nur leider weiß man nicht, worauf das hinausläuft.«

Ich merkte, dass er verbittert war, aber weder wagte ich, nach dem Grund zu fragen, noch war er bereit, von sich aus darüber zu sprechen. Er hatte die für einen Ägypter sehr ungewöhnliche Eigenschaft, über das, was er dachte und fühlte, nicht zu reden.

»Ich habe gehört, dass Sie zur Muslimbruderschaft gehören?«, fragte ich.

»Das wird jedem Muslim unterstellt.«

»Schade, dass Sie keine Kritiken mehr schreiben.«

Er lachte sarkastisch. »Was für ein heidnischer Gedanke aus grauer Vorzeit!«

Als wir uns verabschiedeten, war mir klar, dass wir uns höchstens zufällig wieder begegnen würden.

Bei der ersten Konfrontation der Regierung mit der Muslimbruderschaft wurde er verhaftet und zu zehn Jahren Haft verurteilt. 1956 wurde er bereits entlassen, und ich hielt es für angebracht, ihn privat, er wohnte in der Chairat-Straße, zu besuchen und ihm zu gratulieren. Er hatte sich kaum verändert, nur sein Haar war ergraut, aber das war für einen sieben- oder achtundfünfzig Jahre alten Mann nichts Besonderes. Er war dicker geworden, und überhaupt machte er mir gesundheitlich einen besseren Eindruck als früher. Wir tauschten die üblichen Floskeln aus, und mir fiel auf, dass er noch immer die gleiche beherrschte Art hatte zu reden. Ohne sich mit den Vorreden lange aufzuhalten, kam er auf die aktuellen Probleme zu sprechen, und worum es auch immer ging, er sprach im Brustton der Überzeugung.

»Der Koran hat an die Stelle aller importierten Gesetze zu treten.«

»Die Frau gehört ins Haus. Bildung ja, aber nicht, um zu arbeiten. Für den Fall der Scheidung und des Verlusts des Ernährers hat der Staat eine Rente zu zahlen.«

»Sozialismus, Nationalismus und die europäische Zivilisation sind Übel, die wir ausrotten müssen.«

Als er einen heftigen Angriff auf die Wissenschaft startete, fragte ich schockiert: »Wie, die Wissenschaft auch?«

»So ist es, wir werden da nichts erreichen. Wir liegen zurück, und da können wir uns noch so sehr anstrengen, wir werden immer zurückliegen. Aber wenn wir auch der Welt keine wissenschaftlichen Erleuchtungen bieten, so bringen wir ihr doch die Botschaft des Islam und den Glauben, dass allein Gott Anbetung verdient und nicht das Kapital oder der dialektische Materialismus.«

Ich schaffte es nur mit Mühe, zuzuhören und höflich zu bleiben. Als ich aufstand und gehen wollte, fragte ich: »Was wollen Sie künftig tun?«

»Haben Sie einen Vorschlag?«

»Durchaus, aber ich fürchte, das ist wieder heidnisch. Sie sollten Kritiken schreiben.«

»Ich habe ein Angebot, im Ausland zu arbeiten«, erklärte er gelassen.

»Und? Werden Sie es annehmen?«

»Ich bin noch am Überlegen.«

Ein Jahr später wurde in der Presse von einer neuerlichen Verschwörung der Muslimbruderschaft berichtet. Von Abd al-

Wahhab Ismail hatte ich nichts mehr gehört, ich vermutete ihn im Ausland. Aber dann erzählte mir mein Freund Kadri Rizk, dass er an der Verschwörung teilgenommen hatte. Als er verhaftet werden sollte, leistete er heftigen Widerstand. Ein tödlicher Schuss streckte ihn nieder.

Abda Sulaiman

Wahrscheinlich war sie die erste Frau in unserem Ministerium, aber auf jeden Fall die erste Beamtin im Generalsekretariat. Eingestellt wurde sie während des Zweiten Weltkriegs, und zwar genau in dem Monat, als Abbas Fauzi die Leitung übernommen hatte. Sie war fünfundzwanzig Jahre alt, ein weicher, molliger Typ, dunkel, relativ hübsch und sympathisch. Nach dem Abitur blieb sie zu Hause, aber als ihr Vater starb, sah sie sich gezwungen, eine Arbeit aufzunehmen.

»Legen Sie bitte im Umgang mit Ihrer Kollegin ein angemessenes Verhalten an den Tag«, mahnte Abbas Fauzi.

Als Amm Sakr, der Bote, den Kaffee brachte, flüsterte er mir zu: »Ihre neue Kollegin wohnt in Sajida Zainab.«

»Ja, und?«, fragte ich.

»Da gibts 'ne Menge Studenten, und die Mädchen, die da wohnen, na ja ...«

Er fuchtelte mit der Hand, um seinen Zweifel anzudeuten.

Am Anfang beobachteten wir Abda neugierig, wenn sie morgens im Büro erschien, und auch während der Arbeit schielten wir ab und zu in die Ecke, in der, rechts von Abd ar-Rachman Schaban, ihr Schreibtisch stand. Es dauerte eine Weile, bis Abda für uns zu einer alltäglichen Gewohnheit wurde, die keine Aufregung mehr hervorrief. Aber die Gerüchte über ihr Privatleben in Sajida Zainab rissen nicht ab.

»Ein ehrbares Mädchen würde nicht mit lauter Männern zusammenarbeiten«, tuschelte Amm Sakr.

»Aber sie benimmt sich tadellos und wehrt alle Annäherungsversuche ab, ohne es an die große Glocke zu hängen.«

Er grinste. »Ein hübscher Trick. Einerseits will sie als Beamtin ordentlich dastehen, andererseits hofft sie, dass ihr irgendein gutgläubiger Einfaltspinsel in die Falle geht.«

Nicht lange, und uns fiel auf, dass ein Mitarbeiter aus dem Archiv ungewöhnlich oft ins Sekretariat kam; angeblich wollte er seinen Freund besuchen. Trotz seiner niederen Stellung und dürftigen Ausbildung war er im Ministerium ein bekannter Mann. Nicht nur, dass er sehr gut aussah und sich wie ein feiner Herr zu benehmen wusste, sondern er kam auch aus einer berühmten Familie – den Adils. Er hieß Mohammed al-Adil, war etwas über dreißig Jahre alt, der Neffe von Pascha al-Adil und mit dessen einziger und schwerreichen Tochter verheiratet. Trotz seines geringen Einkommens trug er die teuersten Anzüge und warf mit dem Geld seiner Frau um sich. Er hatte es auf Abda abgesehen und tat sein Möglichstes, um an seine Beute zu kommen. Abbas Fauzi übersah die häufigen Besuche geflissentlich, wusste er doch, dass der Pascha mit dem Staatssekretär befreundet war. Also hielt er, wenn auch widerwillig, den Mund. Der Einzige, der seiner wachsenden Empörung freien Lauf gab, war Abd ar-Rachman Schaban. Eines Tages war es schließlich so weit. Er packte Mohammed al-Adil am Kragen, stieß ihn vor sich her, und als er an der Tür war, schrie er: »Wenn ich dich hier noch einmal sehe, schlage ich dir den Schädel ein!«

Wie immer war Amm Sakr auf dem neuesten Stand. Mohammed al-Adil würde Abda bis nach Sajida Zainab hinterherschleichen, erzählte er mir. Er stelle die verrücktesten Dinge an, um sie kennenzulernen.

Offenbar hatte er bei Abda keinen Erfolg. Da sie ihn im Büro mit eisiger Kälte behandelte, schlossen wir daraus, dass sie nicht im Traum daran dachte, ein Verhältnis mit ihm anzufangen und seine Geliebte zu werden. Das Thema interessierte uns natürlich, und wann immer die Gelegenheit sich bot, tuschelten und flüsterten wir über sie. Abbas Fauzi erklärte: »Der Bursche sieht toll aus, dem kann keine widerstehen.«

»Ein erbärmlicher, ungebildeter Idiot ist das«, lautete Abd ar-Rachmans Urteil.

»Aber eine Frau ist eine Frau, und ein Mann ein Mann«, meinte Abbas Fauzi skeptisch.

»Ist doch klar, dass sie einen Ehemann haben will und keinen Geliebten«, warf ich ein.

»Das wäre vernünftig, aber was hat die Liebe schon mit Vernunft zu tun.«

Die Tage vergingen, und Abda Sulaiman leistete ungebrochen Widerstand. Irgendwann beantragte sie eine Woche Urlaub, was keinen weiter interessierte. Aber dann kam Amm Sakr und erklärte, dass Mohammed al-Adil ebenfalls für eine Woche Urlaub genommen hätte. Nun ging das Gerede erst richtig los, es kamen die verschiedensten Vermutungen auf. Die Woche war um, und Abda erschien wieder zur Arbeit. Irgendwie kam sie uns verändert vor, sie machte einen bedrückten Eindruck. Es war, als hätte ihre Seele Schaden genommen. Wir warteten darauf, dass sie etwas sagte, aber sie setzte sich schweigend an ihren Schreibtisch und stürzte sich in die Arbeit. Sie bot ein Bild des Jammers, gerade so, als kehrte sie von einem Besuch auf dem Friedhof zurück.

Abd ar-Rachman Schaban beugte sich zu ihr hinüber und fragte behutsam: »Was ist los, Mademoiselle?«

Die mitleidige Frage reichte, um sie in Tränen ausbrechen zu lassen. Alle schauten auf, und Abbas Fauzi ging zu ihr und fragte: »Was ist passiert? Wir sind Kollegen, und da ist jeder für den anderen da.«

»Nichts, es ist nichts.«

»Sie müssen nicht reden, wenn Sie nicht wollen.«

»Es kommt ja doch alles heraus«, schluchzte sie verzweifelt.

»Gut, dann können Sie auch reden. Warum sind Sie so bedrückt?«

Sie zögerte kurz, dann stammelte sie: »Ich habe eine Woche Urlaub genommen, weil ich geheiratet habe.«

»Aber das ist doch kein Grund, traurig zu sein?«

»Ich habe Mohammed al-Adil geheiratet.«

»Mohammed al-Adil!?«

»Ja.«

»Heimlich?«

»Er hat gesagt, dass er sonst seine Zukunft aufs Spiel setzt, und dass er erledigt wäre, wenn seine Frau und sein Onkel davon erfahren.«

»Wie konnten Sie das bloß tun?«, fragte Abbas Fauzi.

»Waren Sie es nicht, der dauernd über die Liebe geredet hat?«, gab Abd ar-Rachman wütend zurück.

Abbas Fauzi ließ sich nicht darauf ein. »Und was war noch?«

»Wir sind nach Alexandria gefahren.«

»Und dann?«

Sie schluchzte los, versuchte sich in den Griff zu kriegen. »Gestern hat er sich von mir geschieden.«

»Geschieden?«

»Ja.«

»Warum?«

»Er hat gesagt, dass alles herauskommt, wenn wir weiter zusammen sind, und dass er dann zugrunde gerichtet ist.«

Amm Sakr beugte sich zu mir herunter und flüsterte: »Eine ganz neue Methode, um zu bekommen, was man will.«

Sie tat uns allen leid, trotzdem musste sie sich unsere Vorwürfe anhören. Etliche waren bereit, ihr dabei zu helfen, vor Gericht zu gehen. Das Drama sprach sich herum, und nicht lange, und der Pascha und die Ehefrau erfuhren die ganze Geschichte. Der Staatssekretär ließ, auf Geheiß des Paschas, Abda antreten. Er beschuldigte sie, den armen Jungen verführt zu haben und forderte sie auf, die Klage zurückzuziehen. Dann würde ihr auch nichts geschehen. Nun war es aber so, dass sie, sie hatte sich uns anvertraut, schwanger war, und das komplizierte die Angelegenheit außerordentlich.

Sie bekam das Kind, es war ein Mädchen. Mohammed al-Adil musste Alimente zahlen, das Geld wurde von seinem Gehalt abgezogen. Wie es uns schien, war er immer noch hinter ihr her, und sie liebte ihn. Nicht lange, und sie nahmen ihr Verhältnis wieder auf, dieses Mal aber ungesetzlich und in aller Heimlichkeit. Nicht einmal wir wussten davon. Eines schönen Tages wurden Abda und Mohammed zum Staatssekretär bestellt. In Anwesenheit des Paschas drohte er ihnen, beide in die Provinz zu versetzen, falls sie ihr »sündhaftes« Treiben nicht auf der Stelle beendeten. Es ging laut zu, sodass Amm Sakr keine Mühe hatte, den neusten Stand der Dinge mit der ihm eigenen Häme herumzuerzählen. Abd ar-Rachman Schaban reichte es schließlich, und er erinnerte ihn daran, dass er doch selbst eine Tochter verloren hatte. Amm Sakr verschwand beleidigt.

Irgendwann wurde Mohammed al-Adil ins Landwirtschaftsministerium versetzt. Abda heiratete einen Makler, der zwar bereit war, ihre Tochter in seinem Haus aufwachsen zu lassen, aber die Bedingung stellte, dass Abda die Kündigung einreichte. Das tat sie auch.

Die Geschichte hatte sich während des ersten Palästina-Kriegs, also 1948 abgespielt. Es sollten zwanzig Jahre vergehen, bis ich Abda zufällig auf dem Tachrir-Platz begegnete. Wir begrüßten uns herzlich und gingen zusammen ein Stück weiter. Sie war so um die fünfzig Jahre alt und sehr dick. Ich erzählte ihr von Abbas Fauzi, von Abd ar-Rachman Schabans schrecklichem Ende, was sie sehr berührte, und von Amm Sakrs unglücklichem Schicksal. Auf meine Frage, wie es ihr ginge, erfuhr ich, dass ihr Mann vor zwei Jahren gestorben war. Sie hatte ihm drei Söhne geboren, die nun schon alle studierten – Medizin, Landwirtschaft, Ökonomie. Ihre Tochter hatte einen Offizier geheiratet.

»Möchten Sie gern wissen, was aus ihrem Vater geworden ist?«, fragte sie mich.

Ich nickte heftig. Mohammed al-Adil hatte ich völlig vergessen.

»Ein Jahr nach dem Gesetz über die Landwirtschaftsreform ist der Pascha gestorben. Mit dem Geld, das er hinterließ, konnte seine Tochter gerade mal die Kinder aufziehen, also bekam Mohammed nichts mehr von ihr. Um seinen aufwändigen Lebensstil zu finanzieren, unterschlug er Geld. Als es herauskam, flog er aus dem Ministerium. Jetzt lebt er wie ein Landstreicher, in Alexandria. Sein Geld verdient er sich damit, Taxis herbeizurufen.«

Als wir uns verabschiedeten, fragte sie: »Was meinen Sie, wird es Krieg geben?«

Ich hob die Hände, eine hilflose Geste, denn eine Antwort wusste ich nicht.

Aglan Sabit

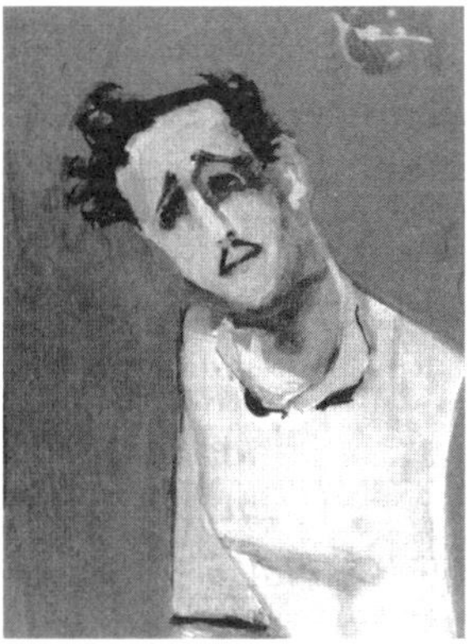

Für ein und ein halbes Jahr war er unser Kommilitone gewesen. Angeblich sollte er einen Tarbusch gestohlen haben, und deshalb wurde er relegiert. Adli al-Muazin erzählte mir damals, dass er mit seiner alten Mutter von einer spärlichen Rente lebte.

»Von uns kann ihm keiner helfen«, sagte ich bedauernd. »Dabei war er wirklich gut, er hätte das Studium ohne Mühe erfolgreich abschließen können.«

»Aber er wusste sich nicht zu benehmen. Erinnern Sie sich nicht mehr an die heftigen Diskussionen mit Ibrahim Akl?«

»Meiner Meinung nach ist er wesentlich intelligenter als Ibrahim Akl«, entgegnete ich. Während des Studiums hatte ich Aglans Klugheit und Fleiß schätzen gelernt. Er las unglaublich viel, und für das Erlernen von Fremdsprachen besaß er großes Talent. Ich kann mich noch gut daran erinnern, dass er bereits in diesem jugendlichen Alter Gedichte von Shelley übersetzte, die in der Zeitschrift *Al-Maarifa* veröffentlicht wurden.

Einmal geriet ich mit ihm in eine anregende Diskussion.

»Achte keinen Studenten, der sich nicht für Politik interessiert«, hatte er erklärt. »Und achte keinen, der sich zwar für Politik interessiert, aber kein Wafdist ist. Und achte keinen Wafdisten, der nicht arm ist.«

»Wieso? Saad Zaghlul war nicht arm«, entgegnete ich.

»Aber Mustafa an-Nahhas ist arm.«

»Willst du sagen, dass Mustafa an-Nahhas besser als Saad Zaghlul ist?«

»Saad Zaghlul war ein Genie, aber Mustafa an-Nahhas ist bei allem, was er will und tut, ohne Fehl und Tadel.«

Nachdem er die Universität hatte verlassen müssen, fand er keine Arbeit. Ohne Beziehungen war es schwer, eine Stellung zu bekommen. Ein Mitglied des Wafd brachte ihn schließlich bei einer Zeitung unter, als schlecht bezahlter Übersetzer.

Für zehn Jahre trennten sich unsere Wege. Eines Abends trafen wir uns zufällig im ›Fischawi‹, wir freuten uns sehr über dieses Wiedersehen. Auf meine Frage, wie es ihm gehe, erwiderte er: »Ich arbeite noch immer als miserabel bezahlter Übersetzer.« Er lachte, offenbar war er bester Laune. »Ich bin verheiratet.«

»Was? Das hast du dich getraut?«

»Die Liebe ist schuld, verdammt nochmal.«

Er lud mich in seine Wohnung im Chan-al-Chalili-Viertel ein. Als ich ihn besuchte, stellte er mich seiner Frau vor. Sie sah gut aus, war relativ gebildet und gab sich ihrer Liebe mit Herz und Seele hin, besaß allerdings auch einen eisernen Willen, ihr armseliges Leben zu meistern.

Wir unterhielten uns über den Krieg und die Politik. Als er mir erklärte, kein Wafdist mehr zu sein, sah ich ihn überrascht an. Er sei jetzt Kommunist, denn der Kommunismus wäre die einzige Lösung für die Probleme der Welt. Er lachte. »Also auch meiner Probleme …«

Seine Frau stimmte in sein Lachen ein. »Und das ist das Wichtigste.«

Er begann, mich von der Wissenschaftlichkeit des Kommunismus überzeugen zu wollen, aber insgeheim hatte ich das Gefühl, dass es sich bei ihm weniger um Wissenschaft als um Glauben handelte.

Nach dem Krieg wurde er auf Anordnung des Innenministeriums bei der Zeitung entlassen. Seit dem Rücktritt der Wafd-Regierung hatten reaktionäre Kräfte die Macht übernommen. Aglans Situation spitzte sich zu, und da er für seine ohnehin schon bescheidene Wohnung die Miete nicht länger zahlen konnte, drohte ihm der Rauswurf. Ich besuchte ihn hin und wieder und steckte ihm manchmal ein wenig Geld zu. Nach einiger Zeit stellte ich fest, dass in seiner Wohnung seltsame Dinge vorgingen. Es trafen sich lauter Neureiche bei ihm, und inmitten der Haschisch rauchenden Männer saß seine Frau und spielte die Empfangsdame. Um Unannehmlichkeiten zu vermeiden, zog ich es vor, meinen Umgang mit Aglan auf das Café zu beschränken. Er kam mir verändert vor, denn immer stärker trat ein Hang zum Frivolen, Leichtfertigen, Schamlosen hervor. Aber seine Überzeugung wurde davon nicht erschüttert, sie blieb rein und hehr; ein Juwel, das im Moder begraben liegt, behält ja auch seinen Wert.

1950 wurde er bei der Zeitung wieder eingestellt, aber das änderte nichts an der Art, wie er lebte. Einerseits lag das an dem geringen Verdienst, andererseits hatte er sein Selbstbewusstsein verloren. Einmal begegnete ich durch Zufall seiner Frau, ich war entsetzt. Sie stellte ihre körperlichen Reize dermaßen zur Schau, dass sie mich an eine professionelle Hure erinnerte. Aglan tat mir leid, und offenbar merkte er es mir an, denn völlig unverhofft sagte er zu mir: »Was auch immer mit uns geschieht, es steckt immer etwas Gottgegebenes in uns, das Wunder vollbringen kann.«

Nach der Juli-Revolution von 1952 hatten ihm Freunde eine

gut bezahlte Stellung besorgt, und mit der Zeit ging es ihm besser. Er wechselte die Wohnung und zog an den Giza-Platz, ein Zeichen dafür, dass er fortan ein geachtetes Leben führen wollte. Aber als er wegen seiner politischen Aktivitäten für mehrere Jahre eingesperrt wurde, sah sich seine Frau gezwungen, sich von einem Kunden, der schon in der alten Wohnung verkehrt hatte, aushalten zu lassen. Müde und verbittert kam Aglan Sabit aus dem Haftlager zurück. Er fand zwar Arbeit und Lohn, aber seine Frau konnte er nicht mehr retten.

»Es ist das Opium«, sagte er, »sie ist süchtig.« Er schüttelte traurig den Kopf. »Ich liebe sie und werde sie immer lieben. Nur leider ist sie nicht mehr in der Lage, Liebe zu geben.« Und wütend fügte er hinzu: »Ich habe immer gegen Korruption und Fäulnis gekämpft, und deshalb fürchte ich mich nicht davor, öffentlich diffamiert zu werden.«

Seine Ehe war ihm heilig, er tat alles für seine Frau. Er sorgte hingebungsvoll und mit großer Toleranz für sie; nie hätte er sich erlaubt, sie für ihr Verhalten zur Rechenschaft zu ziehen, ob sie sich ihm zuwendete oder nicht, ob sie sich ordentlich benahm oder über die Stränge schlug. Er alterte vorzeitig, und von den Freuden des Lebens blieben ihm nichts als die Arbeit, gelegentliche Gespräche mit Freunden und die unendliche Großmut gegenüber seiner Frau. Trotz aller misslichen Umstände erreichte er genau in dieser Zeit den Höhepunkt seiner Schaffenskraft. Er hatte eine Reife erlangt, die seinen politischen und gesellschaftlichen Artikeln ungewöhnliche Tiefe und Eleganz verlieh. Sein Buch *Das fortschrittliche arabische Denken* gehört für mich zu den interessantesten, packendsten und optimistischsten Büchern der Gegenwart. Wie ich auch seine einfache Art, die Widersprüche in seinem persönlichen Leben, die körperlichen Strapazen, die Schärfe und Klarheit seines Verstands vorbildlich für ein Jahrhundert finde, das aus den Fugen geraten ist und zwischen Zerstörung und Aufbau, Auflösung und Zusammenschluss, Verzweiflung und Hoffnung taumelt.

Es hat mich außerordentlich geschmerzt, dass Mahir Abd al-Karim nicht bereit war, ihn in seinem Salon zu empfangen. »Ach, der …«, sagte er lediglich, als ich ihn darum bat, und sein Lächeln sollte wohl andeuten, dass sein erlesener Geschmack allein schon bei dem Gedanken litt. Und wer hatte Aglan Sabit schlechtgemacht? Gad Abu al-Ala, diese Unperson, die in Wirklichkeit überhaupt nicht existierte.

Adli Barakat

Sein Name beschwört alte Bilder herauf, wie das frühere Abbasija mit seinen Feldern und der großen Stille. Wenn er aus der Kutsche stieg, die ihn von Ost-Abbasija zur Schule brachte, tat er das, trotz seines zarten Alters, mit der Würde eines Thronfolgers. Er schritt an uns vorbei, ohne auch nur einen Blick auf uns zu werfen. Er blieb immer für sich allein und freundete sich mit niemandem an. Wir machten uns über ihn lustig, aber hinter dem Spott verbargen sich Bewunderung und Neid. Die Familie Barakat gehörte zur Aristokratie Ost-Abbasijas, und wie die Familie al-Katib lebte auch sie in einem Palast. Adlis Mutter, eine Türkin, war gestorben, als er, der jüngere von zwei Söhnen, zwölf Jahre alt war. Sein Vater, der übrigens als Bauer sein Vermögen gemacht hatte, heiratete ein Jahr nach dem Tod von Adlis Mutter eine Ägypterin. Ließ der Verlust der Mutter Adli melancholisch werden, brachte ihn die Tatsache, dass eine andere Frau ihren Platz einnahm, fürs ganze Leben aus dem Gleichgewicht. Das Ausmaß seiner Traurigkeit war zwar vorstellbar, aber nicht genau zu ergründen, und zwar allein deshalb nicht, weil Adli auf seine Mutter nie zu sprechen kam. Er erlaubte es niemandem, ihn nach seiner frühen Kindheit zu fragen oder darüber zu reden. Selbst als es mit ihm bergab ging und er alles und jeden mit Hohn und Spott überschüttete, verstand es sich von selbst, dass seine Mutter ein heiliges Geheimnis war, an das keiner rühren durfte. Wir unterließen jegliche Anspielung, und selbst der Gedanke, doch einmal auf seine Mutter zu sprechen kommen, erschien uns abwegig.

Als Kinder sahen wir ihn natürlich in der Schule, manchmal auch in dem Park, der zum Palast gehörte, aber er machte keine Anstalten, uns kennenzulernen. Einmal, wir kamen gerade vom Fußball spielen aus der Wüste zurück, stand er vor dem Tor. Chalil Zaki beschloss, ihn ein wenig zu ärgern. Er stellte sich vor ihn hin, grinste breit und fragte: »He, weißt du, wo der Laden von Amm Falkus ist, der gekochte Saubohnen verkauft?«

Adli rannte weg. Wir gaben uns Mühe, nicht laut loszulachen, und natürlich schimpften wir mit Chalil, auch wenn wir eine diebische Freude verspürten.

»Ich würd ihm liebend gerne den Hals umdrehen«, sagte Chalil oft.

Adli und wir begannen im gleichen Jahr zu studieren, wie Rida Hamada hatte auch er sich für Jura entschieden. Als wir uns zufällig bei einem Fußballspiel zwischen dem Ahli-Klub und der Muchtalit-Mannschaft begegneten, stellte Rida mich ihm vor. »Da kommen wir aus einem Viertel«, sagte ich, »und lernen uns erst jetzt kennen.«

»So ist es«, lautete seine knappe Antwort.

Ich nutzte die Gelegenheit und schaute ihn mir genauer an. Trotz aller Eleganz und allen hoheitsvollen Gehabes besaß er mit seinem Vater, dem Bauern, eine fatale Ähnlichkeit. Von seiner Mutter hatte er nichts geerbt, das ihm zugute kam. Ich begriff auf Anhieb, dass er ein schwieriger Typ war und es bei ihm einen besonderen Einstieg brauchte, um sein Vertrauen zu erlangen und sich mit ihm anzufreunden. Er schaute auf alles verächtlich herab, und sein Lieblingswort war »komisch«. Was auch immer geschah, wer auch immer redete, worum es auch immer ging – er fand es »komisch«. Der Professor für Zivilrecht war ein »komischer Doktor«, Mustafa an-Nahhas ein »komischer Führer«, der Boykott des Wafd eine »komische Erklärung«, und die Grundsätze des Islams waren »komische Vorschriften«.

»Gibt es irgendetwas, das du respektierst?«, fragte ich ihn einmal.

»Gut aussehende Schurken«, erwiderte er und lachte breit. »Ismail Sidki soll in seiner Jugend so einer gewesen sein.«

»Aber deinen Vater wirst du doch wohl respektieren?«

Ohne zu zögern, spuckte er aus. »Verflucht soll er und alles Ungeziefer sein.«

Irgendwann kam ich mit einem Mann ins Gespräch, der in Adlis Nachbarschaft wohnte. Von ihm erfuhr ich mehr über das merkwürdige Verhältnis von Vater und Sohn. Adli hasste seinen Vater schon seit langer Zeit und zeigte es ihm auch ganz offen. Der Pascha ging darüber hinweg und überließ es Gott, darüber zu urteilen. Als ich den Mann nach dem Grund fragte, sagte er: »So genau weiß das niemand. Adli spricht ja nicht darüber. Aber vermutlich geht dieser Hass auf jenen Tag zurück, an dem der Vater nach dem Tod der Mutter eine andere Frau heiratete.«

Als wir enger befreundet waren, fragte ich Adli ganz direkt, warum er seinen Vater verachtete, ja hasste.

Er sah mich kalt an und erwiderte barsch: »Reicht es nicht, dass er mir sein Gesicht und seine Figur vererbt hat?«

»Aber wieso? Du siehst doch gut aus, wie ein schöner Bauer.«

»Wenn du noch einmal versuchst, mir zu schmeicheln, werde ich dich mehr hassen als meinen Vater.«

Um aus der Reichweite seines Vaters zu kommen und ihn

nicht mehr sehen zu müssen, hatte er sich in einem leer stehenden Haus im Park einquartiert, das normalerweise als Gästehaus diente. Auf diese Weise begegneten sich die beiden einen Monat oder zwei Monate lang nicht.

An der Jura-Fakultät lernte er einige Kommilitonen kennen, die für ihren schlechten Lebenswandel bekannt waren, und freundete sich mit ihnen an. Er schottete sich nicht mehr ab, sondern ging mit ihnen aus und lernte Vergnügungslokale und das Café Fischawi kennen. Er lud sie auch in sein Gartenhaus ein, das sich in kürzester Zeit in eine Kneipe und Haschischhöhle verwandelte. Zweifelsohne bemerkte der Vater, was dort vor sich ging, aber um des lieben Friedens willen schritt er nicht dagegen ein.

Einmal sagte Adli zu mir: »Hast du Lumpen als Freunde, lernst du dank ihrer dich selbst kennen.«

Damals verstand ich nicht genau, was er meinte, aber später ahnte ich zumindest, was mit ihm los war. Ich fand nämlich heraus, dass er sich zwar gerne mit hübschen Frauen schmückte, aber mit keiner von ihnen ein Verhältnis einging. Für intime Beziehungen zog er Huren vor, und zwar solche, die besonders hässlich waren.

Nach vier gescheiterten Versuchen konnte er 1938 endlich das Studium beenden. Sein Vater versuchte, ihn bei der Staatsanwaltschaft unterzubringen, aber wer dort angestellt werden wollte, wurde überprüft. Bei dieser Gelegenheit entdeckte man die Haschischhöhle im Garten. Adlis Antrag wurde abgelehnt und der Vater darüber informiert. Als der Vater ihm Vorhaltungen machte, bekam er als einzige Antwort zu hören: »Staatsanwaltschaft, pah! Komische Arbeit.«

Da reichte es dem Vater, und er brüllte los. Erst als Adlis Bruder die beiden Kampfhähne trennte, kehrte wieder Ruhe ein. Man kam überein, dass der Vater Adli im Gästehaus eine

Kanzlei einrichten würde, allerdings stellte er die Bedingung, dass Adli dort keine privaten Feiern abhielt. Ein Raum sollte als Büro dienen, der andere als Bibliothek und Archiv. Am Eingang wurde ein Schild angebracht, auf dem der Name des jungen Anwalts stand.

Das Versprechen, im Gästehaus auf private Feiern zu verzichten, hielt er nur wenige Tage ein. Die Freunde kehrten zurück, und die Haschischpfeife machte wieder die Runde. Adli war süchtig geworden. Aber es kam noch schlimmer. Unter dem Vorwand, es handle sich um Mandantinnen, brachten seine Freunde Prostituierte mit. Die Haschischhöhle war nun auch zum Bordell geworden.

Eines Nachts war eine der Frauen so betrunken, dass sie sich ihre Kleider vom Leib riss und draußen im Mondschein nackt tanzte. Damit war der Punkt erreicht, an dem der Pascha sich nicht mehr beherrschen konnte. Er fiel über seinen Sohn mit den schlimmsten Beschimpfungen und Flüchen her, worauf der Sohn ihm alles doppelt wiedergab. Der Vater schlug ihm ins Gesicht, der Sohn holte aus. Doch da brüllte schon der Vater, dass er das Haus zu verlassen habe und er ihm nie mehr unter die Augen treten solle.

Adli verließ den Palast; außer seiner Kleidung nahm er nichts mit. Er übernachtete abwechselnd bei Freunden und überlegte mit ihnen, wie es in Zukunft weitergehen solle. Auf den Vorschlag, sich zunächst irgendeine Stellung in einem Büro zu besorgen, erwiderte er: »Dann gehe ich lieber betteln.«

Rida Hamada schlug vor, er solle eine neue Kanzlei eröffnen, aber auch da winkte er ab. »Ich habe viel zu viel von der Juristerei vergessen, und nochmals alles aufzuarbeiten, dafür fehlt mir im Augenblick der Sinn.«

»Kannst ja bei mir, in meinem Büro, etwas tun«, bot Rida an.

Für Adli hörte sich das nach einer Stellung als Schreibkraft an, empört schrie er: »Ich spucke auf dich und auf deinen Erzeuger!«

Er zog es vor, herumzubummeln und sich in Erwartung des baldigen Tods seines Vaters, der die siebzig überschritten hatte, mal hier, mal dort Geld zu borgen. Er ernährte sich von Sandwiches, und wenn ihm der Magen knurrte, knabberte er Erdnüsse. Am Abend zog er von einer Haschischhöhle zur nächsten, und wenn es irgend ging, ließ er sich aushalten. Den Rest der Nacht verbrachte er bei einem Freund, oder er schlief in einer Nische im Café Fischawi. Mit seiner Gesundheit ging es bergab, und in seiner zerlumpten Kleidung sah er wie ein Landstreicher aus. Aber das tat seiner Arroganz keinen Abbruch, im Gegenteil, sein Dünkel bekam etwas Unverschämtes.

Einmal, als wir alle im Café Fischawi saßen, lachte er plötzlich los. Er lachte und lachte und bekam kaum noch Luft. Auf meine Frage, was denn so lustig sei, erwiderte er keuchend: »Stellt euch vor, ich würde vor diesem Hund sterben!«

Ich schmunzelte. »Gut möglich, genauso wird es sein.«

Nachdem er mich kräftig verflucht hatte, erklärte er: »Wenn Gott ihn zu sich ruft, werde ich fromm.« Wieder lachte er. »Solange ich eine Haschischpfeife bekomme, habe ich keinen Grund zu klagen.«

Es muss 1947 oder 1948 gewesen sein, als plötzlich im Café Fischawi ein Bote auftauchte. Adlis Bruder ließ ihm ausrichten, dass der Vater gestorben sei und er in den Palast kommen solle. Berauscht, wie er war, begriff er im ersten Moment überhaupt nicht, worum es ging. Aber dann traf ihn die Nachricht wie ein Blitz, und er wachte auf. Schwankend erhob er sich und starrte, als blicke er in eine große, weite Leere, auf die Arabesken an der Wand. Nach einer Weile verließ er, ohne ein Wort zu sagen, das Café.

Sein Bruder, der als Richter arbeitete, wartete schon auf ihn. Bedrückt sagte er: »Was geschehen ist, ist geschehen. In diesem weihevollen Augenblick muss aller Hass vergessen sein.«

Er brachte Adli an die Tür des Schlafzimmers, in dem der Leichnam aufgebahrt lag. »Geh hinein, und verabschiede dich von deinem Vater, auf dass Gott sich seiner, wie auch deiner und unser aller, gnädig erweise.«

Adli schlich in das Zimmer und stellte sich ans Kopfende des Betts. Er zog das Tuch, das den Toten bedeckte, ein Stück hinunter, bis das wächserne Gesicht zum Vorschein kam. Er schaute es eine Weile an, dann murmelte er: »Zur Hölle mit dir, du Mistkerl.«

»Unmöglich! Unglaublich!«, riefen die Trauergäste entsetzt.

Adli sah sich verächtlich um, dann knurrte er: »Am liebsten würde ich seine Leiche zerstückeln.«

Als er uns diese Szene schilderte, glaubten es ihm die meisten nicht. Einige hielten ihn aber durchaus für fähig, das und vielleicht noch Schlimmeres getan zu haben. Wie auch immer, jedenfalls lachte ihm das Glück wieder zu, nachdem es ihm so lange eine finstere Miene gezeigt hatte. Der Pascha hinterließ ein beträchtliches Vermögen – Grundbesitz, Immobilien, Geld. Adlis Anteil bestand aus zwei Gebäuden, deren Mieteinnahmen im Monat tausend Pfund betrugen, und außerdem hatte er noch vierzigtausend Pfund geerbt.

Von den Freunden waren viele der Meinung, dass seine Vagabundenzeit ihn gelehrt haben würde, auf jeden Millim zu achten. In diese Richtung gingen auch die Ratschläge, die er sich nach der Trauerfeier anhören musste.

»Zum Glück stellst du keine großen Ansprüche, da kannst du den Rest deines Lebens wie ein König verbringen.«

»Nimm dir eine schöne Wohnung, und geh zu einem guten Arzt. Dank dem Herrgott, dass du wenigstens dem Glücksspiel nicht verfallen bist. Auf Essen legst du keinen sonderlichen Wert, was Frauen betrifft, bist du nicht anspruchsvoll und wegen Haschisch hat sich noch keiner ruiniert. Also kann dir dein Erbe nur Segen bringen.«

Adli hörte sich das ein Weilchen an, dann schrie er: »Hört auf, mir Ratschläge zu geben, ihr verfluchten Hunde!«

Er hasste Ratschläge, weil er sie als herablassend und verächtlich empfand. Aber andererseits merkten wir ihm doch an, wie glücklich er angesichts der veränderten Lage war.

Er nahm sich ein Zimmer im Semiramis-Hotel und blieb dort, bis er sein neues Leben geordnet hatte. Er ging mit einer Energie daran, dass wir nur staunen konnten. Er mietete sich eine Wohnung am Nil, die im Monat fünfzig Pfund kostete, und richtete sie prächtig ein. Als wir, die eher bescheiden lebten, hörten, dass allein die Möbel zwanzigtausend Pfund gekostet hatten, bekamen wir vor Staunen den Mund nicht mehr zu. Am merkwürdigsten fanden wir ein Zimmer, das im orientalischen Stil eingerichtet war, aber eine amerikanische Bar hatte. Dort befanden sich auch die unterschiedlichsten Gerätschaften fürs Haschischrauchen, die alle vergoldet und versilbert waren. Er kaufte sich einen Cadillac und neue Kleidung; alles in allem hatte er dafür dreißigtausend Pfund ausgegeben. Seine Freunde entschuldigten das damit, dass Adli so lange gedarbt habe, und außerdem koste jeder Neuanfang das Zigfache von dem, was man im alltäglichen Leben brauche.

Das Orientzimmer erlebte rauschende Nächte. Es kamen nicht nur Freunde, sondern auch Schmarotzer, Tänzerinnen aus den Nachtklubs und einige wenige Künstler und Künstlerinnen. Der Wein floss in Strömen, blaue Rauchschwaden hingen in der Luft, und das Essen wurde vom Automobil-Klub geliefert. Adli stolzierte in silbernen Gewändern einher, umgeben von einer Aura der Erhabenheit und Größe.

Nicht lange, und die noch verbliebenen zehntausend Pfund hatten sich verflüchtigt. Es blieben ihm nur noch die Einnahmen von den zwei Häusern. Die Optimisten unter seinen Freunden glaubten, dass nun die Zeit der Disziplin kommen und sein Leben wieder in geregelten Bahnen verlaufen würde. Aber er hatte sich an das verschwenderische Leben gewöhnt, wie der menschgewordene Geist aus *Tausendundeiner Nacht* sozusagen. Eigenartigerweise verhielt er sich gegenüber den Tänzerinnen aus den Nachtklubs ausgesprochen großzügig, aber seine sexuellen Bedürfnisse befriedigte er bei anspruchslosen Huren und bei einem Mädchen vom Land, das im Café Fischawi Erdnüsse verkaufte. Vielleicht war das der Grund, warum sein Leben so unausgeglichen war. Jedenfalls sah er sich nach kurzer Zeit gezwungen, eins der Häuser zu verkaufen, und obwohl ihn seine Freunde bereits da auf ihn eingeredet hatten, es nicht zu tun, verkaufte er auch noch das zweite Haus. Er machte den Eindruck eines glücklichen Wahnsinnigen, der das Wort Vorsicht nicht kannte und sich weder um die Gegenwart noch um die Zukunft scherte. 1950 war es dann so weit. Er zog aus seiner Wohnung aus und quartierte sich wieder im Hotel Semiramis ein. Wenig später verkaufte er das Auto. Damit waren die Weichen für sein weiteres Leben gestellt.

Rida und mich beschäftigte das sehr; ich kann mich noch gut an ein Gespräch erinnern, das ich mit ihm führte. Auf meine Frage, ob er vielleicht tatsächlich verrückt sei, meinte Rida: »Kein Zweifel, ein gewisser Wahnsinn steckt in ihm.«

»Er denkt überhaupt nicht an die Zukunft.«

»Weil ihn der Augenblick völlig aufsaugt.«

»Angesichts der Probleme, die uns belasten, beneide ich ihn fast.«

Rida lachte. »Entweder nimmt man das Leben ernst, oder man geht zum Teufel.«

Als das Geld bis auf den letzten Millim ausgegeben war, zog Adli aus dem Hotel aus und nahm sein altes Leben wieder auf. Der einzige Unterschied zu früher war, dass er nicht mehr darauf hoffen konnte, eines Tages ein Erbe anzutreten. Aber offenbar hatte er sich Gedanken gemacht und war zu einem Entschluss gekommen. Eines Tags trank er zwei Flaschen Whisky, stopfte knapp vierzig Gramm Haschisch in sich hinein und irrte ziellos durch die Straßen. Am nächsten Morgen fand man am Ufer des Nils seinen Leichnam.

Azmi Schakir

Ich lernte ihn 1960 im Salon von Mahir Abd al-Karim kennen. Als wir einander vorgestellt wurden, fiel mir im gleichen Augenblick ein, dass wir uns schon einmal, nämlich bei Abbas Fauzi, begegnet waren. Es musste vor langer Zeit, wohl noch während des Zweiten Weltkriegs, gewesen sein. Ich erinnerte Azmi Schakir daran.

»O ja, richtig«, erwiderte er. »Ich habe Abbas Fauzi schon seit Langem nicht mehr gesehen. Wenn wir schon von ihm sprechen, dürfte ich Sie etwas fragen? Wie erklären Sie es sich, dass er jetzt religiöse Bücher schreibt? Ist er wirklich gläubig?«

Ich hielt es für besser, vorsichtig zu bleiben. »Sie wissen ja, er war schon immer am Erbe interessiert.« Azmi Schakir war ein Mann in den Vierzigern, und seine offene, kluge Art zu reden, machte ihn mir sehr sympathisch. Ich hatte von Anfang an das Gefühl, dass er über alles ernsthaft nachdachte und immer versuchte, einen Weg zu finden, der Hoffnung versprach. Er war Historiker und hatte in Frankreich promoviert. Seine Frau trug ebenfalls den Doktortitel, sie war Naturwissenschaftlerin.

Ich erkundigte mich bei Salim Gabr nach ihm, der ihn noch von früher kannte.

»Als Student war er Wafdist«, erklärte er mir. »Er hat sich von Anfang an für soziale Probleme interessiert, und wie er mir einmal sagte, hätten ihm meine Schriften den Anstoß für seine gedankliche Orientierung gegeben.«

Das interessierte mich, also sprach ich Azmi Schakir ganz direkt auf seine wafdistische Vergangenheit an.

»So stark wie Ihre Generation fühlte ich mich nicht an den Wafd gebunden«, erwiderte er. »Noch bevor die Juli-Revolution kam, hatte ich mich davon gelöst. Aber dem linken Flügel des Wafd blieb ich immer sehr geneigt. Man hat mich für einen Kommunisten gehalten. Die Revolution habe ich mit Begeisterung aufgenommen, allerdings auch mit gewissen Vorbehalten. Die Abschaffung der Monarchie und den Abzug der Briten habe ich bewundert, aber was mir nicht gefiel, das war die Bodenreform. Mir war ziemlich schnell klar, dass dieser Umschwung prinzipiell auf Reformen und nicht auf grundlegende revolutionäre Veränderungen abzielt.«

Ich erfuhr, dass ihm wegen dieser Haltung in der Universität gekündigt und er wenig später für etliche Jahre inhaftiert wurde. Nach seiner Entlassung aus dem Lager arbeitete er bei der Presse. Um ehrlich bleiben zu können und nicht zu heucheln, beschränkte er sich auf außenpolitische oder historische Themen.

Als 1961 per Gesetz der Weg der sozialistischen Orientierung beschlossen wurde, änderte er seine Haltung gegenüber dem Staat grundlegend. Mittlerweile gehörte er zum engeren Kreis meiner Freunde, und wir sahen uns regelmäßig. Bei einer dieser Gelegenheiten, im Salon von Abd al-Karim oder im Büro von Salim Gabr, erklärte er: »Diese Revolution ist für unser Land in seinem jetzigen Zustand genau richtig, es ist eine wahrhaft historische Entscheidung.«

»Dann hast du also deine Meinung geändert?«, fragte ich.

»Aber gewiss doch, wir alle sollten unsere ideologischen Querelen jetzt hintanstellen und die Revolution mit voller Kraft unterstützen.«

Ich glaubte ihm, dass das wirklich seine Überzeugung war; es gab keinen Grund, daran zu zweifeln. Als ich dann sah, mit welchem Eifer er sich mit Herz und Feder, ob nun im privaten Kreis oder öffentlich, für die Revolution einsetzte, sprach das in meinen Augen für seine Ehrlichkeit.

Manche seiner Kollegen sahen das anders als ich. Aglan Sabit zum Beispiel tat ihn mit der Bemerkung ab: »Ein Schuft ist er, nicht mehr und nicht weniger. Da kann er noch so wie ein Heiliger herumstolzieren.«

Als ich ihm widersprach, meinte er lediglich: »Du lässt dich von seinem Geschwätz täuschen. Das ist alles.«

Azmi Schakir erhielt das Angebot, in die Universität zurückzukehren, aber er lehnte ab. Er wollte bei der Presse bleiben. Dabei war er, was die Veränderungen betraf, weder mit Blindheit geschlagen, noch stellte er sich absichtlich blind. Er sah durchaus die Fehler, die gemacht wurden.

»Schade, dass sich die Revolution nicht auf die wahren Revolutionäre stützt«, hörte ich ihn häufig sagen. »Mal macht man sie zu Feinden, mal stellt man sie unter Überwachung.«

Einmal sagte er tieftraurig: »Die Korruption breitet sich wie eine Seuche aus. Das Einzige, was wir tun können, ist mahnen und warnen, und selbst das wird uns manchmal schwer gemacht.«

Für mich gehörte er zu den Kommunisten, die sich in ihrem Denken gewandelt hatten. Ihr neuer Ruf galt jetzt der Freiheit, waren sie doch überzeugt, dass es in diesem Land um die Freiheit schlecht bestellt war. Für Azmi Schakir war das jedoch kein Grund, über den historischen Wandel, der sich vollzog, abfällig zu sprechen. Je mehr Mängel er in der Gegenwart entdeckte, desto stärker richtete er den Blick auf eine bessere Zukunft. Ich machte ihn mit Sadik Abd al-Hamid bekannt, und es stellte sich schnell heraus, dass sie in vielem übereinstimmten. Sie freundeten sich an.

Als zahlreiche Kommunisten verhaftet wurden, war Azmi Schakir sehr bedrückt. Mir schien, dass ihm sein schlechtes Gewissen zusetzte. »Diese Kommunisten treibt der blinde Eifer, den Büchern mehr zu vertrauen als der Wirklichkeit«, seufzte er.

Als die Ersten wieder entlassen wurden, strahlte er vor Freude, und als sich etliche von der Kommunistischen Partei lossagten und bereit waren, die Revolution zu unterstützen, war er überglücklich. »Sie nehmen jetzt genau die Position ein, die sie mir immer vorwerfen.«

»Aber unter anderen Bedingungen«, ergänzte Sadik Abd al-Hamid.

Einige Kommunisten erhielten hohe Ämter in der Regierung und in der Presse, aber Azmi Schakir fiel sozusagen in ein Loch. Er beobachtete diese Entwicklung mit einem Anflug von Verbitterung, sodass ihm einmal die Bemerkung entschlüpfte: »Ich fürchte, eines Tages wird die schreibende Zunft entdecken, dass das Absurde genau der richtige Ansatz ist, um Ideologien zu behandeln.«

Die Arbeit bei der Presse befriedigte ihn nicht mehr, und deshalb fragte er in der Universität an, ob man ihn gebrauchen könnte. Nicht lange, und sein Wunsch ging in Erfüllung. Dann geschah das Unglaubliche – die Niederlage im Juni 1967. Es erging ihm wie allen anderen, er fühlte sich in seinen Grundfesten erschüttert. Die reißende Flut der Kritik schwemmte ihn mit sich, zog ihn hinunter, stieß ihn empor. Aber obwohl er noch immer eine wöchentliche Kolumne für eine politische

Zeitschrift schrieb, ging er mit keinem Wort darauf ein. Er gehörte zu den Ersten, die ihr seelisches Gleichgewicht wieder fanden, vielleicht war er sogar der Erste. Bereits im Oktober veröffentlichte er seinen berühmt gewordenen Artikel, in dem er die Niederlage analysierte und sie als Lehre darstellte. Er warnte davor, sich der Tyrannei der Selbstkritik zu unterwerfen, sich zu verachten und das Selbstbewusstsein zu verlieren. Am Schluss bekräftigte er die Überzeugung, der er nach wie vor anhing, nämlich dass der einzige Boden, um den es gehe, der der Revolution sei, und nicht der in Sinai oder Jerusalem. Dass die Revolution überleben und weitergeführt werden müsse.

In darauf folgenden Jahren arbeitete er unermüdlich an seinem großartigen Buch, das den Titel trägt: *Mit der Niederlage beginnen wir*. Es ist die Charta eines neues Lebens, das sich auf seinem Weg allen Staubs der Geschichte entledigt.

Ich sehe ihn noch vor mir, wie er da in seinem Kämmerchen im Gebäude der Sozialistischen Union, in das er sich zum Schreiben zurückzog, saß und mit geradezu bewunderungswürdigem Eifer schrieb. Ich erlebte ihn auch mehrmals im Fernsehen, und jedes Mal stellte ich fest, dass er zu den wenigen Menschen gehörte, die nicht unter Persönlichkeitsspaltung litten, sondern in der Öffentlichkeit die gleichen Ansichten vertraten wie im privaten Kreis.

Dass ich mit meiner Bewunderung für ihn nicht hinterm Berg hielt, war für viele, die sich von den Ereignissen unterkriegen ließen, zweifelsohne ein Ärgernis. Dazu gehörten auch Aglan Sabit und Salim Gabr. Als ich Schakirs Buch wieder einmal in den höchsten Tönen lobte, erklärte Salim Gabr frostig: »Ich habe ihn lange geschätzt, aber jetzt halte ich ihn nur noch für einen objektivistischen, zivilisationshörigen Egalisten.«

Aglan Sabit nannte das Buch: »Beim Opportunismus fangen wir an«, und dann feixte er höhnisch und sagte: »Es reicht, dass wir in diesem Land, das im Zeitalter der Mondlandung Mohammeds nächtliche Himmelfahrt feiert, Schriftsteller wie Gad Abu l-Ala und Azmi Schakir haben.«

Azmi Schakir ist geblieben, wie er war – aufrichtig, energisch, überzeugt.

Aziza Abduh

Als Zuhair Kamil mich ihr vorstellte, kam es mir vor, als hätte ich ihren Namen schon einmal gehört oder gelesen, vielleicht in einer Zeitung oder einem Magazin. Sie war in Begleitung ihres Mannes gekommen. Mit ihrer dunklen Haut und den fein geschnittenen Gesichtszügen war sie eine schöne Frau. Ich schätzte sie auf dreißig, aber Gad Abu l-Ala wusste, dass sie bereits vierzig Jahre alt war. Sie und ihr Mann, er war in den Fünfzigern, waren Maler. Sie luden mich ein, sie zu Hause in Madinat al-Aukaf zu besuchen und mir ihre Bilder anzusehen.

Ich war erstaunt, in einer Zeit, da gegenständliche Kunst gering und abstrakte Kunst hoch im Kurs stand, vor einer ganzen Sammlung realistischer Bilder mit einer klaren, eindeutigen Aussage zu stehen. »Endlich mal wieder konservative Kunst«, sagte ich aus Spaß.

»Wieso?«, protestierte Aziza Abduh mit einem reizenden Lächeln. »Das ist doch sehr progressiv, Realismus ist überhaupt die einzig progressive Kunstrichtung.«

Wir wurden enge Freunde. Mir gefielen nicht nur ihre Bilder, sondern auch die mütterliche Wärme, die sie ihren beiden Söhnen entgegenbrachte. Aziza besaß die schöne Gabe, eine Freundschaft zu pflegen, was man von ihrem Mann nicht sagen konnte. Er mochte es wohl nicht, sich einem anderen Menschen als Freund zu öffnen, und deshalb hatte ich bei Besuchen immer das Gefühl, dass er zwar körperlich anwesend war, aber geistig anderswo weilte. Aziza war eine sehr gebildete Frau und, wie ihr Mann, links orientiert. Im Unterschied zu ihrem eher schwächlich aussehenden Ehegatten, der auf mich den Eindruck machte, dass ein leichter Wind reichte, um ihn wie einen Strohhalm zu knicken, strahlte Aziza eine ungeheure Kraft aus.

Ich erzählte ihr, dass ich mit dem Herausgeber einer Kunstzeitschrift, Jussuf Badran, bekannt sei. Ich solle ihn doch einmal mitbringen, schlug sie vor. Gleich beim ersten Besuch bemerkte ich, dass sich die beiden gut verstanden; bei allem Respekt gingen sie fast freundschaftlich miteinander um.

Einige Zeit später hatte ich den Einfall, Jussuf Badran in seiner Wohnung in der Kasr-an-Nil-Straße zu besuchen. Er war tatsächlich zu Hause. Wir setzten uns, plauderten über dies und das, und mir fiel auf, dass er nach Alkohol roch. Nicht lange, und die Tür zu seinem Schlafzimmer ging auf – Aziza Abduh stand da, bekleidet mit einem seiner Pyjamas. Ich war genauso verblüfft wie verlegen, und angesichts der peinlichen Situation schien es mir das Vernünftigste zu sein, ganz normal weiterzureden. Aziza setzte sich zu uns, redete und lachte. Auch sie roch ein klein wenig nach Alkohol. Wir sprachen über die verschiedensten Dinge, nur ihre Anwesenheit in dieser Wohnung und ihr Aufzug, darauf ging keiner auch nur mit einem Wort ein. Jeder von uns tat, als befinde er sich in einer völlig normalen Situation.

Bei unserer nächsten Begegnung sagte Jussuf Badran: »Was kann man da tun? Die Liebe ist einfach vom Himmel gefallen.«

»Hör schon auf, ich weiß doch, dass du gern flirtest.«

»Aber sie hat angefangen!« Als er meinen skeptischen Blick sah, fügte er hinzu: »Das musst du mir glauben. Und ihre Art zuzupacken, ist noch einnehmender als ihre Schönheit.«

»Liebst du sie?«

»Sie liebt mich, das reicht.«

»Und du?«

»Na ja, sie ist schon ein ziemlicher Schatz, aber nicht unbedingt der Typ, in den ich mich verlieben könnte.«

»Was ist mit ihrem Mann?«

»Der hat damit nichts zu tun.«

Wenig später traf ich Aziza im Salon von Gad Abu l-Ala. Sie erschien allein, weil ihr Mann nach Alexandria gefahren war. Am Ende des Abends bat sie mich, sie nach Hause zu bringen. Wir gingen eine Weile schweigend nebeneinander her, dann sagte sie plötzlich: »Ich möchte deine Freundschaft nicht verlieren.«

»Ich auch nicht.«

»Aber ohne Achtung gibt es keine Freundschaft.«

»Ich achte dich ja.«

»Ich kann ganz gut in dir lesen, all die bohrenden Fragen …«

»Du hältst mich für naiver als ich bin.«

»Für dich ist doch ein Ehepaar, das völlig unterschiedliche Ansichten über das Leben und die Freiheit hat, bestimmt abartig?«

»Denk ich nicht.«

»Ich habe noch nie jemanden betrogen und werde auch nie jemanden betrügen.«

»Du solltest mich nicht falsch einschätzen, meine Liebe.«

Sie begann, über sich und ihr früheres Leben zu reden. Als

sie auf die Oberschule kam, hatte ihre Mutter sie mit allen klugen Ratschlägen ausgestattet, die die vorige Generation in solch einer Situation glaubte geben zu müssen. Aber sie hielt sich nicht daran, sondern gab sich dem ersten Jungen hin, in den sie sich verliebte und auf dessen Liebe sie vertraute. Sie glaubte fest, dass er all seine Versprechen halten würde. Nach dem ersten Mal gab es das zweite, dritte und x-te Mal, manchmal geschah es aus trotzigem Aufbegehren, manchmal aus Lust und bisweilen auch aus Liebe. »Manchmal bekam ich es mit der Angst zu tun, aber bereut habe ich nichts.« Vor lauter Aufregung blieb sie stehen. »Ich habe gelernt, mein eigener Mensch zu sein und auf die Welt und ihre so genannten Werte zu pfeifen. Ich habe mich immer für rein gehalten, reiner als Sauerstoff.«

Beim Abschied drückte sie mir fest die Hand und sagte: »Wir sind die wahre Hoffnung für die Zukunft.«

Als die Kommunisten scharenweise verhaftet wurden, gehörte auch ihr Mann dazu. Aziza war verzweifelt. Abgesehen davon, dass die Sorge für die Kinder und den Haushalt nun allein auf ihren Schultern ruhte, setzte ihr auch noch eine neuerliche Schwangerschaft zu. In den Salons oder Ausstellungen war sie nicht mehr zu sehen, sodass ich, um mich zu vergewissern, wie es ihr ging, aufs Telefon angewiesen war. Als ich mich bei Jussuf Badran nach ihr erkundigte, sagte er: »Ich weiß auch nicht mehr als du.«

»Wieso? Trefft ihr euch nicht mehr?«, fragte ich erstaunt.

»Seit ihr Mann inhaftiert ist, hat sie jeglichen Kontakt abgebrochen.«

»Tatsächlich?«

»Ja, sie benimmt sich seltsam, aber das kümmert mich nicht mehr.«

Mit der Zeit vergaß ich sie. Erst nach Jahren, als ihr Mann entlassen worden war, machte ich einen Besuch, um ihm zur neuen Freiheit zu gratulieren. Die Söhne studierten bereits, die Tochter lernte in der sechsten Klasse. Aziza hatte wieder zu ihrer gewohnten Lebenskraft zurückgefunden, aber mit Jussuf Badran stand sie in keiner Beziehung mehr. Er hatte eine Palästinenserin geheiratet, die hier lebte.

Als Jussuf Badran und ich mit einer Reisegruppe die Ostfront besichtigten, kam er plötzlich auf Aziza zu sprechen. Er fragte mich, ob ich die kleine Tochter gesehen hätte.

»Ja, sie ist hübsch.«

Er rutschte näher an mich heran und flüsterte: »Das ist meine Tochter.«

»Ist nicht wahr!«, erklärte ich verblüfft.

»Doch. Ich habe versucht, Aziza zu einer Abtreibung zu überreden, aber sie hat es strikt abgelehnt.«

»Wann war das?«

»Kurz bevor ihr Mann verhaftet wurde.«

»Und warum wollte sie nicht abtreiben?«

Er zögerte kurz. »Sie hat gesagt, dass sie noch nie einen Mann so geliebt hätte wie mich und sich deshalb freue, ein Kind von mir zu haben.«

»Obwohl sie sich aus dem Leben zurückgezogen hatte, nachdem ihr Mann verhaftet war. Weiß ihr Mann davon?«

»Keine Ahnung.«

»Wenn ich mich recht erinnere, hat die Kleine tatsächlich Ähnlichkeit mit dir.«

»Stimmt, und deshalb vermeide ich es auch, sie zu sehen.«

1970 erlebte Aziza Abduh mit einer eigenen Ausstellung ihren ersten großen Erfolg. Endlich wurde sie in der Öffentlichkeit als die Persönlichkeit gewürdigt, die sie war – eine authentische ägyptische Malerin.

Aschmawi Galal

Sein Haus stand am östlichen Ende unserer Straße, dort wo sie auf die Abbasija-Straße stößt. Es hatte eine graue Farbe und war zweistöckig. Der Garten machte einen vernachlässigten Eindruck, außer einem Jasminbusch, zwei Palmen und einem großen Mangobaum wuchs so gut wie nichts mehr. Wann immer ich daran vorbeiging, betrachtete ich das Haus mit einem teils neugierigen, teils widerwilligen Blick, wie es auch die anderen Bewohner taten. Wir waren erst kürzlich hierher gezogen, und als ich mich noch in der Phase des Kennenlernens und Entdeckens befand, wies einmal ein Freund, ich glaube, es war Rida Hamada, auf das graue Haus und sagte: »Weißt du, wer da wohnt?«

Ich schüttelte den Kopf, denn natürlich wusste ich das nicht.

»Das ist das Haus von Aschmawi Bey Galal.«

Verdutzt blieb ich stehen. »Aschmawi Bey Galal?«

»Genau der.«

»Der Studentenmörder?«

»Der Studentenmörder.«

»Hast du ihn schon mal zu sehen bekommen?«

»Niemand weiß, ob er sich dort aufhält, er hat Angst vor einem Anschlag der Schwarzen Hand. Jedenfalls ist das hier sein Haus.«

»Und hier hat er gelebt?«

»Aber ja.«

»Und die Familie?«

»Seit dieser Teufel dafür berühmt geworden ist, Demonstranten abzuschlachten, zeigt sich niemand mehr.«

Seit meiner Kindheit verband sich für mich mit diesem Namen das blanke Entsetzen. Aschmawi Galal hatte als Offizier bei der Kavallerie gedient und trug zu Recht den Titel, der Feind Nummer Eins der Revolution von 1919 zu sein. Es gab die schrecklichsten Geschichten über ihn, dass er erbarmungslos zuschlug, folterte, tötete, dass er Studenten an sein Pferd band und losgaloppierte und seine Opfer so lange über Steine und Asphalt hinter sich herschleifte, bis sie den Geist aufgaben. Als Saad Zaghlul Ministerpräsident wurde, hat er ihn in Pension geschickt. Von da an wohnte er wieder in diesem Haus. Er zog sich völlig zurück, ging nie aus und lebte fast als Gefangener.

Ich hätte ihn gern gesehen, wenigstens ein einziges Mal. Neugierig starrte ich die Fenster und Balkons an und lugte vorsichtig in den Garten. Aber außer seiner Frau und den zwei Töchtern bekam ich niemanden zu Gesicht. Er war wie vom Erdboden verschluckt, und darüber redeten die Leute natürlich. Er ging nie aus dem Haus, zeigte sich nie am Fenster, setzte sich nie in den Garten, und selbst an Feiertagen oder bei Festen in der Straße machte er nicht die übliche Gratulationsrunde.

Wie mochte er seine Zeit verbringen? Wie ertrug er dieses Gefängnis?

»Einer wie er, der keinen Freund hat, muss notgedrungen allein leben«, meinte Gafar Chalil.

»Er hat Angst, dass die Leute Rache nehmen«, erklärte Rida Hamada.

»Er soll blind sein und kann sich nicht mehr bewegen«, wusste Surur Abd al-Baki zu erzählen. »Er versteckt sich, weil er nicht will, dass die Leute schadenfroh sind.«

Er hatte einen Sohn und zwei Töchter. Der Sohn ging in England zur Schule, weil in Kairo die Gefahr bestand, dass sich die Studenten an ihm rächten. Nach der Schule soll er in London Medizin studiert und als Arzt gearbeitet haben. Er hätte geheiratet und die britische Staatsangehörigkeit angenommen, hieß es. Die Töchter waren noch klein, sie spielten öfter im Garten. Es waren hübsche, attraktive Mädchen, und ich wunderte mich, wie eine solche Bestie so nette Dinger in die Welt setzen konnte. Als sie alt genug waren, um den Schleier zu tragen und im Haus zu bleiben, konnten wir gelegentlich hören, dass sie Klavier spielten. Das erstaunte mich noch mehr, denn wie sollte das zusammenpassen? Dieser Bluthund und schöne Musik? Es muss ungefähr 1935 gewesen sein, als die beiden Mädchen heirateten. Über die Ehemänner wusste man nichts. Jetzt wohnten also nur noch die beiden Alten in dem Haus, aber nicht lange, und die Leute erzählten sich, dass er ausgezogen sei und nun, und seine Frau bestätigte das, im Grabmal der Familie lebe, und zwar in dem Raum, der an Gedenk- und Feiertagen für den Empfang der Gäste vorgesehen war. Er sollte bestimmt haben, dass es bei seinem Ableben weder eine Feier noch ein großes Begräbnis gebe. Tatsächlich begann sich seine Frau in der Öffentlichkeit zu zeigen, stattete den Nachbarn Besuche ab, und nicht lange, und sie freundete sich mit ihnen an und erwarb sich hohes Ansehen.

Den Werdegang dieses Folterknechts kannten nur noch die Männer, die aus der vorigen Generation stammten und im Viertel zu den alteingesessenen Bewohnern zählten. Glaubte man ihnen, so war er ein in sich gekehrter und gut erzogener Bursche, der trotz allen Fleißes das Studium nicht schaffte. Sein Vater, der als Inspektor bei einer kleinen Stiftung tätig war, hielt es für das Beste, ihn an die Militärakademie zu bringen, was ihm dank der freundschaftlichen Beziehung zu Herbert Pascha, dem Direktor, auch gelang. Nachdem Aschmawi Galal das Diplom erworben hatte, wurde er im Sudan eingesetzt, und da er sich als tüchtig erwies, genoss er schon bald die Achtung der Engländer. Er zeichnete sich vor allem durch große Härte beim Eintreiben der Steuern aus, was ihm, dem ägyptischen Offizier, den Hass der Sudanesen einbrachte. Das scherte ihn nicht, die Freundschaft mit englischen Offizieren war ihm wichtiger. Er bewunderte die Engländer grenzenlos, und es machte ihn stolz, mit ihnen befreundet zu sein, was für ihn die größte Auszeichnung im Leben darstellte. Den Jahresurlaub pflegte er in England zu verbringen, und nachdem er Land und Leute kennengelernt hatte, war er fest davon überzeugt, dass die Engländer von der göttlichen Vorsehung als Herren der Menschheit gesandt seien, um die Welt zu zivilisieren, vor allem natürlich die Menschen in der unterentwickelten Welt, wie zum Beispiel die Ägypter. Rida Hamada wusste mir zu erzählen, dass sich sein Vater eines Tags mit Aschmawi Galal wegen dessen Ansichten so heftig gestritten hatte, dass sie den Verkehr, sie waren Nachbarn, abbrachen.

Als 1919 die Revolution ihren Lauf nahm, forderte die Besatzerarmee die ägyptische Armee auf, sie bei der Zerschlagung der Erhebungen und der Vernichtung der Revolutionäre zu unterstützen. Aber die ägyptische Armee hielt zur Revolution und bekannte offen ihre Sympathien und Treue zu den Führern, ja, sie deckte sogar Pläne von Verschwörern auf, die die Revolution zu Fall bringen wollten. Ganz anders verhielt es sich mit Aschmawi Galal, der wie ein Besessener die Revolutionäre jagte, sie verriet, wann immer er konnte, und die Führer der Studentenaufstände so grausam folterte, dass er sogar die Brutalität der Engländer übertraf. Damit erwarb er sich bei ihnen eine Wertschätzung, wie sie kein anderer Ägypter je zuvor erfahren hatte, aber die Kehrseite davon hieß, dass ihn seine Landsleute bis in den Tod hassten. Selbst der Sultan hegte keinerlei Sympathie für ihn, wusste er doch, dass für Aschmawi Galals Handeln nicht die Treue zu ihm, dem Sultan, der Grund war, sondern seine fanatische Begeisterung für die Engländer. Es gab mehrere Versuche, ihn zu töten, sie schlugen alle fehl. Selbst als ein Nationalist unmittelbar in seiner Nähe eine Handgranate explodieren ließ, trug er lediglich eine oberflächliche Verletzung am Bein davon.

Was die Menschen von ihm hielten, kümmerte ihn nicht, er betrieb seinen Wahnsinn mit einem Eifer, als handle es sich um eine religiöse Pflicht. Seine Frau erzählte später den Nachbarn, dass ihr Vater es eines Tags für dringend geboten hielt, den Schwiegersohn zur Mäßigung anzuhalten. »Tu deine Pflicht, aber erlaube dir keine Übergriffe«, hatte er ihm gesagt, worauf dessen Antwort lautete: »Es geht hier nicht nur um meine Pflicht als Offizier, sondern auch um die Verteidigung eines Prinzips. Ich bin überzeugt, dass Ägypten, sobald es unabhängig geworden ist, in Barbarei, Fäulnis und Korruption versinkt. Verlassen wir das Empire, verlassen wir die Zivilisation.«

Kurz vor dem Zweiten Weltkrieg starb seine Frau an einem Herzanfall. Ihr Grab war nur wenige Meter von dem Platz entfernt, wo ihr Mann hauste. Er folgte ihr gleich im ersten Kriegsjahr, nachdem ihm seine Leber den Dienst versagte. Es ist schon erstaunlich, dass sich der Name dieses Mannes bis heute im Gedächtnis meiner Generation erhalten hat. Mehr noch, viele können noch immer den Text jenes Lieds singen, mit dem ihn das Volk geschmäht und verhöhnt hat.

Isam al-Hamalawi

Die Villa der Hamalawis befand sich in dem spitzen Winkel, den unsere Straße und die Bain-al-Ganajin-Straße bildeten. Es war das größte Haus in unserer Straße und lag mitten in einem riesigen Garten, über dessen Mauern gewaltige Palmen und Mangobäume ragten. Der Besitzer, Isam Bey, gehörte zu den Notabeln und hatte mit Spekulationen an der Börse ein Vermögen gemacht. Brachte ihn morgens die Kutsche zur Börse oder abends nach Hause, kündete ihn das Läuten eines Glöckchens an. Seine Familie, er war verheiratet und Vater dreier Töchter, hatte weder etwas mit der Zeit zu tun, in der wir lebten, noch war ihr etwas von unserer Lebensart zu Eigen. Sie ruhte in sich selbst, führte ein zurückgezogenes Leben und hatte mit der Nachbarschaft nichts im Sinn. Es wurde niemand besucht, und es kam auch niemand zu Besuch. Die Traditionen spielten keine Rolle, die Feiertage und Feste wurden nicht gefeiert. Verließen die Mutter und die Töchter das Haus, zu Fuß oder zu Pferd, zeigten sie sich unverschleiert. Die Leute starrten sie hingerissen an, bewunderten die elfenbeinfarbene Haut, die blonden Haare, die so ganz andere Augenfarbe.

Isam Bey setzte sich über alle Sitte und jedweden Anstand hinweg, als er eines Tages eine berühmte Schauspielerin zu sich nach Hause einlud, und da sich ihre Besuche an bestimmten Wochentagen wiederholten, war schnell allen klar, dass es sich bei ihr um seine Geliebte handelte. In der Kunstzeitschrift fand sich dann auch die Meldung, dass er ihr ein Collier im Wert von zehntausend Pfund geschenkt hätte. Sobald diese Geliebte in der Straße auftauchte, stürzten wir los, um sie zu begaffen. Es machte uns großen Spaß, auch wenn Gafar Chalil recht hatte, als er seufzte und sagte: »Das Schauspiel kostet uns zwar nichts, aber dafür können wir den großen Rest davon nicht sehen.«

»Wie stellt dieser Zuhälter-Bey es bloß vor seiner Frau und den Töchtern an?«, wunderte sich Chalil Zaki.

Prompt erwiderte Sajid Schuair: »Genauso wie sie, die treiben es ja auch vor seinen Augen.«

Sajid Schuair wohnte nicht weit weg von der Villa, jedenfalls dichter dran als wir, und da ihn und uns die Hamalawis äußerst interessierten, beobachtete er das Haus, so gut er konnte. Eines Tages kam er und verkündete: »Jetzt ist die Katze aus dem Sack!«

Wir starrten ihn aufgeregt an.

»Die Dame des Hauses hat mit Mohammed, dem Plättereibesitzer, ein Verhältnis!«

»Mit Mohammed vom Bügelladen?«

Wir kannten ihn alle, denn er war nicht nur der einzige Bügler in unserer Straße, sondern auch ein berüchtigter Schläger, der nur noch ein Auge hatte. Es fiel uns schwer, uns vorzustellen, dass diese feine, gut aussehende Dame, die wir immer mit Mae Murray verglichen, dass sie sich in diesen Raufbold mit ziemlichem Wanst, Stiernacken und plattem Gesicht verliebt haben sollte.

»Sie geht zu ihm nach Hause, eingepackt in eine Milaja, ich habs mit eigenen Augen gesehen«, erklärte Sajid Schuair.

Schon bald stellten wir fest, dass die Dame aufs Versteckspiel verzichtete. Mohammed brachte ihr die gebügelten Kleidungsstücke ins Haus und blieb dort einfach ein bis zwei Stunden. Als sich Isam al-Hamalawi auf einer Reise von der Schauspielerin begleiten ließ, suchte Mohammed die Gattin häufiger auf, ob nun mit oder ohne Grund, ja, er verbrachte bei ihr sogar die Nacht, und zwar ohne sich heimlich hinzuschleichen. Mittlerweile hatten sich die drei Töchter angewöhnt, sich mit ihren Bewunderern am Rand von Ost-Abbasija zu treffen, oder sie empfingen sie abends im Garten. Zu den jungen Männern gehörten auch Id Mansur, Scharawi al-Fahham und mein Cousin Achmed Kadri, ansonsten wurden noch der Offizier von der Polizeistation al-Waili, der Zahnarzt aus dem Viertel und ein Französischlehrer gesichtet. Wir, die Jüngeren, fanden, dass es unsere Mannespflicht sei, dort ein bisschen herumzustänkern und unter den Besuchern für Aufregung zu sorgen, selbst wenn wir nicht viel anderes tun konnten, als von Weitem Steine zu werfen. Aber daran hinderte uns ein Polizist, der, sicherlich von seinem verliebten Vorgesetzten, zum Schutz des Hauses abgestellt worden war.

Zu jener Zeit war ich gerade bis über beide Ohren in Safa verliebt, und das Verhalten der drei Töchter versetzte mich in äußersten Zorn. In meinen Augen war ihr Lebenswandel eine einzige Lästerung und Besudelung der edelsten Gefühle. Aber dann, ab 1930, sahen sich die Bewohner des Viertels in ihren düsteren Prophezeiungen enttäuscht, denn ein Mädchen nach dem anderen heiratete, und am Ende hatten alle drei eine gute Partie gemacht. Die Große heiratete einen Ingenieur, die Mittlere den Sekretär eines Ministers und die Jüngste einen sehr erfolgreichen Anwalt. Am erstaunlichsten war aber, dass alle drei mit dem Leben, das ihre Eltern führten, völlig brachen und ihre Familien geradezu ein Vorbild für Rechtschaffenheit und Harmonie wurden. In den Fünfzigerjahren und danach hatte ich zufällig mit diesem oder jenem Kind von ihnen zu tun, sie alle waren erfolgreiche, junge Menschen, die eine sehr fortschrittliche Einstellung besaßen.

Isam al-Hamalawi starb während des Zweiten Weltkriegs, und zwar genau in der Woche, in der Scharawi al-Fahham getötet wurde. Al-Hamalawis Erbe wurde aufgeteilt, und seine Frau erbte einen großen Teil des Vermögens. Sie war bereits in den Fünfzigern, strahlte aber eine ungeheure Vitalität aus und war noch immer sehr schön. Ihr Leben war einsam geworden, denn die Töchter kamen nur selten zu Besuch, ein Umstand, den wir bissig kommentierten. Das Verhältnis mit Mohammed, dem Bügler, ging ununterbrochen weiter, aber wie es schien, hatte er kein Interesse mehr daran und wollte sie loswerden. Einmal, als sie heftig auf ihn einredete, hatte er sie sogar vor seinem Laden und in Sichtweite seiner Angestellten geohrfeigt, und siehe da, binnen einiger weniger Wochen nahm sie eine neue Beziehung auf. Diesmal war es der Fleischer, den sie sich erwählt hatte, was Gafar Chalil zu der spöttischen Bemerkung veranlasste: »Eine Aristokratin, aber mit einer Schwäche fürs Volk.«

In den letzten Kriegstagen verkaufte sie die Villa und zog aus dem Viertel weg. Aber deshalb verschwand sie noch lange nicht aus meinem Blickfeld, ich sah sie des Öfteren in verschiedenen Cafés sitzen, mal im Liwa, mal im Groppi, mal im Argentin. Sie trank etwas, und hatte sie sich einen jungen Mann eingefangen, ging sie mit ihm fort. Im Zentrum der Stadt war sie dafür geradezu berühmt geworden. Einmal sah ich sie auch im Atheneos in Alexandria, wo das gleiche Spiel ablief. Sie blieb mal kürzer, mal länger weg, dann kehrte sie wieder zurück, und alles begann von vorn. Dabei waren ihr die Spuren des Alters deutlich anzusehen, was wiederum ein Hinweis darauf war, dass nicht nur ihre Tage gezählt, sondern auch das Vermögen wohl gänzlich aufgebraucht war.

Es ging immer schneller mit ihr bergab, bis sie es schließlich, wahrscheinlich gezwungenermaßen, vermied, die großen, prächtigen Cafés aufzusuchen. Stattdessen lief sie durch die Straßen, zuerst noch in, wenn auch zerlumpten, Kleidern, dann nur noch in Gilbab und Sandalen, und enden tat das alles mit Betteln, oder einer Art von Erwerbssuche, die dem sehr nahe kam. Ich sah sie nie die offene Hand ausstrecken, aber die Besitzer kleinerer Cafés und Lokale, die von ihrem ungewöhnlichen Leben wussten, steckten ihr ein Sandwich oder ein bisschen Geld zu. Mich überfiel bei ihrem Anblick immer tiefe Melancholie, denn es stürmten unendlich viele Erinnerungen auf mich ein – an die alte Straße mit den Laternen über den Türen, den weiten Feldern, der großen Stille. Und dann diese Frau, ein Opfer schierer Lebenslust, deren erfolgreiche Enkel sich in der Stadt tummelten, ohne die geringste Ahnung zu haben, dass ihre Großmutter vereinsamt und erbärmlich vor sich hin vegetierte.

Id Mansur

Er gehörte zu unserer alten Clique, die ihn zwar aufnahm, aber mit der er sich in der ihm eigenen Weise anfreundete. Die Beziehung sollte ein Leben lang halten, auch wenn er ein Freund ist, der nicht weiß, was Freundschaft heißt und bedeutet, der kein Herz hatte und bis heute keins hat. Selbst Chalil Zaki besaß ein Herz, sogar Sajid Schuair, aber Id Mansur – nein, der hat kein Herz.

Er lebte mit seinem Vater und einem alten Diener, die Mutter war bei der Entbindung gestorben. Der Vater war Häusermakler und hatte im Umgang mit jüdischen Partnern viel von deren Geschicklichkeit und Erfahrung übernommen. Er war schon in den Fünfzigern gewesen, als ihm der Sohn geboren wurde, und da er nach dem Tod seiner Frau nicht wieder geheiratet hatte, blieb Id Mansur sein einziger Sohn. Er war ein knickriger, pingeliger, ungehobelter, gefühlloser Typ, der, weil er entschlossen war, ihn nach seinem Vorbild zu formen, bei der Erziehung des Jungen hart und unerbittlich durchgriff. Unser Freund hatte also nie Zärtlichkeit oder Güte erfahren;

statt bei seinem Vater hätte er ebenso gut in einem Militärcamp für Terroristen aufwachsen können. Entsprechend sahen seine Eigenschaften und Fähigkeiten aus, die sich schon sehr früh zeigten: Er war praktisch veranlagt, hart im Umgang, selbstsüchtig und herzlos. So ist er bis auf den heutigen Tag geblieben, und so wird er auch in Zukunft sein. Als kleiner Junger betete er bereits jeden Piaster an, Geld galt ihm als Maßstab für Männlichkeit und Überlegenheit, und nur an diesem Idol konnte sich sein Herz erwärmen.

Unser Freund war er nur deshalb, weil wir ihn von klein auf kannten, als Nachbarjungen, von der Schule, vom Spielen, den vielen gemeinsam verbrachten Jahren. Wir akzeptierten ihn, auch wenn er kalt, herzlos und unfreundlich war. Über ein Unglück konnte er lachen wie andere über einen guten Witz, und beim Tod von Scharawi al-Fahham und Gafar Chalil zeigte er keine Regung. Als unser Kamerad Badr az-Zijadi beim Streik getötet wurde, vermochte er nicht, seine Erleichterung darüber zu verbergen, als Kapitän der Fußballmannschaft einen Konkurrenten weniger zu haben. Er schaffte es gerade noch, sich auf die Lippen zu beißen und nicht laut loszulachen, und das auch nur, weil er sah, wie ihn meine Augen zornig anfunkelten. »Ein Teufel bist du!«, zischte ich ihn an.

Er kam näher heran und flüsterte mir ins Ohr: »Hoffentlich hat der liebe Gott das gehört.« Mit breitem Grinsen fuhr er fort: »Der einzige Unterschied zwischen mir und euch ist, dass ich nicht so ’n Heuchler bin wie ihr.«

Angesichts seiner Erziehung und seiner Wesensart verwunderte es nicht, dass er sich außerhalb aller Traditionen stellte und weder mit der Religion noch mit unseren Idealen etwas anfangen konnte. Sein Lebensstil gründete sich nicht auf eine geistige Haltung, nicht auf irgendeine Philosophie, nicht einmal auf Flegelhaftigkeit oder Lasterhaftigkeit wie bei Chalil

Zaki und Sajid Schuair, nein, das Einzige, wofür er seine ganze Kraft einsetzte, war die Arbeit und das Scheffeln von Geld. Selbst Sex, was er sich als einzigen Luxus gönnte, spielte eine nebensächliche Rolle. Nachdem er 1930 das Abitur abgelegt hatte, nahm ihn sein Vater in die Firma auf und brachte ihm alles Notwendige bei. Als der Vater 1935 starb, hinterließ er ihm ein gewaltiges Vermögen. Ich bin überzeugt, dass er, trotz all seiner Abenteuer im Garten der al-Hamalawis, hinter keiner Frau so sehr her war wie hinter Soraja Rafat. Kaum hatte er sie bei ihrem Vater gesehen, für den er zeitweilig arbeitete, war er nur noch darauf aus, sie zu verführen.

»'ne ganze Zeit lang war ich ihr total verfallen«, gestand er mir einmal und fügte dann hinzu: »Wenn sie sich mir absolut verweigert hätte, wäre ich sogar bereit gewesen …«

»Sie zu heiraten?«, fragte ich schnell.

»Zumindest hab ich daran gedacht.«

»Hat es dir denn nichts ausgemacht, dass du sie belogen und betrogen hast?«

Er lachte. »Denke, nein.«

Er kannte keine Liebe, er wollte nicht heiraten, er wünschte sich nicht, Vater zu werden, und das ist bis heute so geblieben. Noch immer, mit mehr als sechzig Jahren auf dem Buckel, kennt er nichts anderes als zu rackern und möglichst viel Geld zu verdienen. Das und nur das ist sein einziges Lebensziel. Ich fand es unerträglich, dass er sich über unsere patriotischen Gefühle lustig machte, und ich wurde richtig zornig, als er an dem Tag, als Saad Zaghlul gestorben war, über meine Tränen spottete. Für ihn hatte das alles keinen Wert, und eine seiner ständigen Redewendungen lautete: »Ohne die Engländer und ohne die Juden gäbe es in diesem Land überhaupt kein Leben«. Das erklärte er bis zu jenem Tag, an dem die Engländer Ägypten verließen.

Obwohl er ein ebenso großer Geizhals war wie sein Vater, hatte er für sich und sein Leben eine neue Devise parat, nämlich die, dass das Geld einzig und allein ihm und seinem Komfort dienen solle. »Ich bin und bleibe Junggeselle, ich werde keine Erben haben, also kann ich mein Leben in vollen Zügen genießen.«

Er verachtete die Ehe, empfand sie als sinnlos und töricht, und wie es schien, hat er diese Meinung nie bereut. Je älter er wurde, desto zufriedener sah er mit sich und seinem Entschluss aus. 1936 zog er aus unserem Viertel fort, das Haus hatte er verkauft. Er richtete sich auf Dauer im Hotel Mena House ein, weil ein Hotel, wie er sagte, umfassenden Service anbiete und er sich um nichts kümmern müsse. Zur gleichen Zeit mietete er ein Landhaus in der Nähe der Pyramiden, wo er seinen Liebesabenteuern ungestört nachgehen konnte. Seine Beziehungen zu Frauen waren alle nicht von langer Dauer, am liebsten bändelte er mit ausländischen Tänzerinnen und Sängerinnen aus Nachtklubs an. Auf gutes Essen legte er großen Wert, wobei er alkoholische Getränke nur mäßig zu sich nahm und gegen Drogen eine natürliche Ablehnung hegte. Die Abende verbrachte er meistens im Kreis von Geschäftsleuten, die auch mit Immobilien zu tun hatten, aber zu unseren wöchentlichen Treffen erschien er regelmäßig. Es war ihm wichtig, seinen Erfolg mit dem der anderen Kameraden zu vergleichen, wie zum Beispiel dem von Doktor Surur Abd al-Baki oder Professor Rida Hamada. Sein Stolz, reicher als die Herren Doktoren zu sein, war offenkundig, und Reichtum war der einzige Wert, den er kannte. Einmal bemerkte ich beiläufig: »Na ja, Chalil Zaki ist genauso vermögend und erfolgreich wie du.«

»Was? Dieser Hundsfott?«, reagierte er empört.

»Hältst du denn etwa deine Geschäfte für ehrenwert?«

Mit der ihm eigenen Offenheit erwiderte er: »Was ehrenwert

ist, hängt vom jeweiligen Betrachter ab. Was ich für ein gutes, ehrliches Geschäft halte, würdest du unter Umständen als Raub oder Diebstahl bezeichnen. Für meine Geschäfte braucht es Erfahrung und Klugheit, aber was dieser Chalil Zaki treibt, ist typisch für den Pöbel.«

Eine ausländische Sängerin hatte sich in ihn verliebt, sie schrieb ihm unentwegt Briefe. Es amüsierte ihn köstlich, sie vorzulesen, begleitet von sarkastischen Bemerkungen wie: »So sind die Weiber, bilden sich ein, dass es Liebe ist, dabei wollen sie sich bloß den Mann und sein Geld schnappen.«

Welcher Denkungsart er war, erwies sich auf abscheulichste Weise im Jahr 1948, und zwar an dem Tag, als der Krieg gegen die Juden begann. Da hatte ich wirklich das Gefühl, dass er aus mir unbekannten Gründen sein Vaterland hasst oder seine Geschäftsinteressen alle die Empfindungen, die wir für instinktiv hielten, ausradiert hatten. Ähnliche Reaktionen zeigte er 1951, als der Vertrag aufgelöst wurde und es am Suezkanal zu Kämpfen kam. Er, der sich nie für Politik interessiert hatte, begann plötzlich, gegen die Wafd-Partei zu wüten. Aber dennoch verlief sein Leben in den gewohnten Bahnen weiter, bis schließlich 1952 die Juli-Revolution kam. Obwohl er nichts zu befürchten hatte, waren sein Vertrauen in die neuen Verhältnisse und seine Selbstsicherheit zutiefst erschüttert. Voller Sorge beobachtete er die nächsten Schritte: die Abschaffung der Monarchie, die Bodenreform, der Abzug der britischen Truppen. Ihn packte das Gefühl, sich selbst schützen zu müssen, wohl weil er sich bewusst gemacht hatte, dass er, wenn auch nicht direkt, so doch indirekt zu dem Lager gehörte, das dem Volkszorn ausgeliefert war. Die Dreier-Aggression im Jahr 1956 ließ ihn zwar für ein Weilchen aufatmen, doch auch dieser Hoffnungsschimmer sollte ihm bald genommen werden. Viele seiner jüdischen Freunde verließen das Land, und eines Tages sagte er:

»Nichts täte ich lieber, als mit meinem ganzen Geld zu verschwinden.«

Ich schaute ihn betroffen an, deshalb fühlte er sich wohl zu der Erklärung bemüßigt: »Für intelligente, gewitzte Leute ist Ägypten keine gute Adresse mehr.« Er ließ sein zynisches Lachen hören und setzte hinzu: »Wüsste ich nicht, wie die Ägypter sind, hätte ich vielleicht nichts dagegen, einer zu sein.«

Trotz Angst und Besorgnis setzte er seine Geschäfte wie gewohnt fort. Im Juni 1967 witterte er Morgenluft, und wenn er die Ereignisse nach der Niederlage auch etwas verstört und misstrauisch im Auge behielt, verlor er dieses Mal nicht alle Hoffnung. »Jetzt gibts keinen Ausweg mehr«, meinte er hämisch. »Obwohl man ja davon gehört hat, dass Tote angeblich wieder auferstehen.«

Es vergingen einige Monate, dann ein Jahr, das zweite und das dritte Jahr, die Lage besserte sich, die Entschlossenheit wuchs, der Kampfeswillen war neu erwacht. Das bereitete unserem Freund zwar einige Sorgen, aber er gab sich nicht geschlagen. Er klammerte sich an seinem alten Denken fest, nährte es durch das Abhören der feindlichen Sender und glaubte jedes noch so tendenziöse Gerücht. Als Rida Hamada und ich ihm Vorwürfe wegen seines mangelnden Patriotismus machten, erklärte er: »Was heißt hier Vaterland, jetzt geht es nur noch um die eigenen Interessen, ob ihr nun zu Amerika oder der Sowjetunion gehört, ob ihr von Freiheit, Entfaltung, Humanismus faselt oder nach Ordnung, Gerechtigkeit und blindem Gehorsam schreit.«

Auf die Engländer setzte er keine Hoffnung mehr, sein Traum galt Amerika. Er träumte davon, dass Amerika die Kontrolle über den Nahen Osten ausüben und für dessen zentrale Lebenssphäre eine gut funktionierende Achse schaffen würde, bei der Araber und Juden eine aufeinander abgestimmte Rolle spielten.

Das egoistische Interesse hat ihn gelehrt, sich für Politik zu interessieren. Er ist noch immer im Geschäft, lässt Gebäude errichten und verkauft sie, wohnt im ›Mena House‹, erfreut sich seines Junggesellendaseins und lässt sich einmal im Monat eine Frau kommen. Gelegentlich stößt er zu unserer Runde, wohl aus dem Gefühl heraus, eine fünfzig Jahre währende Gewohnheit nicht abbrechen lassen zu wollen. Denn um aufrichtige Freundschaft handelt es sich nicht, um Achtung und Anerkennung auch nicht. Für uns ist er ein widernatürliches Wesen, das aus einem Gesteinsbrocken herausgehauen wurde, und er – er sieht uns als einen Haufen törichter Müßiggänger, die die wahren Werte nicht kennen.

Ghanim Hafiz

Er unterrichtete in der Oberschule Mathematik. Ein noch junger Mann, der uns freundlich behandelte und dennoch Respekt gebietend auftrat. Kein Schüler hätte es je gewagt, ihm unhöflich oder gar frech zu kommen, selbst solche Lümmel wie Gafar Chalil, Badr az-Zijadi und Id Mansur hielten sich zurück. Letzterer hatte Herrn Hafiz gebeten, ihm Privatstunden zu erteilen, was ihm sein Vater genehmigte, nachdem Id ihn davon überzeugt hatte, dass das noch immer billiger sei, als ein Schuljahr zu wiederholen. Der Vater traf sich also mit Herrn Hafiz und erkundigte sich zunächst nach dem Preis. Zwanzig Piaster würde die Stunde kosten, erklärte Herr Hafiz, worauf Ids Vater empört reagierte. Mehr als fünf Piaster würde er nicht bezahlen. Herr Hafiz lächelte schüchtern und schlug vor, Id unentgeltlich zu unterrichten, falls sich in der Nachbarschaft ein zweiter Schüler fände. Gesagt, getan, und so erhielt Id Mansur zwei Monate lang kostenlosen Privatunterricht.

An dem Tag, als Badr az-Zijadi getötet wurde, sah ich, dass Ghanim Hafiz weinte. Wir vergalten ihm seine Trauer mit noch mehr Zuneigung und Respekt. Als ich das Studium aufnahm, begegnete ich ihm öfter im Café um die Ecke, und mit der Zeit wurde aus dem Lehrer ein guter Freund. Was ihn von allen anderen unterschied, waren sein sanftes Wesen, die Ruhe, die er ausstrahlte, und die Eleganz seiner Erscheinung. Meistens gesellte er sich einmal in der Woche zu unserer Runde im Café, vor allem in den Sommerferien. Er rauchte eine Wasserpfeife, hörte aufmerksam zu und ergriff selten das Wort. Wenn er redete, dann geschah das immer in seiner ruhigen, bedächtigen Art. Bei Themen, die die Gemüter erregten und bei denen hitzig gestritten wurde, brachte er, mit einem Lächeln auf den Lippen, seine Argumente leise, ja beinah melodisch vor. Niemand hatte ihn je wütend, aufbrausend oder laut schreiend erlebt. Er verstand es immer, politische Themen zum Gegenstand eines freundlichen, anregenden Gesprächs zu machen, und selbst wenn seine geliebte Wafd-Partei angegriffen wurde, blieb er ein friedfertiger Mensch. Sah er sich gezwungen, den Wafd zu verteidigen, sagte er: »Es sind wirklich gute Menschen«, oder: »Mustafa an-Nahhas? Das ist nun wahrlich ein gütiger und gesegneter Mann.« Das Äußerste, wozu er sich bei einer Gegenrede hinreißen ließ, war ein: »Möge Ihnen Gott vergeben.« Seine politischen Aktivitäten beschränkten sich auf derlei Gespräche und, wenn es freie Wahlen gab, auf den Gang zur Urne, um dem Wafd-Kandidaten seine Stimme zu geben. Natürlich unterstützte er die Revolution von 1919 mit ganzem Herzen. Was mich tief beeindruckte, war seine Bescheidenheit, und dass er sich, im Unterschied zu vielen anderen, für seine einfache Herkunft nicht schämte. Einmal fing er an, über sein Zuhause zu reden. »Mein Vater war Polizist«, erzählte er. »Wäre es nach ihm gegangen, wäre ich auch Polizist geworden, aber einer unserer Nachbarn, ein Händler, riet ihm, mich zur Grundschule zu schicken, was er auch tat. Und da ich gute Leistungen zeigte, hatte ich bis zum Abitur immer einen Freiplatz. Das günstigste Studium bot sich mir im Lehrer-Institut an, also wurde ich Lehrer.«

Er hatte die Tochter vom Arabischlehrer geheiratet, die den Grundschulabschluss besaß. »Die Familie meiner Frau lebte zwar auch immer in bescheidenen Verhältnissen, aber im Vergleich zu meiner Familie stand sie sehr viel besser da. Das zog für mich mancherlei unangenehme Situation nach sich.« Für einen Moment schwieg er bedrückt, bevor er mit bewegender Offenheit hinzufügte: »Jemand, der mehr Härte gezeigt hätte, wäre besser gewesen. Aber immerhin hat mir meine Frau drei Jungen geboren.«

An seinem freien Tag kam er ins Café, ansonsten ging er nur zum Arbeiten aus dem Haus. Es waren Jahre, in denen geradezu historische Ereignisse geschahen, doch er verfolgte alles aus der Ferne und beteiligte sich nur selten ruhig und sanft am Gespräch. Sein Hauptaugenmerk galt der Erziehung seiner drei Jungen, von denen es der Älteste dann zum Offizier der Kavallerie schaffte, der Mittlere als Ingenieur in der Armee diente, und der Jüngste Tierarzt wurde. Die beiden älteren Söhne überstanden 1956 den Krieg unversehrt, und für dieses Wunder dankte er Gott ein ums andere Mal. 1960 wurde er pensioniert; gesundheitlich ging es ihm gut, und er konnte glücklich das Familienleben genießen. Als im Frühsommer 1967 unsere Truppen im Sinai zusammengezogen wurden, geriet er, der sonst immer so Ruhige, in helle Aufregung. Wen immer er traf, fragte er: »Gibts Krieg?«

Das Unheil nahm seinen Lauf, der einzige Lichtschein war die Rückkehr seines mittleren Sohns, zwar verwundet, aber doch lebend. Der Älteste war als vermisst gemeldet worden. Für Ghanim Hafiz brach eine Welt zusammen. Von seiner Besonnenheit, seiner Ruhe war nichts mehr zu spüren, er bot ein Bild des Jammers. Er liebte seine Söhne, und so konnte und wollte er nicht glauben, dass sein Großer tot sein sollte. Er träumte von einem Wunder, das ihm den Sohn heil zurückbrachte. Der Zweitälteste kehrte nach der Genesung an die Front zurück, und so lebte Ghanim Hafiz hin- und hergerissen zwischen dem Traum von der Rückkehr des einen Sohns und der Angst um den anderen Sohn. Da war kein Tag, an dem er nicht Stunde um Stunde die Nachrichten gehört hätte. War von Luftangriffen oder Gefechten die Rede, begann er zu zittern, und obwohl er ein tief gläubiger Mensch war, verließ ihn sein Glaube. Die Liebe zu seinen Söhnen stand über allem.

Manchmal sehe ich ihn noch – ein alter Mann, mit leicht gekrümmtem Rücken und weißem Haar. Setzt er sich ins Café, starrt er ins Leere, als versuche er, das Verborgene zu ergründen. Da ist nichts mehr an seiner Erscheinung, was dafür spricht, dass er die harschen Anforderungen des Lebens noch meistern könnte, und ich, schwankend zwischen Tadel und Mitleid, setze mich zu ihm – um ihn zu trösten und gemeinsam mit ihm Vermutungen über das Verborgene anzustellen.

Faiza Nassar

Es muss 1960 gewesen sein, als ich ihr im Haus von Aglan Sabit in Giza begegnete. Sie war in den Dreißigern, und ihr Gesicht hatte etwas von der Reinheit junger Bäuerinnen, dabei war sie modisch und elegant angezogen. Keine besondere Schönheit, aber unglaublich anziehend. Ihr Mann, Abduh Ibrahim, ein Garagenbesitzer, musste an die fünfzig sein. Er war ein dicker, schwammiger Typ, der einen trägen Eindruck machte und den Mund nur höchst selten aufbekam, ansonsten schaute er in der Runde von einem zum anderen und lächelte dümmlich.

»Sie wohnen im gleichen Haus, und meine Frau ist mit Faiza befreundet«, erzählte mir Aglan.

»Der Mann wirkt nicht gerade überzeugend«, brummelte ich.

»Aber er verdient 'ne Menge Geld. Sie hat zwei Kinder geboren und ist eine vorbildliche Mutter, obwohl sie weder lesen noch schreiben kann.«

»Sie macht einen intelligenten Eindruck.«

»Ihre Mutter hat auf dem Markt Käse und Butter verkauft, aber Faiza ist von dem Wunsch getrieben, sich dem neuen Kreis, in dem sie jetzt lebt, mittels Radio, Fernsehen und Freundinnen anzupassen.«

Beim nächsten Besuch erschien Faiza Nassar in Begleitung

eines anderen Manns bei Aglan Sabit. Er war so an die vierzig Jahre alt, kräftig gebaut und hatte einen stechenden Blick. Aglan erzählte mir, dass er Galal Mursi heiße und der Besitzer des Pyramiden-Casinos sei. Mit dem ihm eigenen Sarkasmus erklärte Aglan, ohne die Stimme zu senken: »Beim letzten Mal hast du Faizas Mann kennengelernt, jetzt weißt du, wer ihr Liebhaber ist.«

Es gab lautes Gelächter, in das auch Faiza und ihr Begleiter einstimmten.

»Glauben Sie ihm kein Wort!«, rief der Mann.

»Verleugnest du mich etwa?«, fragte Faiza mit scheinbar drohendem Unterton.

Galal Mursi senkte demütig den Kopf und sagte in meine Richtung: »Sie müssen mir glauben, mein Herr.«

»Genau«, warf Aglan Sabit ein, »er ist ein Freund von Faizas Mann.«

Faiza Nassar lud mich ein, sie zu Hause besuchen, und so kam es, dass ich mich einerseits mit ihr, andererseits aber auch mit ihrem Mann befreundete. Ich begleitete beide des Öfteren ins Casino, und natürlich kam dann auch immer Galal Mursi an unseren Tisch. Mir fiel auf, dass er sehr vertraut mit dem Ehepaar umging, und ich hätte gern gewusst, ob Faizas Mann von der Beziehung zwischen seiner Frau und Galal Mursi, die es natürlich gab, etwas wusste. Aber selbst Aglan Sabit konnte mir nichts Genaues sagen, das Einzige, was ich zu hören bekam, war: »Gewöhn dich an solche Verhältnisse, dann könntest du dich endlich von deiner bürgerlichen Engstirnigkeit befreien.«

Einmal, als wir bei Aglan im kleinen Kreis zusammensaßen, denn außer uns beiden Männern waren nur noch Aglans Frau und Faiza zugegen, wies er plötzlich mit dem Finger auf mich und erklärte aus heiterem Himmel und ohne jede Vorwarnung: »Er leidet unter seiner Liebe zu dir, Faiza.«

Sie trat leichtfüßig an mich heran, schlang ihre zarten braunen Arme um meinen Hals und sagte: »Zeigs mir.«

Aglan lachte los. »Sachte, sachte, sonst gerät er in Panik!«

»Aber ich muss eine Bedingung stellen«, meinte sie, und als sie Aglans fragenden Blick sah, fügte sie hinzu: »Es geht nur für eine Nacht.« Sie schaute mich verschmitzt an. »Denn eine tugendhafte Frau darf doch wohl nicht mehr als einen Ehemann und einen Geliebten haben, oder?«

So war sie, immer zu einem Spaß bereit. Aber mit der Zeit merkte ich, dass sie Galal Mursi aufrichtig liebte. Sie legte viel Wert auf ein gepflegtes Heim und die ordentliche Erziehung ihrer Kinder. Aglan meinte, dass sie unter ihrem Ehrgeiz leiden würde, denn obwohl sie Analphabetin sei, träume sie davon, etwas ganz Großes zu werden.

»Vielleicht liegt das daran, dass sie plötzlich Geld hat?«, fragte ich ihn.

»Na ja, sie lebt nicht schlecht, und das Geld liebt sie auch, aber da ist noch etwas anderes …«

»Was?«

»Wenn mich nicht alles täuscht, würde sie furchtbar gern eine Künstlerin sein. Übrigens sind wir beide eingeladen.« Als ich ihn fragend anschaute, erklärte er: »Offenbar gibts irgendwas Wichtiges, wir werden ja sehen.«

Als wir bei Faiza eintrafen, war nicht nur ihr Ehemann, sondern auch ihr Geliebter zugegen. Kaum hatte ich Platz genommen, wurde ich das Gefühl nicht los, dass irgendetwas in der Luft lag. Ich glaubte, die Atmosphäre knistern zu hören. Nicht lange, und Faiza platzte mit der Neuigkeit heraus: »Das Problem ist, dass mir ein Filmregisseur eine große Rolle angeboten hat.« Sie starrte uns an. »Na los, sagt was.«

»Das müsst einzig und allein ihr beide entscheiden, du und dein Mann.«

Abduh Ibrahim hielt angestrengt den Kopf in die Höhe, als könnte ihm das helfen, die richtigen Worte herauszubringen. »Es gibt ja viele Frauen aus angesehenen Familien, die heutzutage in Filmen mitspielen.«

Galal Mursi fixierte Faiza streng. »Ich möchte nur eins wissen, nämlich wann und wo dich dieser Regisseur gesehen hat?«

»Er hat uns beide gesehen, nämlich in deinem Casino«, erklärte Abduh Ibrahim.

»Und da hat er gleich auf den ersten Blick gesehen, wie talentiert Faiza ist?«

»Das ist seine Angelegenheit, nicht unsere.«

»Als guter Freund von euch beiden kann ich nur eins sagen – ich bin nicht damit einverstanden, dass sie auf dieses Terrain auch nur einen Fuß setzt.«

Über Faizas Gesicht huschte trotz der angespannten Atmosphäre ein glückliches Lächeln. »Und warum?«

»Du hast dich doch noch nie für Kunst interessiert!«

»Weil es keine Gelegenheit gab.«

»Und plötzlich hast du den Wunsch, Künstlerin zu werden? Einfach so, weil dir ein Regisseur ein Angebot gemacht hat?«

»So ist es.«

»Ich denke, dass das wirklich so ist«, warf Abduh Ibrahim ein.

»Für nichts und wieder nichts kriegt man nicht einfach eine Rolle!«, fuhr ihn Galal Mursi scharf an.

»Aber für eine Begabung …«, hielt Aglan Sabit dagegen.

»Nicht mal für eine Begabung!«

»Ich bin doch kein kleines Mädchen mehr«, wehrte sich Faiza.

Ihr Mann nickte. »Man muss ihr vertrauen.«

»Als treuer Freund kann ich nur eins sagen – Nein.«

»Aber das ist doch eine tolle Chance, die darf man sich doch nicht entgehen lassen?«, drang Abduh Ibrahim auf ihn ein.

Aglan stimmte ihm zu, dann pflichtete ich ihm bei, und irgendwie kam mir das Ganze wie eine Verschwörung vor. Galal Mursi stand auf, verabschiedete sich und wiederholte beim Hinausgehen laut und deutlich: »Ich habe meine Meinung gesagt, und dabei bleibe ich auch.«

»Du solltest diesen Regisseur so schnell wie möglich treffen«, meinte Aglan, und seinem Tonfall fehlte es nicht an Hinterhältigkeit.

Als wir zusammen das Haus verließen, sagte ich zu ihm: »Ihr Mann weiß alles.«

Aglan lachte aus voller Kehle. »Na klar! Und da packt er die Gelegenheit beim Schopf und versetzt seinem Widersacher einen ordentlichen Schlag.«

»Und Faiza? Was meinst du, wird sie tun?«

Er dachte kurz nach. »Wenn mich nicht alles täuscht, ist ihr Ehrgeiz größer als ihre Liebe.«

Er sollte recht behalten. Sie übernahm die Rolle und hatte damit großen Erfolg. Wenig später wurden ihr zwei weitere Rollen angeboten. Galal Mursi verließ sie, und sie tat nichts dafür, ihn zurückzuholen. Es sollte nicht lange dauern, da ließ sich ihr Mann von ihr scheiden, und zwar mit dem Argument, er müsse sein Heim und seine Kinder vor den schädlichen Einflüssen der Filmszene bewahren. Auf einmal war mir klar, dass seine ganze Gleichgültigkeit und Trägheit nur eine Hülle gewesen war, hinter der er einen lang gehegten Hass versteckt gehalten hatte.

Faiza nahm sich in Zamalek eine kleine, schicke Wohnung. Als Aglan und ich sie besuchten, fanden wir dort Sadik Abd al-Hamid mit seiner Freundin vor – die Journalistin Nimat Arif, die mit Zuhair Kamil, dem frisch gebackenen Kunstkritiker, verheiratet war. Faiza hatte wie immer gute Laune. Sie war glücklich über ihren Erfolg. Als ich mich mit Aglan auf den Heimweg machte, sagte er: »Sie hat bestimmt Sehnsucht nach ihren Kindern, aber daran zerbrechen wird sie nicht. Ich muss gestehen, dass ich über jeden Erfolg, den ein Bauer oder eine Bäuerin erreicht, glücklich bin, auch wenn der Preis manchmal hoch ist.«

Fathi Anis

Gleich am ersten Tag, als ich das Büro betrat, fiel er mir auf. Ich hielt ihn für einen hohen Beamten oder den Sprössling einer angesehenen Familie, umso überraschter war ich, als ich erfuhr, dass er im Generalsekretariat für die Aktenablage zuständig war. Er war dreißig Jahre alt, besaß einen Grundschulabschluss und ernährte von den acht Pfund, die er im Monat verdiente, nicht nur seine Frau und die fünf Kinder, sondern musste auch noch seine Mutter und zwei geschiedene Schwestern unterstützen. Groß und schlank, wie er war, und von der Natur mit fein geschnittenen Gesichtszügen bedacht, machte er einen stattlichen Eindruck. Abbas Fauzi kommentierte das mit den Worten: »Sieh sich einer an, was die Natur so anstellt. Lässt diesen jungen Kerl wie den Empfangschef vom Außenministerium aussehen, aber geizt ansonsten mit allem, was ihm nützen würde.« Oder er sagte: »Er ist fürs Leben nicht gerüstet.«

Als in den Tagen des Kriegs die Preise immer höher stiegen, fiel es ihm sehr schwer, seine familiären Verpflichtungen zu erfüllen. Es kam des Öfteren vor, dass er an Abbas Fauzi oder Abd ar-Rachman Schaban herantrat und fragte: »Könnten Sie mir einen Piaster für ein Sandwich geben? Es wird Ihnen am Jüngsten Tag vergolten.« Wenn er auf dem Flur einen Besucher umherirren sah, bot er ihm großherzig seine Hilfe an, aber zum Schluss kam regelmäßig die Frage: »Hätten Sie vielleicht eine Zigarette für mich?«

Abd ar-Rachman Schaban tat der junge Mann so leid, dass er eines Tags zu Abbas Fauzi sagte, dass man etwas für ihn tun müsse. Der gab ihm zwar recht, erklärte aber gleichzeitig: »Das ist leichter gesagt als getan.«

»Gib ihm doch irgendeine Stelle, wo er Bestechungsgelder kriegen kann.«

Lächelnd erwiderte Abbas Fauzi: »Stellen gibt es eine Menge, in der Personalabteilung, Buchhaltung, im Lager, in der Einkaufsabteilung, aber ihm fehlt dafür die Qualifikation.«

»Aber manche Direktoren haben doch auch bloß den Grundschulabschluss.«

»Das meine ich nicht, ich habe da mehr an die fehlenden Beziehungen gedacht. Die bedeutendste Person, die er kennt, ist Amm Sakr, der Bote.«

Aber Fathi Anis fand einen Weg, seinen Hunger zu stillen. Er nutzte einfach sein gutes Aussehen und führte sich bei x-beliebigen Familien als Freier ein. Er stieß auf Wohlwollen, allerdings mussten Informationen über ihn eingeholt werden, aber bis das getan war, besuchte er hin und wieder die jeweilige Familie und blieb, bis es Zeit zum Essen war. Wurde er zu Tisch gebeten, tönte er: »Nur ein niedriger Mensch würde eine solch hochherzige Einladung ausschlagen«, und dann stopfte er so viel es ging in sich hinein, als wollte er sich für den Rest seines Lebens versorgen. Natürlich fielen die Erkundigungen nicht zu seinen Gunsten aus, und so lehnte man ihn, sich vielmals entschuldigend, ab. Er zog von dannen, freute sich, dass er so gutes Essen genossen hatte und setzte seinen Eroberungszug in einem anderen Stadtteil fort. Es dauerte nicht lange, da wussten alle Beamten Bescheid und rissen ihre Witze über ihn.

Eines Tages trat er seinen Dienst im Gilbab an. Auf der Stelle ließ ihn Tantawi Ismail, der damals noch der Chef des Generalsekretariats war, zu sich kommen. »Was hat das zu bedeuten, Herr Fathi?«, blaffte er ihn an.

»Der Anzug ist hin«, erwiderte Fathi Anis prompt. »Vor drei Jahren habe ich ihn schon einmal wenden lassen, aber nun ist nichts mehr zu machen. Ich hab kein Geld für einen neuen, ich kann mir ja nicht mal 'nen Knopf kaufen.«

»Aber das geht nicht, das widerspricht der Dienstvorschrift!«

»Steht aber nirgendwo geschrieben«, erklärte Fathi selbstbewusst.

Wir diskutierten lange darüber, ob es statthaft war, im Gilbab zu erscheinen oder nicht, aber zu einem eindeutigen Ergebnis kamen wir nicht. Mit seinem neuen Aufzug sollte Fathi Anis noch für mehr Aufregung sorgen, denn als der neue Wafd-Minister seinen Kontrollbesuch machte, hielt er ihn für einen Boten und fragte ihn, warum man ihm keine Botenuniform ausgehändigt habe.

Treuherzig antwortete Fathi: »Ich bin kein Bote, Exzellenz, ich bin Beamter. Mir fehlt einfach nur das Geld, um mir einen neuen Anzug zu kaufen.«

Verblüfft schaute ihn der Minister an, dann fragte er, welche Tätigkeit er ausübe, was für Abschlusszeugnisse er habe, wie hoch sein Gehalt sei und wie viele Kinder er habe. Mittlerweile war deren Anzahl auf neun gewachsen, und als der Minister das hörte, lachte er und sagte: »Ja, ist denn Kinder zeugen Ihre einzige Freizeitbeschäftigung?«

Frech wie immer erwiderte Fathi: »Ich bin ein begeisterter

Anhänger des Wafd, und solange Sie an der Regierung sind, wird mir wohl nichts passieren.«

Der Minister veranlasste, dass Fathi zwei Beförderungen erhielt, dazu gab es den Teuerungsausgleich, der zum ersten Mal beschlossen worden war. Nun konnte er sich zwar einen neuen Anzug kaufen, aber ansonsten hatte sich seine Situation wenig geändert.

Eines Morgens tuschelte mir Amm Sakr, als er den Kaffee brachte, ins Ohr: »Jetzt hat dieser Hungerleider doch tatsächlich das große Los gezogen!«

»Fathi Anis?«, fragte ich.

»Genau.«

»Und wie?«

»Er heiratet eine wahnsinnig reiche Witwe.«

»Wirklich? Und ist sie hübsch?«

Er lachte. »Sie ist sechzig und sieht wie 'ne Mumie aus.«

Wie immer, wenn Amm Sakr eine Neuigkeit erzählte, stimmte auch diese. Fathi heiratete eine alte türkische Witwe, die die Begünstigte einer großen Stiftung war. Es hieß, dass seine erste Frau gegen diese Heirat nichts einzuwenden hatte, weil ihr das Wohl der Kinder wichtiger war als ihr eigenes. Seine Lage hatte sich schlagartig geändert, und das war ihm anzusehen. Er zog sich gut an, sah gesund aus und gab eine glanzvolle Erscheinung ab. Statt sich mit ihm zu freuen, waren viele Kollegen neidisch auf ihn.

»Wie schaffst du es, mit einer Mumie zu schlafen?«, fragte ihn Abbas Fauzi höhnisch.

Aber Fathi blieb ruhig und erwiderte freimütig: »Wenn man drei oder vier Sorten Fleisch zu essen kriegt, fünf Whiskys trinkt, kann man selbst mit dem Engel des Todes schlafen.«

1948, nach dem ersten Palästina-Krieg, starb seine zweite Frau und hinterließ ihm ein sagenhaftes Vermögen. Er konnte seine Freude darüber nicht verbergen, nicht einmal in den ersten Tagen nach ihrem Tod. Er kündigte den Dienst und wollte sich selbstständig machen. Das gelang ihm auch, er eröffnete in Taufikija ein großes Café. In den beiden ersten Jahren machte er noch Verluste, aber dann hatte er sich in seinen neuen Beruf eingearbeitet und das Geschäft lief bestens.

Ich hörte lange nichts von ihm, und erst als Amm Sakr aus dem Gefängnis entlassen worden war, kam der Nachrichtenfluss wieder in Gang. Er erzählte mir, dass Fathi Anis unglaublich reich sei, mehrere Häuser besitze, in einer luxuriösen Villa in der Nähe der Pyramiden wohne und seine Söhne, zwölf an der Zahl, alle großen Erfolg in der Schule oder im Studium hätten. Er wäre noch immer mit der ersten Frau verheiratet, hätte aber eine Geliebte, eine italienische Tänzerin. »Er ist jetzt sechsundsechzig Jahre«, sagte Amm Sakr, »hat aber eine Kraft und Energie, als wäre er in der Blüte seiner Jugend. In dem Alter und ist der Geliebte einer italienischen Tänzerin, hat man so was schon jemals gehört? Glück muss man haben, wie in den Märchen aus *Tausendundeiner Nacht*, alles andere bringt nichts.«

Kadri Rizk

Zu Beginn des Jahres 1948 erschien er häufig in der großzügig eingerichteten Wohnung von Adli Barakat. Er war an die dreißig Jahre alt, vielleicht sogar etwas jünger, und kam immer in der Uniform eines Kavallerieoffiziers. Sobald er die Wohnung betreten hatte, herrschte eine fröhliche, ausgelassene Stimmung. Für Politik interessierte er sich nicht, und hätte es nicht den Versuch gegeben, Mustafa an-Nahhas meuchlings zu ermorden, wäre mir seine Sympathie für den Wafd nicht aufgefallen; vermutlich hatte er sie von seinem Vater übernommen, einem Mitglied des Wafd-Ausschusses.

Er war gertenschlank, hatte dunkle Haut, und das gut geschnittene Gesicht schmückte ein dicker Schnurrbart, für den er, und er wusste das, bewundert wurde. Die Abendgesellschaften in Adli Barakats Wohnung waren berühmt, und ich hatte des Öfteren die Gelegenheit, Kadri Rizk dabei zu beobachten, wie er manch eine Künstlerin eroberte. Nach dem Krieg von 1948 erlebten wir ihn in ganz anderer Stimmung, seine Heiterkeit war Missmut gewichen. Deprimiert, wie Rida Hamada und ich waren, stellten wir ihm viele Fragen. Wir hofften, dass er Licht ins Dunkel bringen könnte, aber statt uns im Einzelnen zu erklären, wie es zu dieser Situation hatte kommen können, fertigte er uns mit der Bemerkung ab: »Man hat die Armee auf ganz miese Weise geopfert, indem man ihre Ehre und das Leben der Soldaten aufs Spiel gesetzt hat.« Er nickte gereizt. »Aber das wird noch seinen Preis haben.«

»Wieso? Wir sind doch nicht geschlagen worden?«, fragte ich reichlich naiv. »Al-Faluga war ein klarer Sieg.«

»Was für Sieg? Eine Niederlage war das«, fauchte er mich an. »Wir sind umzingelt worden, der eine Feind hat uns von außen bedrängt und der andere Feind von innen.« Ich konnte seinen Zorn gut verstehen, denn ich dachte ganz ähnlich.

»Schuld sind die Minderheitsparteien«, warf Rida ein. »Ohne sie könnte der König seine Despotie nicht aufrechterhalten.«

»Und die Schwäche des Wafd«, fügte Kadri wütend hinzu. »Weil er nicht mehr das verwirklicht, was das Volk will.«

Rida verzog unangenehm berührt den Mund. »Der Wafd hat immer auf den revolutionären Elan des Volk gebaut, nur leider hat das Volk den verloren.«

Kadri konnte vor Wut kaum an sich halten, noch nie hatte ich ihn so aufgebracht erlebt. »Aber genau dafür, dass das Volk seinen revolutionären Schwung verloren hat, ist doch der Wafd verantwortlich!«

In jenen Tagen freundeten wir uns enger mit ihm an und trafen uns häufig bei Adli Barakat. Wir konnten als Augenzeugen miterleben, wie es mit Adli Barakat bergab ging, der ja dann auch tatsächlich Selbstmord beging. Die Verbindung mit Kadri Rizk blieb dennoch bestehen, wir setzten uns bei Rida oder im Café Fischawi zusammen. Allmählich wurde Kadri wieder der Alte; sein Interesse für Politik schwand, er war fröhlich wie in früheren Zeiten und jagte wieder den Frauen hinterher.

Als im Juli 1952 die Revolution ausbrach, erfuhren wir, dass er zu den »Freien Offizieren« gehörte. Wir staunten nicht schlecht über seine unglaubliche Fähigkeit, uns diese Tatsache so lange verheimlicht zu haben. Noch am Abend vor der Revolution hatten wir zusammen im ›Fischawi‹ gefeiert. Er lachte und scherzte, und gegen Mitternacht beschlossen wir aufzubrechen. Kadri und ich gingen zu Fuß die Bergstraße entlang, in Richtung Abbasija, und nach einer Weile verabschiedeten wir uns, denn ich musste in die westliche Richtung gehen, er weiter in die nördliche, weil er in der Achmed-Mahir-Straße wohnte. Jedenfalls nahm ich an, dass er nach Hause wollte, aber wie sich dann später herausstellte, war er nach Manschijat al-Bakri gegangen, wo er mit einer kleinen Einheit, die er befehligte, eine wichtige Kreuzung besetzte.

Eine ganze Weile bekamen wir ihn dann nicht zu sehen, die Ereignisse überstürzten sich, und der König musste ins Exil gehen. Als Kadri wieder zu uns stieß, war er befördert worden. Es fanden bedeutende Veränderungen statt – die Bodenreform, der Abzug der Briten und vieles andere mehr. Wir trafen uns wieder regelmäßig einmal in der Woche in Ridas Wohnung, bis dieser verhaftet wurde. Danach kam Kadri entweder zu mir, oder ich ging zu ihm, oder wir sahen uns im ›Fischawi‹. Es ging immer um Politik, ein anderes Gesprächsthema kannten wir nicht. Unsere Meinungen stimmten meistens überein, denn die Revolution hielt unsere Herzen gefangen, und wir setzten all unsere Hoffnungen auf dieses historische, legendäre, großartige Ereignis.

Voller Stolz erklärte Kadri: »Die Höllenmächte, die den Aufbruch des Volks behindert haben, sind besiegt – der König, die Briten, die korrupten Herrscher. Nun liegt die Macht in den Händen des Volks, denn die Herrschaft geht vom Volk aus und sorgt für das Volk. Jetzt ist Schluss mit Fäulnis und Zersetzung, von nun an ist der Prozess der Reformen nicht mehr zu stoppen, und der Fortschritt nimmt unaufhaltsam seinen Lauf.«

Die Zeit war gekommen, um einen großen Traum zu verwirklichen. Endlich sollte dieses Volk, das jahrtausendelang geknechtet und gedemütigt worden war, das in Armut und Entwürdigung gelebt hatte, endlich sollte dieses Volk in den Genuss von Freiheit, Gerechtigkeit und Wohlstand kommen. Was Rida und mir, vor seiner Verhaftung, Sorge bereitete, war, dass man sich offensichtlich anschickte, die Wafd-Partei zu zerstören. Mehr als einmal hatte Rida Kadri mit der Frage bedrängt, warum sich die neue Regierung nicht auf den Wafd und damit auf eine breite Masse aus dem Volk stütze. Eine andere Sorge stellte für uns Amerika dar, befürchteten wir doch, dass es über kurz oder lang den Platz der Briten einnehmen würde: Die Unterstützung des neuen Regimes durch Amerika war nicht zu übersehen. Aber Kadri beruhigte uns mit den Worten: »Die Amerikaner sind für uns von großem Nutzen, und da unsere neuen Führer aufrichtige Patrioten sind, brauchen wir nichts zu befürchten.«

Die Parteien wurden aufgelöst, die Muslimbrüder und Kommunisten wurden verhaftet, und Kadri begeisterte sich für jede dieser Maßnahmen ohne Wenn und Aber. Irgendwann brach aus mir die Frage heraus: »Wer seid ihr? Und was wollt ihr?«

Er lachte, überlegte eine Weile, dann sagte er: »Wir sind ägyptische Patrioten, die für die arabische Nation und die Revolution einstehen. Wir sind die Feinde von Korruption, Fanatismus und Ketzertum.« Seine Augen strahlten vor Begeisterung. »Unser Ziel ist es, das Volk von allem zu befreien, das es zu Sklaven machen will, sei das nun eine einzelne Person oder eine Klasse, sei das Armut oder Krankheit. Es soll endlich den Platz unter der Sonne einnehmen, der ihm gebührt.«

Die Tragödie, die Rida Hamada erlebte, nahm uns alle

schwer mit, und auch Kadri Rizk war tief bewegt. Das Einzige, was uns Kraft gab, war die Stärke und die Geduld, mit der Rida sein Unglück trug. Kadri bewunderte ihn sehr, er hielt ihn für einen ganz ungewöhnlichen Menschen. Bisweilen staunte er laut, wie es denn sein könne, dass zwei so völlig unterschiedliche Männer wie Zuhair Kamil und Rida Hamada auf ein und demselben Boden aufgewachsen waren.

Es gab bedeutende Veränderungen, zum Beispiel die Ausrichtung auf den Ostblock bei der Ausrüstung mit Waffen, die Verstaatlichung des Suez-Kanals, ein Ereignis, das wir begeistert feierten und uns alle in einen Freudenrausch versetzte. Kadri jubelte: »Seht ihr es jetzt endlich ein? Wir sind Ägypter durch und durch und keine Amerikaner und keine Russen.«

In jener Zeit heiratete Kadri die Tochter eines Großgrundbesitzers, der von der Bodenreform betroffen war. Diese seltsame Konstellation verlangte uns natürlich Erklärungsversuche ab, auch wenn man gewillt war, nur die rein gefühlsmäßige Seite zu sehen, um diese Heirat für etwas Normales zu halten. Doch dafür war Kadris Stolz, in solch eine Familie einzuheiraten, trotz aller revolutionären Begeisterung allzu auffällig. Rida Hamada kommentierte das mit dem Satz: »Eine Klasse drängt danach, den Platz einer anderen Klasse einzunehmen.«

Dann kam die Dreier-Aggression, deren Ausgang sich gegen die Aggressoren richtete. Unser Freund Kadri Rizk, der sich gerade in den Flitterwochen befand, musste sofort seiner militärischen Pflicht nachkommen. Als er zurückkehrte, war er am Bein verwundet und hatte das linke Auge verloren, weshalb er aus der Armee ausscheiden musste. Er bekam einen hohen Posten in der Kulturabteilung des Ministeriums für Nationale Orientierung, und zum ersten Mal in seinem Leben sah er sich gezwungen, sich mit Kultur zu beschäftigen. Tagsüber arbeitete er, nachts studierte er, eine beeindruckende Leistung, mit der er sowohl seine geistigen als auch organisatorischen Fähigkeiten unter Beweis stellte. Als dann Jahre später die Gesetze über die sozialistische Orientierung beschlossen wurden, stürzte er sich mit dem gleichen Eifer ins Studium des Sozialismus. Was immer auch die Revolution an Glauben forderte, er brachte diesen Glauben auf, drehte sich doch sein ganzes Leben einzig und allein um die Revolution. Von der Moral, den Traditionen, Träumen und Hoffnungen her war er ein Bourgeois, aber er war immer, und ist es noch jetzt, ein Bourgeois, der mit sozialistischer Zunge sprach, und zwar nicht aus Furcht oder Heuchelei, sondern aus Treue zur Revolution und allem, was sie forderte. Aus diesem Grund halte ich ihn für einen der rechtschaffensten, ehrlichsten, aufrichtigsten Menschen, die ich je kennengelernt habe, wie ich auch nie jemand anderes erlebt habe, der sich mit solchem Zorn wie er über ausbeuterische und korrupte Menschen aufregen konnte, weil sie der Revolution schadeten und sie verrieten. Aber dann, als wir alle im Juni 1967 unter dem Schock der Niederlage standen, war seine Welt bis in die Grundfesten erschüttert. Ein ums andere Mal fragte er: »Soll denn alles umsonst gewesen sein?« Er starrte uns mit bleichem Gesicht an, ließ nicht locker. »Müssen wir uns wieder einmal den Reaktionären und Imperialisten unterwerfen?«

Er rang nach Luft, kämpfte darum, trotz allen Verlusts neue Hoffnung zu schöpfen und aus der Niederlage eine wichtige Erfahrung, ja, eine Lehre zu ziehen. An jedem Tag, an dem die Kapitulation ausblieb, ging es mit ihm ein Stück bergauf. Er wühlte den Boden der Realität auf, grub mit den Fingern im harten Gestein, hoffend darauf, auf ein paar Tropfen Hoffnung zu stoßen, so wie Azmi Schakir und Sadik Abd al-Hamid. Eine seiner ständigen Reden lautete: »Die neuere Geschichte der Araber ist zwar eine einzige Kette von Niederlagen, die ihnen die Reaktionäre und Imperialisten zugefügt haben, aber wenn die Verzweiflung am größten war, hat sich das Licht noch immer einen Weg durchs Dunkel gebahnt. Tataren, Kreuzritter, Briten – alle sind gegangen, aber die Araber sind geblieben.«

Er wollte, dass die Revolution Bestand hatte und den Sieg davontrug, koste es, was es wolle. Er hoffte, dass der Aufschwung in einer Zeit, die keinen Rückschritt erlaubte, nicht ins Stocken geriet. Er verfolgte begierig die Nachrichten über die Kämpfe und war zutiefst betrübt, nicht mehr mitkämpfen zu können. Wurden wir geschlagen, ohne entsprechend reagieren zu können, überfiel ihn Trauer, und wie im Fieber hoffte er auf den Tag, an dem unsere Kampfbereitschaft ihren Höhepunkt erreichen würde. Tag für Tag, ja, Stunde um Stunde war er auf dem Sprung, lauerte, sorgte sich, hoffte und ging mit sich selbst unversöhnlich ins Gericht.

Ungeachtet der Meinung der anderen Freunde, Salim Gabr zum Beispiel, der eine völlig andere Position als Kadri Rizk bezog, oder Aglan Sabit mit seinem scharfen Spott, oder Rida Hamada mit seiner bitteren Kritik, für mich war und bleibt Rida immer ein Mann, der der Juli-Revolution treu ergeben ist. Schon möglich, dass seine Persönlichkeit in generelle Schemata schwer einzuordnen ist, aber den Prinzipien der Nationalcharta entspricht sie haargenau: Ein Mann, der sich sowohl für soziale Gerechtigkeit als auch für das Privateigentum einsetzt, der an den Sozialismus glaubt, aber die Religion für notwendig hält, der ein ägyptischer Patriot ist, aber immer für die arabische Einheit eintritt, der das Erbe respektiert, ohne die Wissenschaft zu diffamieren, der das Volk als Fundament sieht, aber den autoritären Staat für notwendig erachtet.

Wann immer er von Weitem auf mich zukommt, humpelnd und nur mit einem Auge sehend, schlägt mein Herz vor freundschaftlichen Gefühlen und vor Hochachtung schneller.

Kamil Ramzi

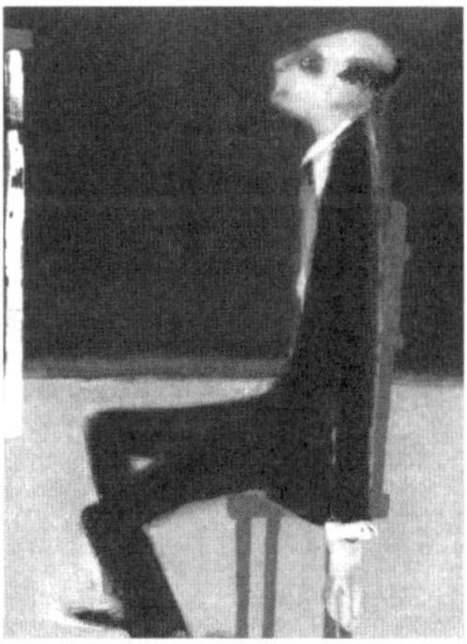

Wir lernten uns 1965 bei Azmi Schakir kennen. Er war gerade nach fünf Jahren Haft aus dem Gefängnis entlassen worden: ein großer, dunkelhäutiger Typ in den Fünfzigern, mit Glatze und kleinen, funkelnden Augen, der promovierter Ökonom war und bis zu seiner Verhaftung in der Wirtschaftsfakultät gelehrt hatte.

Als ich ihn begrüßte, sagte ich: »Ich habe Ihr Buch über die unterschiedlichen ökonomischen Richtungen gelesen und muss sagen, dass ich es genauso vergnüglich wie informativ fand.«

»Danke. Übrigens trauere ich dem Universitätsleben sehr nach.«

»Man hat ihm fälschlicherweise politische Aktivitäten vorgeworfen«, erklärte Azmi Schakir. »Dabei ist er einfach nur ein Denker, der außer Forschen und Schreiben nichts kennt.«

In der gleichen Woche, in der ich ihn kennengelernt hatte, erhielt er einen hohen Posten, und als mir Azmi Schakir das erzählte, sagte er: »Er ist geradezu ein Vorbild an Gelehrtheit, Klugheit und Lauterkeit.«

Er war mit Salim Gabr und Zuhair Kamil befreundet, und durch mich wurde er mit Rida Hamada, Kadri Rizk und Sadik Abd al-Hamid bekannt. Sie schätzten ihn alle, aber so richtig begeistert war niemand von ihm. Ich hingegen unterhielt mich gern mit ihm, weil er aufrichtig und offen war und ich viel Neues lernte. Er hatte sein Studium in England abgeschlossen und kannte sich in Soziologie und Politik bestens aus. Bei Diskussionen war er ein hervorragender Gesprächspartner. Er vertrat seine Meinung entschieden und selbstbewusst, machte keine Kompromisse, und von Schöntuerei oder Nachsicht hielt er nichts. Er war von seiner Meinung so überzeugt, dass er sie schon fast fanatisch verteidigte. Versuchte jemand, ihn von einer gegenteiligen Meinung zu überzeugen, geriet er außer sich und verlor die Ausgewogenheit, die man bei einem Mann in seiner Position hätte erwarten können. Als befände er sich in einer hitzigen Schlacht, fiel er über den Gegner mit einer Flut von Argumenten und Beweisen her. Diese heftige, ungestüme Art erinnerte mich an Abd al-Wahab Ismail, auch wenn die beiden sonst sehr verschieden waren. Einmal, als ich mich mit Azmi Schakir unterhielt, sagte ich: »Kamil Ramzi ist zwar ein Gelehrter, aber seine geistige Haltung hat etwas Religiöses.«

»O ja«, stimmte Azmi mir zu. »Er war immer schon ein Fanatiker und geriet bei Diskussionen leicht in Erregung, aber so schnell wie jetzt hat er die Nerven noch nie verloren, das ist erst seit dem Gefängnis so.«

Nachdem wir uns öfter gesehen hatten, lernte ich auch seine Frau kennen. Sie war ebenfalls promovierte Wirtschaftswissenschaftlerin, lehrte an der Wirtschaftsfakultät und war eine geradezu vorbildliche Ägypterin. Kamil Azmis Lebensstil war, gemessen an dem, was man modern nannte, ungewöhnlich. Er kleidete sich betont schlicht, beim Essen dachte man, er hielte eine strenge Diät ein, und weder rauchte er, noch trank er irgendwelchen Alkohol. Einmal gestand er mir sogar, dass er vor der Heirat nie etwas mit einer Frau zu tun gehabt und auch allen Verlockungen während seines Auslandsstudiums widerstanden habe. Was mich ungemein überraschte, war, dass er, der vom Dialektischen Materialismus absolut überzeugt war, im Ramadan fastete. Als ich ihn danach fragte, lachte er und sagte: »Mein Vater war ein einfacher Arbeiter und ein zutiefst frommer Mensch. Er hat uns sehr religiös erzogen, und da ich strikt mit der islamischen Tradition und Moral aufgewachsen bin, konnte ich mich von vielem nicht frei machen, außer dem, was meiner Überzeugung prinzipiell widerspricht. Das Fasten ist für mich zu einer guten alten Gewohnheit geworden, es ist eine Übung, die zu meiner Art zu leben gut passt.« Er überlegte kurz, dann fügte er hinzu: »Die wahre Größe von Religion erfährt man erst, wenn man sie nicht als Religion betrachtet.«

Ich musste an Zahran Hassuna denken und an den riesigen Unterschied zwischen den beiden, ein Unterschied wie zwischen Engel und Teufel. »Unser ganzes Leben ist von Widersprüchen geprägt«, sagte ich.

»Wichtig ist, an die Zukunft zu denken.«

»Du glaubst doch bestimmt an den Kommunismus?«

»So ist es.«

Ich lächelte. »Hältst du dich für einen loyalen Diener der Revolution? Immerhin arbeitest du ja im Staatsapparat.«

Kurz und bündig erwiderte er: »Ich bin geschaffen, der Arbeit treu zu dienen.«

»Aber ich habe nach der Treue zur Revolution gefragt?«

Er holte tief Luft, als müsse er seinem Gedanken eine körperliche Form geben. »Ich bin noch nie ein Mensch mit zwei Gesichtern gewesen. Und da ich diese Tätigkeit akzeptiert habe, tue ich das treu und gewissenhaft.«

»Genau das war meine Frage, nur etwas vermisse ich noch.«

»Also gut. Ich stehe der Revolution loyal gegenüber, aber ich glaube nicht an sie, jedenfalls nicht voll und ganz. Was hier stattfindet, ist für mich nur ein Prozess, der die wahre Revolution vorbereitet.«

Ich wies in die Richtung von Azmi Schakir. »Dann ist deine Haltung genau die, die Azmi von Anfang gehabt hat.«

Er lachte kurz, aber entgegnete scharf: »Er hat noch vor der Schlacht aufgegeben, wir kapitulieren erst, wenn es erwiesen ist, dass die Schlacht wirklich nichts bringt.«

»Vielleicht ist Azmi einfach nur weitsichtiger.«

»Solch eine Art von Weitsichtigkeit kann ich, mit Verlaub, nur verfluchen.«

Azmi Schakir war ein großer Bewunderer von Kamil Ramzi, ebenso wie Rida Hamada, auch wenn sich ihre Ansichten prinzipiell unterschieden. Kamils Persönlichkeit fesselte einen dank seiner Gabe, die Dinge sehr genau analysieren und bewerten zu können.

Eines Tages erzählte uns Rida, dass er Kamil gebeten habe, sich für einen Beamten zu verwenden. »Und was macht er? Er hält mir eine lange Lektion über Beziehungen und Korruption. Ich habe mich sehr über ihn geärgert, aber noch mehr habe ich ihn bewundert.«

Azmi grinste. »Unlängst hatte ihm sein Minister einen Beamten anempfohlen. Dem hat er auch erklärt, dass er keinen bevorzugen könne, weil das gegen das Prinzip der Gerechtigkeit verstoßen würde.«

»Was? Das sagt er seinem eigenen Minister?«, rief ich.

»Aber gewiss doch. Er ist hart wie Stahl, völlig undenkbar, dass er sich beugt. Deshalb habe ich meine Zweifel, ob er sein Amt behält.«

»Kann man denn einen Beamten wegen Rechtschaffenheit entlassen?«, fragte Rida.

»Es gibt mehr Gründe, jemanden wegen seiner Rechtschaffenheit rauszuschmeißen, als wegen seiner Unredlichkeit.«

Tatsächlich gab Kamil Ramzi mir gegenüber einmal zu, dass ihn in seiner Behörde niemand leiden konnte, angefangen vom Bürodiener bis hinauf zum Minister. »Ich kann mich doch nicht mit öffentlichen Angelegenheiten beschäftigen und gleichzeitig persönliche Gefühle und Interessen berücksichtigen«, klagte er. »In meiner Stellung müsste man wie eine Marionette funktionieren, einen zuverlässigen Beamten braucht man nicht.« Angewidert verzog er den Mund. »Wir sind ein Volk von Schöntuern und Schacherern. Wir haben Mustafa an-Nahhas wie einen Heiligen verehrt, und zwar nur wegen seiner Aufrichtigkeit und seines Beharrens auf dem Recht, beides Eigenschaften, die man von jedem normalen Bürger erwarten kann. Und weil sie so selten geworden sind, haben wir sie in den Rang von heiligen Attributen erhoben, über die nur eine führende Persönlichkeit verfügen kann.«

»Hast du denn auch Mustafa an-Nahhas verehrt?«

»Ich war Wafdist, mein Herz hat lange für den Wafd geschlagen, selbst dann noch, als ich nicht mehr an ihn glaubte.« Seine kleinen Augen blitzten. »Man kann über den Wafd sagen, was man will, aber er war in des Wortes vollster Bedeutung eine Volkspartei. Bisweilen hat der Wafd sogar die Oberschüler erhört und seine Politik geändert.«

Er kam auf die Ereignisse im Jahr 1935 zu sprechen, wie er als Mitglied einer Studentendelegation mit Mustafa an-Nahhas diskutiert hatte, wie der Wafd nach der erbitterten Auseinandersetzung seine Unterstützung für das Kabinett von Taufik Nasim zurückzog, wie Makram Ubaid im Namen des Wafd die Revolution ausrief und schon nach einer knappen Stunde Blut floss.

Tatsächlich trat das ein, was Azmi Schakir vorausgesagt hatte: Kamil Ramzis Verbleiben im Amt war nicht von langer Dauer. Nach einem Jahr war er wegen seiner Sturheit so verhasst, dass er den Posten aufgeben musste. Eines Tages verkündeten die Morgenzeitungen, dass Kamil Ramzi in einem Presseunternehmen eine neue Aufgabe gefunden habe. Die meisten Zeitgenossen reagierten darauf mit Schadenfreude, was mich nicht sonderlich überraschte. Ich musste an ähnliche Situationen denken, an die Tragödien, die Tantawi Ismail und Surur Abd al-Baki erfuhren. Es gibt wenige Männer, die den Mut haben, der Masse der Karrieristen und Opportunisten die Tür vor der Nase zuzuschlagen und den Schwächlingen einen Spiegel vorzuhalten. Kein Wunder, dass ich also nur von ganz engen Freunden ein Wort des Mitleids für Kamil Ramzi hörte. Er selbst reagierte voller Wut und Bitterkeit, glaubte, dass die Gesetze der Natur in ihrem Lauf gestört und in völlig andere Bahnen gezwungen worden seien. Aber das hielt ihn nicht davon ab, an seine neuen Aufgaben mit Sorgfalt und Konsequenz heranzugehen. Das Gute daran war, dass er jetzt mehr Freizeit hatte und sich wieder mit der Wissenschaft beschäftigen konnte. Er begann, an einem »Wörterbuch der Politik« zu arbeiten. Er war und blieb ein Bündel an Energie, und sein Licht strahlte hell durchs Dunkel der Verzweiflung.

Camelia Zahran

An dem Tag, als sie schick angezogen und mit einer Bubikopf-Frisur im Generalsekretariat auftauchte, musste ich auf der Stelle an Abda Sulaiman denken. Aber welch ein Unterschied lag zwischen der damaligen Zeit, 1944, und der heutigen Zeit, dem Jahr 1965! Die alten Gesichter waren verschwunden – Tantawi Ismail, Abbas Fauzi, Adli al-Muazin, Abd ar-Rachman Schaban und Amm Sakr. Lauter junge Leute arbeiteten nun hier, und die Hälfte davon gehörte dem zarten Geschlecht an. Die neuste Blüte in diesem Reigen war also Camelia Zahran. Wir gewöhnten uns schnell an sie, auch an die Gerüchte, die immer dann kursierten, wenn eine junge Kollegin noch nicht verheiratet war. Die meisten Damen hatten ihren Bräutigam außerhalb des Ministeriums gefunden, nur eine war mit einem Kollegen von der Rechtsabteilung den Bund fürs Leben eingegangen. Übrigens hatte keine der frisch verheirateten Kolleginnen ihren Arbeitsplatz aufgegeben.

Camelia Zahran war dreiundzwanzig Jahre alt und hatte Jura studiert. An ihre Arbeit ging sie unwillig, denn da sie als

Schreibkraft eingesetzt war, konnte sie ihre juristischen Kenntnisse nicht gebrauchen. Ich mochte die Art, wie sie einen ansah. Da war nichts von der Demut des apathischen Haremblicks, sondern ihre Augen blitzten einen frech an. Mir schien, dass sie sich im Leben gut auskannte, jedenfalls nicht schlechter als ihre männlichen Kollegen. Nicht lange, und sie legte alles Förmliche im Umgang ab, ohne allerdings je die Grenzen des Anstands zu überschreiten. Offenbar war sie klug genug, an die Zukunft zu denken und die orientalischen Komplexe, die ihre Kollegen von den Vätern ererbt hatten, zu berücksichtigen.

Es war nach meinem Sommerurlaub, als mich ein Kollege, den ich schon länger kannte, fragte, ob ich eigentlich wüsste, dass Camelia eine hervorragende Tänzerin sei. Ich starrte ihn verblüfft an. »Wieso Tänzerin?«

»Ich hab sie im Hannoville gesehen. Sie hat mit einem jungen Mann getanzt und war so in sich selbst versunken, als ginge sie völlig in der Musik auf.«

Ich war sofort bereit, sie zu verteidigen. »Vieles, das man früher als schlechtes Benehmen empfunden hat, ist heutzutage völlig normal.«

Nachdenklich kratzte er sich den Kopf. »Ich würde gern wissen, wie es wäre, wenn man solch ein Mädchen zur Frau hätte.«

»Immerhin ist die Scheidungsrate heute niedriger als früher, und die Polygamie hat auch abgenommen.«

Er lachte. »Du scheinst ja ein ziemlich moderner Typ zu sein, trotz deines Alters.«

»Ich wäre glücklich, wenn ich zu dieser Generation gehören würde, und zwar nicht weil ich denke, dass sie keine Probleme hat, sondern weil sie viel Ballast abgeworfen hat, der uns das Leben vergällt hat.«

Ich erzählte meinem Freund Rida Hamada von diesem Gespräch, er war der konservativste von all meinen alten Freunden. Was ich mit »Ballast« gemeint habe, wollte er wissen. »Sich frei lieben zu können, ist doch wohl besser, als ständig mit Zwängen zu leben und von einer Hure zur nächsten zu gehen, oder?«

Er schaute mich zweifelnd an. »Mir kommt es vor, als würde die Liebe, ebenso wie die Demokratie, nur noch als antiquierte Farce angesehen.«

Wenn sich die jungen Leute im Büro unterhielten, spitzte ich die Ohren. Ich erfuhr eine Menge aus dem, was ich aufschnappte, auch über Camelia. Sie interessierte mich am meisten, weil sie neu war. Sie kam aus der Mittelschicht, hatte vier Geschwister und war die Erste, die einem Broterwerb nachging. Ich konnte mir die Schwierigkeiten gut vorstellen, mit denen eine Familie aus dieser Schicht konfrontiert war, und mir war auch bewusst, wie hart die Herausforderung für solch eine junge Frau, die auf eigenen Beinen stand, sein musste, weil sie sich für sich selbst und vielleicht, zumindest teilweise, für die Familie verantwortlich fühlte. Das Leben war teuer geworden, und so ein junges Ding, das auf einen respektablen Mann hoffte, musste auch an die Zukunft denken. Vielleicht war das der Grund, warum sie sich für das Tagesgeschehen nur mäßig interessierte, und dass sie an Themen wie Religion und Revolution sachlich und ohne langes Herumphilosophieren heranging. Es ging ihr um ihr eigenes Leben, also um Liebe, Heirat und die schönen Dinge der modernen Zivilisation.

Überhaupt hatten wir es im Büro nur selten mit Kolleginnen zu tun, die sich für Bereiche wie Religion, Philosophie, Politik wirklich interessierten. Das mag daran gelegen haben, dass in diesem Büro nur Frauen mit mittleren Leistungen angestellt wurden, während die Besten ihren Weg an den Universitäten und im öffentlichen Leben machten. Zuhair Kamil hatte dazu eine ganz spezielle Theorie, und die lautete: »Dass Frauen sich so wenig für Ideologie und Philosophie interessieren, zeigt, wie hinderlich diese beiden Dinge für das wahre, aktive Leben sind.« Bisweilen sah er sich veranlasst, weiter auszuholen und zu erklären: »Frauen geht es nur um das Schöpferische. Die Frau ist eine wunderbare Schöpferin, und ihr ganzes Leben dreht sich nur um das Hervorbringen von Neuem. Alles andere ist Sache des Mannes. Die Aktivitäten des Mannes sind auf Macht ausgerichtet, die der Frau auf das Erschaffen. Das Denken der Frau kreist um die irdische Welt, oder anders gesagt, es geht um die Erschaffung der Welt. Das heißt, dass wir geschaffen wurden, um uns um die Welt zu kümmern und sonst nichts. Alles andere ist nichtig, und was das ewige Leben betrifft, so müssen wir eben in dieser irdischen Welt dafür sorgen. Hätten die Religionen Gott nach dem Bild einer Frau geformt, wären wir von einer neuen Weisheit, dem wahren Glück, beschenkt worden.«

Möglicherweise sind diese Aussagen schwer zu verstehen, wenn man sie nur vor dem Hintergrund dessen sieht, was wir von Zuhair Kamils Denkungsart kennen. Aber nimmt man sein Leben, dann versteht man viel leichter. Er litt darunter, dass seine Frau und seine Tochter ins Ausland gegangen waren, und er hatte sich in eine neue Liebe geflüchtet, in die zu Nimat Arif.

Nach der Niederlage im Juni 1967, als die düstere Wolke von Kummer und Gram auf uns lastete, kam der einzig noch verbliebene alte Kollege zu mir und sagte: »Es passieren merkwürdige Dinge, die ausnahmsweise mal nichts mit dem Krieg zu tun haben.«

Ich sah ihn fragend an.

»Camelia Zahran spielt mit dem Generaldirektor das alte Spiel.«

Im Unterschied zu früher waren jetzt sogar die Direktoren schon junges Volk, der Generaldirektor war gerade erst vierzig.

Aber er war verheiratet, hatte Kinder und hatte einen guten Ruf zu verlieren. »Vielleicht ist es nur ein Gerücht«, warf ich ein.

»Aber vielleicht stimmt es auch.«

»Und wie erklärst du dir das?«

»Schon möglich, dass es Liebe ist. Wenns so wäre, wird das alte Heim zerstört und das neue Heim errichtet werden.« Er hielt inne, schwieg. »Vielleicht ist es aber auch nur das alte Spiel, wie wir es bei Scharara an-Nahhal erlebt haben.«

»Du meinst, dass sich der Opportunismus unserer Generation auch in die neue, frische Generation eingeschlichen hat?«

»Die Verlockungen, die es heutzutage gibt, sind viel stärker.«

Unwillig erklärte ich: »Vielleicht gehört Opportunismus heute zu den neuen moralischen Eigenschaften, vielleicht genießt er die gleiche Wertschätzung wie die technologischen Errungenschaften.«

Ich sprach mit Azmi Schakir darüber. »Du bist doch so ein großer Denker«, sagte ich. »Warum beschäftigst du dich nicht mal eingehender mit der neuen Moral? Ich meine, mit den Werten, die der modernen Zeit entsprechen, die auf dem Boden der neuen Gesellschaft gewachsen sind und nicht auf dem der alten Traditionen.«

»Wie kommst du denn auf so etwas?«

»Sieh dir doch an, was mit unserem Freund Kamil Ramzi passiert ist«, erwiderte ich ein wenig verärgert. »Ich habe eine Menge solcher Lebensläufe kennengelernt. Wir behaupten immer, dass das alles gute Menschen sind, aber vielleicht ist es einfach so, dass ihre moralischen Ansichten in die neue Zeit nicht mehr passen?«

Azmi Schakir lächelte. »Du willst bloß deine Verbitterung loswerden.«

»Nun ja, ich bin tatsächlich etwas ratlos und traurig.«

Die Gerüchte über Camelia und den Generaldirektor nahmen zu, und die Vermutungen wurden zur Gewissheit, als man Camelia in die Rechtsabteilung versetzte. Aber es wurde kein Heim zerstört, und es wurde auch kein neues Heim errichtet. Als dann Sabri Gad zu uns stieß, entstand zwischen ihm und Camelia eine echte Liebesbeziehung, obwohl er zwei Jahre jünger als sie war und zunächst einen ziemlich aufmüpfigen und leichtfertigen Eindruck machte. Aber er liebte sie, und sie ihn auch. Als sie ihre Verlobung bekannt gaben, freute ich mich sehr über diesen glücklichen Ausgang. Zwei junge Menschen befanden sich auf dem Weg zu einem soliden, anständigen Leben, waren bereit, die Verantwortung für die Erschaffung eines neuen Erdenbürgers zu übernehmen, den sie selbst nun wiederum auf den rechten Weg geleiten würden. Tag um Tag glaube ich fester daran, dass die Reinheit des Menschen ebenso stark vom Außen abhängt, wie sie aus dem Innern kommt. Und wollen wir die Blumen zum Blühen bringen, müssen wir viel reine Luft und klares Licht in uns aufnehmen.

Mahir Abd al-Karim

Er war außerordentlicher Professor in der Fakultät, als ich 1930 zu studieren begann. Der Fünfundvierzigjährige genoss, was seine wissenschaftlichen, moralischen und menschlichen Qualitäten betraf, einen Ruf, der beeindruckend wie Moschusduft war. Kein anderer Professor bezauberte so wie er mit seiner geistigen Wesensart und seinem immensen Schatz an Kenntnissen die Studenten. Er stammte aus einer alteingesessenen Familie, die nicht nur wegen ihres Reichtums bekannt war, sondern in der neueren Zeit auch für ihre Treue zur Nationalpartei. Mahir Abd al-Karim gehörte zu den Anhängern dieser Partei, aber das änderte nichts daran, dass wir ihn liebten und verehrten. Tatsächlich enthielt er sich jeder Äußerung, die seine politische Neigung hätte erkennen lassen, wie er auch niemals die Abscheulichkeit beging, sich in einen fanatischen Auftritt hineinzusteigern. Er verlor kein Wort über das, was er mochte, wozu er neigte, was er hasste, sondern widmete sich gänzlich der Wissenschaft und der Arbeit. Ibrahim Akl sagte über ihn: »Wenn alle Reichen so wie Mahir Abd al-Karim wären, hätte ich nichts dagegen, wenn das Musterbild des idealen Menschen reich wäre.«

Seine Großzügigkeit drohte sein Vermögen zu verschlingen, denn wer immer Hilfe brauchte, dem gab er. Er tat seine guten Werke im Geheimen, ganz so, als handle es sich um Schandtaten, die im Verborgenen bleiben müssen. Seine Langmut in wissenschaftlichen oder auch allgemeinen Diskussionen war bewunderungswürdig, sogar in politischen Gesprächen blieb er, wenn er sich denn überhaupt darauf einließ, von beeindruckender Nachsicht und Geduld. Nie verhärtete sich sein Gesicht, und man hatte immer den Eindruck, dass dieses Gesicht nur zur Nachdenklichkeit, zum warmherzigen Grüßen, freudigen Lächeln und nicht zu ungestümem Wüten geschaffen war. Die alte Villa, in der er lebte, befand sich in al-Munira. Sie war zu einem Treffpunkt für Wissenschaftler, Literaten und Denker geworden, bot aber auch genügend Platz für seine Studenten, die er als Gleiche unter Gleichen den berühmten Persönlichkeiten vorstellte. Auf diese Weise habe ich die Bekanntschaft von vielen herausragenden Menschen gemacht. In den Gesprächen ging es vorwiegend um Kultur, über Politik wurde höchst selten geredet, ein Umstand, den auch Salim Gabr kannte. Trotzdem ließ er sich nach seiner Rückkehr aus Frankreich, das war 1931, nicht davon abhalten, das Thema Klassenunterschiede aufzuwerfen. »In manchen Kreisen in Frankreich verachtet man uns, weil es unserem Volk angeblich schlecht geht«, tönte er empört.

Mahir Abd al-Karim lächelte und sagte: »Es geht ihm ja auch schlecht.«

Die Diskussion kam in Gang, Ibrahim Akl ergriff das Wort. An Salim Gabr gewandt, erklärte er: »Wahrscheinlich hast du in Frankreich Leute kennengelernt, die sich extreme Ansichten leisten und auf Franzosen genauso herabschauen wie auf Ägypter. Aber das Ansehen eines Menschen misst sich nicht an seinem Besitz, sondern an dem, was in seinem Herz und Hirn geschieht. Ich halte einen indischen Fakir für einen wertvolleren Menschen als Ford oder Rockefeller.«

Salim Gabr war empört. Er warf Ibrahim Akl vor, einem reaktionären Idealismus nachzuhängen und den Sufismus zu verteidigen, was beides seiner Meinung nach Gründe für die Rückständigkeit im Nahen Osten seien. Mahir Abd al-Karim vertrat eine ganz andere Position. Er hielt daran fest, dass der Islam ein Garant für soziale Gerechtigkeit sei und man mit Bildung das gleiche Ziel, wenn auch auf anderem Weg, erreichen könne.

Eines Tags lud er Gafar Chalil und mich nach der Vorlesung ein, ihn zu Hause zu besuchen. Wir trafen ihn im Empfangssalon an, er war allein. Nachdem er uns begrüßt hatte, erklärte er: »Eine junge Amerikanerin wollte mich sprechen, und da wollte ich euch bitten, mir als Dolmetscher zur Seite zu stehen.«

Er sprach kein Englisch, und wahrscheinlich war es ihm lieber, von uns den Grund für diesen seltsamen Besuch zu erfahren, als von einem seiner Kollegen. Wie auch immer, jedenfalls erschien am späten Nachmittag, die Sonne ging schon unter, ein wunderschönes, blondes Mädchen, das etwa zwanzig Jahre alt war. Die junge Dame entschuldigte sich für die etwaige Störung, und nachdem wir wieder Platz genommen hatten und Tee und Gebäck gereicht worden waren, fing sie an zu erzählen. Sie sei mit einer Jugendgruppe nach Ägypten gekommen, und ihre Mutter habe sie gebeten, sich nach einem Ägypter zu erkundigen, der Mahir Abd al-Karim heiße. Er hätte nach dem Ersten Weltkrieg an der Sorbonne studiert. Der Direktor des Hotels habe sie auf Professor Abd al-Karim aufmerksam gemacht und auch für sie hier, in der Villa, angerufen.

Tatsächlich stellte sich heraus, dass die Mutter des Mädchens und unser Professor in Paris nicht nur Kommilitonen, sondern auch befreundet gewesen waren. Nun hatte die Mutter die Reise ihrer Tochter dafür nützen wollen, ihm herzliche Grüße ausrichten zu lassen. Das Gespräch drehte sich um alte Erinnerungen, und Mahir Abd al-Karim erkundigte sich bei der jungen Dame, was aus seiner ehemaligen Freundin geworden sei.

Als wir die Villa verließen, sagte ich: »Wie es scheint, hat unser Professor schon in seiner Jugend großen Eindruck gemacht.«

Gafar zwinkerte und lachte. »Und auf Frauen bestimmt noch einen größeren. Bei dem Aussehen ist das ja auch kein Wunder, er könnte im Film glatt den jugendlichen Liebhaber spielen.«

Mir fiel ein Vers aus einem Gedicht von al-Farazdak ein, bei dem ich immer an Mahir Abd al-Karim denken musste. »Bescheidenheit trägt er, und zeigt damit Würde, und Worte fallen nur, wenn er lächelt«, zitierte ich. »Ich kann ihn mir anders als würdig gar nicht vorstellen. Andere tragen ihre Würde wie einen Anzug zur Schau, bei ihm ist sie in Fleisch und Blut übergegangen.«

Solange er lebte, hatte niemand einen Grund, ihm etwas nachzusagen, auch wenn ich mich an dieser Stelle leider gezwungen sehe, darauf hinzuweisen, dass es in der unruhigen Zeit nach dem Zweiten Weltkrieg, die von politischen Morden gekennzeichnet war, ein Gerücht im Umlauf war. Es hieß, Mahir Abd al-Karim hätte an König Faruk einen geheimen Brief geschrieben, in dem er vor den Folgen der jugendlichen Revolte warnte, Ursachen und Motivationen benannte und Vorschläge machte, wie man damit umgehen solle. Dieses Gerücht gehörte zum üblichen Klatsch, den man sich in Cafés erzählte, und bis heute bin ich nicht davon überzeugt, dass auch nur ein Wort stimmte. Im heftigen Gefecht gegensätzlicher politischer

Leidenschaften spielen Unterstellungen und Vermutungen eine große Rolle. Jedenfalls behaupteten die Wafdisten, Mahir Abd al-Karim habe vorgeschlagen, die Parteien aufzulösen, eine dem Wohl aller angemessene Diktatur zu errichten, damit die Reformen vorangetrieben werden und die Jugend in den Genuss von wissenschaftlicher Bildung und religiöser Erziehung komme. Die extremistischen Jünger von Salim Gabr hingegen unterstellten Mahir Abd al-Karim, dass er in dem Brief eine Konterrevolution empfohlen habe, um eine wirkliche Revolution zu verhindern. Mich machte diese Angelegenheit verstimmt, denn wenn es diesen Brief tatsächlich gegeben hätte, wäre das eine Attacke auf die verfassungsgemäße Freiheit und eine Verhöhnung der Volksmacht gewesen. Ich fühlte mich hin- und hergerissen, denn einerseits empfand ich große Hochachtung gegenüber meinem Professor, andererseits hatte ich einen klaren politischen Standpunkt. Was mir noch mehr zu schaffen machte, war, dass ich mich nicht traute, Mahir Abd al-Karim darauf anzusprechen. Aber Gafar Chalil fand den Mut, es zu tun. Kurz vor seiner Abreise in die Vereinigten Staaten wollte er sich von unserem Professor verabschieden. Er schlug mir vor, ihn zu begleiten. Kaum hatten wir Platz genommen, erzählte ihm Gafar von den Gerüchten, die im Umlauf waren. Mahir Abd al-Karim lächelte und hörte sich alles ruhig an.

»Und? Glauben Sie, was erzählt wird?«, fragte er dann.

Gafar wich zurück. »Aber nein!«

»Gut.« Das war seine ganze Antwort.

Salim Gabr war zwar ein alter Freund von Mahir Abd al-Karim. Er schätzte und bewunderte ihn, aber andererseits betrachtete er ihn als einen aus der Oberschicht, der Armut nie kennengelernt hatte und auf Menschen aus dem Volk herabsah. »So anregend und erlesen seine Art zu denken auch ist, bleibt sie uns fremd, weil sie von einem anderen Stern kommt.«

Abbas Fauzi, der bissigste Spötter vor dem Herrn und Salims Gabrs enger Vertrauter, besaß natürlich auch eine Meinung über Mahir Abd al-Karim, aber er äußerte sie nur sehr vorsichtig, tröpfchenweise sozusagen, um nicht gleich alle Karten offen auf den Tisch zu legen. Beispielsweise sagte er: »O ja, Mahir Abd al-Karim ist ein richtiger Aristokrat, ein Mamluk aus der noblen Linie der Mamluken.«

Dieser Satz machte mir zu schaffen, ich überlegte lange, wie Abbas Fauzi, dieser alte Fuchs, das gemeint haben könnte. Einmal, als ich gerade wieder des Lobes voll über meinen Professor war, erklärte er: »Er verfügt über alle Tugenden der reichen Aristokratie, Tugenden, die noch nie mit bitteren Erfahrungen konfrontiert worden sind.«

Bei einer anderen Gelegenheit sagte er: »In Ägypten standen sich Reichtum und Wissen immer diametral entgegen. Natürlich kann so ein reicher Aristokrat gebildet sein, aber das schafft er nur, indem er die Intelligenz armer Leute ausbeutet und sie ihm alles heranschaffen, was er für wissenschaftliches Arbeiten braucht, und zwar nicht nur das Material, sondern auch die Ideen. Und er, er braucht nur noch würdevoll zuzuhören und zum Schluss seine Unterschrift unter die Abhandlung zu setzen.«

Er setzte noch eins drauf: »Dein Professor ist nicht nur ein Feinschmecker, sondern auch ein Vielfraß. Was er am Tag verschlingt, würde ausreichen, um eine ganze Armeebrigade zu ernähren. Sag mir bloß mal, wie der nach all der Zeit, die er zum Verdauen braucht, noch zum Denken und Arbeiten kommt?«

Aber solcherlei Bemerkungen machten mir nichts aus; die Intelligenz unseres Professors, die Klarheit seiner Gedankenführung, waren mir wichtiger als alle Spötteleien und Gerüchte. Im Verlauf der Zeit gab es viele bedeutende Ereignisse, Mahir Abd al-Karim blieb in seinem würdevollen Auftreten unerschüttert. Manchmal glaubte ich, angesichts der vielen unvergesslichen Geschehnisse eine Erregung zu verspüren – da waren die politisch motivierten Morde, der Brand von Kairo, die Juli-Revolution, die sozialistischen Gesetze –, aber nein, er bewahrte Ruhe. Ich denke nicht, dass zum Beispiel irgendein anderer Großgrundbesitzer dermaßen gelassen den historischen Schlag hinnahm, den ihm die Bodenreform versetzte. Er verlor zehntausend Feddan, und er regte sich nicht auf. Er verkaufte die alte Villa in al-Munira und kaufte ein hübsches Haus in Heliopolis. Dort empfängt er noch heute Wissenschaftler, Künstler und Journalisten.

Bis zum Eintritt ins Pensionsalter, das war 1954, arbeitete er mit dem ihm eigenen Fleiß in der Universität, aber selbst dann setzte er sich nicht zur Ruhe, sondern nahm eine Gastprofessur an. Er wurde als Mitglied des Hohen Rats für Kunst und Literatur berufen und erhielt für seine Verdienste auf dem Gebiet der Gesellschaftswissenschaften den Staatlichen Förderpreis und den Verdienstorden Erster Klasse. Auf diese Weise brachte die Revolution ihre Wertschätzung für seine wissenschaftliche Arbeit, sein großes Ansehen und seine aufrechte Haltung, die ihn über jeden Verdacht erhaben machte, zum Ausdruck. Öffentlich hat er nie seine Treue zur Revolution erklärt; er wahrte, aus Scheu, in eine würdelose Kampagne hineingezogen zu werden, Distanz zu den Medien. Aber saß man im privaten Kreis zusammen, sprach er durchaus über seine Bereitschaft, die Revolution zu unterstützen. Einmal sagte er: »Ich bin von der Revolution überzeugt, denn das ist das Mindeste, was das Vaterland für das Leben und das Leben für das Vaterland tun kann.«

Ich habe ihm nie eine Spur von Verbitterung angemerkt, nie eine sarkastische Bemerkung gehört. Es hätte auch keinen Sinn gemacht, ihn weiter aushorchen zu wollen, denn einer wie er konnte nur mit großer Weisheit auf ein historisches Ereignis reagieren, an dessen Beginn das Ziel stand, die Klasse, zu der er gehörte, auszurotten. Er überzeugte sich selbst mit dem philosophischen Argument, dass der Verlauf dieser historischen Revolution unabänderlich war.

1969 feierte er seinen fünfundsiebzigsten Geburtstag, und die Gratulanten drängten sich in seinem Salon. Es kamen die alten Universitätskollegen und Freunde – Salim Gabr, Rida Hamada, Azmi Schakir, Kamil Ramzi, Kadri Rizk, Gad Abu l-Ala, Abbas Fauzi, Sadik Abd al-Hamid, und sogar Nimat Arif erschien, stellvertretend für ihren Mann Zuhair Kamil. Erinnerungen an Ibrahim Akl und Gafar Chalil wurden ausgetauscht. Ich konnte einige junge Menschen entdecken, unter anderem Sabri Gad und seine Frau Camelia Zahran, aber weißes Haar, Falten, trübe Augen und Krückstöcke herrschten vor. Nie zuvor hat mich dermaßen stark das Gefühl übermannt, wie viel Zeit vergangen war, und was sie uns alles an Schwerem, Erhabenem, Verräterischem, Ewigem, Folgenreichem, Überheblichem, Bescheidenem, Weisem, Leichtsinnigem eingebracht hat. Es kam mir vor, als sei ich im Zug nach Alexandria eingenickt und plötzlich, nach einem langen Schlaf, in der Sidi-Gabir-Station erwacht. Doch trotz all der vielen Jahre – Mahir Abd al-Karims blaue Augen leuchteten, sein Lächeln war gewinnend wie eh und je, und seine noble Erscheinung strahlte große Würde aus.

Zur Begrüßung hatte er gesagt: »Eine Feier in des Worts wahrer Bedeutung kann dieser Abend nicht sein, denn wir leben in einer Zeit, die voller Kriege ist. Aber der Anlass bietet uns die willkommene Gelegenheit, sich zusammenzusetzen und miteinander zu reden.«

Die Gespräche drehten sich um Ost und West, kamen aber immer wieder auf den Konflikt im Nahen Osten zurück, der unter den verschiedensten Aspekten, politischen, ökonomischen, philosophischen, religiösen, diskutiert wurde, nicht ohne die internationale Lage zu berücksichtigen, wie auch neuste wissenschaftliche Entdeckungen, allgemeine menschliche Probleme, gefährliche Unruhen in West und Ost, den Werteverfall, die Zukunft … ach ja, die Zukunft, was würde sie uns bringen? Eine Welle von Pessimismus brach herein, als säßen hier Greise, die nach der Glückspille suchen oder mit einem Stein nach dem entschwindenden Leben werfen. Aber plötzlich stoppte unser alter Professor das Gerede, indem er völlig überraschend sagte: »Möge Gott Ibrahim Akl gnädig sein.«

Was hatte ihn dazu bewogen, gerade in diesem Augenblick an Ibrahim Akl zu erinnern? Er war sein bester Freund gewesen, und ich habe ihn nur einmal weinen gesehen, nämlich 1957, beim Begräbnis von Ibrahim Akl. Nun war es an mir, mich zu erinnern. Mir fiel wieder ein, was Mahir Abd al-Karim damals gesagt hatte: »Er hat sich dem Tod genauso gefügt wie der Religion und den sinnlich erfassbaren Wahrheiten, eines Sonnenaufgangs zum Beispiel.«

Jedenfalls lächelte Mahir Abd al-Karim lange nach seinem Segenswunsch für Ibrahim Akl, bevor er sagte: »Redet über die Welt, was ihr wollt, ich kann nur sagen, dass Pessimismus nichts Neues ist. Das Leben ist ein hohes Gut, und wenn der Mensch es nicht schätzte, würde weder die Zahl der Menschen ständig steigen, noch würde er versuchen, die Mechanismen des Lebens immer gründlicher kennenzulernen und zu beherrschen.«

Machmud Darwisch

Er fiel in der Fakultät schon deshalb auf, weil er mit seinem dünnen, langen Körper alle überragte. Aber schon bald stellte sich heraus, dass ihn noch weitere Besonderheiten auszeichneten: Er war intelligent und unglaublich fleißig, beides Eigenschaften, mit denen er sich sowohl bei den Studenten als auch bei den Professoren, ägyptischen wie ausländischen, großes Ansehen verschaffte. Er sah gut aus, war aber sehr in sich gekehrt und manchmal auch etwas barsch. Er stand mit allen auf gutem Fuß, schloss aber keine Freundschaften. Seine wahren Freunde waren die Bücher. Sein Vater, der als Imam der Giza-Moschee tätig war, hatte von dem niedrigen Einkommen viele Mäuler zu stopfen. Entsprechend bescheiden lebte Machmud Darwisch. Gleich am ersten Studientag gab es zwischen ihm und Aglan Sabit einen Streit. Aglan hatte gehört, wie Machmud sagte, sein Vater würde als Imam arbeiten, und da hatte er laut losgelacht. Als Machmud ihn fragte, was es da zu lache gebe, erwiderte er grinsend: »Muss man nicht lachen, wenn einer sagt, dass ein Imam ›arbeitet‹?«

Machmud starrte ihn wütend an. »Du bist unhöflich und hast keine Manieren.«

»Halts Maul!«, schrie Aglan.

Wir mussten sie trennen, und es war klar, dass die beiden fortan auf Kriegsfuß stehen würden. So war es denn auch. Als Aglan beschuldigte wurde, einen Tarbusch gestohlen zu haben, sagte Machmud gegen ihn aus. Aglan wurde von der Universität verwiesen. Wir machten Machmud die heftigsten Vorwürfe, aber das Einzige, was er uns entgegenhielt, war: »Es wäre keine gute Tat, der Gesellschaft einen gebildeten Dieb anzubieten.«

Wann immer sein Blick auf einem Mädchen ruhte, merkte man ihm an, wie sehr er unter dem Gefühl litt, ständig benachteiligt gewesen zu sein und auf vieles verzichten zu müssen. Suad Wahbi schien ihn geradezu verrückt zu machen. Aber statt mit ihr zu flirten oder zumindest es zu versuchen, griff er sie wegen ihrer »Schamlosigkeit« an, und zwar vor allen anderen. Er war der Erste, der zum Dekan ging und sich darüber beschwerte, dass sie sich ungebührlich anzog und im Hörsaal für Tumult sorgte. Es war nicht zu übersehen, dass er in einer heftigen Krise steckte und er hin- und hergerissen war zwischen Lebensfreude einerseits und dem Verzicht auf alles Schöne andererseits.

Dem Vater fiel in seiner ländlichen, religiösen Denkungsart nichts anderes ein, als den Sohn mit einer verwaisten Nichte zu verheiraten, für die er sorgte. Zu Beginn des neuen Studienjahrs betrat Machmud Darwisch die Universität als Ehemann. Das Mädchen kam vom Land, und konnte es auch weder lesen noch schreiben, trug es doch zu seiner seelischen Ausgeglichenheit bei. Er ging also mit voller Kraft ans Studium und ließ sich durch nichts aufhalten. Außer Büffeln und Erfolg haben gab es nichts mehr, und wenn er eine Jahresarbeit zu schreiben hatte, zeugte sie von seinen geistigen Fähigkeiten und einer ungeheuren Kenntnis wissenschaftlicher Quellen. Hörte er uns manchmal bei unseren hitzigen Diskussionen über politische Ereignisse zu, machte er den Eindruck, als sei er der einzige Vernünftige unter lauter Verrückten. Einmal stellte er uns die Frage, wie wir bei alledem noch Zeit zum Studieren fänden, worauf ein Student ihm erstaunt entgegnete: »Du tust, als sei das Land, das die Engländer besetzt halten, nicht dein Land, und das Volk, das der König knechtet, nicht dein Volk.«

Für ihn gab es zwischen Mustafa an-Nahhas und Ismail Sidki keinen Unterschied, und es kam sogar vor, dass er den Namen vom Ministerpräsidenten vergessen hatte. Als die Streikwelle die Universität erreichte, sah er dem Geschehen in ohnmächtiger Wut zu. Er schlich sich in die Bibliothek, die er ganz für sich allein hatte, und las, bis die Türen geschlossen wurden. Einmal, als der Studentenführer eine lange und begeisterte Rede über die Revolution gehalten hatte, fand er den Mut, aufs Podium zu springen und die Studenten aufzufordern, die Ordnung wiederherzustellen und zu dem zurückzukehren, was doch für alle das höchste Gut sei – das Studium. Es setzte ein unglaublicher Tumult ein, etliche Studenten verlangten, ihn mit Gewalt vom Podium herunterzuholen, und hätte er sich mit seinen Leistungen nicht ein solches Ansehen verschafft, wäre man bestimmt über ihn hergefallen.

Es wurde der Beschluss erlassen, die Universität für einen Monat zu schließen, genügend Zeit, um alle Studentenführer zu verhaften. Als wir in die Fakultät zurückkehrten, ging das Gerücht um, Machmud Darwisch würde für den Staatssicherheitsdienst arbeiten. Gafar Chalil wusste mir sogar zu erzählen, dass Machmuds Vater, der selbst ein Spitzel sei, seinen Sohn empfohlen habe.

Ich konnte es nicht glauben. »Der doch nicht, dafür ist er viel zu gradsinnig.«

Gafar nickte betroffen. »Er soll es sogar gewesen sein, der

dem Sicherheitsdienst gesagt hat, wer die führenden Köpfe sind.«

Das Gerücht hielt sich hartnäckig, auch wenn es unmöglich war, Beweise zu finden. Einige Studenten wollten ihn mit dem Vorwurf, eine Rolle bei dem Komplott gespielt zu haben, konfrontieren, aber Ibrahim Akl bestellte sie in sein Büro und drohte ihnen, dass er, falls sie es wirklich täten, die Fakultätsleitung informieren würde. Wir mussten also mit dem Gerücht eine lange Zeit leben, und da ich ihn schon vom ersten Tag an nicht leiden konnte, verspürte ich nun ihm gegenüber einen ausgesprochenen Widerwillen. Als wir unser Studium abschlossen, erwies sich für mich das Gerücht als wahr, denn obwohl Studienaufenthalte in Frankreich generell nicht mehr gewährt wurden, schickte man Machmud Darwisch zu einem postgradualen Studium nach Frankreich.

Viele Jahre lang hörte und sah ich nichts von ihm. Aber dann begegnete ich ihm zufällig in Adli al-Muazins Büro im Ministerium. Wir begrüßten uns, und nachdem ich mich gesetzt hatte, kamen wir ins Gespräch. Er sah verändert aus, machte einen vitalen, gesunden Eindruck. Er trug eine elegante Brille, die ihn sehr gelehrt aussehen ließ.

»Ich bin in der Fakultät tätig, als Dozent«, erklärte er.

»Und er gibt eine wissenschaftliche Reihe über die Philosophie des Sufismus heraus«, fügte Adli al-Muazin hinzu.

»Wegen des Kriegs konnte ich in Frankreich meine Doktorarbeit nicht zu Ende schreiben, deshalb bin ich in die Schweiz gegangen und habe dort promoviert.«

Als Machmud Darwisch wieder gegangen war, lachte Adli al-Muazin und sagte: »Wie du siehst, ist er ein richtig feiner Ausländer geworden. Und was hat er zu Hause? Eine Analphabetin vom Land.«

Ich fragte ihn, was an dem Gerücht gewesen sei, das Machmud Darwisch damals angehangen hatte, denn Adli al-Muazin war schließlich in jener Zeit Mitglied der Fakultätsleitung gewesen.

»Dummes Geschwätz«, erwiderte er nur.

Als ich Abbas Fauzi davon erzählte, lachte er herzlich. »Wie kann man nur so naiv sein! Weißt du denn nicht, dass Adli al-Muazin damals selbst für den Staatssicherheitsdienst gearbeitet hat?«

Später, nach Jahren, traf ich Machmud Darwisch im Salon von Mahir Abd al-Karim in al-Munira. Mittlerweile besaß er in der Welt der Bücher einen guten Namen. Die drei Bücher, die er veröffentlicht hatte, gehörten zu den maßgeblichen Werken über den Sufismus in der Neuzeit, und Mahir Abd al-Karim konnte ihn nicht genug loben. Ich fragte Machmud Darwisch, wie es ihm so gehe.

»Oh, meine vier Söhne studieren, und zwar Ingenieurswesen, Handel, Jura und Geisteswissenschaften, und meine Tochter ist mit einem Offizier der Luftwaffe verheiratet.«

»Und? Bist du selbst ein Sufi geworden?«

Er lachte. »Nein, das nicht, aber zweifelsohne beschäftigt man sich immer nur mit dem intensiv, das mit einem selbst zu tun hat.«

Ich musste an seine Frau denken. Seltsam, dass die Umstände diese einfache Frau zur Hüterin eines Heims gemacht hatten, in denen lau-ter Studierte lebten. Über diesen Widerspruch hätte ich gern mehr gewusst, aber es musste mir genügen, ihn zufrieden und glücklich zu erleben.

»Hast du von Ibrahim Akls Tragödie gehört?«, fragte er mich.

»Ja, schrecklich. Wieso habe ich dich eigentlich nicht beim Begräbnis seiner Söhne gesehen?«

»Ich war nicht in Kairo. Bist du nach dem Studium mit ihm in Kontakt geblieben?«

»Nein.«

»Seltsam, ein Lehrer, der keine Schüler, keine geistigen Ziehsöhne hat.«

Ich traf ihn nur noch einmal im Salon in al-Munira. Er erhielt einen Ruf an eine Universität in einem anderen arabischen Land, und seitdem habe ich nie wieder etwas von ihm gehört.

Magida Abd ar-Razik

Es war im Jahr 1950, als mir Salim Gabr im Redaktionsbüro der Zeitung *Al-Masri* eine hübsche junge Frau vorstellte.

»Magida Abd ar-Razik, die verantwortliche Redakteurin für die Frauenseite.«

Sie war in den Dreißigern, schlank, und ihre schwarzen Augen strahlten sehr klug und sehr verführerisch. Ich hatte vom ersten Moment an das Gefühl, einer starken Persönlichkeit gegenüberzustehen.

Zum zweiten Mal begegnete ich ihr bei einer Feier kurz vor den Wahlen, zu der Zuhair Kamil eingeladen hatte, weil er für sich Stimmen werben wollte.

»Ah, da sind Sie also Wafdistin?«, fragte ich sie.

Sie lächelte. »Ich besuche die Vorlesungen von Doktor Zuhair Kamil.«

»Literatur?«

»Journalismus.«

»Und Sie sind Wafdistin?«

»Noch viel mehr.«

Ich schaute in ihre hübschen Augen. »Wie meinen Sie das?«

Sie lächelte wieder, gab aber keine Antwort.

Als ich sie zum dritten Mal bei Zuhair Kamil traf, hatte ich das Gefühl, dass wir aus dem Stadium der bloßen Bekanntschaft herauskommen und in das der Freundschaft eintreten würden. Gleich nachdem sie gegangen war, sagt Zuhair Kamil: »Sie ist eine ungewöhnlich gebildete Person und verdient höchste Achtung.«

»Genau«, erklärte ich begeistert.

Er lächelte. »Obendrein ist sie auch noch Kommunistin.«

»Kommunistin?«

»Sie hat ziemlich viel durchgemacht und ist sozusagen ein Opfer der politischen Wechselfälle geworden.«

Ich sollte recht behalten, wir freundeten uns tatsächlich an und hegten große Achtung voreinander. Von Zeit zu Zeit gesellte sie sich zu der Schar meiner Freunde, die sich im Café Groppi traf. Sie war völlig souverän und sah über alle Andeutungen hinweg, wenn jemand mit ihr flirten wollte. Offenbar hielt sie das für Kinderkram. Sie griff nicht zu den üblichen, durchschaubaren weiblichen Tricks, und von den so genannten bürgerlichen Werten hielt sie überhaupt nichts. Sie war immer darauf bedacht, aufrichtig und ehrlich zu sein. Eines Tags sagte sie zu mir: »Denk ja nicht, dass ich frigide bin.«

»Warum sollte ich?«

»Ich bete die Liebe an«, erklärte sie ungestüm, und als müsse sie sich selbst korrigieren, setzte sie mit Nachdruck hinzu: »Und meine politische Anschauung.«

Nachdem sie wusste, dass sie mir vertrauen konnte, erzählte sie mir im Café Fischawi mehr über ihr Leben.

»Ich bin in einer kleinbürgerlichen Familie aufgewachsen«, sagte sie. »Mein Vater war ein kleiner, unbedeutender Beamter. Ich hatte vier Brüder, war also das einzige Mädchen.«

Ich schmunzelte. »Und da haben dich alle verwöhnt und wie einen Schatz gehütet.«

»Im Gegenteil, ich wurde von allen unterdrückt, und zwar je älter ich wurde, desto schlimmer. Das Einzige, womit ich ihnen Achtung abrang, waren meine gute Leistungen in der Schule.«

Ich lächelte anerkennend.

»Als ich das Abitur abgelegt hatte, hielt ein Mann um meine Hand an. Die Familie war einverstanden, aber ich bat mir aus, ein Hochschulstudium abzuschließen. Der Mann fragte, wozu das gut sein solle, also erklärte ich ihm, dass ich die Absicht habe, arbeiten zu gehen. Damit war er nicht einverstanden und meine Familie auch nicht. Aber ich bestand darauf, und da verschwand er.«

»Und du, du hast dir deinen Wunsch erfüllt und alles geschafft.«

»Stimmt. In der Universität lernte ich einen Mann kennen, der mich für immer geprägt hat. Bestimmt kennst du ihn, Professor Mohammed al-Arif?«

»Aber sicher.«

»Er hat mir nicht nur viel Wissen beigebracht, sondern viel Gefährlicheres.«

»Den Kommunismus?«

»Genau. Es war eine richtig große Liebe, und gleich nachdem ich den Abschluss gemacht hatte, heirateten wir.«

Ich sah sie erstaunt an. »Ich habe immer gedacht, dass du nicht verheiratet bist?«

»Oh, wir hatten eine glückliche Zeit. Ich habe Zwillinge bekommen, einen Jungen und ein Mädchen.«

»Wie schön!«

»Seine Mutter lebte bei uns und kümmerte sich um alles. Als sie starb, hatten wir Probleme. Ich fühlte mich hin- und hergerissen zwischen der Arbeit in der Zeitung und meinen Pflichten als Hausfrau und Mutter. Mein Mann legte großen Wert auf Ordnung und wollte umsorgt werden. Also schlug er mir vor, dass ich mich nur noch um Heim, Herd und Kinder kümmere.«

»Nun ja, das ist verständlich.«

»Ist es überhaupt nicht!«, fuhr sie mich an. »Ich hatte meine eigenen Pläne, und die wollte ich verwirklichen. Also habe ich mich geweigert, was mir von seiner Seite weder Verständnis noch Achtung einbrachte.«

Ich schwieg.

»Da habe ich erst gemerkt, was für ein Egoist er war und wie unhöflich er sein konnte. Tief in seinem Innern schlummerte der Wunsch, mir zu beweisen, dass er der Herr im Haus ist. Es gab nur noch Streit und gewaltsame Auseinandersetzungen, und das Ganze endete mit der Scheidung.«

»Wann war das?«

»Zu der Zeit, als in Kairo die Cholera herrschte.«

»Und wie fühlst du dich jetzt?«, fragte ich mitleidig.

»Wie du siehst«, erklärte sie stolz, »habe ich Erfolg in der Arbeit. Um die Kinder kümmert sich eine nette Frau, und ihr Vater zahlt Unterhalt.«

Die Juli-Revolution bescherte uns den ersten Zwist in unserer langen Freundschaft. Magida hielt die Revolution für reaktionär, ja, für eine Spielart eines neuen Faschismus. Es handle sich um nichts anderes, als dass das Kleinbürgertum die Ambitionen von Kleinbürgern wie mir befriedige. An dieser Meinung hielt sie stur und verbissen fest, erst als die Revolution sich dem Ostblock annäherte, wurde sie etwas nachsichtiger, und sie änderte ihre Ansichten.

Es tat mir leid, dass sie allein lebte. Ich hatte das Gefühl, dass die Einsamkeit sie bitter ankam. Aber sie lehnte alle noch so heftigen Annäherungsversuche ab und wartete auf die große Liebe, die sie, um mit ihren Worten zu sprechen, »anbetete«. Mit der ihr eigenen, bezaubernden Offenheit erklärte sie: »Es reicht, dass ich mich einmal habe täuschen lassen.«

»Wieso?«

»Ja, von meinem Kinderarzt, dem verfluchten Kerl.«

»Wie das?«

»Er war verheiratet.«

»Verheiratet, und dann fängt er mit dir etwas an?«

»Sag ich doch, es war ein Fehler, aber ich hatte mich nun mal in ihn verliebt. Er hat mir erklärt, dass er unglücklich sei und sich ohnehin scheiden lassen wollte.«

»Und das hast du geglaubt?«

»Verrat ist etwas Grässliches, schlimmer als Mord. Ich hatte mich ihm völlig ausgeliefert.«

»Das ist wirklich schrecklich.«

»Verflucht soll er sein. Es war eine schwere Zeit, schwarz wie sein Verrat, die Zeit der Dreier-Aggression. Wir mussten immer auf Luftangriffe gefasst sein, wenn wir uns in seiner Klinik trafen.«

Seit dieser bitteren Erfahrung hegte sie gegenüber Männern ein tiefes Misstrauen. Es hatte sie noch einsamer gemacht, und dennoch träumte sie von der großen Liebe. Die Jahre gingen dahin, mittlerweile ist sie fünfzig Jahre alt. Die Tochter hat geheiratet, und der Sohn ist in Kuwait beim Rundfunk tätig, sodass sie sich alt und einsam fühlt. Dabei sieht sie noch immer gut aus, ist hübsch und schlank, und wenn sie im Fernsehen auftritt, fesselt sie die Zuschauer mit ihrer starken Persönlichkeit, ihrer überzeugenden Logik und ihrem Reichtum an Kenntnissen. Aber bin ich mit ihr allein, kann ich das Klagen hören, das sich ihrem tiefsten Innern entreißt.

Sie besucht noch immer ihren alten Dozenten, Doktor Zuhair Kamil, hat sich sogar mit dessen neuer, junger Frau, Nimat Arif, angefreundet. Bestimmt war Magida über deren Verhältnis mit Sadik Abd al-Hamid informiert, aber sie ging darauf mit keinem Wort ein. Offenbar war es ihr größter Wunsch, dass Zuhair Kamil die Wahrheit nicht erfuhr.

Ich freute mich, als ich unlängst hörte, dass die Redaktion Magida auf eine Reise in den Mittelmeerraum schicken wolle. Das würde sie von ihrer Einsamkeit ablenken, ihr neuen Lebensmut geben und ihrer Feder viel Stoff bieten.

Nagi Marcos

Diesen Namen werde ich niemals vergessen. Er hat sich meinem Gedächtnis eingeprägt, als gehörte sein Träger zu den Koryphäen dieses Landes. Dabei handelt es sich bei Nagi Marcos lediglich um einen ehemaligen Mitschüler, der nur drei Jahre lang, nämlich von 1925 bis 1928, die gleiche Oberschule besuchte. Die Grundschule hatte er im Sudan absolviert, weil sein Vater dort eine Zeit lang arbeitete. Als er wieder nach Ägypten zurückkehrte, mietete er sich in Abbasija ein und schickte seinen Sohn auf unsere Schule. Nagi hatte mir erzählt, dass seine drei Brüder gestorben waren. »Ich bin der Einzige, der noch lebt, und meine Mutter weint immer und lacht nie.«

Er war groß und schlank, sah gut aus, benahm sich immer höflich und war viel zu ernst für sein Alter. Er trug als Erster lange Hosen. Ich kann mich nicht erinnern, in meinem ganzen Leben jemals wieder einem solch ausgezeichneten Schüler begegnet zu sein. Jeder hat ja für irgendetwas eine besondere Begabung, der eine zeichnet sich beim Erlernen von Sprachen aus, ein anderer in Mathematik, aber Nagi Marcos schnitt in allen Fächern hervorragend ab, im Arabisch-, Englisch- und Französischunterricht, in Arithmetik, Algebra, Geometrie, Physik, Chemie, Geschichte, Geographie. Keiner reichte an seine Leistungen heran, und die Lehrer, ob sie nun Ägypter, Engländer oder Franzosen waren, behandelten ihn mit großem Respekt, gerade so, als wäre er kein Schüler, sondern ein erwachsener Mann. Badr az-Zijadi nannte ihn den »ägyptischen Abd al-Halim«, weil er genau wie dieser berühmte Ringer in jeder Runde der Sieger war. Einmal fragte ich ihn, wie er es schaffe, in allen Fächern gleich gut zu sein, und mit der ihm eigenen Höflichkeit erwiderte er: »Ich passe im Unterricht gut auf und habe mir schon in der ersten Klasse angewöhnt, ordentlich zu lernen.«

»Warum gehst du donnerstags nie ins Kino?«, fragte Gafar Chalil.

»Das tue ich nur an Feier- und Festtagen«, antwortete er.

»Spielst du gern Fußball?«, wollte Id Mansur wissen.

»Nein.«

»Hast du irgendeine andere Lieblingsbeschäftigung?«

»Ich spiele gern Klavier.«

»Du machst nie bei Schulstreiks mit, interessierst du dich nicht für die nationale Frage?«, fragte Rida.

»Doch, natürlich, aber …« Er zögerte kurz, bevor er weitersprach. »Aber mein ältester Bruder wurde bei einer Demonstration getötet.«

Bei den Prüfungen schnitt er hervorragend ab, gehörte sogar zu den zehn Besten im ganzen Land. Aber als das neue Schuljahr begann, fehlte Nagi Marcos. Wir zerbrachen uns den Kopf, was wohl der Grund dafür sei, und da wir keine Erklärung fanden, beschlossen wir, ihn zu Hause zu besuchen. Er wohnte am Ende von Abbasija, fast schon in Manschijat al-Bakri. Dort erfuhren wir, dass er an Tuberkulose erkrankt war und seine Eltern ihn nach Oberägypten geschickt hatten, wo seine Großmutter lebte. Es würde mindestens ein Jahr dauern, bis er wieder geheilt sei. Nicht nur wir, sondern auch die anderen Schüler und die Lehrer reagierten betroffen. Wir schickten ihm im Namen aller einen Brief, in dem wir ihm rasche Genesung wünschten.

Es war genau die Zeit, als Mustafa an-Nahhas wegen der Saif-ad-Din-Geschichte vor Gericht stand. Das Oberste Gericht sprach ihn von jeglicher Schuld frei, worauf die Menschen zum »Haus der Nation« strömten, um ihm zu gratulieren. Mitten in der Masse befand sich auch Nagi Marcos' Vater, der im Kriegsministerium als Beamter tätig war. Unglücklicherweise konnte man ihn in der Schar der Gratulanten auf einem Foto erkennen, was für das Ministerium Grund genug war, ihn zu entlassen. Das war ein harter Schlag, denn nicht nur, dass die Familie ohnehin schon bescheiden leben musste, war der Vater auch noch herzkrank. Er erlitt einen Schlaganfall, blieb gelähmt und starb wenig später.

Nagi Marcos kehrte geheilt zurück, aber den Schulbesuch konnte er nicht fortsetzen. Einige mildtätige Menschen nutzten den günstigen Umstand, dass der Wafd wieder an der Regierung war, und verschafften ihm einen kleinen Posten im Kriegsministerium. Die unglückseligen Umstände hatten es geschafft, eins der vielversprechendsten Talente unserer Generation zu Fall zu bringen.

Ich dachte oft an ihn. Wann immer ich im Studium oder in der Arbeit einen Erfolg verbuchen konnte, wurde mir, sobald ich mich an ihn erinnerte, traurig zumute. Ich stellte mir vor, wie viel Ruhm ihm zuteil geworden wäre, hätte das Schicksal nicht aus einer dummen Laune heraus blindlings zugeschlagen.

Es verging Jahr um Jahr, ohne dass ich etwas von ihm gehört oder gesehen hätte. Doch dann, das war 1960, entdeckte ich ihn zufällig im Kasino des Azbakija-Gartens. Ich war zuerst an ihm vorbeigegangen, nur der weiße Bart war mir aufgefallen. Das ist bestimmt ein Künstler, dachte ich, doch plötzlich rief jemand meinen Namen. Ich drehte mich um, sah den Mann an, und da erkannte ich ihn auf Anhieb. Wir umarmten uns, schüttelten uns die Hände und setzten uns hin. Er sah fast wie früher aus, wären da nicht der weiße Bart und das weiße Haar gewesen. Sein Gesicht strahlte noch immer eine große Klarheit aus und, wie mir schien, auch Güte. Wir beschworen die Vergangenheit herauf, erinnerten uns der Kameraden, jener, die bereits verstorben waren, wie Badr az-Zijadi und Gafar Chalil, wie auch jener, die im Leben Erfolg hatten, wie Rida Hamada, Surur Abd al-Baki und andere. Dann war es an ihm, von sich zu erzählen.

»Ich bin noch immer im Kriegsministerium tätig, habe die dritte Beamtenstufe erreicht. Ich bin verheiratet und habe eine zwanzigjährige Tochter, die Naturwissenschaften studiert.« Er hielt kurz inne, bevor er weitersprach. »Ich beschäftige mich seit Langem mit dem Spiritualismus, lese Bücher und stehe mit anderen Experten im Briefaustausch.«

»O ja, ich hab einiges darüber gelesen.«

Er lächelte. »Aber ich lese nicht nur Bücher, ich praktiziere auch.«

»Wirklich?«

»Die spirituelle Welt ist etwas Wunderbares«, erklärte er begeistert. »Sie ist viel aufregender als die Welt der Materie.«

Da ich ihm voller Interesse lauschte, fasste er Mut weiterzusprechen. »Das Spirituelle ist die Hoffnung des Menschen, Rettung zu finden.«

»Und Rettung hat der Mensch bitter nötig«, erwiderte ich, und zwar nicht nur aus Höflichkeit, sondern weil ich es wirklich meinte.

Er freute sich über meine Zustimmung und geriet nun richtig in Eifer. »Unsere Zivilisation ist materiell ausgerichtet, und tatsächlich feiert sie Tag für Tag, dank der Wissenschaft, geradezu unglaubliche Triumphe, die dem Menschen dazu verhelfen, die Welt immer besser zu beherrschen. Aber was nützt es ihm, wenn er die Welt besitzt und sich selbst verliert?«

Vorsichtig warf ich ein: »Er muss beides im Griff haben.«

Er lächelte gütig. »Vielleicht wirst du mir nicht glauben, vielleicht kann ich dich nicht wirklich überzeugen, aber lass mich dir sagen, dass es in der spirituellen Welt noch genauso viel zu entdecken gibt wie in der materiellen Welt. Und dass die Forschung auf diesem Gebiet Erkenntnisse befördert, die nicht weniger aufregend als die der Weltraumeroberung sind. Wir müssen einfach nur mit dem gleichen Ernst an die spirituellen Methoden glauben wie an die der Wissenschaft und daran, dass die ganze, vollständige Wahrheit sich am Schnittpunkt beider Wege, nicht aber am Ende eines Wegs findet.«

»Hört sich vernünftig an.«

Er sah mich an, und zum ersten Mal fiel mir auf, wie schwarz seine Augen waren. Seine Stimme klang bekümmert, als er sagte: »Wie schwach nimmt sich die Stimme der Wahrheit im Gedröhn der Maschinen aus, dabei braucht die Menschheit heutzutage nichts dringlicher als einen Retter.«

»Und wer oder was soll die Rettung bringen?«, fragte ich neugierig.

»Ein Mann, oder eine Idee, oder eine entsetzliche Erfahrung.«

»Wie ein Atomkrieg zum Beispiel?«

»Vielleicht. Wie auch immer, ich habe das Gefühl, dass etwas Trennendes zwischen uns steht, aber das ist nichts Unüberwindliches. Mir scheint, deine Sehnsucht, die Wahrheit zu erfahren, ist groß. Ich halte zu Hause spirituelle Sitzungen ab, vielleicht kommst du mich mal besuchen.«

Er überreichte mir eine Visitenkarte, auf der sein Name und die Adresse standen – Dair-al-Malak-Straße. Obwohl ich ihm mehr aus Zuneigung, denn aus Einverständnis zugehört hatte, brachte er in die Eintönigkeit meines Lebens einen Zauber, der betörend wie der Duft einer Orangenblüte war.

Am gleichen Abend traf ich mich mit Salim Gabr in seinem Redaktionsbüro. Ich erzählte ihm von Nagi Marcos und seiner Einladung. Aus Spaß, aber auch um ihn ein bisschen zu ärgern, schlug ich vor, dass wir ihn gemeinsam besuchen sollten. Aber Salim Gabr lehnte diesen Gedanken strikt ab. Er erklärte, dass es zwischen der Welt des Sichtbaren und der des Unsichtbaren keine eindeutige Grenze mehr gebe, und dass der, der sich mit dem Sichtbaren beschäftige, zwangsläufig auch mit dem Unsichtbaren zu tun habe. »Die Menschheit erobert den Weltraum, und dein Freund lädt dich zu Zauberritualen ein!«

Ich habe Nagi Marcos nie wieder gesehen. Aber wann immer ich an die Jugendzeit denke, spüre ich, dass er in einem Winkel meines Herzens seinen festen Platz hat.

Nadir Burhan

Für uns Jungen in der Grundschule, also in den Jahren zwischen 1921 und 1925, war er ein Held, und zwar nicht nur, weil er etliche Jahre älter als wir und groß und stark war, sondern weil man uns gleich am ersten Tag gesagt hatte, dass er die Schülerschar anführte. Wenn wir uns auf dem Schulhof im Kreis um ihn aufstellten, hörten wir seinen Erklärungen aufmerksam zu. Zum Beispiel sagte er: »Haltet euch nicht für zu jung, denn auch ihr gehört zu den Kämpfern Saad Zaghluls, zu den Soldaten des Vaterlands.« Oder er sprach: »Wir müssen uns auf alles einstellen – auf Schläge, auf das Gefängnis, ja selbst auf den Galgen. Ohne Freiheit hat das Leben keinen Wert, und ohne Opfer gibt es keine Freiheit. Gott hat uns als Führer Saad Zaghlul gesandt, und wir, wir müssen uns seiner würdig erweisen.«

Ich achtete und bewunderte ihn, Rida Hamada betete ihn an, und Sajid Schuair und Chalil Zaki hätten es niemals gewagt, sich über Nadir Burhan lustig zu machen. Wenn er uns von seinen Besuchen im »Haus der Nation« und seinen Gesprächen mit Saad Zaghlul erzählte, führten wir uns vor Begeisterung wie Verrückte auf. Eines Tages hielt ich es nicht mehr aus und bettelte: »Ich will Saad Zaghlul mit eigenen Augen sehen, kannst du uns nicht mal ins ›Haus der Nation‹ mitnehmen?«

Er schaute mich freundlich an und sagte: »Du bist noch zu klein, du trägst ja noch kurze Hosen. Ein Besuch im ›Haus der Nation‹ ist ein gefährliches Abenteuer und kein Schulausflug.«

Waren ein Streik oder eine Demonstration angesagt, wartete Nadir Burhan am Morgen ab, bis wir in Reih und Glied standen. Dann trat er ein paar Schritte vor und klatschte kräftig in die Hände. Im Nu hallte der Hof von lautem Klatschen wider. Das war der Moment, da die Aufseher kamen und in Absprache mit den streikenden Schülern die Reihen der Kleinen in die Klassen führten. Auf dem Weg dorthin ließen wir Saad Zaghlul hochleben, während die Großen, mit Nadir Burhan an der Spitze, auf die Straße hinauszogen, wo sie sich mit den Schülern der anderen Schulen trafen. Bei einer Demonstration traf eine Kugel Nadir am Bein, und er verbrachte zwei Monate im Krankenhaus. Ein leichtes Hinken blieb.

Unter seiner Führung nahm ich 1924 zum ersten Mal an einer Demonstration teil. Er rief uns zum Streik auf, weil, wie er uns erklärte, König Fuad mit der Verfassung ein böses Spiel treiben wollte, Saad Zaghlul aber, als Premierminister, fest entschlossen war, die Rechte des Volks standhaft zu verteidigen. Wir sollten also zum Abdin-Platz marschieren, um den Führer zu unterstützen. Da zu dieser Zeit eine Regierung des Volks die Macht ausübte und ihr Präsident gleichzeitig auch Innenminister war, galt diese Demonstration als friedlich. Wir liefen also mit der riesigen Masse von Schülern, Studenten und Bürgern mit, und als wir auf dem Abdin-Platz ankamen, herrschte dort ein fürchterliches Gedränge. Wir schlugen mit den Fäusten an das Portal des Schlosses und schrien: »Saad oder Revolution!« Von Weitem waren Hochrufe zu hören, Zeichen dafür, dass Saad Zaghlul auf dem Weg ins Schloss war, wo er sich mit dem König treffen sollte. Die Menschen schubsten und drängten, und die Polizei hatte Mühe, sie zur Seite zu schieben, um für den Wagen Saad Zaghluls eine schmale Durchfahrt zu schaffen. Ich war überglücklich. »Rida, gleich werden wir ihn mit eigenen Augen sehen!«

Rida strahlte. »Bestimmt, und wenns auch bloß für ein paar Sekunden ist.«

Geschickt und flink mogelten wir uns durch die Menschenmasse hindurch, bis wir vorne standen. Das Auto kam nur langsam voran; die Menschen umdrängten es, manche standen auf den Trittbrettern, einige waren sogar aufs Dach gesprungen. Wir hielten sehnsüchtig Ausschau, aber alles, was wir zu sehen bekamen, waren die Leiber gewöhnlicher Menschen. Von Saad Zaghlul war nicht das kleinste Stückchen zu sehen. Wir waren furchtbar enttäuscht, ließen noch lange den Kopf hängen.

Als ich im Jahr darauf auf die Oberschule kam, verlor ich zu Nadir Burhan jeglichen Kontakt. Vierzig Jahre lang sah und hörte ich nichts von ihm.

Eines Tages, ich kam von einem Treffen mit Amani Mohammed zurück, beschloss ich, im Café Astra noch schnell einen Kaffee zu trinken, und wie ich hineinkomme, sehe ich doch tatsächlich ganz allein an einem Tisch einen Riesen von Mann sitzen – Nadir Burhan. Ich erkannte ihn auf den ersten Blick, und obwohl er schon an die sechzig war, kam es mir vor, als hätte er sich nur wenig verändert. Bis auf die Koteletten war sein Haar sogar noch schwarz. Ich ging lächelnd auf ihn zu, und wenn er mich auch etwas befremdet anschaute, schüttelte er doch meine ausgestreckte Hand. Ich erinnerte ihn an die Grundschulzeit, und plötzlich hellte sich sein Gesicht auf, und er lud mich ein, Platz zu nehmen. »Du siehst wie früher aus«, sagte ich.

Er lachte. »In meiner Familie werden alle furchtbar alt, wenn einer überhaupt stirbt, dann nur, weil er einen Unfall hatte.«

Ich erzählte ihm von meinen Schulkameraden und was aus ihnen geworden war. Bis auf Rida Hamada konnte er sich an keinen erinnern. Als ich ihn nach seinem Leben fragte, schien er richtig froh zu sein, sich eine Last vom Herzen reden zu können.

»Ich bin in Assiut zur Oberschule gegangen, mein Vater hatte dort zu arbeiten angefangen. Als Mohammed Machmud regierte, bin ich von der Schule geflogen, dann kam an-Nahhas, und ich durfte wieder zur Schule gehen. Das zweite Mal musste ich die Schule verlassen, als Mohammed Sidki an der Macht war. Dann wurde ich beschuldigt, einen Mordkomplott gegen ihn geplant zu haben und bekam zehn Jahre. Während der an-Nahhas-Regierung wurde ich per Gnadenerlass vorzeitig entlassen. Ich fand es albern, das Abitur nachzuholen, also nahm ich das Angebot der Wafd-Partei an, als Geschäftsführer der Zeitung *Al-Gihad* in Alexandria zu arbeiten.«

Übermannt von seinen Erinnerungen, schwieg er ein Weilchen und starrte düster vor sich hin. Dann fuhr er fort: »Nichts hat mir in meinem Leben mehr zugesetzt, als der Konflikt zwischen Mustafa an-Nahhas und an-Nukraschi. An-Nahhas war mein Führer, an-Nukraschi mein geistiger Vater. Ich sah keinen Sinn mehr darin weiterzuleben, wenn sich diese beiden Männer als Feinde gegenüberstehen. Dann nahmen die Ereignisse ihren Lauf, und vor lauter Abscheu wusste ich weder aus noch ein. Als der Vertrag die Revolution von 1919 besiegelte und uns die Unabhängigkeit versprach, was ja noch etliche Zeit brauchte, fasste ich den Beschluss, mich aus der Politik zurückzuziehen. Zur gleichen Zeit starb mein Vater, und da er mir eine beträchtliche Summe Geld hinterließ, eröffnete ich in Sidi Gabir ein Fischrestaurant. Zu meinem Glück kann ich sagen, dass Gottes Segen auf ihm ruht.«

»Du hast dich von der Politik völlig verabschiedet?«

»Ja, seit 1937. Natürlich verfolge ich die Nachrichten, und wahrscheinlich bin ich der einzige Restaurantbesitzer, der bereits in aller Herrgottsfrühe die Zeitung in- und auswendig kennt.« Er nickte bekümmert. »Es hat mich traurig gemacht, mit anzusehen, wie alles bergab geht. Und wann immer ich den Wafd geschwächt sah oder erlebte, wie wieder eine Generation junger Menschen sich von ihm abwandte, zerriss es mir das Herz. Aber dagegen kann man nichts tun.«

»Alles hat seine Zeit, das ist der Lauf der Welt.«

»Aber der Wafd war doch für uns gleichbedeutend mit Kraft und Wiedererneuerung. Nenn mir irgendeine historische Epoche, angefangen bei den pharaonischen Dynastien bis hinein in die Gegenwart, in der das Volk eine solche Macht und Größe erreichte wie zur Zeit des Wafd.« Er lachte grimmig. »Als die Juli-Revolution kam, dankte ich dem lieben Gott, dass ich tun und lassen konnte, was ich wollte, und nicht gezwungen war, der Revolution oder vielleicht einem künftig noch größeren Übel zuzujubeln.«

»Aber du erkennst doch bestimmt an, dass die Revolution auch ihre Verdienste hat?«

»Die Wahrheit einzugestehen, ist eine Tugend, aber ich werde nie verzeihen, dass man Saad Zaghlul und seine Führung diffamiert hat.«

»Nun ja, die Politik folgt bestimmten Notwendigkeiten, du hast doch bestimmt nicht vergessen, was Mustafa Kamil mit Achmed Orabi gemacht hat?«

Er ging nicht darauf ein, stattdessen fragte er: »Warst du beim Begräbnis von Mustafa an-Nahhas? Das war die Antwort des Volks, mit der es das Ansehen von Saad Zaghlul, des Wafd und der gewaltigsten Volksrevolution wiederhergestellt hat.«

Wir wechselten das Thema. Er komme von Zeit zu Zeit nach Kairo, weil seine Tochter hier verheiratet sei. »Aber ich habe noch drei Söhne. Der Große arbeitet in meinem Fach, der Mittlere ist Ingenieur, und der Jüngste ist Offizier bei der Luftwaffe.«

Von diesem Tag an kehrte ich, wann immer ich den Sommerurlaub in Alexandria verbrachte, mindestens einmal in sein Restaurant ein. Als ich 1969 wieder bei ihm zu Abend essen wollte, kam er mir sehr bedrückt vor. Auf meine Frage erwiderte er: »Ende letzten Jahres ist mein zweitältester Sohn nach Kanada ausgewandert.« Und leise fügte er hinzu: »Und mein Jüngster hat im Winter dieses Jahres den Heldentod für sein Vaterland gefunden.«

Haggar al-Minjawi

Scheich Haggar al-Minjawi unterrichtete in der Grund- und Oberschule Arabisch. Er kam aus Oberägypten und sprach den dortigen Dialekt. Er war kräftig gebaut, groß und tiefschwarz. Auf seine äußere Erscheinung legte er wenig Wert. Der Turban war viel zu klein, und bei der Zusammenstellung der Farben von Gubba und Kaftan hatte er keine glückliche Hand. Aber dank seiner starken Persönlichkeit, der Beherrschung seines Fachs und seines großen Muts nötigte er allen Respekt ab.

Er war kein Griesgram, im Gegenteil, er hatte Gefallen an Späßen und rezitierte des Öfteren sehr schöne Gedichte.

Einmal focht er im Schulhof mit dem Schlagstock gegen den Sportlehrer, und er führte den Stock mit einer solchen Gewandtheit, dass wir alle erstaunt waren. Er gewann den Kampf, und wir klatschten begeistert Beifall.

Eines schönen Tages kam Gafar Chalil zu spät, wir saßen alle schon in unseren Bänken. Da Gafar es immer liebte, einen Witz zu reißen, machte er Scheich Hagg al-Minjawi nach und sagte in bestem Hocharabisch: »Möge allen ein guter Morgen beschert sein.«

Wir lachten, und Gafar freute sich. Scheich Haggar al-Minjawi wartete ab, bis er saß, dann rief er: »Gafar Chalil!«

Nachdem Gafar aufgestanden war, sagte der Scheich: »Analysiere die Flexionsabhängigkeit in diesem Satz.«

Das konnte Gafar nicht, und so holte der Scheich das Klassenbuch hervor und trug ihm eine Null ein.

Gafar protestierte. »Das ist viel zu schwer!«

Scheich Haggar sah ihn ruhig an. »Warum gebrauchst du dann Wendungen, die du nicht verstehst?«

Trotz allen Humors konnte er unglaublich ernst sein. In die Zeit unseres Grundschulbesuchs fiel die Revolution, und so ging sein Arabischunterricht mit der Unterweisung in Patriotismus einher. Wann immer sich eine Gelegenheit bot, begann er, über das nationale Schicksal zu sprechen. Er beschwor ruhmreiche Erinnerungen herauf, rühmte die Helden, und wir lauschten ihm mit Tränen der Rührung. Über Saad Zaghlul redete er, als sei er ein Heiliger oder ein Wundertäter, als sei seine Führerschaft eine himmlische Botschaft und eine unglaubliche historische Tat. Von Scheich Haggar erfuhren wir, wie Saad Zaghlul aufgewachsen war, wie glänzend er als Anwalt gearbeitet und welche Positionen er im Erziehungs- und Justizministerium innehatte. Wir hörten, was für ein talentierter Führer er war, wie er die Herrschaft der Briten herausforderte, über welches Charisma und welch brillante Rhetorik er verfügte und was sich das Land von ihm erhoffen durfte. »Mit seiner Redekunst brachte er die Gefühle in Wallung, deshalb ist der Ausbruch der Revolution unabdingbar mit seinem Namen verbunden.«

Für ihn zeichnete sich ein guter Schüler dadurch aus, dass er »Wissen anhäuft und gegen jede Tyrannei rebelliert.«

Wir liebten und verehrten ihn. Durch ihn wurde uns bewusst, was Nationalismus und Stolz auf unsere Herkunft bedeuten. Wegen ihm liebten wir Arabisch und die Dichtkunst.

Als wir dann zur Oberschule gingen, blies der Wind aus einer anderen Richtung. Nun waren keine englischen Gesichter mehr zu sehen, dafür aber die ihrer ägyptischen Gefolgsleute. Zwischen den Parteien war Krieg angesagt, und Scheich Haggar al-Minjawi stürzte sich in diese Schlacht mit genauso viel Kraft und Zähheit wie zuvor. »Der Kampf geht weiter«, erklärte er, »aber die Zahl der Feinde ist größer geworden. Deshalb müssen wir auch doppelte Kraft aufbringen.«

An dem Tag, als wir gegen den verhassten Mohammed Machmud streikten, also an dem Tag, an dem Badr az-Zijadi ums Leben kam, forderte der Schuldirektor Scheich Haggar al-Minjawi auf, die Schüler dazu zu bringen, den ordnungsgemäßen Unterricht wieder aufzunehmen. Der aber reagierte auf Dinge, die er als unverschämt empfand, mit regelrechtem Jähzorn und blinder Wut. Also sprang er auf das Podest, das vor dem Direktorzimmer stand, und schrie mit einer Stimme, die einem das Blut in den Adern gefrieren ließ: »Die Bildung fordert Ordnung, das Vaterland fordert Kampf, so lasst denn euer Gewissen entscheiden, was ihr zu tun habt!«

Der Direktor verfasste einen Bericht, schickte ihn ans Erziehungsministerium, und nicht lange, und Scheich Haggar al-Minjawi wurde der Dienst gekündigt. Als sich diese Nachricht verbreitete und er tatsächlich nicht mehr in der Schule erschien, stürmten die Schüler das Büro des Direktors und jagten ihm solche Angst ein, dass er die Flucht ergriff. Da das Ministerium keine andere Möglichkeit sah, sein Leben zu schützen, versetzte man ihn an eine andere Schule.

Kaum dass der Wafd die Regierung übernommen hatte, kehrte Scheich Haggar al-Minjawi an die Schule zurück. Doch nicht für lange, denn als Mohammed Sidki an die Macht kam, wurde er wiederum entlassen. Er nahm die Arbeit an der Privatschule in Baina l-Ganajin auf, die einem bekannten Wafdisten gehörte. Während der Vertrags-Regierung ernannte man ihn zum Inspektor des Erziehungsministeriums, und er erhielt die Anerkennung, die ihm gebührte. Bei der Wahl von 1942 bewarb er sich als Kandidat der Wafdisten und gewann. Diesen Erfolg konnte er noch einmal verbuchen, nämlich 1950. Zu jener Zeit begegnete ich ihm öfters bei Rida Hamada, und ich lernte auch seine Söhne kennen. Als nach der Juli-Revolution der Beschluss über die Auflösung der Parteien verkündet wurde, kehrte er in sein Dorf in Oberägypten zurück.

Ich weiß nicht, ob er noch am Leben ist oder schon das Zeitliche gesegnet hat.

Es muss 1952 oder 1953 gewesen sein, als ich zufällig am alten Offiziersklub in Schatbi vorbeikam und auf dem Hof etliche Wafdisten sah, die von Soldaten umstellt waren. Ich erkundigte mich bei den Passanten, die sich dort versammelt hatten, was passiert sei. Man hätte die Männer verhaftet, sie würden jetzt nach Kairo gebracht werden, sagte jemand. Ich schaute genauer hin – tatsächlich: Einer der Offiziere, die die Zuführung überwachten, war Mohammed Haggar, der Sohn unseres alten Lehrers. Ich starrte ihn gebannt an, Erinnerungen an seinen Vater überfielen mich, und es kam mir vor, als hörte ich das Rauschen des Verfließens der Zeit und das Getöse der Wogen, die voller Gewalt aufeinanderprallten.

Widad Ruschdi

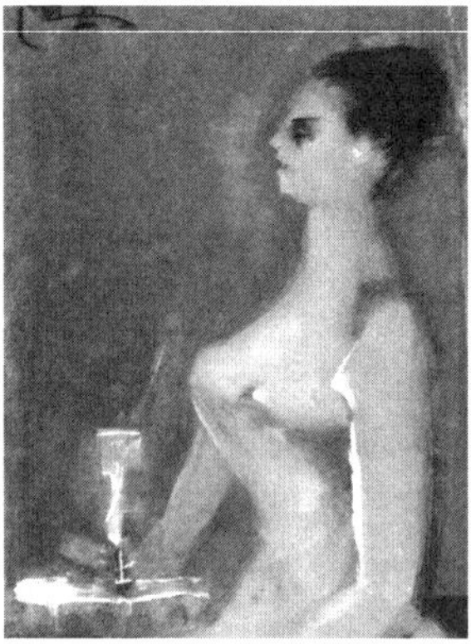

Ich sah sie zum ersten Mal, als sie, wir schrieben das Jahr 1965, Camelia Zahran im Generalsekretariat besuchen kam. Sie war groß und füllig, trotzdem bewegte sie sich anmutig. Auch ihre Gesichtszüge waren bei aller Grobheit irgendwie annehmbar, ja hübsch; es passte alles zusammen.

Ihre stattliche Figur vermittelte den Eindruck von Kraft, Schönheit und Souveränität. Die honigfarbenen Augen blitzten ungewöhnlich frech, und sie besaß eine sinnliche Ausstrahlung, die einen wie ein schöner Duft in den Bann zog. Wann immer ich verstohlen zu ihr hinübersah, stellte ich fest, dass ihr Blick auf mir ruhte. Es beunruhigte mich und weckte meine Neugier.

Ich schätzte sie so an die dreißig, und der Ring an ihrer linken Hand sagte mir, dass sie verheiratet war. Ich hätte gern gewusst, warum sie mich dauernd ansah. War es wegen meiner Beziehung zu Amani Mohammed, die gerade ihren Höhepunkt erreicht hatte? Aber nicht lange, und ich sollte den Grund erfahren, denn eines Tages traten die jungen Damen an meinen

Schreibtisch, und Camelia sagte: »Entschuldigen Sie bitte, aber wir hätten gern einen Rat.«

»Bitte, fragen Sie.«

»Das ist meine Freundin Widad Ruschdi. Sie wird Ihnen selbst erzählen, worum es geht.«

Laut und deutlich, also passend zu ihrer Statur, begann Widad Ruschdi zu reden. »Um es kurz zu machen: Ich habe vor fünf Jahren das Jura-Studium abgeschlossen, aber gleich geheiratet und mich deshalb nicht um eine Anstellung gekümmert. Jetzt ist mein Mann für ein Jahr in Kuweit, und ich würde gerne arbeiten. Meinen Sie, dass mir die Personalabteilung einen Job besorgen könnte?«

»O nein, das glaube ich nicht. Versuchen Sie Ihr Glück über Bewerbungen, oder antworten Sie auf Annoncen.«

»Das scheint mir ziemlich aussichtslos zu sein.«

»Sie sollten es dennoch versuchen.«

»Widad hat zwei Kinder, aber sie möchte trotzdem arbeiten«, warf Camelia ein.

»Alle meine ehemaligen Kommilitoninnen sind verheiratet und als Beamte tätig.«

»Und wer kümmert sich um die Kinder, wenn Sie nicht da sind?«

»Das lässt sich regeln.«

»Und Ihr Mann?«

»Ist einverstanden.«

»Können Sie ihr nicht helfen?«, bat Camelia.

»Übrigens waren Sie und ich ziemlich lange Nachbarn«, tönte Widad.

»Tatsächlich?«

»Sie erinnern sich nicht an mich, weil ich noch so klein war. Es war vor zwanzig Jahren, ich war zehn. Vor fünfzehn Jahren sind wir dann weggezogen, da war ich fünfzehn.«

»Das ist lange her, trotzdem müsste ich mich an Sie erinnern.«

»Ich weiß noch alles ganz genau, ich erinnere mich sogar an Ihre Freunde – Rida Hamada, Surur Abd al-Baki und Gafar Chalil, Gott hab ihn selig. Ich kann mich noch gut an die seltsamen Umstände seines Tods erinnern. Surur Abd al-Baki ist übrigens unser Lieblingsarzt.«

»An all das können Sie sich noch erinnern?«, fragte ich gerührt.

»Na bitte, wusst ichs doch«, erklärte Camelia verschmitzt.

Eine Woche später rief mich Widad an. Sie wollte wissen, ob sich schon etwas getan habe, aber gleichzeitig hatte ich das Gefühl, dass sie nur darauf aus war, mit mir zu reden. Was konnte diese hübsche, verheiratete Riesin von mir wollen? In Gedanken verglich ich sie mit Amani Mohammed, ja sogar mit Durrija. Ich fühlte Erregung, und aus dem Dunstschleier der Vergangenheit heraus ermutigten mich Hanan Mustafa und Safa al-Katib.

»Kommen Sie nicht mal wieder Camelia besuchen?«, fragte ich.

»Ach, möchten Sie mich gern sehen?«, erwiderte sie prompt.

Ich konnte nichts anderes sagen als: »Ich würde mich freuen.«

»Und wieso?«

»Sie zu sehen macht einen eben glücklich«, stammelte ich.

Sie lachte. »In Ihrem Büro sind so viele Leute, und es riecht nach muffigen Akten.«

Ohne an die Folgen zu denken, stürzte ich mich in den verlockenden Abgrund. »Es gibt ja ruhigere Orte.«

»Ach, Sie mögen ruhige Orte?«

»Sehr sogar.«

»Nun gut, aber unter einer Bedingung.«

»Und die wäre?«

»Dass Sie keine schlechten Absichten hegen.«

»Natürlich nicht.«

»Werden Sie sich daran halten?«

»Versprochen.«

»Was ist denn für Sie ein ruhiger Ort?«

»Der Fisch-Garten.«

Als ich dort ankam, sah sie nicht im Geringsten verlegen oder verschämt aus. Sie stand da, als warte sie auf ihren Ehemann oder Bruder. Wir gingen ein Weilchen spazieren, dann setzten wir uns an den Fuß des Hügels.

»Vielleicht wundern Sie sich, dass eine Frau so kühn ist, sich Ihnen einfach so, ohne irgendeinen Vorwand, in den Weg zu stellen.«

Von Freude und Leidenschaft überflutet, hätte ich tanzen können. »Ach, so lange ich glücklich bin, wundere ich mich über gar nichts.«

Sie lachte. »Vergessen Sie nicht meine Bedingung.«

»Ich denke dran.«

»Sie sollten wissen, dass ich eine anständige Frau und treue Gattin bin«, erklärte sie mit großem Ernst.

Mir wurde ein wenig unruhig zumute. »Das ist unbestritten, und außerdem habe ich das wilde Alter, in dem man leichtfertig und unbesonnen handelt, hinter mir gelassen, noch bevor Sie aus unserem Viertel weggezogen sind.«

»Sie sollten nicht so abfällig über diese Zeit reden.«

»Tu ich doch nicht, ich werde immer gern daran zurückdenken.«

Sie lächelte mich mit einer Offenheit an, wie ich es nie zuvor bei einer Frau erlebt hatte: »Es war kein Zufall, dass ich Ihnen begegnet bin.«

»Wieso?«

»Camelia hatte mir von ihren Kollegen erzählt, und als ich

Ihren Namen hörte … na ja, was soll ich sagen? Jedenfalls habe ich beschlossen, Sie unbedingt kennenzulernen.«

»Aber Sie sind doch wegen einer Arbeit gekommen?«

»Ach was, das war unwichtig.«

»Nun lassen Sie mich doch bitte nicht so im Dunkeln herumtappen!«

Sie lachte fröhlich. »Ich kenne Sie seit zwanzig Jahren.«

»Gewiss.«

»Ich wohnte in dem grünen Gebäude, erinnern Sie sich?«

»Wo der Brunnen steht, in der Hauptstraße?«

»Genau, aber weil ich zehn Jahre alt war, haben Sie mich nicht zur Kenntnis genommen«, erklärte sie vorwurfsvoll.

»Wir sind dort oft vorbeigekommen, haben aber das Haus nie beachtet. Und außerdem waren Sie zehn Jahre alt …«

»Na ja, um eine Zehnjährige kümmert man sich vielleicht nicht, aber dann wurde ich dreizehn, vierzehn, fünfzehn, und da haben Sie mich auch nicht gesehen.«

»Wenn sich etwas erst mal eingefahren hat, passiert so etwas unglücklicherweise.«

»Bloß dass ich mich ganz allein für dieses Unglück schuldig fühlte.«

Verdutzt schaute ich sie an, und sie gab mir den Blick lachend zurück.

»Ich habe die unmöglichsten Sachen angestellt, um Ihnen aufzufallen.«

»Ach was, das denken Sie sich jetzt bloß aus.«

»Nein, das ist die reine Wahrheit. Diese Erinnerungen stecken tief in mir drin, es ist eine Enttäuschung, gegen die nichts hilft.«

Nun war ich richtig verwirrt. »Sie übertreiben.«

»Überhaupt nicht. Nichts ist so wahr, wie was ich eben gesagt habe.«

Ich hörte gespannt zu, fühlte mich in ihren Bann gezogen, aber die Leidenschaft war verflogen.

Plötzlich fragte sie: »Es heißt ja, dass die erste Liebe niemals vergeht. Finden Sie das auch?«

Ich musste sofort an Hanan denken und an Safa, aber dann kehrte in mein müdes Herz wieder Ruhe ein. »In jeder Volksweisheit steckt ein Körnchen Wahrheit.«

»Die erste Liebe«, erklärte sie hitzig, »ist etwas so Großartiges, Bezauberndes, Einmaliges, deshalb kann man sie nicht vergessen.«

»Und was soll das heißen?«

»Nichts.«

»Aber Sie sind doch glücklich verheiratet?«

»Sicher«, murmelte sie. »Ich will das gar nicht abstreiten. Aber man denkt immer nur an das, was einem fehlt.«

»Deshalb ist es ja so schwierig, glücklich zu sein. Dazu braucht man viel Weisheit.«

»Mein Mann ist geradezu vorbildlich, jede Frau würde sich einen wie ihn wünschen. Aber er hat überhaupt keine romantische Ader, deshalb fühle ich mich manchmal einsam, und dann machen mir die alten Enttäuschungen zu schaffen.« Sie lachte. »Mein Bauch ist so von Glück gesättigt, dass er mir wehtut, aber meine Seele hat Durst.«

»Wie alt ist Ihr Mann?«

»Vierzig.«

»Sie leben doch paradiesisch, wovon träumen Sie da noch?«

Sie runzelte die Stirn, zögerte. »Sie sind einfach alt. Ich wette, dass Sie noch nie richtig geliebt haben.«

Wo mochte jetzt Safa wohl sein? Ob sie noch lebte? Wäre es möglich, dass wir, wenn der Zufall uns ein Wiedersehen bescherte, ein ähnliches Gespräch führten?

»Entschuldigen Sie, manchmal lässt mich meine direkte Art

alle Höflichkeit vergessen. Aber ich hatte erwartet, dass Sie meinen Gefühlen mehr Respekt entgegenbringen.«

»Aber das tu ich doch, aus ganzem Herzen!«

»Danke«, stammelte sie gerührt. »Ich fände es schön, wenn wir in Verbindung blieben, haben Sie etwas dagegen?«

»Ich würde mich überaus glücklich schätzen.«

»Bei einer geistigen Verbindung besteht ja nicht die Gefahr, dass man die Achtung vor sich selbst verliert.«

»Dem kann ich nur zustimmen.«

»Wir werden das Telefon nutzen, da hat keiner das Gefühl, etwas Unrechtes zu tun.«

»Wie Sie möchten.«

»Und wenn uns der Wunsch überfällt, den anderen zu sehen, treffen wir uns kurz.«

»Das wäre schön, auch wenns kurz ist.«

Seit dieser Begegnung öffneten sich mir die Tore zu einem neuen Leben. Ich durchschritt sie, getrieben von Zärtlichkeit, Sehnsucht nach alten Erinnerungen und Neugier. Ich gehörte zu ihrem Leben, ihrer Familie, teilte alles mit ihr – die alltäglichen Sorgen und Nöte, ihre Vorstellungen von Vaterschaft, Mutterschaft, Kindheit, ihre emotionalen, ja, sogar sexuellen Bindungen, ihre Auseinandersetzungen, Vergnügungen, Krankheiten, Träume und Vorlieben jedweder Art.

Widad ist ein unablöslicher Teil meines Seins geworden, von dem niemand etwas weiß.

Jusrija Baschir

Der Name trägt mich zurück in die Zeit der Kindheit. Vor meinem inneren Auge entsteht das Bild vom Bait-al-Kadi-Platz mit den hoch aufragenden Eichen, in denen Spatzen nisteten. Von einem Seitenfenster aus konnte ich die Kurmuz-Gasse sehen, deren gepflasterter Gehweg leicht abschüssig verlief. Dort, an der Ecke, stand das Haus der Familie Baschir. Ich war sieben oder acht Jahre alt und sah bewundernd Scheich Baschir zu, wenn er am Nachmittag vor dem Haus saß und die Perlen der Gebetskette durch die Finger gleiten ließ. Mit seiner weißen Haut, dem grauen Bart und den strahlenden Farben seines Turbans, der Gubba und dem Kaftan schien er mir die ganze Gasse zu erhellen. Wenn er sich auf den Weg zum Ägyptischen Klub machte und in Richtung Bait-al-Kadi-Platz ging, stand oben am Fenster Jusrija und schaute ihm nach. Sie war ungefähr sechzehn Jahre alt und schön wie der Mond – strahlend weiße Haut, und das Gesicht umrahmt von tiefschwarzem Haar. Ihre Stimme klang weich, wenn sie nach mir rief oder mit mir scherzte. Und ich – ich starrte glücklich und verliebt hinauf, falls man die Bewunderung eines siebenjährigen Jungen als Verliebtheit bezeichnen kann. Aber wie sonst sollte man meine Anhänglichkeit nennen, denn weder war sie eine Verwandte, noch in meinem Alter, und sie hatte mir auch nie ein Spielzeug oder eine Süßigkeit geschenkt. Manchmal bot sie mir an, sie zu besuchen, aber kaum hatte ich mich aus dem Haus geschlichen, erwischte mich im letzten Moment die Dienerin und schleppte mich zurück. Ich weinte, stieß mit den Füßen, aber es war alles vergebens.

Eines Tages, als es heftig regnete, stand ich am Fenster und beobachtete, wie das Wasser die Gasse hinunterströmte und sich wie ein reißender Strom in den alten Abfluss ergoss. Es dauerte nicht lange, und der Pegel stieg an. Das Wasser überschwemmte die Gasse, und auf einmal war ein richtiger Teich entstanden. Die Gasse war nicht mehr zu überqueren, außer man ließ sich tragen oder fuhr auf einem Karren.

Durch den strömenden Regen hindurch sah ich, dass Jusrija auch am Fenster stand. Sie winkte mir zu, und da kam mir eine Idee, die ich auf der Stelle in die Tat umsetzen wollte. Ich schlich mich aufs Dach, schnappte mir den kupfernen Waschbottich, dazu den Besen mit dem langen Stiel, und lief nach unten auf die Straße. Ich ließ den Bottich ins Wasser, setzte mich hinein und paddelte kräftig mit dem Besen in Richtung Jusrija. Dieses Mal hatte die Dienerin zu spät bemerkt, dass ich entwischt war, und außerdem trennte uns eine Menge Wasser. Sie musste also bleiben, wo sie war, und so viel sie auch rief und schrie, eine Antwort bekam sie nicht.

Vor der Haustür von den Baschirs, über der ein ausgestopftes Krokodil hing, stieg ich aus und lief barfuß und mit pitschnassem Gilbab in den Flur. Jusrija stand schon auf dem Treppenabsatz, und kaum war ich bei ihr angelangt, brachte sie mich ins Wohnzimmer. Ich musste mich ihr gegenüber auf das türkische Sofa setzen, und sie begann zärtlich mit meinen Haaren zu spielen. Ich hingegen starrte wie verzaubert ihr Gesicht an, und obwohl ich ziemlich müde von der Anstrengung und völlig nass war, erfüllten mich Stolz und unendliches Glück.

Jusrija wollte mich offenbar unterhalten, denn sie nahm meine Hand und sagte: »Ich werde jetzt dein Schicksal lesen.« Sie fuhr mit dem Finger die Linien entlang und erkundete das, was im Verborgenen liegt. Aber mich fesselte nur eins – ihr wunderschönes Gesicht.

Anmerkungen

Die in diesem Band enthaltenen Texte wurden zunächst in Fortsetzungen in einer ägyptischen Fernsehzeitschrift veröffentlicht, gemeinsam mit dem jeweiligen Porträt von Saif Wanli. Die Porträts folgen dem arabischen Alphabet.

al-Akkad, Machmud Abbas (1889–1964), Lyriker und Essayist, Mitbegründer der modernen ägyptischen Epik. Zeichnete sich durch eine starke nationale und antimonarchistische Haltung aus.

Amm Eigtl. »Onkel«, wird auch als vertrauliche Benennung älterer Männer benutzt.

Azhar-Scheich Absolvent bzw. Lehrer an der Azhar-Universität in Kairo, der zweitältesten Universität der Welt. Sie ist maßgeblich für die Bestimmung philosophischer Grundlagen im Islam, die Glauben und Politik umfassen.

Baschar Ibn Burd (gest. 784), von iranischer Abstammung. Er war der erste große arabische Dichter nichtarabischer Herkunft.

Chalid Ibn al-Walid (582–642), gehörte zur mekkanischen Oberschicht, bekannte sich zum Islam, wurde einer der berühmtesten muslimischen Feldherrn.

Dreier-Aggression Nach der Verstaatlichung beschließen Frankreich, Großbritannien und Israel einen militärischen Angriff auf Ägypten, den Israel am 29. Oktober 1956 mit einem Überfall auf die Sinaihalbinsel beginnt.

al-Faluga Ort im Negev. Im ersten arabisch-israelischen Krieg 1948 verzeichneten die ägyptischen Verbände durch die Errichtung eines Korridors bei al-Faluga einen ersten Erfolg.

al-Farazdak Dichter der Umajadenzeit (632–750), der mit seinem Dichterkollegen Djarir lyrische Wettkämpfe veranstaltete, die beide in Kufa und Basra berühmt machten.

»Freie Offiziere« Eine vom späteren Präsidenten Gamal Abdel Nasser aufgebaute Gruppe von Offizieren, die in der Nacht zum 23. Juli 1952 mit einem unblutigen Staatsstreich König Faruk zur Abdankung zwangen.

Fuad Ägyptischer Sultan von 1917–1923 und von 1923–1936 König von Ägypten.

Gallabija Weites, hemdartiges Gewand.

Gilbab Langes Gewand.

Gubba Langes Obergewand, vorn offen, mit weiten Ärmeln.

Hagg Mekkapilger, Ehrentitel.

»Haus der Nation« Im Verlauf der antikolonialen Revolution vom März 1919 wurde das Wohnhaus des Revolutionsführers Saad Zaghlul zum »Haus der Nation« erklärt.

Higazi, Salama (1852–1917), aus dem Higaz stammender Musiker.

Ismail (1836–1879), mit Titel »Khedive« versehener Vizekönig Ägyptens. Mit seinem Namen sind der Bau und die Eröffnung des Suez-Kanals verbunden.

Kamil, Mustafa (1874–1908), ägyptischer Politiker, führendes Mitglied der Nationalbewegung.

Leila und Madschnun Alte, vorislamische Erzählung über einen vor Liebe besessenen Jüngling, der seine Geliebte, Leila, nicht erreichen kann.

Machmud, Mohammed Ägyptischer Politiker; gehörte ursprünglich dem rechten Flügel des Wafd-Komitees an, war Mitbegründer der Liberal-Konstitutionellen Partei (1922), wurde von König Fuad I. 1929 als Kabinettchef eingesetzt und hat in dieser Funktion das Parlament aufgelöst, die Presse- und Versammlungsfreiheit aufgehoben und drakonische Maßnahmen gegen die nationalen, antikolonialen Kräfte erlassen.

»Magdulin« Von al-Manfaluti vorgenommene arabische Adaptation des Romans »Sous les Tilleuls« von Alphonse Karr.

Mahir, Achmed (1888–1945), gehörte als Führungskraft des Wafd dem rechten Flügel an; verließ 1937 die Wafd-Partei und gründete mit Machmud Fahmi an-Nukraschi den »Wafd as-Saad« (abgeleitet von Saad Zaghlul).

Al-Manfaluti, Mustafa Lutfi (1876–1924) gehört als Autor von Kurzprosa und Essays zu den Wegbereitern moderner ägyptischer Prosa.

Milaja Schwarzer Umhang für Frauen.

Millim Kleinste Münzeinheit.

Misr-Bank 1920 gegründet, erstes nationales Unternehmen auf dem Finanzsektor.

Mohammed Ali (1805–1849), ägyptischer Vizekönig, bedeutender Reformer, der die ökonomische und politische Machtstellung der türkischen Feudaldespotie brach und in Ägypten eine starke Zentralgewalt schuf.

Muawija 660 als Kalif ausgerufen, Begründer der Umajaden-Dynastie, die bis 750 andauert.

an-Nahhas, Mustafa (1876–1965), liberaler Politiker, wurde nach dem Tod von Saad Zaghlul (1927) Vorsitzender der Wafd-Partei und übernahm des Öfteren die Regierungsverantwortung. Wurde 1936 als »Held der Unabhängigkeit« gefeiert, da er mit Großbritannien einen Bündnis- und Militärvertrag zum Abschluss bringt, in dem die Briten die Souveränität Ägyptens anerkennen.

Nationalpartei 1879 gegründet, mit dem Ziel der nationalen Unabhängigkeit. 1880 antibritischer Aufstand, geführt von Achmed Orabi. Die Nationalpartei, deren Mitglieder vor allem aus der Intelligenz und den städtischen Schichten Kairos und Alexandrias kamen, verbündete sich in zugespitzten politischen Situationen mit dem Wafd.

an-Nukraschi, Machmud Fahmi (gest. 1948), prominenter Wafdist, gehörte dem rechten Flügel an.

Omar Ibn al-Chattab Zweiter Kalif, regierte von 634–644, errang große militärische Siege während zahlreicher Eroberungszüge.

Orabi, Achmed (1839–1911), Führer des bewaffneten Kampfs gegen die britische und französische Kolonialmacht, der von der 1879 gegründeten Nationalpartei gestützt wurde und unter der Losung stand: »Ägypten den Ägyptern!«

Piaster Münzeinheit, 100 Piaster = 1 Pfund.

Rijal Münzeinheit, 1 Rijal = 20 Piaster.

Ruschd Mit »Sohn von Ruschd« ist Ibn Ruschd gemeint, latinisiert Averroes (1126–1198). Bedeutender arabischer Philosoph, der u. a. forderte, dass die Vernunft in der bestmöglichen Weise entwickelt werden müsse. War im Mittelalter der berühmteste Kommentator der Werke Aristoteles.

Saadisten Gemeint sind die Mitglieder der Partei »Wafd as-Saad«, die 1937 von Achmed Mahir und Machmud Fahmi an-Nukraschi gegründet wurde.

»Schwarze Hand« Terroristische Vereinigung während der Zeit der britischen Okkupation.

Schauki, Achmed (1868–1932), Dramatiker, verfasste in klassischen Versen gehaltene Singspiele und Theaterstücke.

Sidki, Ismail Großgrundbesitzer und Bankier, der zu einem einflussreichen, pro-britischen Politiker wurde. Nach seiner Ernennung zum Premierminister (1930) hat er mittels Manipulationen die im Juni 1931 stattfindenden Wahlen zu seinen Gunsten beeinflusst.

Sufismus Islamische Mystik, in der u. a. nicht der Gehorsam gegenüber Gott, sondern die Liebe zu Gott und das Vertrauen auf Gott eine wesentliche Rolle spielen.

Taufik Nasim, Mohammed Ägyptischer Politiker, 1935 Ministerpräsident. In seiner Regierungszeit kam es zu bürgerkriegsähnlichen Auseinandersetzungen, da die nationale Bewegung massiv auf ihren Forderungen (Unabhängigkeit, Sozialreformen, Abschaffung der monarchischen Despotie) bestand.

Ubaid, Makram (1889–1961), einer der führenden Vertreter der panarabischen Strömung, die in Ägypten seit Ende der Dreißigerjahre großen Einfluss gewann.

Urghul Blasinstrument, aus zwei verschieden langen Rohren bestehend, der Klarinette verwandt.

»Vertrags-Regierung« Gemeint ist das dritte Wafd-Kabinett von Mustafa an-Nahhas, in dessen Zeit der Abschluss des Anglo-Ägyptischen Vertrags am 26. August 1936 fiel.

Wafd (-Partei) »Wafd« dt.: »Abordnung, Delegation«. 1918 als Vertretung der antikolonialen, nationalen Interessen gegründet. Von 1918 bis 1924 war der Wafd die leitende Organisation der nationalen Befreiungsbewegung gewesen, am Vorabend des Zweiten Weltkriegs hingegen stand der Wafd unter dem Einfluss konservativer Kräfte aus dem Lager der Großgrundbesitzer und der Bourgeoisie. Nach der Revolution von 1952 traf das Verbot aller politischen Parteien (16. Januar 1953) auch die Wafd-Partei.

Zaghlul, Saad (1860–1927), seit 1918 die zentrale Persönlichkeit der ägyptischen Nationalbewegung, Begründer der Wafd-Partei.

Ziwar Pascha Kabinettschef unter König Fuad I. Er übernahm nach dem Rücktritt Saad Zaghluls (1924) auf Weisung des Königs und mit Zustimmung Großbritanniens die Regierungsbildung und veranlasste rigorose Unterdrückungsmaßnahmen gegen die nationale Opposition.

Die Reise des Ibn Fattuma

Aus Liebeskummer schließt sich Ibn Fattuma einer Handelskarawane an und hofft, auf dem langen Weg durch die Wüste seine Enttäuschung zu vergessen. Doch die Reise durch fremde, heidnische Länder mit ihren unbekannten Sitten und Gebräuchen wird immer mehr zu einer Begegnung mit sich selbst und führt ihn zu den Grundfragen des Seins.

Das junge Kairo

Der ambitionierte Student Machgub lässt sich auf einen faustischen Pakt mit unabsehbaren Folgen ein: Er heiratet eine Frau, die ihre Unschuld verloren hat, zur Rettung ihrer Ehre – ohne seine Braut vorher gesehen zu haben. Im Gegenzug erhält Machgub eine Position in einem Ministerium. Doch er hat die Rechnung ohne den Geliebten gemacht

Karnak-Café

Alt und Jung, Arm und Reich treffen sich im Karnak-Café. Sie erzählen aus ihrem Leben, teilen Freude und Leid und manch müßiggängerische Stunde. Als drei junge Stammgäste plötzlich verschwinden, ist es vorbei mit der heiteren Kaffeehausatmosphäre. Aus der einstigen Oase der Kameradschaft wird ein Ort des Argwohns.

Das Buch der Träume

Nagib Machfus wagt in seinem letzten zu Lebzeiten erschienenen Buch noch einmal etwas radikal Neues. Schwerelos, halluzinatorisch steigen in seinen Träumen Geschichten an die Oberfläche des Bewusstseins: Bruchstücke aus seiner Kindheit, Erinnerungen an Frauen, die er geliebt hat, Episoden mit alten Weggefährten, geschichtliche Umwälzungen.

Zwischen den Palästen – Kairo-Trilogie I

Abd al-Gawwad, der übermächtige Herrscher der Familie, ist gefürchtet und geliebt zugleich. Strotzend vor Vitalität und Lebenslust, ist er zuhause doch der gnadenlose Patriarch, der Ehefrau, Töchter und Söhne an seinen Fäden führt. Die Familienmitglieder verstricken sich immer tiefer im Geflecht ihrer verunsicherten Beziehungen.

Palast der Sehnsucht – Kairo-Trilogie II

Entmutigt durch die schroffe Ablehnung, mit der der Vater Kamals Begeisterung für die Wissenschaft und die nationale Unabhängigkeitsbewegung begegnet, beginnt Kamal, sich in Weinbuden zu betrinken und durch die Bordellgassen zu streifen. Sein Bruder und der Vater buhlen derweil, ohne es voneinander zu wissen, um die Liebe derselben Frau.

Zuckergässchen – Kairo-Trilogie III

Gealtert und durch Krankheit gezähmt, verfolgt Abd al-Gawwad, der einst so stolze Herrscher der Familie, auf dem Balkon seines Palastes das Straßentreiben. Da erreicht der Zweite Weltkrieg Ägypten. Luftangriffe auf Kairo! Der Riss, der durchs Land geht, bricht auch in Abd al-Gawwads Familie auf.

Der letzte Tag des Präsidenten

Randa und Alwan sind schon seit Jahren verlobt und werden nie genug sparen können, um sich die Hochzeit zu leisten. Doch dann, an der großen Siegesparade zum Jahrestag des Oktoberkriegs, wird Präsident Sadat ermordet. Dieses Ereignis findet seinen tragischen Widerhall im Leben der Liebenden. – Ein dichtes Porträt Ägyptens in der Ära Sadat.

Radubis

Die goldene Sandale, die ein Adler vor dem Pharao zu Boden fallen lässt, verwirrt ihn. Ob die Besitzerin so schön und elegant ist wie ihr Schuh? Die Sandale gehört keiner geringeren als der Kurtisane Radubis. Der Pharao beschließt, die Sandale höchstpersönlich zurückzubringen.

Cheops

Um den von Langeweile geplagten Pharao Cheops zu zerstreuen, führen seine Höflinge einen berühmten Wahrsager und Zauberer zu ihm. Doch statt amüsante Geschichten zum Besten zu geben, prophezeit dieser, dass ein an diesem Tag geborenes Kind den Thron übernehmen wird. Cheops und seine Söhne setzen alles daran, das Kind aufzuspüren.

Der Rausch

Omar al-Hamzawi ist erfolgreicher Anwalt in Kairo, fünfundvierzig, verheiratet und Vater von zwei Töchtern. Eines Tages wird ihm bewusst, dass er eingeschlossen ist in einem schalen Alltag voller Kompromisse. Er wirft das bürgerliche Leben ab und stürzt sich rücksichtslos in ein Leben ohne Schranken, jenseits aller Konventionen und Tabus.

Anfang und Ende

Wie soll eine Mutter nach dem plötzlichen Tod ihres Mannes die vier Kinder in Ehren hochbringen? Jedes geht seinen eigenen Weg. Als der älteste Sohn als Rauschgifthändler verhaftet und die Tochter mit einem Liebhaber in einer Absteige aufgegriffen wird, liegt für die ganze Familie der Schein ehrbaren Lebens in Trümmern.

Echnaton

Wenige Jahrzehnte nach Echnatons Tod geht der junge Historiker Merimun auf die Suche nach der Wahrheit um Echnaton und Nofretete, das rätselhafte Pharaonenpaar. Ein Schleier von Verleumdung und Vergessen verbirgt die Epoche dieses revolutionären Pharaos. Nagib Machfus wendet sich mit diesem Roman dem Alten Ägypten zu.

Die Nacht der Tausend Nächte

Am Morgen der Tausendundersten Nacht übernimmt Nagib Machfus von Schehrezad den Erzählfaden und spinnt ihn weiter: von Liebenden, Aufrührern, Weisen und Narren. Machfus wäre nicht Machfus, wenn er dabei nicht mit liebevollem Spott dem Menschengeschlecht einen Spiegel seiner Schwächen und Eitelkeiten vorhalten würde.

Ehrenwerter Herr

Ein Mann strebt nach oben: Osman will Ministerialdirektor werden. Aber wenn einer aus diesem Viertel stammt, Sohn eines Kutschers ist, keinerlei Protektion genießt und nur auf Talent und List bauen kann, dann muss er Opfer bringen. Mit leichter Feder, kompakt und satirisch, hat Machfus einen Prototyp des universalen Bürokraten geschaffen.

Der Dieb und die Hunde

Als Said Muran das Gefängnis verlässt, sind vier kostbare Jahre seines Lebens dahin. Kairo ist wie damals, nur die Menschen haben sich verändert. Seine Familie, sein Freund Raouf – niemand will mehr von der gemeinsamen Vergangenheit wissen. Allein gelassen, ohne Wert und ohne Hoffnung, sinnt Said auf Rache.

Die Kinder unseres Viertels

Dort, wo die Wüste beginnt, steht das große Haus. Hinter hohen Mauern in einem paradiesischen Garten wohnt hier der geheimnisvolle Gabalawi, der Stammesvater des Viertels. Seit undenklichen Zeiten hat ihn niemand mehr gesehen. Dennoch leitet er wie mit unsichtbarer Hand das Schicksal seiner Kinder und Kindeskinder.

Miramar

Die Pension Miramar hat ihre besten Zeiten hinter sich, sie ist zum Zufluchtsort einer zusammengewürfelten Gästeschar geworden. Ein jeder versucht, sich auf seine Weise mit den neuen Verhältnissen zu arrangieren: resigniert, skeptisch, zynisch, ehrgeizig. Verstrickungen ergeben sich, Intrigen, ein mysteriöser Todesfall.

Die Midaq-Gasse

Einst glänzte die Midaq-Gasse wie ein Stern in der Geschichte des mächtigen Kairo. Inzwischen sind die Arabesken am berühmten Kirscha-Kaffeehaus bröcklig und morsch geworden, aber immer noch ist die Gasse erfüllt vom Lärm ihres eigenen Lebens. Hier laufen die Fäden zusammen, hier strömen die Menschen ein und aus – Mikrokosmos einer Welt im Umbruch.

Baha Taher *Die Oase*

Das 19. Jahrhundert neigt sich dem Ende zu, als der politisch in Ungnade gefallene Machmud Abdel Sahir von Kairo in die abgelegene und gefährliche Oase Siwa nahe der libyschen Grenze versetzt wird. Er weiß, dass zwei seiner Vorgänger ermordet wurden. Aber weiß er auch wirklich, was ihn erwartet? Siwa ist eine eigene Welt mit ureigenen Gesetzen.

Mansura Eseddin *Hinter dem Paradies*

Im »Weißen Haus«, in einem Dorf im Nildelta, sind Gamila und Salma gemeinsam aufgewachsen. Heute kommt Gamila als Studentin im kurzen, schwarzen Kleidchen daher. Salma, die Journalistin, führt ein bürgerliches Leben und will aus der Enge ihrer gescheiterten Ehe ins Schreiben flüchten. Dabei muss sie sich auch der gemeinsamen Vergangenheit stellen

Miral al-Tahawi *Gazellenspuren*

Die Bilder im alten Haus am Nil sind Muhra seit ihrer Kindheit vertraut. Jedes der Bilder birgt ein Geheimnis. Welche der drei Schwestern ist Muhras Mutter? Wer ist die tanzende Frau am Feuer? Was hat es mit den Falkenjagden auf sich, an denen der Vater teilnahm? Muhra will die Wahrheit wissen und sucht ihre Spuren in Erinnerungsfetzen.